WENN DER MÄHDRESCHER KOMMT

Marion Griffiths-Karger verbrachte ihre Kindheit auf einem ost-westfälischen Bauernhof. Nach Kaufmannslehre und Studium der Literatur- und Sprachwissenschaft wurde sie Werbetexterin in München, später Autorin und Teilzeitlehrerin. Schauplätze ihrer Kriminalromane sind Hannover, Ostfriesland und die südenglische Küste. Die Deutsch-Britin ist Mutter von zwei erwachsenen Töchtern und lebt mit ihrem Mann bei Hannover.

MARION GRIFFITHS-KARGER

WENN DER MÄHDRESCHER KOMMT

Kriminalroman

emons:

Lust auf mehr? Laden Sie sich die »LChoice«-App runter, scannen Sie den QR-Code und bestellen Sie weitere Bücher direkt in Ihrer Buchhandlung.

Bibliografische Information der Deutschen Nationalbibliothek
Die Deutsche Nationalbibliothek verzeichnet diese Publikation in der Deutschen Nationalbibliografie; detaillierte bibliografische Daten sind im Internet über http://dnb.d-nb.de abrufbar.

© Emons Verlag GmbH
Alle Rechte vorbehalten
Umschlagmotiv: flobox/photocase.de
Umschlaggestaltung: Nina Schäfer, nach einem Konzept von Leonardo Magrelli und Nina Schäfer
Umsetzung: Tobias Doetsch
Gestaltung Innenteil: César Satz & Grafik GmbH, Köln
Illustration S. 6: Vanessa Karger
Druck und Bindung: CPI – Clausen & Bosse, Leck
Printed in Germany 2019
ISBN 978-3-7408-0511-1
Neuauflage im neuen Layout
Die Originalausgabe erschien 2013

Unser Newsletter informiert Sie
regelmäßig über Neues von emons:
Kostenlos bestellen unter
www.emons-verlag.de

Für Vanessa und Lena

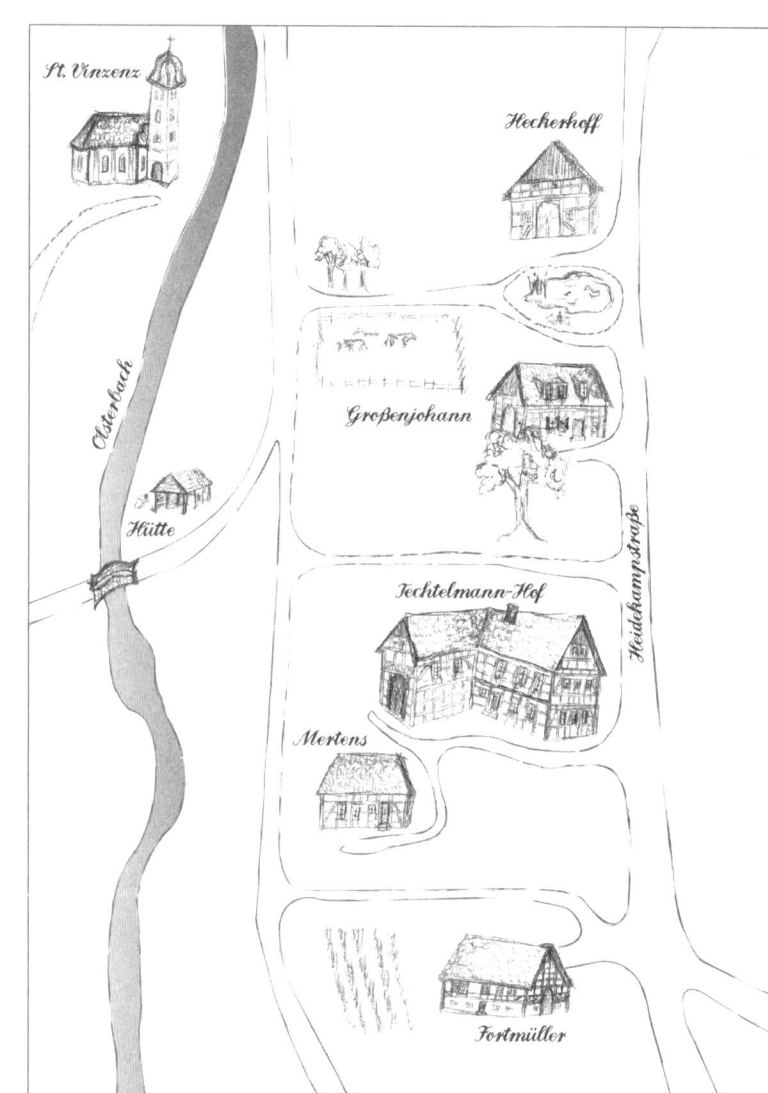

Personenverzeichnis

Familie Großenjohann
Marie – zweiundzwanzigjährige Tochter des Hauses, die alles
 aufklärt
Hannelore – ihre Mutter und Hoferbin
Hinnerk – ihr lebenslustiger, »eingeheirateter« Vater
Andreas – ihr Bruder
Minna Altenbendix – ihre Oma, die mehr weiß, als sie sagt

Familie Techtelmann
Heinrich, genannt Heini – der »größte« Bauer im Ort
Mathilde – seine standesbewusste Frau
Josef – sein Sohn und Hoferbe
Johannes – der zweite Sohn, will auswandern
Anna – die Tochter, will heiraten
Tante Elsbeth – Heinis neugierige Schwester, die alles ins Rollen
 bringt

Familie Heckerhoff
Friedrich – ein alter Nazi, liegt tot auf dem Misthaufen
August – sein Sohn und Hoferbe
Franziska – Augusts nervöse Frau
Adelheid – geheimnisvolle Tochter des Hauses

Familie Mertens
Wilhelm – bewohnt das Heuerlingshaus der Techtelmanns
Gertrud – seine Frau
Der »verrückte« Gerhard – sein Bruder, ertrinkt im nahen Olster-
 bach

1

Abendstille lag über dem kleinen Ort Birkendorf, der eigentlich nur aus einer Handvoll von Bauernhäusern bestand. Die Menschen hier lebten von der Viehzucht und dem, was die Äcker hergaben, arbeiteten, aßen und tranken – manchmal etwas zu viel – und beteten. Die Tage vergingen einer wie der andere, man hielt sich an die Regeln der katholischen Kirche und im Wesentlichen wohl auch an die des Gesetzes.

So zumindest hatte es den Anschein.

Niemand in Birkendorf hatte sich jemals etwas zuschulden kommen lassen, wenn man von den Prügeleien absah, die sich hin und wieder auf Schützenfesten oder Hochzeiten zutrugen. Auch das eine oder andere Huhn hatte wohl schon bei Nacht und Nebel den Besitzer gewechselt. Doch die Geschehnisse im Sommer dieses Jahres irgendwann in den Siebzigern sollten das Vertrauen der Birkendorfer in ihre eigene Wohlanständigkeit zutiefst erschüttern.

Dem lauen Abend folgte eine ruhige Nacht. Die Vögel kündigten wie immer im Morgengrauen den Tag an. Die aufgehende Sonne und die feuchten Schwaden, die über den Wiesen und Feldern aufstiegen, tauchten den frühen Morgen in ein kühles Licht. Die Blätter der riesigen Kastanie, die die Großenjohannsche Hofeinfahrt schmückte, hatten sich schon weit hervorgewagt und gaben sich alle Mühe, den betagten VW-Käfer, der unter ihnen parkte, vor dem in den letzten Tagen üppig niedergegangenen Mairegen zu schützen.

Es war kurz nach sieben Uhr, als Marie Großenjohann gähnend das leise quietschende Gartentor hinter sich schloss und auf ihren Käfer zusteuerte. Sie hatte sich heute in aller Herrgottsfrühe aus dem Bett gequält, um eine Vorlesung zu besuchen, die sage und schreibe um acht Uhr begann. Es war wie so oft um diese Jahreszeit ein nebliger, kühler Morgen, aber am Himmel arbeitete sich ein zartes Blau hervor. Marie fröstelte leicht. Hieß das jetzt, dass schönes Wetter im Anzug war? Oma Minna würde es wissen. »Wenn der Nebel hochsteigt, in den Himmel, gibt's Regen«, pflegte sie zu sagen, »und wenn er nach unten in die Erde geht, dann scheint die Sonne.« Bloß, dass Marie immer Probleme hatte, den Unterschied zu erkennen. Für sie war Nebel überall. Wie sollte man da wissen, ob er hochstieg oder runterging?

Sie hatte gerade die Hofeinfahrt überquert, als plötzlich jemand schrie. Marie blieb stehen und lauschte. Es war ein kurzer, hoher Ton gewesen. Ein Schreckensschrei. Aber jetzt war wieder alles still. Nur in der Kastanie zeterte unermüdlich eine Drossel. Wahrscheinlich war Bolle, der Kater, wieder auf Streifzug. Marie zuckte mit den Schultern und steckte den Schlüssel ins Schloss. Aber sie kam nicht mehr dazu, ihn auch umzudrehen, denn jetzt wehte der Wind vom Nachbarhof lautes Jammern herüber und eine männliche Stimme, die irgendetwas dazwischenrief.

Oma Minna kam mit einem Reiserbesen aus der Deelentür. Sie hatte es wohl auch gehört – »die hört die Fische quatschen«, pflegte Maries Vater zu sagen, der, gefolgt von seiner Frau Hannelore, aus dem Kuhstall trat.

»Jessas«, sagte Oma Minna, »was ist denn bei Heckerhoffs los?«

»Hinnerk, geh doch mal hin«, schlug Maries Mutter vor.

Der schürzte die Lippen, kramte seine kalte Pfeife aus der Hosentasche und steckte sie sich in den Mund.

»Was soll ich denn da?«, quetschte er hervor.

»Ja, Himmel noch mal«, Hannelore Großenjohann schlug die Hände über dem Kopf zusammen, »vielleicht brauchen die ja Hilfe!«

Hinnerk schien noch nicht willens, die Neugier seiner Frau zu befriedigen, doch dann überzeugte ihn lautes Weinen aus Richtung des Heckerhoffschen Hofes von der Notwendigkeit, nachbarliche Hilfe anzubieten. Er setzte sich langsam in Trab. Oma Minna drückte ihrer Enkelin einen knochigen Finger in den Rücken.

»Willst du nicht mitgehen, Löit?«

Marie verzog den Mund. Sie wusste natürlich genau, warum sie mitgehen sollte. Ihr Vater würde nämlich den Teufel tun, die beiden Frauen später ausführlich über die Geschehnisse auf dem Nachbarhof aufzuklären. Er würde sich einen Spaß daraus machen, seine Schwiegermutter zappeln zu lassen. Und ihre Mutter würde bestimmt nicht mitgehen und sich nachsagen lassen, sie sei neugierig. Marie hatte da weniger Skrupel. Ihr war es piepegal, was die Leute dachten, und die Vorlesung würde sie sowieso verpassen. Also folgte sie ihrem Vater die knapp zweihundert Meter über die Heidekampstraße bis zum Anwesen der Heckerhoffs.

Dort bot sich ihnen ein seltsames Bild. Die Familie, bestehend aus August, dem Bauern, seiner Frau Franziska – der Quelle des Weinens – und der Tochter Adelheid, einer Frau in den Dreißigern, war um den Misthaufen herum versammelt. Adelheid hatte den Arm um ihre Mutter gelegt und redete beruhigend auf sie ein. August ging irgendwie ziellos vor dem Misthaufen auf und ab.

»Äh, ist irgendwas passiert?«, fragte Hinnerk unschlüssig.

August bemerkte die beiden Ankömmlinge erst jetzt, unterbrach seinen Gang, wusste zunächst nichts zu sagen und deutete dann auf eine Stelle hinter einer etwa hüfthohen Mauer, die den Misthaufen vom Hof abgrenzte. Hinnerk lugte zögerlich hinüber und prallte zurück. Marie ebenfalls. Da, eingezwängt zwischen Misthaufen und Mauer, in einer braunroten Pfütze aus Blut und Gülle, lag der alte Bauer Friedrich Heckerhoff, Augusts Vater. Er war vollends bekleidet mit einem blau-grün karierten Flanellhemd, einer schwarzen Manchesterhose und dunkelgrünen Gummistiefeln. Die leeren Augen starrten in den Himmel, der Mund war halb geöffnet, als hätte er noch einen letzten Fluch ausstoßen wollen. Denn der alte Heckerhoff hatte zu Lebzeiten viele Flüche ausgestoßen.

Marie schlug die Hände vors Gesicht, hoffte, das, was sie gerade gesehen hatte, würde sich dadurch restlos aus ihrem Gedächtnis löschen lassen.

»Himmel Herrgott …«, entfuhr es ihrem Vater, und das war in der Tat bemerkenswert. Hinnerk führte niemals den Namen des Herrn im Munde, weder im Gebet noch als Fluch.

»Jou«, war alles, was August dazu sagen konnte. Er stand da, mit hängenden Armen, den unvermeidlichen Strohhut in den

Nacken geschoben, und war offensichtlich mit der Situation überfordert.

Marie lehnte sich an eine Eiche, atmete tief ein und aus. Gott, wäre sie bloß eine Minute eher losgefahren, dann wäre ihr jetzt nicht so speiübel.

»Äh«, Hinnerk schluckte und nahm sicherheitshalber die Pfeife aus dem Mund, »ich glaube, da müssen wir die Polizei anrufen. Und vielleicht einen Notarzt.« Er verzog den Mund. »Aber ich glaube, den Arzt können wir uns sparen.«

Franziska, die immer noch hysterisch schluchzte, verlegte sich wieder aufs Jammern.

»Oder braucht Franziska einen?«, vergewisserte sich Hinnerk.

»Nein«, antwortete Adelheid leise, und jetzt bemerkte Marie, wie bleich die junge Frau aussah.

Sie riss sich zusammen und half Adelheid, Franziska ins Haus zu führen, während Hinnerk seinem Nachbarn die Hand auf die Schulter legte und hoffte, dass der nun endlich die Polizei anrief. Aber August starrte nur auf die Leiche seines Vaters. Also folgte Hinnerk den Frauen ins Haus, wo er und Marie erst nach dem Telefon suchen mussten, denn Adelheid und ihre Mutter waren im Badezimmer und nicht ansprechbar.

Marie konnte sich später nicht mehr genau daran erinnern, was sich an diesem sensationellen Tag, an dem der alte Friedrich Heckerhoff zu Tode gekommen war, alles zugetragen hatte. Wie es schien, war der alte Mann in aller Frühe auf den Hof gegangen, um die Arbeit seiner Familie – boshafte Stimmen sprachen von seinem Arbeiterstab – zu inspizieren und einen Grund zum Meckern zu finden. Am Misthaufen war er dann wohl fündig geworden und hatte sich ans Werk gemacht, dort Ordnung zu schaffen – was immer der alte Friedrich darunter verstanden haben mochte.

Dabei war er auf einem diarrhöischen Kuhfladen ausgerutscht und in die Misthacke gefallen, die er selbst leichtsinnigerweise mit den Zacken nach oben dort hatte liegen lassen. So jedenfalls hieß es später im Polizeibericht nach ereignisreichen Tagen, in denen ein Stab von Polizeibeamten Befragungen durchgeführt hatte und am Heckerhoffschen Misthaufen das Oberste zuunterst gekehrt hatte.

Die Birkendorfer gingen derweil ihrer Arbeit nach, steckten die Köpfe zusammen, und alle waren sich einig, dass Friedrich, dieser alte Bullerjan, so ein Ende hatte nehmen müssen. Da hatte der Herrgott aber mal den Richtigen am Schlafittchen gepackt. Auf seiner Beerdigung sollen keine Tränen geflossen sein. Und der anschließende Leichenschmaus im Gasthaus »Zum Heidehirsch« war aufgrund des übermäßigen Konsums von Bier und Weizenkorn zu einem ziemlichen Gelage ausgeartet, worüber Oma Minna sich angemessen entrüsten konnte. So waren alle zufrieden gewesen. Doch dieser Friede sollte nur von kurzer Dauer sein.

Denn – wie sich im Laufe der nächsten Wochen herausstellte – war Friedrichs Tod nur die Fortsetzung einer alten, unvollendeten Geschichte.

2

Der Mai hatte sich mit Regen verabschiedet und der Juni mit Nieselregen Einzug gehalten, sodass die Heuernte noch nicht begonnen hatte, als der alte Gerhard Mertens an einem Samstagabend plötzlich verschwand. Gerhard lebte seit knapp zwei Jahren zusammen mit seinem Bruder Wilhelm und dessen Frau Gertrud im Altenteilerhaus vom Techtelmannhof. Vorher hatte er in einer kleinen Zwei-Zimmer-Wohnung in der Stadtheide gewohnt, wo er seit Kriegsende bei einer Gärtnerei beschäftigt gewesen war. Geheiratet hatte er nie. Es hatte sich einfach keine Frau für ihn gefunden, denn er war immer etwas wunderlich gewesen.

Es war sieben Uhr abends. Die meisten Bewohner Birkendorfs hatten die Arbeit im Stall beendet und wollten sich zum Abendbrot niedersetzen, als der alte Wilhelm Mertens zögernd an die Küchentür der Familie Techtelmann klopfte.

»Jo, Wilhelm, komm doch rein«, sagte Mathilde, die Bäuerin, und ließ ihn eintreten

»Jo, som bieten«, murmelte der Alte und schlurfte mit gebeugtem Rücken zu der Eckbank, die den großen Küchentisch umrahmte. Er ließ sich schwerfällig darauf nieder und legte seinen alten verfransten Strohhut auf den Tisch. Mathilde Techtelmann verzog das Gesicht, schob den Wurstteller zur Seite, der zum Abendbrot bereitstand, und nahm sich einen der Küchenstühle. Ihr Mann Heini schob sich rasch ein Stück Blutwurst in den Mund.

Wilhelm steckte den rechten kleinen Finger ins Ohr und kratzte sich.

»Ich weiß nich so recht«, begann er umständlich, »habt ihr den Gerhard heute gesehen?«

Bauer und Bäuerin warfen sich einen erstaunten Blick zu.

»Nee, ist er denn nicht bei euch?«, wollte Mathilde wissen.

Wilhelm zog die Schultern hoch. »In seinem Zimmer ist er nich, und in der Küche ist er auch seit Mittag nich gewesen.«

»Vielleicht ist er ja bei Heckerhoffs oder Großenjohanns?«, mutmaßte Heini Techtelmann.

»Nee«, krächzte der alte Wilhelm und kramte ein Stofftaschentuch aus seiner Hosentasche, in das er so kräftig hineinschnäuzte, dass Mathilde zusammenzuckte.

»Ja, aber«, sagte sie dann, »da muss man sich doch kümmern. Vielleicht ist ihm ja was zugestoßen.« Sie sah ihren Mann vorwurfsvoll an. »Wo doch der Gerhard in letzter Zeit so …« Sie brauchte nicht weiterzureden, denn beide Männer wussten, was sie meinte.

Bauer Techtelmann erhob sich schwer. »Nu macht mal nicht gleich die Pferde scheu!«, schnaufte er. »Willem und ich gehen jetzt noch mal in der Nachbarschaft fragen, und dann sehen wir weiter.«

Eine halbe Stunde später durchkämmte ein Dutzend Männer die Wiesen und Felder der Umgebung, während die Frauen in Gertrud Mertens' geblümten Polstersesseln im Wohnzimmer saßen und warteten. Das Altenteilerhaus des Techtelmannhofes war geräumig, aber nicht groß. Wenige Stufen vor der Haustür mündeten in einen engen, fensterlosen Flur, von dem Küche, Wohnzimmer, Bad und ein Schlafzimmer abgingen. Eine schmale Holztreppe führte in den ersten Stock.

Es gab einen goldgerahmten rechteckigen Spiegel, der an beiden Seiten von mehreren Garderobenhaken flankiert war. Darüber, auf einer hölzernen Hutablage, verstaubten zwei dunkle Herrenhüte. Auf einem halbrunden Tischchen fanden zwei abgenutzte Gebetbücher Platz. Neben der Tür zum Wohnzimmer hing ein Bild des lieben Jesus, über dessen Haupt ein Heiligenschein schwebte. Unter dem Bild hing an einem Nagel eine Weihwasserschale aus Plastik.

Im Wohnzimmer tickte die Standuhr. Es wurde nicht viel gesprochen. Als es schon dunkelte, wurden draußen Stimmen laut. Gertrud Mertens sprang auf, so schnell ihre brüchigen Knochen und die zu großen Pantoffeln es zuließen, und stürmte zur Haustür. Heini Techtelmanns ältester Sohn Josef und Hinnerk Großenjohann schleppten ein klagendes Etwas die Treppe herauf.

Gertrud rang die Hände, eilte den dreien voraus und riss die Tür zum Schlafzimmer ihres Schwagers auf. Dort legten sie den alten Mann nieder. Er verzog das Gesicht, als hätte er Schmerzen, reagierte jedoch nicht auf Gertruds leises Rufen.

»Heini ist schon nach Hause gelaufen, um den Doktor anzurufen«, schnaufte Hinnerk Großenjohann, dem der Schweiß auf der Stirn stand.

»Um Himmels Christi willen, wo habt ihr ihn denn gefunden? Er ist ja ganz verdreckt. Und … und, wo kommt denn das ganze Blut her?«, hauchte Mathilde Techtelmann, die neben dem Bett stand, während sich der Rest der Nachbarschaft in der kleinen Diele zusammendrängte.

»Er lag in den Brombeerbüschen an der Olsterwiese. Wir haben ihn zuerst gar nicht gesehen. Wenn er nicht angefangen hätte zu jammern, würde er wahrscheinlich am Jüngsten Tag noch da liegen.«

Hinnerk wischte sich mit seinem Taschentuch den Schweiß von der Stirn, seine tief gebräunten Arme waren mit blutigen Schrammen übersät.

»Jo«, sagte er und steckte das Taschentuch wieder in die Hosentasche, »ich will dann mal sehen, dass ich nach Hause komme, der Doktor müsste eigentlich jeden Moment hier sein.«

»Jo, Hinnerk, geh man, hab erst mal vielen Dank.«

Wilhelm Mertens, der mit bleichem Gesicht am Fußende des Bettes stand, konnte den Blick nicht von seinem Bruder lassen, der sich mühevoll auf die Seite wälzte und wie ein hilfloses Fohlen mit dürren Beinen um sich trat.

Einige Minuten später bahnte sich Dr. Rukow einen Weg durch die überfüllte Diele, und man begab sich gedankenverloren auf den Heimweg.

Was die Dorfbewohner nicht wussten, war, dass der alte Gerhard schluchzend von einem armen Toten und einem christlichen Begräbnis gebrabbelt und dabei verzweifelt das Wiesengras ausgerupft hatte. Doch darüber hatte Hinnerk Großenjohann, der ihn gefunden hatte, vorsichtshalber kein Wort verloren, sonst landete der Alte am Ende noch im Irrenhaus.

Eine weitere verregnete Woche ging ins Land. Das Gras auf den Wiesen konnte wegen der Feuchtigkeit noch nicht gemäht werden. Die Bauern warteten händeringend auf Heuwetter und gingen ihrer Arbeit nach. Da waren Zäune zu reparieren, Ställe zu misten und Erntemaschinen zu warten. Der alte Gerhard Mertens beruhigte sich wieder, und der Vorfall geriet in Vergessenheit.

Endlich kam Ostwind auf. Die wärmenden Sonnenstrahlen trockneten das Gras, und die Erntemaschinen wurden aus der Scheune geholt. Trecker brummten geschäftig über die Felder, und es dauerte nicht lange, bis die Luft erfüllt war von einem unverwechselbaren Duft nach Heu und Wärme und der Gewissheit des nahenden Sommers.

Marie liebte solche Tage und verbrachte sie, wenn möglich, im Garten, schnupperte an Mutters üppigen Rosen, aß sich satt an den reifen Erdbeeren und erlaubte sich die Muße, im Schatten unter den Apfelbäumen zu sitzen und ihre geliebten englischen Krimis zu lesen. Blitz, der alte Bernhardiner, schnarchte zu ihren Füßen, und Bolle, der übergewichtige, getigerte Kater, legte sich ins hohe Gras auf die Lauer, um dem Hund hin und wieder eine Ohrfeige zu verpassen.

Marie klappte ihr Buch zu und schloss die Augen. In diesem Moment war alles still. Die Trecker schwiegen. Vor wenigen Minuten waren sie noch emsig über die Wiesen gerattert und hatten das Heu, das tagsüber zum Trocknen auf der Wiese verteilt war, mit einem Schwader in Reihen zusammengeschoben, um es so gut wie möglich vor der nächtlichen Feuchtigkeit zu schützen. Marie konnte sich noch gut an die Zeit erinnern, als diese Arbeit von Hand erledigt wurde und sie als kleines Mädchen mit einer Harke, die sie kaum hatte tragen können, geholfen hatte, das Heu zu Haufen aufzuschichten.

Wenn Regen im Anzug war, hatten alle mithelfen müssen. In der Kindheit hatten sie die Heuhaufen auch gern als Spielplatz genutzt und dabei das Heu wieder über die Wiese verteilt. So mancher Bauer war dann mit erhobener Faust hinter ihnen hergelaufen. Zum Glück gehörte Laufen nicht zu den Stärken der Bauersleute. Ihre Muskeln saßen eher in den Armen.

Lautes Kreischen schreckte Marie aus ihren Träumereien. Die

Schweine wurden gefüttert, und das Schreien würde erst aufhören, wenn der letzte Trog gefüllt war. Marie blinzelte in die Sonne, die schon weit im Westen stand, und wartete, bis alle Schweine versorgt waren und Ruhe einkehrte. Dann stand sie auf, nahm ihr Buch und ihre leere Kaffeetasse und wandte sich zum Gehen.

Es war ein Wunder, dass ihre Oma sie heute Nachmittag in Ruhe gelassen hatte. Normalerweise fand sie immer etwas zu tun. Wenn auf dem Feld und im Garten keine Arbeit wartete, dann konnte die Zeit zum Putzen genutzt werden. Putzen ging immer.

Aber Marie kam nicht weit, denn auf dem Feldweg zwischen ihrem Land und dem der Techtelmanns spielte sich etwas Seltsames ab. Eine gebeugte Figur, Marie kniff die Augen zusammen und identifizierte die Figur als Gerhard Mertens, ging zielstrebig den Weg hinauf zur Olsterwiese. Er zog ein Gerät hinter sich her, Marie konnte nicht erkennen, was es war. Hinter ihm humpelte – mit erhobener Faust und erstaunlich flott – Elsbeth Techtelmann, die als alte Tante auf dem Hof ihres Bruders Heini lebte. Marie staunte nicht schlecht, als sie sah, wie flink die alte Frau unterwegs war. Sie hatte die Elsbeth mit den ungleich langen Beinen immer bemitleidet, aber wie sie da so langmarschierte, wirkte sie nicht wie eine Behinderte, eher wie eine wippende Furie.

Elsbeth schrie irgendwas hinter Gerhard her, aber der schien sie gar nicht zu hören. Die Furie holte auf und klopfte Gerhard auf den Rücken. Der wandte sich um, ließ den Stiel seiner Last ins Gras fallen, duckte sich und legte die Arme über dem Kopf zusammen. Marie grinste. Das war ja besser als fernsehen. Elsbeth bückte sich und wollte das Gerät an sich nehmen. Das allerdings passte dem alten Gerhard wohl überhaupt nicht. Er versuchte, Elsbeth den Stiel zu entreißen. Marie konnte jetzt sehen, worum die beiden sich stritten. Es war eine Misthacke. Marie schluckte und beobachtete das Gerangel.

Es war an der Zeit, sich einzumischen, fand sie, bevor da noch jemand zu Schaden kam. Sie spurtete los, verlor am Gartenzaun ihren Latschen, schleuderte den anderen auch weg und lief barfuß über den grasbewachsenen Feldweg zu den beiden Kontrahenten, die sie nach einer knappen Minute erreichte.

»Äh«, japste sie atemlos, »gibt's ein Problem?«

Die beiden Alten hielten inne und starrten sie ein paar Sekunden einmütig an. Dann legte Elsbeth los.

»Der Döskopp hat unseren ganzen Mist auf dem Hof verteilt, und jetzt läuft er mit der Hacke weg.«

Gerhard hatte die Hacke mittlerweile wieder ins Gras geworfen und blickte lauernd von einer zur anderen. Als Marie das Corpus Delicti mit den Zacken nach oben im Gras liegen sah, begann ihr Herz zu klopfen. Plötzlich kam wieder Leben in Gerhard. Er hob die Hacke auf, woraufhin Elsbeth sie ihm zu entreißen versuchte. Aber Gerhard wollte sie sich auf keinen Fall wegnehmen lassen.

»Was willst du denn damit, du Döskopp?«, schimpfte Elsbeth, und Marie wurde es langsam unheimlich.

Was konnte sie schon ausrichten, wenn die beiden Alten hier anfingen, sich zu prügeln.

Aber Gerhard kümmerte sich nicht um Elsbeth und machte sich wieder auf den Weg Richtung Olsterwiese, die Hacke im Schlepptau.

Elsbeth sah ihm wütend nach. »Der gehört doch eingesperrt«, sagte sie. »Ich sag dem Willem Bescheid. Gott weiß, was der Dämlack sonst mit der Hacke anstellt oder schon angestellt hat«, fügte sie leise hinzu.

Marie blickte ihr verdutzt nach. Dann wandte sie sich nach Gerhard um. Der war mittlerweile auf der Wiese damit beschäftigt, das Heu, das ihr Vater am Nachmittag in Reihen zusammengeschoben hatte, mit der Hacke wieder auf der Wiese zu verteilen. Auf den umliegenden Feldern war niemand zu sehen. Wahrscheinlich waren alle im Stall beim Melken. Was jetzt?

Sie konnte doch den Alten nicht einfach allein lassen. Der hatte doch seinen Verstand abgegeben. Marie beschloss, hier einfach abzuwarten und ihn zu beobachten, damit er am Ende nicht auch noch in die Hacke fiel. Irgendwann würde Wilhelm ja wohl auftauchen und sich um seinen Bruder kümmern. Trotz des warmen Abends fröstelte sie. Sie versuchte, das Bild des toten alten Heckerhoffs, das sich wieder in ihrem Kopf breitmachte, durch das des blonden jungen Engländers zu ersetzen, das ihr sonst im Kopf herumschwirrte.

Gerhard machte offensichtlich eine Pause. Er stand da, auf den Hackenstiel gestützt, und starrte auf die Hütte, die auf der Wiese stand und dem Weidevieh im Sommer als Unterstand diente.

Breite Hosenträger über einem braun karierten Flanellhemd hielten seine graue Manchesterhose, deren Bund ihm fast unter den Achseln klemmte.

Plötzlich warf Gerhard die Hacke weg, ließ sich auf einen Heuhaufen fallen und fing an zu weinen. Marie wusste nicht, was sie tun sollte. Gerhard hatte ihr den Rücken zugedreht. Vielleicht sollte sie die Hacke holen? Ja, dann konnte sie den Alten allein lassen, und der konnte sich in Ruhe ausheulen. Sie ging langsam auf die Hacke zu, Gerhard schluchzte.

Marie tat der Mann leid. Welcher Kummer ihn auch immer verfolgen mochte, er ließ ihn nicht los. Sie hatte ihr Ziel fast erreicht, als Gerhard sich plötzlich umdrehte und einen Schrei ausstieß. Marie griff nach der Hacke und zog sich zurück. Gerhard versuchte mühsam hochzukommen.

In diesem Moment hörte Marie jemanden rufen. Es war Wilhelm Mertens, der schwerfällig über den Feldweg auf sie zugelaufen kam.

»Gerhard!«, schrie Wilhelm und winkte ihnen zu.

Marie ging ihm entgegen, die Hacke fest in der Hand.

Gerhard hatte sich mittlerweile aufgerappelt und starrte seinen Bruder, der japsend bei Marie angekommen war, schweigend an.

»Menschenskind, Löit«, keuchte Wilhelm, »man gut, dass du ihm die Hacke weggenommen hast.«

»Kein Problem«, antwortete Marie, »ich bring sie dann mal zurück.«

»Jou«, sagte Wilhelm und hielt sich die Seite.

Gerhard stand da wie ein Pinguin in der Sahara. Hilflos und verwirrt.

»Komm, Gerhard«, sagte Wilhelm dann und griff den Arm seines Bruders. »Wat machste bloß immer fürn Blödsinn.«

»Aber wir müssen uns dadrum kümmern!«, schniefte Gerhard.

»Jou, jou, das machen wir morgen«, beruhigte ihn Wilhlem.

»Jou, aber vergessen dürfen wir das nich«, insistierte Gerhard. »Ein christliches Begräbnis. Das dürfen wir nich vergessen.«

»Is ja gut, is ja gut.« Wilhelm nickte Marie zu, die sich auf den Weg machte.

»Da kann der Gerhard nix für, ganz bestimmt nich!«, rief er ihr noch hinterher.

Marie glaubte ihm aufs Wort. Was konnte ein Mensch schon dafür, wenn das Gehirn sich langsam in Kalk verwandelte. Sie trottete langsam den Weg entlang und genoss das Gefühl des kühlen Grases unter ihren Fußsohlen. Ein bisschen merkwürdig war das Ganze ja schon. Wieso trieb sich Gerhard andauernd auf der Olsterwiese herum? Und wieso rannte er mit dieser Misthacke durch die Gegend und brachte Misthaufen durcheinander?

Da steckte doch irgendwas dahinter. Ob er nach etwas suchte? Bloß wonach? Sie beschloss, die Sache mit ihrem Vater zu besprechen.

Als sie wenige Minuten später bei Techtelmanns ankam, um die Hacke zurückzubringen, war Heini dabei, den Hof zu fegen. Er wischte sich den Schweiß von der Stirn und sah Marie verdrießlich an.

»Ja, gib das Ding mal gleich her. Was der Gerhard sich bloß dabei denkt, hier im Mist rumzuwühlen und dann mit der Hacke abzuhauen.«

»Keine Ahnung«, antwortete Marie wahrheitsgemäß und verabschiedete sich.

Auf dem Weg nach Hause kam sie immer mehr ins Grübeln. Mit dem Gerhard stimmte etwas nicht, das war sonnenklar. Ob er allerdings wirklich fähig wäre … Aber Marie wollte diesen Gedanken, der sich ihr immer wieder aufdrängte, einfach nicht zu Ende denken.

Sie hatte sich beeilt und den Weg über die Felder genommen, um ihren Vater heute noch allein zu erwischen. Ihre Mutter würde ihr bestimmt eine Predigt darüber halten, wie gefährlich es war, sich in solche Streitereien einzumischen, und Predigten hörte Marie in der Kirche genug. Die brauchte sie nicht auch noch zu Hause.

Sie wollte gerade die Deele betreten, als sie plötzlich glaubte, ihren Namen zu hören. Sie lauschte. Tatsächlich, das war ihr Name. Sie konnte die Herkunft des Rufes – eigentlich war es mehr ein Murmeln – nicht orten und ging um die Hausecke herum an der ausladenden Eibe vorbei. An der Hauswand hinter der Konifere, die neben ihrem Zimmerfenster stand, bewegte sich etwas. Sie ging am Gartenzaun entlang, blieb stehen und legte den Kopf schräg.

»Bist du das, Papa?«

»Jouuu«, kam es gedämpft von der Hauswand zurück.

»Wieso hängst du an der Dachrinne?«

»Zum Kuckuck«, schnaufte ihr Vater und strampelte mit den Beinen in der Luft, »mir ist die Leiter weggefallen, nun stell sie doch mal wieder hin, verdammt!«

Marie begriff endlich, lief durch das Gartentor zur Hauswand und fischte die Leiter hinter den Rhododendren hervor, während ihr Vater ächzend versuchte, mit den Füßen Halt an der Hauswand zu finden.

»Mach doch endlich! Kann mich nicht mehr halten!«

Marie schaffte es nicht mehr rechtzeitig, ihrem Vater die Leiter unter die Füße zu stellen. Er fiel wie ein nasser Sack in die Büsche. Marie hörte es krachen.

»Verdammt und zugenäht!«, fluchte Hinnerk und rappelte sich mühsam wieder auf. Seine Stirn zierte eine Schramme. Er stemmte seine Hände ins Kreuz und verzog das Gesicht.

»Was hast du denn bloß gemacht?«, wollte Marie wissen.

»Die Dachrinne sauber«, knurrte Hinnerk.

»Und dann ist die Leiter umgekippt?«

»Konnte mich gerade noch festhalten. Sag bloß deiner Mutter nix«, murmelte er und wollte schon weggehen.

»Papa, ich muss dir was erzählen«, begann Marie.

Ihr Vater drehte sich um. »Du bist hoffentlich nicht schwanger«, witzelte er.

Marie verdrehte die Augen.

»Und wenn schon«, erwiderte sie, und dann erzählte sie ihrem Vater von dem Streit zwischen Elsbeth und Gerhard, von der Misthacke und dass Gerhard immer über ein christliches Begräbnis gesprochen hatte.

Hinnerk holte seine Pfeife aus der Hosentasche und hörte aufmerksam zu. Als Marie fertig war, lachte er leise.

»Schade, dass ich das nicht gesehen habe. Die Elsbeth und der Gerhard. Haha.« Dann wurde er ernst. »Ich weiß nicht, was mit dem Gerhard los ist. Ich glaube, der war da oben«, Hinnerk tippte sich an die Stirn, »noch nie ganz richtig beisammen, aber andererseits … Man weiß nicht, was der früher erlebt hat. Irgendwas war da. Der Willem hat mal gesagt, dass der Gerhard fünfundvierzig irgendwie durchgedreht ist, obwohl er gar nicht an der Front gewesen war. Danach war er wohl auch mal in der Klapsmühle, weil er überhaupt nicht mehr geredet hat. Dann hat er sich wieder erholt und die ganzen Jahre friedlich in der Gärtnerei gearbeitet. Aber seit er hier ist, geht's ihm wieder schlechter, sagt der Willem. Was ihm nun eigentlich zu schaffen macht, das weiß ich nicht. Es muss damals irgendwas vorgefallen sein. Aber das wird wohl ein Geheimnis bleiben.« Hinnerk stöhnte leise. »Nun komm ins Haus, sonst kommt deine Mutter gleich raus, oder noch schlimmer, deine Großmutter.«

Marie pflückte ganz in Gedanken eine von den intensiv duftenden Rosen ihrer Mutter vom Strauch und roch daran. Hinnerk steckte seine Pfeife weg und hob schwerfällig die Leiter hoch.

»Aber«, fragte Marie dann leise, »glaubst du, dass der Gerhard … jemandem was antun könnte?«

Hinnerk ließ die Leiter wieder fallen und sah Marie aufmerksam an. Er wusste genau, was sie meinte.

»Nein, das glaub ich nicht, und die Polizei glaubt's auch nicht. Ich halte zwar nicht viel von Polizisten, sind mir zu eingebildet, aber ganz doof sind sie auch nicht.« Er klopfte ihr aufmunternd auf die Schulter. »Mach dir nicht so viele Gedanken. Lass uns lieber die Leiter wegbringen und reingehen, ich hab Hunger.«

Die beiden hoben die Leiter hoch und wollten sie gerade über den Zaun hieven, als sie Oma Minna erblickten, die, ein Bündel Schnittlauch in der einen Hand, ein Küchenmesser in der anderen, bleich und reglos hinter der Eibe stand. Sie hatten sie nicht kommen hören. Oma Minna war der einzige Mensch, den Marie kannte, der in Holzschuhen geräuschlos gehen konnte.

»Oma«, rief Marie, die vor Schreck die Leiter hatte fallen lassen, »was machst du denn da? Geht's dir nicht gut?«

»Verdammt!«, fluchte Hinnerk.

»Blödsinn«, sagte Minna heiser und funkelte Hinnerk an, der sich mit der Leiter und seinem geschundenen Kreuz abmühte, »warum soll's mir nicht gut gehen? Wo treibst du dich bloß immer rum, Löit? Jetzt musste ich die ganze Arbeit in der Küche allein machen. Deine Mutter ist noch in der Viehküche und dein Vater … Na, das sieht man ja.«

Sie warf ihrem Schwiegersohn noch einen missbilligenden Blick zu, drehte sich um und verschwand um die Hausecke. Marie half ihrem Vater mit der Leiter. Dann gingen sie zum Abendessen. Es gab Buchweizenpfannkuchen mit Speck und Schnittlauch.

3

Es war einer dieser Sonntage, an denen die Welt stillzustehen schien. Kein Lüftchen ging, kein Laut war zu hören, bis der Hahn, der gerade, wie es seine Art war, das Gefieder gestreckt hatte, die Bewohner des Großenjohannschen Hofes mit selbstbewusstem Krähen aus dem Schlaf riss. Was kümmerte es ihn, dass Sonntag war – der Tag des Herrn. Auf einem Bauernhof gab es keine Sonntage.

Die Schweine im Stall schnüffelten wie jeden Morgen grunzend in ihren leeren Futtertrögen, und die Kühe warteten geduldig darauf, von der Milch in ihren prallen Eutern befreit zu werden. Alles war wie immer, auch am Tage des Herrn. Es sollte einer der letzten ungestörten Tage sein, den der friedliche Ort Birkendorf für lange Zeit erleben sollte. Doch davon ahnten die Bewohner noch nichts.

Marie, die ihre Oma Minna zur Frühmesse begleitete, schloss die Augen, um weiter von dem jungen Engländer zu träumen, den sie am gestrigen Abend näher kennengelernt hatte. Und nach Ansicht ihrer Mutter und ihrer Oma war es höchste Zeit, dass sie mal jemanden näher kennenlernte. Sie war ja schon zweiundzwanzig und galt damit in Birkendorf als spätes Mädchen, die meisten Nachbarmädchen heirateten mit achtzehn oder neunzehn.

Dieser Mann jedenfalls, der ihr in den Kneipen der Stadt schon mehrfach über den Weg gelaufen war und der sie gestern im Old Scotch Club endlich angesprochen hatte, ging ihr einfach nicht mehr aus dem Kopf. »Hallo«, hatte er gesagt und sie gefragt, ob sie was trinken wolle. »Klar«, hatte sie geantwortet und gehofft, dass er nicht sofort bemerkte, wie sehr er ihr gefiel. Er war groß und hatte breite Schultern und dabei ein ansehnliches Hinterteil – das war wichtig. Marie fand nichts langweiliger als eine Jeans ohne Hintern. Und noch nie in ihrem Leben hatte sie solche Augen gesehen, nur im Fernsehen. Ein tiefes Blau, das ähnlich wie die Farbe seines T-Shirts schimmerte.

Und mal davon abgesehen, dass der Typ eine Augenweide war,

schien er obendrein clever zu sein. Er sprach nämlich Deutsch. Zwar nicht ganz akzentfrei, aber die Grammatik war tadellos. Und das war für einen Engländer nun wirklich außergewöhnlich. Sie begann sich ernsthaft für ihn zu interessieren. Leider waren sie ohne Verabredung auseinandergegangen, was Marie äußerst ärgerlich fand und ihr eine ziemlich schlaflose Nacht bereitet hatte. Infolgedessen war sie überhaupt nicht begeistert davon, dass ihre Oma darauf bestanden hatte, zur Frühmesse gefahren zu werden.

Marie fragte sich, wann sie wohl endlich die Kraft aufbringen würde, ihren Plan umzusetzen und in der Nähe der Uni mit ihren Freunden eine WG zu gründen. Im Moment bewohnte sie noch ihr altes, schmuckloses Mädchenzimmer mit den hellen Möbeln aus leichtem Nadelholz, die ihre Urgroßmutter vor vielen Jahrzehnten mit auf den Hof gebracht hatte.

Die Frühmesse begann um halb acht, aber Oma Minna ließ es sich nicht nehmen, stets eine der ersten Gläubigen in der Kirche zu sein. Das garantierte ihr einen Logenplatz nahe am Eingang, der seitlich der Bänke lag. Von hier aus konnte sie ungeniert ihrer Lieblingsbeschäftigung nachgehen, nämlich das Kommen oder Wegbleiben der Nachbarschaft zu kontrollieren.

Sie hatten kaum in der Bank Platz genommen, als ihr nächster Nachbar, Bauer Heini Techtelmann, mit seiner Frau Mathilde und seiner älteren Schwester Elsbeth die kleine Kapelle des St.-Vinzenz-Klosters betrat. Die beiden Frauen trugen dunkle, leichte Sommermäntel, wie es sich gehörte, Heini eine schwarze Hose mit steifen Bügelfalten und ein graues Sakko über dem weißen Hemd. Er war ein gedrungener Mann, mit breitem Kreuz, kurzen Beinen und Glatze.

Die meisten Männer von Birkendorf, die die Vierzig überschritten hatten, waren mehr oder weniger kahl. Hinnerk, Maries Vater, bildete eine Ausnahme, er hatte nur sehr ausgeprägte Geheimratsecken. Die heilige Mathilde – so nannte Marie Heinis Frau im Stillen – war unwesentlich größer als ihr Mann, was möglicherweise auch daran lag, dass ihre grauen Haare stets fachgerecht onduliert waren und sie immer sehr aufrecht ging. Dabei faltete sie die Hände vor dem Bauch und presste die Ellbogen an die nicht vorhandene Taille. Bei besonderen Anlässen – und dazu gehörte zweifellos auch der sonntägliche Kirchgang – hing dezent eine schwarze Handtasche an ihrem Handgelenk.

Hinter der heiligen Mathilde humpelte ihre Schwägerin, die alte Tante Elsbeth, die, ihren grauen Schädel leicht nach vorn gebeugt, forschend den Blick über die Kirchenbänke gleiten ließ. Sie nickte Oma Minna missvergnügt zu. Marie brauchte ihre Oma nicht anzusehen, um zu wissen, dass diese unmerklich, aber hochbefriedigt lächelte. Denn sie war schneller gewesen als die Nachbarn – vor allem als die griesgrämige Elsbeth –, der Sonntag begann vielversprechend.

Nach und nach tröpfelten die Gläubigen herein, tippten ihre Finger in die Schale mit dem Weihwasser und bekreuzigten sich. Die meisten Gesichter kannte Marie, wenn auch nicht immer die Namen dazu. Die Männer drehten ihre Hüte in den rauen Händen und gingen mit schweren Schritten zu den hinteren Bänken. Viele hielten sich noch immer an die alte Geschlechtertrennung: die Männer auf der rechten Seite, die Frauen auf der linken. Und es waren hauptsächlich Frauen, die dieses Prinzip aufweichten und sich auf die Sitzbänke der Männerseite wagten.

Wenigstens hier in der Kirche war ein Hauch von Emanzipation zu spüren, dachte Marie. Vom weltlichen Leben draußen im Dorf konnte man das nicht behaupten. Da lief alles noch genau so wie in den letzten Jahrhunderten. Die Frauen kümmerten sich um das Feld, das Haus, den Garten, das Vieh, die Küche und die Kinder und natürlich um die Männer. Marie fragte sich manchmal, wer sich eigentlich um die Bäuerinnen kümmerte, wahrscheinlich die unverheirateten Töchter.

Mittlerweile hatten sich die Bänke mit Männern und Frauen gefüllt. Die Schulkinder und Jugendlichen würden sich erst zum Hochamt um halb zehn aus den Betten quälen. Die meisten Kirchbesucher hatten bereits einen arbeitsreichen Morgen im Stall hinter sich, wo die Kühe gemolken und die Schweine gefüttert werden mussten, bevor man sich unter die Dusche begab, den Sonntagsstaat aus dem Kleiderschrank holte und der Pflicht eines jeden guten Katholiken zum sonntäglichen Kirchgang nachkam.

In diesem Moment betrat Franziska Heckerhoff die Kapelle.

Die Höfe von Großenjohanns, Techtelmanns und Heckerhoffs lagen nebeneinander. Der von Großenjohanns in der Mitte. Franziska Heckerhoff ging eilig an den Gläubigen vorbei nach hinten, wo sie die anderen im Blick hatte und nicht umgekehrt. Sie war wohl nicht dazu gekommen, ihre Dauerwelle zu frisieren, denn die mittelblonden Löckchen sahen aus wie zerrupfte Schafwolle. Mit ihren kurzen Beinen, die Eile nur mit schnellen Trippelschritten zuließen, wirkte sie wie immer gehetzt, und jetzt sah sie sich verstohlen um, als fürchte sie, jemand würde sie beobachten, womit sie hier, in der Kapelle, bestimmt nicht falsch lag.

Sie hatte sich nur zögernd von dem grauenvollen Anblick im Mai erholt, als sie ihren tyrannischen Schwiegervater tot auf dem Misthaufen gefunden hatte. Eigentlich hatten alle erwartet, dass die scheue Franziska nun, da der alte Friedrich sie nicht mehr drangsalieren konnte, endlich aufblühen würde, aber von Aufblühen konnte keine Rede sein, eher im Gegenteil. Man hatte fast den Eindruck, dass sie noch nervöser geworden war. Aber vielleicht war das ja auch normal. Man fand nicht alle Tage jemanden auf dem Misthaufen, dem eine Hackenzinke aus der Gurgel ragte.

Kurz vor halb acht – die Glocken läuteten drängend – betrat Maries Mutter Hannelore die Kapelle. Sie trug ihr dunkelgrünes Kostüm mit der weißen Bluse. Nachdem sie die Finger in die Weihwasserschale getunkt und sich bekreuzigt hatte, steuerte sie anmutig die hinteren Bänke an. Sie war schlank und auch hübsch, fand Marie, wenn man bei Leuten in diesem Alter noch von hübsch reden konnte. Dunkle Naturlocken umrahmten ihr schmales Gesicht mit den braunen Augen. Wenn sie, Marie, tatsächlich ihrer Mutter glich, wie alle sagten, musste sie wohl auch hübsch sein. Marie selbst konnte mit diesem Vergleich wenig anfangen. Ihre Mutter war schließlich über vierzig, sie selbst zweiundzwanzig. Wie konnte man da von Ähnlichkeit reden?

Endlich betrat der Pfarrer begleitet von zwei schlaftrunkenen Messdienern den Altarraum, und die Gläubigen erhoben sich zum Eröffnungsgesang.

Marie gähnte verstohlen. Das alles war ihr so vertraut wie ihr Tagebuch. Die heilige Messe, in der Gläubige und Pfarrer ihre immer gleichen Rollen und Texte genau kannten und den Wechsel zwischen Stehen, Sitzen und Knien im Schlaf beherrschten. Maries – zum Ärger von Oma Minna – protestantischer Vater belächelte diese »blödsinnigen Turnübungen«. Vielleicht auch deswegen, weil er sich partout nicht merken konnte, wann was an der Reihe war. Er stand, wenn alle saßen, oder kniete demütig, wenn alle standen. Und er korrigierte seinen Fehler nie. Seine aufrechte Gestalt ragte über den knienden Rest der Gemeinde hinaus wie ein Leuchtturm. Maries Mutter war das immer schrecklich peinlich.

Marie zuckte zusammen, als ihre Oma ihr einen Rippenstoß versetzte, und das Bild des Mannes, von dem sie gerade wieder geträumt hatte, in die Verbannung schickte. War sie etwa eingeschlafen? Der entrüstete Gesichtsausdruck ihrer Oma war Antwort genug. Sie riss sich zusammen, vernahm die letzten Worte von Pater Jonas, der in seiner Predigt vehement auf die Heiligkeit des Ehesakramentes und die Unverzichtbarkeit des Rosenkranzgebetes hinwies. Dann wurde gesungen. »Nun bitten wir den Heiligen Geist …«

Die heilige Kommunion schenkte sich Marie, ebenso wie ihre Oma. Es war ja auch viel interessanter, gemütlich in der Bank sitzen zu bleiben und die Gläubigen zu beobachten, die an ihnen vorbei zum Altar pilgerten, um dort die Hostie in Empfang zu nehmen. Bedauerlicherweise wurde die Anzahl der Pilger meistens von der der Beobachter übertroffen.

Der letzte Ton des schwungvoll gesungenen Abschluss-Chorals war noch nicht verklungen, als bereits ein Gutteil der Gläubigen geräuschvoll dem Kapellenausgang zustrebte. Das »Gehet hin in Frieden« des Pfarrers, der zum abschließenden Segen seiner Gemeinde die Arme ausgebreitet hatte, ging im erwartungsvollen Gemurmel der eiligen Kirchgänger unter. Endlich hatte man seine sonntägliche Pflicht hinter sich gebracht und konnte sich den angenehmeren Seiten des Landlebens zuwenden. Die Männer trafen sich später, wie jeden Sonntag, zum Frühschoppen in Bauer Techtelmanns Scheune.

Mathilde Techtelmann, die sich wie stets nicht vom Hause des Herrn trennen konnte, verließ nach der Messe immer als eine der Letzten die Kapelle des St.-Vinzenz-Klosters, in der seit Jahrzehnten das kirchliche Leben der Gemeinde stattfand. Hier wurden die Kinder getauft, und die Bauernsöhne heirateten ihre Nachbarstöchter, die Schulkinder gingen hier zum Kommunionunterricht, und die meisten der Bewohner von Birkendorf wurden auch hier, auf dem kleinen Friedhof, begraben.

Die gewaltige alte Kiefer vor dem Kapelleneingang, die zur Weihnachtszeit mit unzähligen Strohsternen geschmückt war, stand trutzig in der frohlockenden Frühlingswärme inmitten eines frisch gemähten Rasenrondells, umgeben von symmetrisch angepflanzten Tagetes, und spendete den Kirchgängern großzügig Schatten vor der wärmenden Junisonne.

Auch für Marie war die Kapelle, neben ihrem Elternhaus und der Schule, der vertrauteste Ort ihrer Kindheit gewesen. Jetzt fanden sich vor dem Eingang kleine Gruppen von Frauen und Männern zu einem Schwatz zusammen. Marie kannte dieses Ritual. Sie sah sich nach ihrer Oma um, die ins Gespräch mit Gertrud Mertens vertieft war, und fragte sich gerade, wo es wohl weniger langweilig zugehen würde, bei ihrer Oma oder ihrer Mutter, die mit Mathilde Techtelmann und Franziska Heckerhoff zusammenstand, als wildes Schimpfen ihre Aufmerksamkeit erregte.

»Ach Gott«, sagte Mathilde, »der alte Gerhard hat wieder einen seiner Anfälle.«

Gerhard Mertens fuchtelte wild mit den Armen und redete wirres Zeug vom Satan, der in den Seelen der Menschen hause und sie zum Bösen verleite. Bisher hatte sich der alte Gerhard immer auf weinerliche Beschimpfungen beschränkt, an die man sich gewöhnt hatte und die man eher belächelte als ernst nahm. Heute war das zum ersten Mal anders.

Gerhard hatte Heini Techtelmann am Kragen gefasst, schüttelte ihn und schimpfte: »Du wirst auch in der Hölle enden, wie alle anderen Sünder! Ich weiß es, und der Herrgott weiß es!«

»Nu, nu, Gerhard, beruhig dich man wieder!« Heini versuchte, die vom Nikotin vergilbten Hände des Alten von seinem Hemdkragen zu lösen, während die anderen grinsend herumstanden. Aber Gerhard Mertens ließ sich nicht abwimmeln und wurde lauter.

»Der Herrgott weiß es! Ich sag es euch, und ich weiß es auch!«

Wilhelm Mertens kam Heini Techtelmann zu Hilfe. »Gerd, ist ja gut. Nun komm man nach Hause«, sagte er und klopfte seinem Bruder leicht auf die Schulter.

Gerhard beruhigte sich, sah Heini verwundert an und ließ ihn dann los. Wilhelm nahm den Arm seines Bruders und führte ihn zu Gertrud. Die anderen blickten betreten zum Himmel.

»Du nimmst ihm das ja nich übel, Heini?«, wandte sich Wilhelm noch einmal um.

»Ach, woher denn«, sagte Heini und rückte seinen Schlips zurecht.

Mathilde, seine Frau, war zutiefst schockiert. »Ja, was ist denn jetzt in den alten Gerhard gefahren? Das hat er ja noch nie gemacht! Ich dachte, er hätte sich wieder beruhigt.«

»Nee, nee«, meinte Hannelore Großenjohann, »hoffentlich wird das nicht noch schlimmer.«

»Jou«, hauchte Franziska Heckerhoff, »da kann man ja richtig Angst kriegen.«

Die Frauen trennten sich und gingen nachdenklich ihrer Wege, um das Sonntagsessen zuzubereiten. Wenn die Männer vom Frühschoppen nach Hause kamen, brauchten sie eine herzhafte Mahlzeit.

Marie begab sich zu ihrer Großmutter, die den kleinen Eklat wahrscheinlich zutiefst genossen hatte, nun aber endlich nach Hause wollte. Ihre Mutter hatte sich vom Vater bringen lassen und quetschte sich nun ebenfalls in Maries blauen VW-Käfer, der auf dem Klostergelände geparkt war.

Marie warf den Motor an und manövrierte geschickt aus der Parklücke, während die beiden anderen Frauen mürrisch vor sich hin starrten. Die eine, weil sie ihre Missbilligung nicht würde für sich behalten können, die andere in Erwartung der Missbilligung.

»Dein Mann hatte wohl wieder keine Zeit für die Messe, was?«, stichelte Oma Minna schnippisch. »Was das für einen Eindruck macht.«

»Hinnerk war gestern in der Stadt im evangelischen Gottesdienst«, sagte Hannelore.

»Ha«, sagte Oma Minna, »wer's glaubt.«

»Oma, lass das«, sagte Marie scharf. Sie war müde und hatte keine Lust auf die ewige Streiterei der beiden.

»Was ist eigentlich mit dem Gerhard los?«, versuchte sie abzulenken. »Erst läuft er weg, und dann greift er Leute an.«

Über den Zwischenfall auf der Olsterwiese hatten weder ihr Vater noch Marie ein Wort verloren. Und falls Minna ihre Unterhaltung darüber belauscht hatte und Bescheid wusste, hatte sie wohl auch nichts erwähnt.

»Ja, das weiß der liebe Herrgott, was in den gefahren ist«, sagte Hannelore. »Jetzt dreht er völlig durch.«

Oma Minna sagte nichts, und Marie fragte sich, ob der alte Mertens wirklich so verrückt war, wie alle glaubten.

Sie hatte keine Vorstellung davon, wie berechtigt ihr Zweifel war.

Die Männer saßen wie gewöhnlich nach der Sonntagsmesse beim Frühschoppen in Bauer Techtelmanns Scheune, die in Ermangelung einer nahe gelegenen dörflichen Gastwirtschaft teilweise zu einer rustikalen Bar umfunktioniert worden war. Dicke Holzbohlen stützten die Theke, Wagenräder zierten die gekalkten Wände.

Techtelmanns Heini wusste, was er sich und seinem Ruf schuldig war. Er war einer der größten Bauern der Gegend. Sein Hof war um etwa zehn Morgen größer als der von Großenjohanns und Heckerhoffs. Deswegen konnte er vier Milchkühe mehr halten als seine Nachbarn und brauchte auch einen größeren Trecker, der über annähernd dreißig Pferdestärken mehr verfügte als die Modelle der Nachbarschaft.

»Jou.« August Heckerhoff blies Heini gerade kraftvoll die Überreste des letzten Zuges aus seiner Ernte 23 ins Gesicht und drückte die Kippe in dem übervollen Aschenbecher aus. »So eine Dummheit. Wie kann man sich denn einen neuen Taubenstall bauen, wenn die Scheune über den Heuballen zusammenfällt.«

Er schüttelte den Kopf über Bauer Jodokus Wilmesmeier, der sich erdreistete, die Pflege seiner Stallungen und – was noch schlimmer war – seiner Milchkühe zu vernachlässigen, und sich dafür den Luxus leistete, seinem Hobby, der Taubenzucht, zu frönen. »Und der Stall hätte auch 'n neuen Anstrich gebrauchen können.«

Jodokus Wilmesmeier konnte sich in diesem Fall nicht rechtfertigen, denn er war nicht anwesend. Eine Rückenverletzung, die er sich durch häufiges Tragen schwerer Kartoffelsäcke zugezogen hatte, zwang ihn von Zeit zu Zeit für mehrere Tage in den großen Ohrensessel vor dem Kohleofen in seinem Wohnzimmer, wo er mit seiner Krankheit und insbesondere mit seiner Langeweile haderte.

»Dat is aber auch wahr«, meinte Wilhelm Mertens, »wo hat der bloß das Geld her? Hat doch bloß acht Milchkühe, na und die Ferkel bringen ja auch nicht das meiste.«

Wilhelm Mertens musste es wissen. Er war zwar nie Landwirt gewesen, war aber der festen Überzeugung, dass er als pensionierter Gärtner genau wusste, wovon er redete.

»Na, das spart er doch, weil er seine Scheune nicht repariert. Dann könnte ich mir auch noch 'n Kamel oder so was anschaffen.«

Lautes Gelächter erscholl aus der Großbauernecke, die sich im Wesentlichen aus Heini Techtelmann, August Heckerhoff und Hinnerk Großenjohann rekrutierte. Wobei Hinnerk eingeheiratet hatte. Seine Frau war Erbin des Hofes, und er nur der Prinzgemahl auf dem Hof seiner Schwiegermutter Minna. Die hielt immer noch eisern den Daumen auf ihrem Vermögen. Zumal ihr Schwiegersohn in ihren Augen ein rechter Taugenichts war.

Das lag zum Teil auch daran, dass Hinnerk sich tatsächlich aus reinem Spaß an der Freud zwei braune Shetlandponys leistete, die den Kühen und sonstigem Nutzvieh das Futter wegfraßen. So jedenfalls sah das Oma Minna und wohl auch die meisten Nachbarn. Glücklicherweise war Hinnerk eine Frohnatur, die sich wenig darum scherte, was die anderen dachten. Das hielt ihn nicht davon ab, seine Ponys Elvis und Herribert bei schönem Wetter vor die kleine Kutsche zu spannen und mit ihnen nach Hermannsheide zur Genossenschaft zu traben, um Futter, Düngemittel oder sonstige Notwendigkeiten einzukaufen und so das Nützliche mit dem Angenehmen zu verbinden.

Heini brachte die benebelte Aufmerksamkeit der mittlerweile vom Verzehr mehrerer Biere und ebenso vieler Schnäpse angeschlagenen Runde auf ihr immer wiederkehrendes Lieblingsthema: Wer würde beim diesjährigen Schützenfest der Gemeinde Hermannsheide, zu der auch der Flecken Birkendorf gehörte, den König abgeben? Am nächsten Sonntag war Vogelschießen, und man wollte doch gern jemanden aus der Birkendorfer Kompanie im Hofstaat haben.

»Brakenwerners Ferdi könnten wir ja überreden, der hat jedenfalls Geld genug, um das Freibier zu bezahlen. Is man bloß, dass der den Vogel nicht mal trifft, wenn man ihm den just vor die Nase halten würde.« Hinnerk Großenjohann, der langsam zu seiner Tagesform fand, erntete johlende Zustimmung, während er selbst den sechsten Korn kippte und sich schüttelte.

Die Luft wurde rauchiger, die verbale Geschmeidigkeit geringer, und immer öfter strebten leicht torkelnde Gestalten dem Ausgang zu, um am Misthaufen ihre Blasen zu entleeren.

Dieses Szenario wurde von Hannelore Großenjohann vervollkommnet, die, wie jeden Sonntag um Viertel nach zwölf, zu Techtelmanns Scheune kam, um ihren Hinnerk unter dem obligatorischen Protest seiner Trinkgenossen zum Mittagessen abzuholen.

»Na, Hannchen, hasse den Braten schon wieder gar?«, kicherte August Heckerhoff. Von seiner Zigarette fiel Asche auf seine Sonntagshose.

Hinnerk blinzelte mit schweren Lidern in die Richtung, aus der er vage die Stimme seiner Frau vernommen zu haben glaubte, und machte keinerlei Anstalten aufzustehen.

»Mensch Heini, gib mir mal noch 'n Bier ausm Kühlschrank«, murmelte er.

»Na gut«, sagte Hannelore, »ich schick Marie vorbei.«

Damit verließ sie die Scheune. Es war stets die gleiche Drohung, und sie hatte seltsamerweise stets eine ernüchternde Wirkung auf Hinnerk. Mit seiner Tochter wollte er sich wohl nicht streiten, denn er machte sich auf den Heimweg.

Marie und ihr jüngerer Bruder Andreas saßen mit Oma Minna bereits erwartungsvoll am Mittagstisch in der großen, überheizten

Küche, wo noch auf dem alten Herd gekocht wurde, als Hinnerk leicht torkelnd hereinkam. Blitz, der behäbige alte Bernhardiner, der wie immer während der Mahlzeiten unter dem Tisch lag und damit den Fußraum der Familie erheblich einschränkte, erhob sich schwerfällig und begrüßte Hinnerk an der Küchentür mit wedelndem Schwanz. Hannelore machte sich am Suppentopf zu schaffen. Marie wusste, dass sie nicht am Tisch sitzen wollte, wenn Oma Minna zu ihrer obligatorischen Tirade ansetzte. Die ließ denn auch nicht lange auf sich warten.

»Wenn das der Anton erleben tät, dass seine einzige Tochter mit so einem Subjekt daherkommt, der nix hat, nix kann und auch nix tut, außer Haus und Hof anderer Leute zu versaufen, mein Gott, er tät sich im Grabe umdrehen.« Sie bekreuzigte sich kopfschüttelnd, griff dann mit ihren knotigen Händen zum Löffel und klopfte damit auf den Holztisch.

»Lot'n doch«, raunte Hinnerk ungerührt und ließ sich auf seinen Platz an der Kopfseite des Tisches fallen, den früher Hannelores Vater, Bauer Anton Altenbendix, mit schweigsamer Starrköpfigkeit okkupiert hatte. Nach seinem mysteriösen Tod vor annähernd zwanzig Jahren – es wurde von Selbstmord gemunkelt, aber Oma Minna reagierte furchtbar wütend, wenn man sie darauf ansprach – rückte der ›faule Hinnerk‹ an seine Stelle und damit gleichzeitig seiner resoluten Schwiegermutter auf die Pelle, die jedoch von ihrem angestammten Platz zur Rechten ihres guten Anton – Gott hab ihn selig – kein Jota weichen wollte. So machten sich die beiden seit fast zwei Jahrzehnten mit bockigem Vergnügen das Leben schwer.

Marie plante seit einem halben Jahr, mit ihrer Freundin Judith und deren Freund Christian in eine WG zu ziehen. Sie hatte nur keine Ahnung, wie sie das ihrer Mutter beibringen sollte, die immer noch der Meinung war, dass ein junges Mädchen so lange bei den Eltern zu wohnen hatte, bis es heiratete.

»Und dann auch noch in eine *Kommune*!«, würde ihre Mutter sagen. So wurden Wohngemeinschaften in ihrer Elterngeneration genannt, wo – das wussten doch alle – jede mit jedem, na ja …

Und erst ihre Oma, die sich schon darüber mokierte, dass man sich mit Leuten aufhielt, die ihrem Kind einen so unchristlichen

Namen gaben: Judith! Kein Zweifel, es würde ein ziemlicher Schock werden für die beiden Frauen. Ihr Vater, da war sich Marie sicher, würde bestimmt gelassener reagieren.

Marie warf ihrem Bruder einen Blick zu. Der hatte offensichtlich die Messe heute Morgen geschwänzt und schien am Tisch einzuschlafen. Hatte wohl wieder eine schlimme Nacht hinter sich. Jetzt, wo das Vogelschießen vor der Tür stand, gab es im Schützenverein eine Menge vorzubereiten, und da brauchte es hin und wieder eine Stärkung aus nahrhaftem Hopfen und Malz, die mit Apfelkorn versüßt wurde.

Sie brachten das Sonntagsessen, bestehend aus Kartoffeln, Nackenbraten, Erbsen- und Möhrengemüse und Rhabarberkompott, wie immer stillschweigend hinter sich. Die einen wollten nicht reden – die anderen konnten nicht. Marie half ihrer Mutter bei der Küchenarbeit und begab sich dann an ihren Schreibtisch, um sich auf eine Klausur vorzubereiten. Die männlichen Familienmitglieder hatten sich schlafen gelegt, bevor am frühen Nachmittag dieses warmen Frühlingstages das Heu gewendet werden musste.

Im Nachbarhaus lag Techtelmanns Heini, seinen Strohhut auf dem Gesicht, schnarchend auf der langen Küchenbank, während seine Schwester Elsbeth die Reste des sonntäglichen Schmorbratens und der Suppe in den Keller brachte, und seine Frau – beide Handballen fest auf ein Stück Schmirgelpapier gepresst – die große Herdplatte blank scheuerte. Josef, der älteste Sohn und Erbe vom Techtelmannhof, war gleich nach dem Mittagessen davongefahren, der jüngere Sohn, Johannes, saß wie immer in der Wohnstube über seinen Autozeitschriften, und Anna, mit neunzehn Jahren das jüngste Techtelmann-Kind, besorgte den Abwasch.

Tante Elsbeth hinkte schweratmend zur Küche herein und ließ sich auf dem durchgesessenen Sofa neben dem Herd nieder, das sie – zu Mathildes Missfallen – nicht hergeben wollte, weil es, wie sie sagte, ein altes Erbstück ihrer Mutter sei. Elsbeths Starrsinn beruhte aber weniger auf Nostalgie als vielmehr auf dem Vergnügen, ihre Schwägerin ärgern zu können.

»Die sollte sich was schämen«, führte Elsbeth das Gespräch vom Mittagessen fort. Die Rede war von der hübschen Nachbarstochter Adelheid Heckerhoff. »Kann sich freuen, dass Pater Jonas sie nicht gesehen hat, mit den roten Backen. Und Lippenstift hatte sie aufgelegt. Muss man sich denn so auftakeln für die Kirche?«

Elsbeth machte eine Pause und blickte versonnen auf die fast verblühten Rhododendren vor dem Fenster.

»Das ist sowieso ein komisches Mädchen. Mit der stimmt irgendwas nicht, denkt an meine Worte. Aber was soll man von einem Heuerlingskind wie Franziska auch anderes erwarten? ›Wenn van Scheitpott'n Brotpott wet, dann stinkete‹, das hat unser Omma früher schon gesagt, und das stimmt auch. Der Apfel fällt eben nicht weit vom Stamm.«

»Ja, sie ist eben übrig geblieben, die Adelheid, eine alte Jungfer«, sagte Mathilde, die in Bezug auf die Fehlerhaftigkeit der Nachbarsfrauen meistens mit ihrer Schwägerin einer Meinung war. »Und die heiratet auch keiner mehr, mit über dreißig.«

Mit dieser Äußerung kam Mathilde bei ihrer Schwägerin nicht so gut an. Auf der Suche nach einem anderen Thema fiel deren Blick auf ihren Bruder, der unschuldig auf der Küchenbank vor sich hin schnarchte. Elsbeth kniff die Augen zusammen.

»Da liegt er«, schnaubte sie, »und ruht sich dick und fett auf meinem Erbe aus!«

»Herrgott, jetzt fang bloß nicht wieder damit an«, zischte Mathilde, die ihrer Schwägerin ein hochrotes Gesicht zuwandte, dann das Schmirgelpapier zur Seite legte und mit einem alten Unterhemd die Herdplatte polierte.

Tante Elsbeth war sechs Jahre älter als ihr Bruder und wäre somit rechtmäßige Erbin des Hofes gewesen. Aber der Herrgott – von dem sie sich sträflich vernachlässigt fühlte – hatte sie erstens mit dem falschen Geschlecht und zweitens mit einer Behinderung ausgestattet, sodass der Vater seinerzeit den Hof seinem Sohn Heinrich vererbte und seiner Tochter ein lebenslanges Wohnrecht zusicherte. Für den Fall, dass Elsbeth einmal ausziehen oder gar heiraten sollte, stand ihr eine beträchtliche Summe aus dem Vermögen zu.

Diese Summe sicherte Tante Elsbeth nicht nur den fortwährenden Groll ihrer Schwägerin, sondern auch eine komfortable Machtposition innerhalb des Techtelmannschen Haushalts.

»Es stimmt doch«, legte Elsbeth wieder den Finger in die Wunde, »ihr könnt doch froh sein, dass ich hier bin, aber Gott weiß, was noch alles kommt«, sie hob warnend den rechten Zeigefinger und nickte dabei apokalyptisch, »vielleicht besorge ich mir doch ein Zimmer im Haus ›Herz Jesu‹, die sollen da sehr anständig mit den Leuten umgehen, und der Pfarrer kommt jeden Morgen vorbei und hält eine Messe. Da müsste ich nicht mehr laufen, wo meine Hüfte immer so schmerzt, und ich müsste nicht immer ›bitte, bitte‹ sagen, wenn ich morgens im Regen nicht über den Heuweg gehen kann und mein werter Bruder mich nach St.-Vinzenz zur Messe bringen soll. Na ja, spätestens wenn der Josef heiratet und seine Braut ein bisschen Mitgift auf den Hof bringt, dann lass ich mir mein Erbe auszahlen. Dann hab ich lange genug Rücksicht genommen. Aber der kommt ja nicht zugange. Dabei gibt es so viele Mädchen. Vorgestern erst hat Vietens Erna nach unserm Josef gefragt. Ob er denn jetzt 'ne Freundin hätte. Na, die glaubt doch wohl nicht, dass ihre Cornelia was für unsern Jungen wäre. Die soll sich man bloß keine Hoffnungen machen.«

Mathilde Techtelmann seufzte kaum hörbar. Dennoch konnte sie nicht umhin, ihrer Schwägerin teilweise recht zu geben. Sie machte sich schon seit Langem Sorgen um ihren Ältesten, der sich so schwertat mit den Frauen. Dabei würde sie es so gern sehen, wenn er sich mal ein bisschen um die Elisabeth Buschkamp kümmern würde. Natürlich, besonders hübsch war die nicht, aber immerhin kam sie von einem Zweihundert-Morgen-Hof, die würde schon einiges mitbringen. Aber der Junge war so verschlossen. Mathilde fragte sich, was bloß mit der heutigen Jugend los war.

»Wie lange willst du denn den Herd noch scheuern? Bis er durch ist?«, fragte Elsbeth bissig.

Mathilde wischte sich eine Haarsträhne aus der Stirn, packte das schmutzige Unterhemd und das Schmirgelpapier zusammen, warf beides in den Aschekasten und ließ ihre Schwägerin mit dem schnarchenden Heini allein.

emons:

SEHNSUCHTSORTE

emons: verlag **Tel. 0221 - 569 77 - 0 · info@emons-verlag.de**

Bitte senden Sie mir das aktuelle Verlagsprogramm zu

Ich möchte den Newsletter von emons: per E-Mail erhalten

Ich habe Interesse an Krimis aus folgender Region:

f **Besuchen Sie uns auch auf www.facebook.com/EmonsVerlag**

Name

Straße

PLZ/Ort

E-Mail

emons: verlag
Cäcilienstraße 48

50667 Köln

Ich bin damit einverstanden, dass meine hier angeführten Daten zu dem folgenden Zweck
»Versand von Kundenprospekt« erhoben, verarbeitet und genutzt sowie unter Umständen an
unseren Dienstleister zum Versand des angeforderten Kundenprospektes weitergegeben bzw.
übermittelt und dort ebenfalls zu dem folgenden Zweck »Versan c von Kundenprospekt« verarbeitet und genutzt werden. Hier werden die Daten unmittelbar nach dem Versand gelöscht. Im
Fall des Widerrufs werden mit dem Zugang meiner Widerrufserklärung meine Daten gelöscht.

emons:
SEHNSUCHTSORTE

SUZANNE GRAYON

**MORD
ELSÄSSER ART**

Kriminalroman

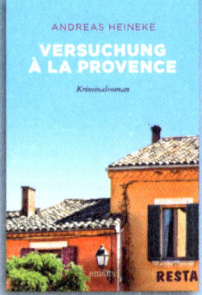

ANDREAS HEINEKE

**VERSUCHUNG
À LA PROVENCE**

Kriminalroman

ALESSANDRO MONTANO

**DER FLUCH
VOM GARDASEE**

Kriminalroman

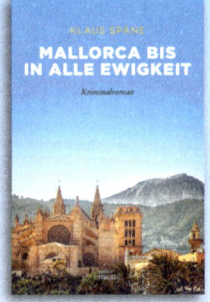

KLAUS SPANE

**MALLORCA BIS
IN ALLE EWIGKEIT**

Kriminalroman

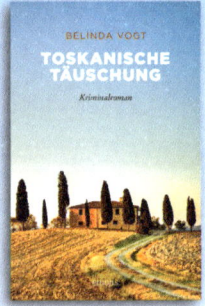

BELINDA VOGT

**TOSKANISCHE
TÄUSCHUNG**

Kriminalroman

4

Marie saß in einem Seminar über Soziolinguistik und fragte sich gelangweilt, was sie dort tat.

»Angesichts dieser Beschreibungen des Verhältnisses von Sprachstruktur und Sozialstruktur und den Belegen für die Realität von soziolinguistischen Beschreibungen stellt sich die Frage nach dem Selbstverständnis der Soziolinguistik und dem Verständnis ihrer Wirkungsmöglichkeiten innerhalb des Problemhorizonts moderner Gesellschaften und Entwicklungsgesellschaften ...«

Ein Stöhnen ging durch den Raum. Marie warf ihren Stift hin und verschränkte die Arme vor der Brust. Ihre Freundin Judith klapperte mit ihren Stricknadeln unter dem Tisch. Ein roter Pullover, ganz einfach eine Reihe rechts, eine Reihe links. Judith war nicht die Einzige, die während der Vorlesung strickte, manche hatten sogar Strickmuster auf dem Tisch liegen. Den Professor schien das nicht zu stören, falls er es überhaupt bemerkte. Marie schloss die Augen und lauschte der monotonen Stimme des Dozenten, die unverdrossen weitere soziolinguistische Weisheiten von sich gab.

»Gehen wir gleich noch in die Cafeteria?«, murmelte sie ihrer Freundin zu, die gerade die Maschen zählte.

Judith nickte und zählte halblaut weiter.

Marie langweilte sich noch zehn Minuten, dann war die Vorlesung zu Ende. Mit erleichtertem Seufzen kramten die jungen Männer und Frauen – es waren hauptsächlich Frauen – ihre Kladden zusammen und begaben sich schwatzend zum Ausgang. Sie gingen über den Campus, wo einige Dutzend Studenten mit Transparenten herumstanden und versuchten, ihre Kommilitonen zur Teilnahme an einer Demonstration vor dem Rathaus gegen Atomkraft zu mobilisieren.

Die Cafeteria war wie üblich gut besucht. Sie holten sich Kaffee und gesellten sich zu Christian, der einen der Stehtische ergattert hatte.

Lautes Gemurmel, Zigarettenrauch und der Geruch nach Pommes frites erfüllte den großen, hellen Raum, der an einer Seite durch gläserne Wände den Blick auf die Bibliothek offen ließ.

»Kommst du heute Abend mit in die ›Tuba‹?«, fragte Judith.

Die »Tuba« war eine der wenigen Studentenkneipen der ehrwürdigen Universitätsstadt.

Marie schüttelte den Kopf. »Muss heute Abend helfen.«

Judith verdrehte die Augen. »Meine Güte, was musst du denn schon wieder machen?«

Marie zuckte mit den Schultern. »Irgendwas ist immer. Sind im Moment alle mit der Heuernte beschäftigt, da bleibt die Hausarbeit liegen.«

»Habt ihr gehört, was gestern im ›Chez BB‹ los war?«, fragte Christian, der unermüdlich in seinem Kaffeebecher rührte, als wolle er den Kaffee steif schlagen. »Da haben die Engländer wieder 'ne Wahnsinnsschlägerei angezettelt.«

Das »Chez BB« war eine kleine Diskothek mitten in der Domstadt, die zu den wenigen Lokalen gehörte, die den britischen Soldaten – oder Tommys, wie sie von den Einheimischen genannt wurden – noch Einlass gewährte.

»Echt?«, sagte Marie.

»Oh ja«, sagte Christian und trank endlich einen Schluck Kaffee. »Haben den halben Laden auseinandergenommen. MP und deutsche Polizei, alles war da.«

»Oh.« Marie war unangenehm berührt.

Leider war es keine Seltenheit, dass britische Soldaten in Schlägereien verwickelt waren. Das war der Grund, warum ihnen viele Lokale mit dem Hinweis »Out of Bounds« den Zutritt verwehrten. In der Nähe des Standorts der Britischen Rheinarmee, wo mehrere tausend britische Soldaten stationiert waren, gab es eine Menge Kneipen, die hauptsächlich von Angehörigen der Army frequentiert wurden. Deutsche hielten sich dort eher selten auf. Und deutsche Frauen schon gar nicht. Wer gab sich denn mit einem Tommy ab? Obwohl die Briten ein fester Bestandteil des öffentlichen Lebens waren – und eben nicht selten ein ärgerlicher.

Auch Marie hatte schon mehrfach über sie geflucht, vor allem dann, wenn einer von ihnen das Auto vor ihr chauffierte und dabei ein klassisches Beispiel britischer Gelassenheit ablieferte. Die folgenden Autofahrer schlingerten ungeduldig hinter ihnen her und warteten verzweifelt auf eine Chance zum Überholen, was durch die Tendenz der Engländer, penetrant links zu fahren, zusätzlich erschwert wurde. »Mein Gott, die schlafen ja auf der Straße ein!«, schimpfte Marie oft und musste sich beherrschen, nicht auf die Hupe zu drücken.

»Ja«, murmelte Judith, und versuchte, den überdimensionierten halb fertigen Pullover mit der Wolle in ihrer Tasche zu verstauen, »wenn die sich immer prügeln, dann müssen sich die Tommys auch nicht wundern, wenn sie keiner mehr reinlässt. Aber unsozial finde ich das schon. Ist ja auch nicht so einfach, allein in einem fremden Land, und dann sprechen sie nicht mal die Sprache.«

»Na, das ließe sich ja nun schnell ändern«, erwiderte Christian. Er studierte Wirtschaft und hatte wenig übrig für die seiner Meinung nach naive soziale Toleranz seiner Freundin. »Und außerdem zwingt sie ja keiner, zur Army zu gehen.«

Judith schnappte nach Luft. »Ja, irgendwo müssen sie doch Geld verdienen! Obwohl ich natürlich Gewalt prinzipiell ablehne«, beeilte sie sich hinzuzufügen.

»Ich hab übrigens einen von denen kennengelernt«, sagte Marie und trank ihren Becher leer.

Die beiden guckten sie verdutzt an.

»Wie jetzt? Einen von den Tommys?«, fragte Christian.

Marie nickte. »Kommt aus der Nähe von London, spricht aber perfekt Deutsch. Seine Mutter ist Deutsche, und er ist zweisprachig aufgewachsen.«

Christian war beeindruckt. »Boah, ein Engländer, der Deutsch spricht. Den musst du mir mal vorstellen.«

»Ja«, stimmte Judith strahlend zu und strich sich die langen dunklen Haare hinter die Ohren, »bring ihn doch mal mit. Das ist dann gelebte Völkerverständigung.«

Marie grinste schief. »Das würde ich ja gerne, aber bis jetzt haben wir uns immer nur zufällig getroffen.«

Sie wusste zu diesem Zeitpunkt noch nicht, dass sich das sehr bald ändern würde. Allerdings nicht so, wie sie sich das wünschte.

Am nächsten Morgen konnte Marie sich etwas Zeit lassen, denn ihr erstes Seminar begann erst um elf Uhr. Es war halb zehn, und sie saß an dem großen Küchentisch in der Wohnküche, wo der alte Ofen bollerte, den Oma Minna ohne Rücksicht auf die Jahreszeit jeden Morgen anheizte. Sie nahm einen Schluck Kaffee und blätterte im Westfälischen Volksblatt. Es war still in der Küche, zu still, fand Marie und warf ihrer Mutter einen Blick zu. Die schälte verbissen schweigend Kartoffeln, während ihre Oma kerzengerade an ihrem Platz saß und finster vor sich hin starrte.

»Ist irgendwas?«, fragte Marie.

»Ich weiß gar nicht, warum du dich so aufregst«, sagte ihre Mutter und meinte damit Oma Minna, »die Elsbeth hat eben keinen Mann. Da werden die Frauen im Alter komisch, das weiß man doch.«

»Das ist noch lange kein Grund, den Anton schlechtzumachen. Der hat seine Arbeit getan«, giftete Oma Minna.

Hannelore blickte auf. »Ach so, und der Hinnerk ist wieder nicht fleißig genug!«

»Wieso«, lenkte Marie ab, »was hat die Elsbeth denn gesagt?«

»Sie hat gesagt, dass mein Vater – dein Großvater Anton – ihrem Vater, dem alten Johannes Techtelmann, die Zähne ausgeschlagen hat, und das wär bestimmt noch nicht alles gewesen.«

»Hat das was mit Opa Antons …«, weiter kam Marie nicht, denn Oma Minna hieb mit der flachen Hand auf den Tisch.

»Nein!«, rief sie. »Das war ein Unfall! Wie oft soll ich das noch sagen!«

Oma Minna erhob sich. Sie war fünfundsiebzig Jahre alt, schlank und – abgesehen von ihrem leicht gebeugten Gang – beweglich wie ein Terrier.

Marie verglich ihre Oma im Stillen oft mit einem Terrier. Flink, clever und bissig. Ihre immer noch vollen Haare hatte sie stets zu einem tadellosen Knoten frisiert. Da hielt sie drauf, und ihre dunklen Kittel hatten meist ein dezentes geometrisches Muster –

heute trug sie Rauten, aber es konnten auch Kreise und alle Arten von Rechtecken sein.

Oma Minna stand immer noch am Tisch und starrte finster aus dem Fenster. »Ich werde diesem Weib mal richtig die Meinung sagen«, knurrte sie, und einen Moment lang sah es so aus, als wollte sie sich gleich auf den Weg machen. Aber dann setzte sie sich wieder hin und verzog verdrossen den Mund.

Marie war verwirrt. Ihre Großmutter reagierte ungewohnt heftig auf Elsbeths Gerede. Sie fragte sich, was dahintersteckte. Sie wusste, dass der Tod ihres Großvaters vor fast zwanzig Jahren einige Spekulationen ausgelöst hatte – es wurde gemunkelt, es sei Selbstmord gewesen und kein Unfall, wie die alte Minna immer behauptete.

Opa Anton war von einem Güterzug erfasst worden. Natürlich hatten sich damals alle gefragt, was Anton Altenbendix überhaupt mitten in der Nacht in der Nähe der Gleise zu suchen gehabt hatte. Oma Minna hatte immer behauptet, Fuchs, der alte Ackergaul, sei damals ausgerissen, und ihr Anton habe versucht, ihn wieder einzufangen. Aber irgendwie hatte ihr niemand so recht glauben wollen, denn das Pferd hatte am frühen Morgen wohlbehalten im Stall gestanden.

Natürlich, die Tür war offen gewesen, und daher erklärte man sich die Sache so, dass das Pferd eben allein den Weg nach Hause gefunden hatte. Und das war gut so, denn von ihrer Mutter wusste Marie, dass ihre Eltern und Oma Minna damals ein paar würzige Auseinandersetzungen mit dem damaligen Pater Bernhard gehabt hatten. Der zierte sich nämlich mit der Beerdigung. Selbstmörder gehörten seiner Meinung nach nicht in geheiligter Erde begraben. Aber da man nichts Genaues wusste, verlief das Ganze im Sande, und Anton Altenbendix fand – wie es sich gehörte – seine letzte Ruhestätte auf dem Friedhof vor der St.-Vinzenz-Kapelle.

Seltsam war allerdings gewesen, dass kaum drei Jahre später Heini Techtelmann vor dem gleichen Problem gestanden hatte, denn dessen Vater hatte sich unchristlicherweise an einem Dachbalken in der Scheune erhängt. Und das auch noch an einem Sonntag. Glücklicherweise hatte der alte Pater Bernhard zu diesem Zeitpunkt bereits das Zeitliche gesegnet, und Pater Jonas, der die Lehren der Kirche nicht ganz so streng auslegte, war an seine Stelle getreten. So hatte auch der alte Johannes Techtelmann seinen Frieden in geweihter Erde gefunden.

Der Tod der beiden Männer hatte der Nachbarschaft Rätsel aufgegeben. Sie schienen in den letzten Jahren verfeindet gewesen zu sein, hatten kaum noch miteinander gesprochen. Nur der alte Gottlieb Meierkamp, Franziska Heckerhoffs Vater, hatte damals noch zu den beiden Zugang gefunden.

Und das war beachtenswert, denn Gottlieb Meierkamp war nur Heuerling auf dem Hof der Heckerhoffs gewesen, hatte kein Eigentum gehabt. Aber seine Tochter Franziska hatte sich gut verheiratet. Obwohl der alte Friedrich Heckerhoff nicht gerade der Traum von einem Schwiegervater gewesen war. Aber der hatte ja Gott sei Dank nun auch das Zeitliche gesegnet – unter mysteriösen Umständen zwar, aber wen kümmerte das. Im Gegenteil, man war davon überzeugt, dass er auf dem Misthaufen genau das Ende genommen hatte, das er verdiente.

Keiner weinte dem Rohling eine Träne nach. Leider war seine Frau nicht in den Genuss einer Witwenschaft gekommen, die sie ihrem Eheleben sicherlich vorgezogen hätte. Sie hatte ihrem Herrn und Meister in aller Demut elf Kinder geboren, von denen acht noch am Leben waren und sieben mit ihren Familien das Weite gesucht hatten.

Der alte Gottlieb lebte immer noch in dem Heuerlingshaus, allerdings allein. Seine Frau war kurz nach dem Krieg plötzlich verstorben. Niemand wusste genau, woran, aber der Dorfklatsch sagte, dass es wohl Erschöpfung gewesen sein musste. Eines Tages, kurz nach der Geburt ihrer Enkelin Adelheid, hatte man sie gefunden, in ihrem alten Bett mit der Strohmatratze, den Rosenkranz in der Hand. Am Samstag zuvor hatte man sie noch im Beichtstuhl knien gesehen. Herzversagen hatte auf dem Totenschein gestanden.

Marie wunderte sich darüber, dass man für diese Diagnose einen Arzt brauchte. Starb man nicht immer irgendwie an Herzversagen?

Der alte Meierkamp jedenfalls war nach dem Tod seiner Frau zusammengeschrumpft wie eine Rinderwurst in der Bratpfanne.

Anfangs war er weiterhin seiner Arbeit auf dem Hof nachgegangen, den sein Schwiegersohn einmal erben würde, aber dann zwang ihn sein gebeugter Rücken in den Lehnstuhl vor dem Ofen in seinem kleinen Wohnzimmer, den er nur verließ, um ächzend die hundert Meter bis zum Hof zurückzulegen. Dort setzte er sich auf die Hofbank vor der Deelentür, rauchte Kette und genoss die Jahreszeiten und seinen wohlverdienten Ruhestand. An guten Tagen half er seiner Tochter im Stall, so gut es seine morschen Knochen eben zuließen.

Marie hatte sich schon oft gefragt, was zwischen ihrem Großvater und dem alten Techtelmann damals wohl vorgefallen sein mochte. Wieso hatten sich die zwei Männer umgebracht – denn im Grunde zweifelte niemand daran, dass auch Anton Altenbendix freiwillig aus dem Leben geschieden war. Das machte ein Mann doch nicht ohne Grund. Und ganz besonders niemand in dieser Gegend. Das waren hart arbeitende Bauern, die fest mit beiden Beinen auf der Erde standen. Sie hatten doch keine Zeit für depressive Verstimmungen. Oder?

Marie legte die Zeitung zur Seite und stand auf.

»Ich muss los«, sagte sie und erntete von ihrer Mutter einen vorwurfsvollen Blick. »Du wolltest doch für mich einkaufen fahren, Kind. Was ist denn nun damit?«

Marie seufzte innerlich. »Das kann ich doch heute Nachmittag noch machen.«

»Ja, wenn du früh genug wieder da bist«, antwortete ihre Mutter spitz, »aber nicht, dass du's vergisst.«

»Was wollt ihr bloß machen, wenn ich mal heirate und ausziehe?«, konnte Marie sich nicht verkneifen zu fragen. »Kommt ihr dann überhaupt klar?«

»Wenn du verheiratet bist, ist das was anderes«, sagte ihre Mutter.

»Wieso?« Marie wusste natürlich genau, was ihre Mutter meinte, wollte es aber aus deren Munde hören. Vielleicht merkte die ja dann, wie absurd das war. Aber ihre Mutter kam nicht mehr dazu, Maries Frage zu beantworten, denn Oma Minna erhob sich plötzlich.

»Ich geh jetzt mal zu Techtelmanns rüber.«

Mutter und Tochter warfen sich einen Blick zu. Hannelore guckte ängstlich, Marie amüsiert. Aber da war Minna schon zur Tür raus.

»Ogottogott«, jammerte Hannelore, »was die nun wieder zu bereden haben. Hoffentlich gibt's keinen Streit.«

»Und wenn schon«, sagte Marie.

»Das sagst du so! Wir brauchen doch die Nachbarn, wenn mal Not am Mann ist, da kann man sich doch keinen Streit erlauben!«, rief Hannelore hinter ihrer Tochter her, aber Marie hatte die Tür schon hinter sich geschlossen.

5

Josef Techtelmann, Heinis ältester Sohn und Hoferbe, stemmte atemlos die Hände in die Seiten. Dieses vermaledeite Kalb! Seit einer halben Stunde versuchten sie nun schon, es einzufangen, und der Schornsteinfeger, der das Treiben bisher mit blödem Kichern beobachtet hatte und hin und wieder gute Ratschläge erteilte, wie das Kalb am besten einzufangen sei, verlor langsam die Geduld. Das Rindvieh hatte sich nämlich mit dem Kopf in seinem langen Kehrbesen verheddert und hüpfte damit ausgelassen über den Hof. Vielleicht störte dieses kratzige Ding aber auch nur, und es versuchte mit seinen wilden Sprüngen, den Ballast abzuwerfen, was ihm aber nicht gelang.

»Stell du dich mal vor das Gartentor!«, rief Josef seinem Vater zu, der, den Hut in den Nacken geschoben, schwerfällig zu dem kleinen Holztor stapfte. Hinten im Garten stand Mathilde inmitten eines mit abgerissenen Maiglöckchenstauden und zerfetzten Rhododendron-Blüten bedeckten Durcheinanders und lamentierte über die zerstörten Blumenbeete. Jetzt galt es, wenigstens den Gemüsegarten zu retten.

»Wie konnte denn das passieren?«, jammerte die Bäuerin und legte die Hand an die Stirn, während ihr Sohn, ihr Mann und, nachdem man ihn aufgefordert hatte, auch der Schornsteinfeger versuchten, das verängstigte Schwarzbunte einzukreisen. Tante Elsbeth stand – die Arme vor der Brust verschränkt – mit leichtem Kopfschütteln in der Deelentür.

»Mein Gott, nun pack es doch endlich, Heini!«

Heini schlich sich langsam an das ermüdete Kalb heran und versuchte, es am Schwanz zu packen. Aber das Tier war schneller, schlug aus und sprang – haarscharf an dem wütenden Schornsteinfeger vorbei – in Richtung Scheunentor davon. Heini Techtelmann fiel auf die Knie.

»So ein Mistvieh!«, brüllte er mit schmerzverzerrtem Gesicht, während seine Frau auf ihn zueilte, um ihm aufzuhelfen.

Josef riss nun endgültig der Geduldsfaden, schließlich hatte er eine Verabredung mit seiner Schützenkompanie, die beim Zeltaufbauen für das Vogelschießen auf dem Schützenplatz helfen sollte, aber dazu würde er ohnehin zu spät kommen. Die waren bestimmt schon fertig. Machte aber nichts, zum anschließenden Mittagessen mit Freibier würde er noch pünktlich kommen. Techtelmann junior stürzte sich also auf das Kalb, das sich am Scheunentor scheuerte, um den leidigen Besen loszuwerden, umklammerte seinen Hals und ließ sich nicht mehr abschütteln.

»Nun komm schon einer und hol den verdammten Besen!«

Der Schornsteinfeger eilte nach sekundenlangem Zögern hinzu und versuchte, dem zappelnden Kalb den Besen abzustreifen. Das Tier schien zu begreifen, dass man ihm helfen wollte, und beruhigte sich. Wenige Augenblicke später dirigierte der Jungbauer das erschöpfte Schwarzbunte in den Stall und band es sorgfältig fest.

Heini humpelte gerade mit Mathildes Unterstützung Richtung Deelentür, wo Tante Elsbeth dem Schornsteinfeger nahelegte, er solle doch besser auf sein Zeug aufpassen, was dieser mit der Antwort quittierte, sie sollten doch alle besser auf ihr Viehzeug aufpassen, worauf Elsbeth keine Entgegnung einfiel. Aber das war auch nicht nötig, denn in diesem Moment kam energischen Schrittes Minna Altenbendix um die Hofecke gestapft.

Mathilde zog überrascht die Stirn in Falten und lächelte dann tapfer.

»Minna, oh, ja komm doch mit in die Küche und setz dich.«

»Ich wollte mal sehen, wie's euch so geht«, erwiderte Minna und folgte den beiden Nachbarinnen über die Deele in die Küche. Heini grüßte kurz und verzog sich in den Kuhstall.

»Na, dass du dich mal wieder blicken lässt«, sagte Elsbeth, die trotz ihrer Behinderung als Erste die Küche betrat, sich behände auf ihrem angestammten Platz neben dem Herd niederließ und nach ihrem Strickzeug griff.

Oma Minna setzte sich auf einen Küchenstuhl und richtete ihren grauen Haarknoten.

»Jo«, sagte Minna und reckte energisch das Kinn. »Und wie geht's gesundheitlich?«

»Na ja«, erwiderte Elsbeth und legte ihr Strickzeug wieder weg, »der Rücken macht einem zu schaffen, überhaupt tun einem alle Knochen weh.« Sie hob seufzend die Hände. »Manchmal kann ich kaum die Finger bewegen. Aber«, sie legte die gefalteten Hände in den Schoß, »wen der Herrgott lieb hat, den züchtigt er. Das müssen wir eben ertragen.«

Minna schürzte die Lippen und warf einen Blick auf den grauen Wollstrumpf, an dem ihre Nachbarin gerade arbeitete. »Jo, mein Zucker macht mir in letzter Zeit auch wieder zu schaffen.«

Mathilde, die auf der Küchenbank saß und zustimmend nickte, beklagte sich über die Kopfschmerzen, die sie täglich plagten, und kam dann auf die Kinder zu sprechen. »Ist denn die Maria nicht bald fertig mit der Schule?« Für Mathilde hieß Marie Maria, wie es sich für eine ordentliche Katholikin gehörte, und sie ging zur Schule. Mädchen gingen nicht zur Universität, und ein Nachbarmädchen schon gar nicht. »Sie ist ja nun schon über zwanzig und wirklich ein hübsches Mädchen, ganz der Vater. Aber einen Freund hat sie wohl noch nicht, was?«

»Ach, die Maria hat noch Zeit. Wenn sie erst mal fertig ist mit dem Studium, kann sie sich immer noch einen aussuchen.«

»Jooo«, meinte Mathilde gedehnt, »aber du weißt doch, Minna, alt gefreit hat schon immer gereut.«

»Und euer Josef«, wollte Minna nun wissen, »will der sich denn gar nicht mal umgucken? Der geht ja nun schon auf die dreißig zu.«

»Der Josef«, sagte Mathilde spitz, »der weiß genau, was er will, der nimmt nicht jede Hergelaufene, und außerdem«, sie leckte sich die Lippen, »Männer können sich ruhig ein bisschen mehr Zeit lassen, nech.«

Minna rutschte ungeduldig auf ihrem Stuhl herum, schließlich fasste sie sich ein Herz.

»Und was ich noch sagen wollte, Elsbeth«, Minna atmete etwas schneller, »wie kannst du denn rumerzählen, dass mein Anton deinem Vater die Zähne ausgeschlagen hat? Das ist doch eine Lüge!«

Mathilde bekam runde Augen und lief rot an. Elsbeth nicht. Sie schnappte nach Luft und parierte den Angriff.

»Wieso ist das eine Lüge? Ich war ja fast dabei! Da braucht mir keiner daherzukommen und sagen, dass ich lüge!«

»Ha, davon wüsste ich ja wohl, wenn die sich gestritten hätten! Wo soll das denn gewesen sein?«

»Das kann ich dir genau sagen! Auf der Wiese hinten am Olsterbach, da haben sie sich geschlagen, ich hab sie damals schreien gehört, und am nächsten Tag fehlte userm Vater vorne der Zahn.« Elsbeth stach mit dem Finger Löcher in die Luft.

»Ach«, Minna war aufgesprungen und drohte ihrer Kontrahentin mit der knochigen Faust. »Du Kanaille! Was erzählst du so alte Kamellen herum? Und der Anton – Gott hab ihn selig – liegt längst unter den Fichten. Totgeärgert hat er sich. Und du bist bestimmt auch einer von seinen Sargnägeln gewesen! Überall steckst du deine Nase rein, das hast du schon immer gemacht! Du solltest mal lieber an euch denken! Wie war denn das damals mit den Zwangsarbeitern bei euch aufm Hof? In der Viehküche habt ihr sie essen lassen! Aber sich über andere das Maul zerreißen!«

»Das haben wir nur gemacht, weil der alte Heckerhoff, dieser Nazi, immer kontrolliert hat!«

Die beiden Kontrahentinnen standen sich gegenüber wie zwei Duellanten. Jede zeigte mit dem Finger auf die andere. Dann fasste Minna sich ans Herz.

»Minna! Um Gottes willen!« Mathilde war aufgesprungen und umfasste Minnas Schultern. »Elsbeth! Was hast du da angerichtet?!«

Elsbeth stand unschlüssig vor dem Sofa.

»Minna, warte, ich hole dir was zu trinken.«

Sie verschwand in der Kochküche und kam Sekunden später mit einem Glas Wasser zurück. Aber Minna Altenbendix hatte sich bereits wieder gefangen. Noch atmete sie schwer, doch sie nahm das Glas Wasser mit zitternder Hand und trank ein paar Schluck.

»Minna«, Mathilde war ehrlich besorgt, »geht es wieder besser? Reg dich doch nicht so auf. Die Elsbeth redet eben manchmal zu viel, das wissen doch alle.«

Sie warf ihrer Schwägerin einen warnenden Blick zu.

»Nun beruhige dich mal, und wenn es dir wieder besser geht, bringt dich der Josef mit dem Auto nach Hause.«

Minna erhob sich. »Es geht schon wieder. Aber ich glaube, ich muss mich hinlegen.«

»Sicher, sicher. Elsbeth, geh und hol Josef!«, kommandierte Mathilde.

Elsbeth humpelte widerspruchslos hinaus.

»Minna«, Mathilde klopfte ihrer alten Nachbarin kameradschaftlich auf die Schulter. »Wir wollen uns doch nicht streiten. Mach dir man bloß nichts aus dem Gerede. Das ist doch alles schon so lange her. Ist doch ganz uninteressant, ob die Kerle sich damals geprügelt haben oder nicht. Lass doch die Elsbeth reden, hört ja doch keiner hin.«

In diesem Moment kam Josef frisch gewaschen und rasiert in Jeans und T-Shirt in die Küche. Mutter und Sohn führten die alte Minna dann zu dem blauen Opel Kadett, den Josef sich vor einem Jahr zugelegt hatte.

Für einige Tage kehrte Frieden ein in Birkendorf. Den alten Gerhard hatte man seit einiger Zeit nicht mehr gesehen. Er bekam Beruhigungsmittel, hatte Gertrud Maries Mutter erzählt. Auch Elsbeth verhielt sich neuerdings auffällig ruhig. Seit Längerem war sie nicht mehr auf den Feldern gesehen worden, wo sie doch sonst den Zustand und Fortgang der nachbarlichen Saat nur zu gern inspizierte und kommentierte. Hinnerk, der einfach keine gerade Furche hinbekam, wenn er mit dem Trecker das Land pflügte, war ihr bevorzugtes Opfer.

»Der war doch bestimmt betrunken«, lästerte Elsbeth dann und wies auf die Schlangenlinie, die sich zuweilen über den Großenjohannschen Acker zog. Nein, Elsbeth schien im Moment andere Sorgen zu haben, aber vielleicht hatte ja die Auseinandersetzung mit Oma Minna ihrer Streitlust einen Dämpfer verpasst.

Marie jedoch traute dem Frieden nicht. Sie hatte das Gefühl, dass irgendwas vorging, und das lag nicht nur daran, dass ihre Oma in den letzten Tagen mit sorgenvoller Miene herumlief. Nein, es kam ihr so vor, als würde die Zeit langsamer vergehen, als würde ganz Birkendorf innehalten und auf einen Sturm warten, der dieser dumpfen Trägheit folgen würde.

Das Vogelschießen war ohne große Zwischenfälle über die Bühne gegangen. Die Birkendorfer haderten zwar mit der Tatsache, dass ihre Kompanie in diesem Jahr weder den König noch einen Prinzen stellen würde, aber das schloss sie wenigstens nicht von dem großen Freibiersaufen aus, das der Krönung der Majestäten folgte.

Marie hatte auf eine Teilnahme am abendlichen Tanz verzichtet und sich auf zwei Klausuren am Montag vorbereitet, von denen sie die über Soziolinguistik mehr schlecht als recht und die über romantische Lyrik ohne Schwierigkeiten hinter sich gebracht hatte.

Heute machte sie blau und hatte sich für zwei Uhr mit Judith in der Stadt verabredet. Sie saß in der Küche am Tisch neben ihrer Mutter, die die obligatorischen Kartoffeln für das Mittagessen schälte. Dazu würde es Sauerkraut mit gebratener Blut- und Leberwurst geben.

Es roch nach Bohnenkaffee und Hefe. Auf dem Herd in der Ecke waberte in einer großen Emailleschüssel ein Hefeteig vor sich hin, den Oma Minna am Morgen angesetzt hatte. Marie schloss die Augen und sog genießerisch den Duft ein. Pickert. Marie liebte Westfälischen Pickert. Besonders mit einer dicken Schicht kalter Butter bestrichen. Aber das musste noch warten bis zum Nachmittag. Vorher würde ihre Oma lange Zeit am Herd stehen und kleine Teigberge in einem Meer aus brutzelndem Sonnenblumenöl zu Pfannkuchen backen.

Jetzt am späten Vormittag hatten sie Besuch von Bauer Willi Fortmüller, der einen kleinen Hof in der Nähe des St.-Vinzenz-Klosters bewirtschaftete und ständig auf der Suche nach Pachtland war. Hinnerk schraubte gerade die Wacholderflasche auf, als Oma Minna hereinkam und dem Gast mit zusammengepressten Lippen zunickte.

»Moin«, sagte Willi, hob sein Pinneken – in Birkendorf hießen Schnapsgläser Pinneken – an die Lippen und kippte den Inhalt mit geübtem Schwung hinunter. Minna setzte sich in den Sessel neben dem Herd und ließ keinen Zweifel an ihrer Absicht aufkommen, sich kein einziges Wort der beiden Männer entgehen zu lassen.

»Na, Willi, dann frag man gleich an der richtigen Stelle nach«, sagte Hinnerk und deutete dabei mit dem Kopf auf seine Schwiegermutter, die hinter ihm saß.

Marie fragte sich, was ihren Vater so amüsierte.

Willi Fortmüller schien sich offenbar plötzlich unbehaglich zu fühlen. Er ruckte auf der Holzbank hin und her und wusste offensichtlich nicht recht, wie er sein Anliegen vortragen sollte. Vor Oma Minna hatten alle einen Mordsrespekt, denn sie war immer noch Eigentümerin des Hofes, und obendrein nahm sie kein Blatt vor den Mund. Nicht wie ihre Mutter, die sich immer um ein gutes Verhältnis zur Nachbarschaft bemühte und ihren Ärger über Mathilde oder Elsbeth lieber hinunterschluckte.

Bei Oma waren alle auf der Hut, denn die sagte jedem ihre Meinung – besonders ihrem Schwiegersohn – ohne sich über etwaige Konsequenzen Gedanken zu machen, und bisher war sie damit in Birkendorf ganz gut gefahren. Hinnerk seinerseits trug das alles mit heiterer Gelassenheit. Er verdiente einen Teil des gemeinsamen Lebensunterhaltes als Schrankenwärter bei den britischen Streitkräften und ging mit seiner Arbeitskraft ansonsten recht sparsam zu Werke.

»Tja, Minna«, Willi hatte sich endlich ein Herz gefasst – vielleicht hatte der zweite Wacholder vor dem Mittagessen etwas damit zu tun –, »ich wollte mal fragen, ob ich die Olsterwiese für ein paar Jahre pachten kann. Ihr wollt ja sowieso die Milchkühe bald abschaffen und mehr Ferkel züchten, und außerdem geht euer Hinnerk ja auch arbeiten …«, weiter kam er nicht, denn Oma Minna schüttelte bereits heftig den Kopf.

»Dass wir die Milchkühe abschaffen, ist noch gar nicht gesagt, und außerdem kann man das Heu auch so verkaufen.«

»Jooo …«, kam es gedehnt vom Tisch, »aber dann habt ihr ja auch noch die Arbeit damit. Wenn ihr verpachtet, habt ihr doch nix mehr damit zu tun. Hinnerk geht sowieso arbeiten, und der Jüngste ist er ja auch nicht mehr …«

»Ach wat«, schnaubte Oma Minna, »dat liegt nicht am Alter.«

Marie verfolgte amüsiert die Unterhaltung und fragte sich,

warum ihre Oma so stur war. Sie wusste genau, dass ihre Eltern mit dem Gedanken spielten, die Milchkühe abzuschaffen, weil die Milch einfach nichts mehr einbrachte. So ging es vielen Bauern, und das war auch der Grund, warum ihr Vater arbeiten ging und sie BAföG bekam. Ihre Eltern erwirtschafteten keine Reichtümer mit der Landwirtschaft, obwohl sie alle hart arbeiten mussten und auch ihre, Maries, Arbeitskraft und natürlich die ihres Bruders auf dem Hof gebraucht wurde. Deshalb fiel es Marie auch schwer, den Hof zu verlassen.

Sie hatte das Gefühl, ihre Familie im Stich zu lassen. Warum also verpachtete ihre Oma nicht? Das brachte zwar nicht viel, aber was wollte sie mit der Wiese? Sie hatten damit sowieso nichts als Ärger. Die Weide lag nämlich direkt am Olsterbach, ganz in der Nähe des St.-Vinzenz-Klosters, das auch ein Heim für schwer erziehbare männliche Jugendliche war.

Einige dieser jungen Männer trafen sich von Zeit zu Zeit in der kleinen Hütte. Dort saßen sie zusammen, tranken und schnüffelten Leim aus Plastiktüten. Minna versuchte zwar ständig, ihren Schwiegersohn dazu zu bringen, den Schuppen abzureißen und damit dieses Treiben zu beenden, aber den kümmerte das nicht.

Ihr Vater hatte die Gelegenheit genutzt, um nachzuschenken. Die beiden Männer stießen schweigend an und tranken. In diesem Moment ergriff Maries Mutter das Wort.

»Und Willi, wie geht's Erna mit ihren Gallensteinen?«

»Joo, et cheit«, erwiderte Willi und drückte seine Zigarette aus.

»Gott, es ist nicht so einfach, wenn man alt wird.« Hannelore stand auf, nahm die Wacholderflasche und verschwand mit einem »Grüß sie man schön« in den angrenzenden Vorratsraum, der auf die Deele führte.

Willi startete einen letzten Versuch. »Keik mo, für euch wär dat doch praktisch, ihr kriegt Geld und braucht euch um nix zu kümmern. Ich bearbeite alles.«

»Die Olsterwiese bearbeitet keiner außer uns.« Damit stand Oma Minna auf und öffnete die Ofenklappe, um ein Brikett nachzuwerfen. »Fehlte noch, dass andere Leute mit ihrem Trecker *unsere* Wiese bearbeiten.«

Dann klappte sie geräuschvoll die Ofentür zu. Das Thema war für sie erledigt, und sie verließ die Küche.

Willi Fortmüller blickte ihr grimmig nach und stand dann auf.

»Jou, Hinnerk, dann sieh man zu, ne.«

Hinnerk erhob sich ebenfalls und begleitete seinen Nachbarn hinaus.

Marie blieb nachdenklich zurück.

6

Heute war Schützenfest, und glücklicherweise regnete es. Also musste kein Gras gemäht werden, und man konnte ungestört feiern. Für die nächsten Tage hatte der Wetterbericht warmes, trockenes Wetter vorhergesagt. Womöglich hatten die Bauern Glück und konnten die Heuernte, die wegen des verregneten Frühjahrs noch immer nicht abgeschlossen war, in der Woche nach dem Schützenfest endlich abschließen.

Nachdem die Schützen am gestrigen Abend alle Vorbereitungen für das Fest erfolgreich über die Bühne gebracht hatten, hatte man noch eine Weile im Zelt zusammengesessen. Dabei war der eine oder andere Korn die eine oder andere Kehle hinabgeflossen, und man hatte sich zu später Stunde, nicht mehr ganz sicher auf den Beinen, dafür aber in bester Laune, voneinander verabschiedet.

Als Heini Techtelmann erwachte, fühlte er sich grauenvoll. Er hielt seine Augen eisern geschlossen, aus Furcht vor dem, was ihn erwartete, wenn er sie öffnete. Alle Knochen taten ihm weh, womöglich waren sie gebrochen. Und erst der Kopf! Seine rechte Wange brannte, und er fror erbärmlich. Das Einzige, woran er sich erinnerte, war der Sturz. Er stöhnte leise und blinzelte zaghaft. Durch seine halb geöffneten Lider sah er Halme und registrierte langsam, dass der unmenschliche Krach, der ihn geweckt hatte, aus dem Stall kam. Josef war wohl gerade dabei, die Schweine zu füttern.

Vorsichtig bewegte er die Finger der linken Hand, die rechte spürte er nicht. Das funktionierte, ebenso der Unterarm. Oberarm. Alles intakt. Das machte ihm Mut, und er traute sich, die Augen ganz zu öffnen. Er lag in dem Heuhaufen in der Scheune und stellte fest, dass er seinen rechten Arm nicht fühlte, weil er darauflag. Mühevoll wälzte er sich zur Seite, was unerwartet wenig Schmerzen hervorrief und ihn unendlich erleichterte. Seine größte Angst war, sich das Kreuz zu brechen, was bei einem Sturz vom Heuboden ja nicht auszuschließen war. Aber er hatte Glück gehabt und war im Heu gelandet, das zur Fütterung bereitlag.

Dunkel erinnerte er sich an den gestrigen Abend. Er hatte sich mit Josef gestritten. Der Bengel hatte ihm doch tatsächlich eine Schwiegertochter präsentiert. Eine Schwiegertochter mit Kind. Und es sollte noch schlimmer kommen. Das Kind war unehelich. Das war ganz und gar unmöglich, und das hatte er Josef auch gesagt, aber der hatte nur gelacht. Und dann hatte Heini mit den Nachbarn Hinnerk und August und ein paar anderen Schützen noch beim Aufbau der Bierzeltgarnituren im Festzelt geholfen.

Hinnerk hatte wieder eins dieser Lieder gesungen, vom Rhein und vom Wein, und Mathilde hatte gezetert. Da hatte er es vorgezogen, auf dem Heuboden über der Scheune zu schlafen, aber ihm war schlecht geworden, und er hatte sein Gebiss verloren, und dann musste er irgendwie runtergefallen sein. Bedächtig, mit schmerzverzerrtem Gesicht, fuhr er fort, seine Gliedmaßen einzusammeln, was einige Zeit in Anspruch nahm. Im Sitzen war es auszuhalten, aber Gehen war ausgeschlossen. Ihm blieb nichts anderes übrig, als auf allen vieren zum Wohnhaus hinüberzukriechen und zu hoffen, dass ihm keiner in die Quere kam.

Ein Blick auf die Uhr beunruhigte ihn, es war kurz vor acht. Josef war aber spät dran mit dem Füttern! Ihm blieben also knapp zwei Stunden, um sich wieder auf die Beine zu bringen, denn um zehn Uhr musste er zum Frühschoppen antreten. Heini verzog das Gesicht. Er würde es schon schaffen, man durfte sich keine Blöße geben.

Der Krach aus dem Schweinestall ließ langsam nach, und er hatte gerade die Deelentür erreicht, als er auf ein Paar Holzschuhe blickte, in denen Füße mit blauen Wollsocken steckten. Er seufzte und schaute gleich darauf zu seiner Frau hinauf. Mathilde hob die gefalteten Hände und blickte zum Himmel.

»Herr Gott, gib mir Geduld«, flehte sie inbrünstig, bevor sie die Fäuste in die Seiten stemmte. »Eine Schande ist das! Man gut, dass die Leute dich nicht so sehen! Was sollten die bloß denken!«

Dann packte sie unsanft Heinis Arm und zog ihn in die Höhe. Mit vereinten Kräften schafften sie es zum Badezimmer.

»Mein Gebif«, lamentierte Heini, als er sich schwer auf dem Badewannenrand niederließ, »daf muf noch im Heu liegen.«

»Herr im Himmel!«, war Mathildes einziger Kommentar, bevor sie sich auf den Weg machte, um das Gebiss ihres Mannes aus dem Heuhaufen zu holen.

Um kurz nach neun war Heini Techtelmann so weit, dass er sich an den Frühstückstisch setzen konnte. Mathilde stellte ihm Butter, Leber- und Blutwurst, Schnittkäse und Mettwurst hin und goss ihm aus der großen weißen Kanne einen Becher von dem starken Kaffee ein, den ihr Mann mit drei Löffeln Zucker und Kondensmilch anreicherte.

Heini nahm sich eine Brotscheibe, beschmierte sie dick mit Butter und Leberwurst und konnte sich dank seines wiedergefundenen Kauwerkzeugs einer herzhaften Mahlzeit erfreuen. Seine Frau Mathilde und seine Schwester Elsbeth teilten sich das Westfälische Volksblatt.

Hin und wieder, wenn Mathilde ihren Becher zum Mund führte, traf ihren Mann ein verstohlener Blick, den dieser nicht wahrzunehmen schien. Wohl aber Elsbeth, die ihrem Bruder gegenüber am anderen Ende des Tisches thronte und scheinbar ausführlich die Todesanzeigen studierte. Die alte Küchenuhr schlug halb zehn, und Elsbeth warf zuerst ihrer Schwägerin, dann ihrem Bruder einen vielsagenden Blick zu, aber die ließen sich heute Morgen nicht aus der Reserve locken. Elsbeth faltete geräuschvoll ihre Zeitung zusammen und erhob sich schwerfällig.

»Na, dann will ich mal in den Stall gehen und nach den Ferkeln sehen«, verkündete sie und humpelte in der freudigen Gewissheit hinaus, bei Bauer und Bäuerin ein Gefühl der Pflichtvergessenheit hinterlassen zu haben.

»Dieses Weib macht mich noch verrückt! Nie hat man seine Ruhe, immer sitzt sie da und tut, als läse sie Zeitung, oder strickt. Dabei hat sie die Seite in den letzten zehn Minuten nicht einmal umgeschlagen, ich hab auf die Uhr geguckt.«

Bauer und Bäuerin schwiegen eine Weile.

»Meinst du nicht doch«, begann Mathilde vorsichtig, »wir

sollten ihr das große Zimmer vorne geben? Da wäre noch Platz genug für eine Polstergarnitur und einen großen Tisch.«

»Und du glaubst, sie würde dann da alleine rumsitzen, anstatt hier in der Küche?«

Mathilde seufzte schwer. »Ich möchte wenigstens eine Mahlzeit am Tage ohne diesen Spion am Tisch erleben, aber«, sie blickte in stummem Zorn auf das abgesessene Sofa neben dem Herd, »hier ist ja für niemanden Platz! Immerzu hockt sie da und guckt mich an mit diesem Blick. Ich sage dir, da sitzt der Leibhaftige drin!«

»Hör endlich auf mit diesem Quatsch«, erwiderte Heini unwirsch und leerte seinen Becher, »wenn du den Kindern weiterhin das Geld hinterherwerfen willst, musst du dich damit abfinden, dass sie hier ist.«

»Du musst gerade reden!«, zischte Mathilde wütend und warf einen vorsichtigen Blick Richtung Tür. »Wer will denn hier die Milchabsauganlage anschaffen und Pferdeboxen in die Scheune bauen? Wo soll das Geld dafür denn herkommen? Und unsere Anna will bald heiraten, die ist ja sowieso kaum zu Hause. Dann müssen wir ihr das Erbteil auszahlen und dem Johannes auch. Der hat schon gesagt, dass er ausziehen will. Erst gestern hat er mich gefragt, wie viel ihm vom Hof zusteht! Wir werden hier noch bankrottgehen auf Techtelmanns Hof, wenn die alle ihr Geld haben wollen!« Sie drückte sich ihr Taschentuch auf die Augen. »Und womöglich bringt uns der Josef noch eine ledige Mutter auf den Hof! Wo soll das bloß alles hinführen?«

»Ja, sind die denn alle verrückt geworden?«, polterte Heini jetzt wütend. »Das wollen wir doch mal sehen, wer hier welches Geld kriegt und wer wen auf den Hof bringt.«

»Schsch!«, zischte seine Frau. »Die Fenster sind offen, man kann dich ja bis auf die Straße hören!«

In diesem Moment betrat Tante Elsbeth die Küche.

»Da hast du wohl recht, man kann euch bis draußen in den Garten hören«, sagte sie und verschwieg dabei die Tatsache, dass sie das unmöglich wissen konnte, denn sie hatte die ganze Zeit hinter der Tür gestanden, durch die sie eingetreten war und die sie jetzt energisch schloss. »Und das sag ich euch, wenn der Josef hier ein fremdes Kind anbringt, dann bin ich die Erste, die geht. Dann habt ihr endlich eure Ruhe, und ich auch.«

Heinis Wangenknochen arbeiteten. Dann wandte er sich zur Tür.

»Ich muss los.«

Es war bereits kurz vor sieben Uhr am Samstagabend, der Himmel war bewölkt, und hin und wieder fielen Tropfen auf die grünen Schirmmützen der Männer, die sich zu Hunderten auf der Kirchstraße vor dem Ehrenmal versammelten, um an der Begrüßung durch den Oberst der Hermannsheider Schützenbruderschaft und dem Ständchen für die Schützenjubilare teilzunehmen. Viele Zuschauer hatten sich, trotz des trüben Wetters, rund um den Pfarrgarten eingefunden, um den Schützenzug von hier aus zum Schützenplatz zu begleiten, wo auch der Zapfenstreich gespielt wurde.

Nach der offiziellen Einweihung der neuen Fahne sollte der Schützenkönig, den diesmal die Westerländer Siedlung stellte, mit seinem Hofstaat, bestehend aus Kronprinzen-, Zepter- und Apfelprinzenpaar, den Festball eröffnen.

Auf dem Festplatz wurde der lange Schützenzug bereits von den Familien und zahlreichen anderen Zuschauern erwartet. Nach Beendigung des offiziellen Programms verlief sich die Menge. Trauben von Männern in grünen Jacken und schwarzen Hosen erkämpften sich an den Getränkeständen Bier und Korn, Mütter standen mit ihren Kindern vor dem Kettenkarussell an, Jugendliche bevölkerten den Rand des Autoscooters, dessen dröhnende Rockmusik von Slade die Foxtrottklänge aus dem Festzelt übertönte. Der grasbewachsene Boden war feucht, die Luft kühl, und die Frauen in ihren leichten, hellen Sommerkleidern zogen die Jacken enger um die Schultern.

Das große Zelt war hell erleuchtet und warm. Es roch nach Bier und Rauch. Das Gewirr von tausend Stimmen, das dumpfe Poltern unzähliger Schuhe auf den Holzbohlen und das laute Gelächter einiger Jugendlicher, die sich beizeiten einen Platz an der langen Holztheke gesichert hatten, versetzte Marie, die mit Judith und Christian an der Theke stand, in eine erregende Vorfreude auf den abendlichen Tanz. An den langen Tischen hatten Frauen Platz genommen, und Jugendliche verzehrten ihre Portion Pommes frites, eine Bratwurst oder ein Fischbrötchen.

Marie hatte gerade ihr erstes Glas Bier geleert, als Manfred Hecker, der Sohn vom Bürgermeister, sich vor ihr aufpflanzte und sie zum Tanzen aufforderte. Marie, die Manfred Hecker nicht leiden konnte – sie fand ihn langweilig und obendrein ziemlich arrogant –, ließ sich überreden. Gerade wurde »Waterloo« von ABBA gespielt – ein schneller Foxtrott. Marie liebte schnellen Foxtrott, und Manfred, mit seinen langen fettigen Haaren zwar nicht gerade ein Adonis, war wenigstens ein guter Tänzer. Zumindest, wenn er nüchtern war, was er heute ganz bestimmt nicht mehr war.

Sie tanzten mit leichter Schlagseite an ihren Eltern vorbei, ihre Mutter nickte den beiden lächelnd zu. Ihre Mutter würde den Bürgermeistersohn liebend gern als Schwiegersohn begrüßen. Er war zwar ein Jahr jünger als Marie und auch nicht besonders klug, aber das brauchte er ja auch nicht zu sein. Es reichte, wenn Marie klug war. Er hatte Vermögen. Marie bereute es schon wieder, Manfred nicht gleich einen Korb gegeben zu haben. Die Kapelle beendete »Waterloo« und legte dann eine Pause ein. Marie machte sich von Manfred los.

»Okay, wir sehen uns«, sagte sie und ließ ihn stehen. Sie drängelte sich durch die Massen und war froh, als sie Judith und Christian an derselben Stelle an der Theke stehen sah.

Judith hatte sich gerade eine Zigarette angezündet und empfing Marie mit einem Grinsen.

»Wer war denn das Baby?«, fragte sie.

»Das war der ehrenwerte Sohn des ehrenwerten und ebenso wohlhabenden Bürgermeisters. Meine Mutter hält ihn für eine gute Partie.«

Judith zog kopfschüttelnd an ihrer Zigarette. »Meine Güte, wie materialistisch.«

»Das kannst du laut sagen«, erwiderte Marie.

»Besser nicht«, raunte Judith, »er kommt.«

»Was?« Marie drehte sich um und blickte direkt in Manfred Heckers graue Augen. Der grinste schief und ergriff ihre Schulter.

»Komm«, sagte er und blies Marie seine Bierfahne ins Gesicht, »ich lad dich ein.«

Marie verzog das Gesicht. »Nein danke, wir wollten gerade gehen.«

»Euch lad ich auch ein«, lallte Manfred großspurig und schrie seine Bestellung in Richtung Zapfhahn. »Vier Bier, vier Apfelkorn!«

Marie wollte schon protestieren, aber Christian – als Student ewig knapp bei Kasse – klopfte Manfred wohlwollend auf die Schulter.

»Das ist'n Wort.«

Also blieben sie stehen, nahmen das Bier und prosteten sich zu. Manfred setzte das Pinneken mit dem Apfelkorn an und kippte es sich in den Schlund. Marie wollte ebenfalls gerade trinken, als sie erstarrte.

Kaum zehn Meter entfernt stand er, der Engländer, und neben ihm knutschte ein dunkelhäutiger Mann einen roten Lockenkopf. Marie erkannte Barbara, die früher in der Grundschule zwei Jahrgänge unter ihr gewesen war. Mark, so hieß der Engländer, das immerhin wusste Marie schon von ihm, sprach mit einer großen Schwarzhaarigen. Ob das seine Freundin war? Es schien nicht so, denn er hielt Abstand, die Schwarzhaarige allerdings hängte sich bei ihm ein. Jetzt lächelte er. Was für ein Mann! Marie leckte sich die Lippen.

In diesem Moment legte Manfred den Arm um sie. Marie versteifte sich und versuchte, Manfreds Arm abzuschütteln, was ihr aber nicht gelang. Er nuschelte irgendwas in ihr Ohr, was sich wie »schönste Mädchen von ganz Birkendorf« anhörte, und drückte sie an sich. Marie versuchte in dem Gedränge vergeblich, sich aus der Umklammerung zu befreien. Wo, zum Teufel, war ihre Freundin? Jetzt versuchte dieser Mensch, sie zu küssen, drückte seine nassen Lippen auf ihre.

Sie wollte ihm gerade ihr Knie in die Weichteile rammen, als die Umklammerung sich löste und Manfred von starken Händen unsanft zur Seite geschoben wurde. Er taumelte zurück und prallte gegen einen Schützen, der sich sein Bier über die Jacke kippte und empört fluchte. Aber Marie nahm das alles nur am

Rande wahr. Mark hatte sie gerettet. Er war ihr Held. Plötzlich waren auch Judith und Christian wieder zur Stelle.

»Was ist denn hier los?«, wollte Judith wissen.

Aber da hatte Manfred sich schon wieder aufgerappelt und baute sich vor dem Engländer auf, was ziemlich lächerlich aussah, denn er musste den Kopf in den Nacken legen, um ihm ins Gesicht zu sehen.

»Hey, was soll denn das?«, krakeelte Manfred und versetzte dem Engländer einen Stoß gegen die Brust, was den aber nicht beeindruckte. In diesem Moment entdeckte Manfred den farbigen Begleiter des Engländers, und ihm schien ein Licht aufzugehen.

»Auch noch'n dreckiger Tommy. War ja klar.«

Marie bedauerte fast, dass sie ihren Plan mit dem Knie nicht hatte ausführen können, und wollte das gerade in Angriff nehmen, als einer der umstehenden Schützen Manfred beruhigend auf die Schulter klopfte.

»Na, na, mein Junge, lass uns man lieber noch'n Kurzen trinken, vom Prügeln kricht man immer so'n dicken Kopp, harhar.«

Der nachfolgende Heiterkeitsausbruch entspannte die Situation augenblicklich.

»Lass doch die blöden Tommys, die machen nur Ärger«, hörte Marie den Schützen noch sagen, bevor er den widerstrebenden Manfred aus der Gefahrenzone lenkte.

»Ey, ist das spannend hier«, hörte Marie Christian sagen, aber sie hatte nur Augen für Mark.

»Hi«, sagte sie, »das war in letzter Sekunde.«

»Den Eindruck hatte ich auch«, stimmte Mark zu.

Marie strahlte, aber nicht lange, denn in diesem Moment zwängte sich die große Dunkelhaarige in den Vordergrund. Mittlerweile war auch klar, warum sie so groß war. Sie trug Riemchenschuhe mit so hohen Plateausohlen, dass Marie schwindlig wurde. Die Dunkelhaarige musterte sie und zerrte dann an Marks Armen.

»Komm, wir wollten doch noch in die Stadt, hier ist doch nichts los.«

Marie konnte da durchaus nicht zustimmen, aber Mark nickte ihr zu, und die vier drehten ab und verschwanden Richtung Ausgang. Immerhin hatte Marie das Gefühl, einen – wenn auch nur kurzen – Ausdruck des Bedauerns in seinem Gesicht gesehen zu haben.

Marie tanzte an diesem Abend noch lange und ausgiebig, vor allem mit Norbert Brautmüller. Er studierte im sechsten Semester Elektrotechnik und wäre ebenfalls ein wunderbarer Heiratskandidat gewesen. Leider war Norbert einer von diesen langhaarigen Hippies, wie ihre Mutter sich ausdrückte. Ständig lief er mit einem roten Stirnband herum, frisierte seine langen Haare zu einem Pferdeschwanz und trug obendrein einen Ohrring. Also auch nicht der Traum von einem Schwiegersohn. Außerdem beschränkten sich seine Tanzkünste auf exzessives Auf- und Niederrucken des Oberkörpers. Bei Musik von Slade mochte das ja noch angehen, aber bei Boney M. war es eine Herausforderung. Doch Marie war das egal. Freistil war eben Freistil.

Hin und wieder fing sie einen Blick ihrer Mutter auf, die nicht weit von den jungen Leuten entfernt an der Sektbar stand. Marie wusste natürlich genau, dass ihre Mutter sich nichts sehnlicher wünschte, als ihre doch schon in die Jahre gekommene Tochter endlich unter die Haube zu bringen. Und ihr Wunschkandidat war ohne Frage der bescheuerte Manfred. Bei dem wusste man wenigstens, wo der herkam.

Was machte es schon, dass der Junge, obwohl nur wenig jünger als Marie, die Pubertät noch nicht mal annähernd hinter sich gebracht hatte. Der würde sich schon noch die Hörner abstoßen, hörte sie ihre Oma sagen, die in das gleiche Horn blies. Und saufen, ja mein Gott, das taten doch alle.

Gegen zwölf Uhr war es im Zelt schon etwas leerer geworden. Marie war mit Norbert eine Runde im Kettenkarussel gefahren und betrat das Zelt, um nach ihren Freunden zu suchen. Norbert war schlecht geworden, er hatte sich in den kleinen Fichtenwald, der den Schützenplatz von der Straße abschirmte, zurückgezogen.

Marie ließ den Blick durch das rauchgeschwängerte Zelt schweifen, konnte aber ihre Freunde nirgends entdecken. Allerdings hing ihr Nachbar, Josef Techtelmann, mit grimmiger Miene über der Theke. Nanu, dachte Marie, der Josef war doch sonst kein Miesepeter. Was war los? Sie gesellte sich zu ihm.

»Hey Josef, alles klar?«, fragte sie und stieß ihm kumpelhaft den Ellbogen in die Rippen.

Josef wankte bedenklich und sah sie aus glasigen Augen an.

»Hallo«, lallte er und hob sein volles Bierglas an die Lippen, wobei er einen Großteil vom Inhalt verschüttete. Dann legte er Marie den Arm um die Schulter und stützte sich schwer auf sie. »Weissu was«, raunte er ihr dann zu und tippte mit seinem Zeigefinger auf Maries Schulterblatt, »die könn mich alle ma.«

»Aha«, sagte Marie.

»Wissuwas trinkn?«

»Nein danke.« Marie schob ihn ein bisschen zur Seite, denn er lehnte mit seinem ganzen, nicht unbeträchtlichen Gewicht auf ihr.

In diesem Moment eilte Mathilde mit besorgtem Gesicht von der Sektbar auf sie zu.

»Josef, komm, ich glaub, wir sollten jetzt nach Haus fahren.« Sie lächelte Marie entschuldigend zu und zerrte an Josefs Arm, der immer noch auf Maries Schulter lag.

Doch plötzlich wurde Josef laut und schüttelte den Arm seiner Mutter ab.

»Lass mich in Ruhe!«, rief er. »Ich kann nix dafür, is selba schuld, die alle Kuh.«

»Josef«, zischte Mathilde. »Jetzt hör aber auf!«

»Was mischi sich überall ein!«, keifte Josef weiter.

Mathilde kniff die Lippen zusammen, und Marie fand, es war Zeit, sich zu verabschieden. Das tat sie dann auch, ließ die beiden stehen und sah sich nach ihren Freunden um. Die Kapelle spielte Bill Haley.

Gegen zwei Uhr machten die Musiker Feierabend, denn wer von den männlichen Besuchern – die Frauen hatten sich fast alle schon auf den Heimweg gemacht – jetzt noch auf den Füßen stand oder an der Theke hing, war bestimmt nicht mehr in der Lage zu tanzen.

Christian lag ausgestreckt auf einer der Bänke und schnarchte, während Judith und Marie sich noch mit einem älteren Herrn plagten, dessen Schützenjacke für seinen stattlichen Bauchumfang zwei Nummern zu klein war und der darauf bestand, die beiden Mädchen nach Hause zu bringen. Dabei war er es, der Begleitung nötig hatte, denn er guckte immer einen Fußbreit an Marie vorbei, wenn er versuchte, mit ihr zu reden.

Die jungen Frauen verabschiedeten sich, weckten Christian, der beinahe von der Bank gefallen wäre, und wollten das Zelt in Richtung Parkplatz verlassen, wo Judiths wacklige treue Ente auf sie wartete. An der Theke standen noch vereinzelt Nimmermüde herum, keine Bauern natürlich, denn auf die wartete am nächsten Morgen das Vieh.

Nur Josef Techtelmann war immer noch da. Er saß auf einer Bank, der Oberkörper lag schwer auf dem Tisch zwischen leeren Pommes-frites-Schalen, Gläsern und übervollen Aschenbechern. Marie besprach sich mit ihren Freunden, und sie beschlossen, ihn mitzunehmen. Christian und Marie zogen ihn mit vereinten Kräften hoch, und Josef ließ sich bereitwillig, wenn auch mit erheblichen Gleichgewichtsproblemen, zum Parkplatz führen und auf den Rücksitz der Ente verfrachten. Marie setzte sich neben ihn. Judith blickte sich misstrauisch um.

»Hoffentlich kotzt der nicht«, sagte sie, klaubte eine Plastiktüte aus dem Fußraum des Beifahrersitzes und reichte sie Marie. »Hier, für alle Fälle.«

»Okay«, sagte Marie, »es wird schon gut gehen, ist ja nicht weit.«

Das stimmte glücklicherweise. Nach knapp zehnminütiger Fahrt lieferten sie den jammernden Jungbauern bei seiner Mutter ab.

Als Marie zwanzig Minuten später endlich in ihr Bett fiel, wunderte sie sich noch, dass Elsbeth gar nicht aufgetaucht war, denn Josef hatte bei seiner Ankunft lauthals den schönen Westerwald besungen. Und Elsbeth war doch sonst immer zur Stelle, wenn es einen Grund zum Meckern gab. Aber was ging sie die alte Elsbeth an?

Marie schloss müde die Augen. Sie war eifersüchtig. Offensichtlich hatte ihr Held, der Engländer, sich anderweitig getröstet. Das zwickte sie mehr, als sie sich eingestehen wollte. Aber vielleicht bestand ja noch Hoffnung. Es hatte nicht so ausgesehen, als sei er total verliebt in die Schwarzhaarige. Dafür hatte er sie, Marie, vor dem nervenden Manfred beschützt.

Das zauberte ein Lächeln auf ihre Lippen und ließ sie endlich einschlafen.

7

Mathilde Techtelmann saß am sonntäglichen Mittagstisch und wunderte sich.

»Hast du Elsbeth gesehen?«, fragte sie ihren Mann, der mit halb geschlossenen Lidern seinen Platz am Küchentisch eingenommen hatte. Er sah aus wie jemand, der gerade der Hölle eines Sisyphustages entronnen war. Aber vielleicht konnte man die gesellschaftlichen Verpflichtungen, die das Schützenfest mit sich brachte, auch als solche bezeichnen. Egal wie viel Alkohol man trank, es gab immer wieder Nachschub.

Heini Techtelmann schüttelte schweigend den Kopf und wartete auf seine Rindfleischsuppe, die Mathilde ihm hinstellte. Er nahm sich ein Brötchen vom Vortag, brockte es hinein, griff zum Löffel und seufzte schwer, als hätte ihn diese Tätigkeit aller Kräfte beraubt.

Mathilde kratzte sich am Kopf. Das war seltsam, ganz seltsam. Elsbeth ließ sich doch sonst das sonntägliche Mittagessen nicht entgehen. Wenn sie recht überlegte, hatte sie während der langen Zeit von Mathildes Ehe nur zwei Mal nicht daran teilgenommen. Das war vor drei Jahren gewesen, als sie im Krankenhaus lag und an den Gallensteinen operiert worden war.

»Ich hab sie heute Morgen überhaupt noch nicht gesehen. Meinst du, sie war noch mal in der Messe?«, fragte sie Heini.

»Was weiß ich?«, knurrte der und löffelte weiter seine Suppe.

»Zuzutrauen wär's ihr ja«, schnaubte Mathilde, »obwohl sie erst gestern Abend mit in der Schützenmesse war.«

Mathilde nahm einen Teller aus dem Schrank und ging zum Herd, auf dem der große eiserne Suppentopf vor sich hin dampfte.

Die Söhne Josef und Johannes hatten das Melken und Füttern der Rinder und Schweine im Stall erledigt. Johannes war schon wieder mit den Schützenbrüdern unterwegs, und Josef hatte sich wieder hingelegt. Tochter Anna war immer noch bei ihrem Freund in Osterkotten.

Mathilde stellte den Teller mit der Suppe auf den Tisch.

»Sie wird ja wohl nicht krank sein?«, fragte sie mit einem schrägen Blick auf ihren Mann, der mit der Nase fast in seinem Teller hing, aber der antwortete nicht.

»Ich glaub, ich guck mal nach. Soll mir keiner nachsagen, ich würde mich nicht um sie kümmern«, sagte Mathilde, verließ die Küche und ging über den dunklen Flur zum Zimmer ihrer Schwägerin, wo sie kurz anklopfte und »Elsbeth« rief.

Sie bekam keine Antwort. Mathilde versuchte es noch mal, und als wieder keine Antwort kam, drückte sie die Klinke hinunter und betrat das Zimmer ihrer Schwägerin. Olivgrüne, schwere Gardinenschals rahmten die weißen Sprossenfenster, durch die trotz des sonnigen Tages kaum Licht hereinfiel, weil üppig gefaltete Stores mit einem dichten Spitzenmuster davorhingen. Dunkelgrüne Tapeten mit einem großzügigen hellgrünen Wellenmuster bedeckten die Wände. Mathilde sah sich um.

Auf dem handgefertigten Eichenbett lag, säuberlich zu einem Berg gefaltet, das schwere Daunenüberbett. An der Wand am Kopfende des Bettes hing ein großes Kruzifix aus Rosenholz, das Elsbeth als junges Mädchen von einer Wallfahrt aus Lourdes mitgebracht hatte. Die einzige Reise, die sie je unternommen hatte. An der Wand zwischen den beiden Fenstern stand ein Spiegelschrank, der ebenso wie das Bett und der zweitürige Bauernschrank aus dunkler Eiche gefertigt war. Eine grüne Glasschale mit einer Perlenkette auf dem Nachttisch war der einzige persönliche Gegenstand im Zimmer, wenn man mal von der Bibel absah. Hinter der Tür stand ein Vertiko. Das Zimmer war kalt und unpersönlich. Mathilde fröstelte, schloss die Tür wieder und ging zurück in die Küche, wo ihr Mann auf der Küchenbank eingeschlafen war.

»Heini«, sagte Mathilde und rüttelte an seiner Schulter, »das ist doch komisch. Die Messe ist längst aus. Sie geht doch um diese Zeit, wo alle Mittag essen, nicht zu den Nachbarn.«

Heini richtete sich auf und gähnte. »Ach, Gott weiß, mit wem sie wieder quatscht. Die findet doch immer einen.«

Mathilde legte die Stirn in Falten. »Aber doch nicht am Sonntagmittag. Vielleicht ist sie ja zu Fuß vom Kloster zurückgegangen und hingefallen. Da müssen wir doch mal gucken. Am Ende liegt sie irgendwo im Graben und … wenn sie dann einer von den Nachbarn findet …« Mathilde streckte den Rücken. »Soll uns keiner nachsagen, wir würden uns nicht um die Alte kümmern.«

»Ist ja gut«, sagte Heini, »ich geh nachher mal Richtung Kloster, vielleicht ist sie ja auch gleich wieder da.«

Aber Elsbeth war noch nicht wieder aufgetaucht, als Heini sich endlich ebenso schwerfällig wie widerwillig auf den Weg machte, um die knapp zwei Kilometer Feldweg bis zum Kloster abzugehen. Eigentlich hielt er um diese Zeit am Sonntag seinen Mittagsschlaf, und gerade heute hatte er ihn bitter nötig.

Doch er fand seine Schwester nicht. Sie lag in keinem Graben und auch sonst nirgendwo am Wegrand. Im Kloster hatte man sie ebenfalls nicht gesehen. Was konnte er tun?

Heini klapperte die Nachbarhäuser ab, aber niemand hatte sie gesehen, auch Brautmüllers, die sie oft mit zur Kirche nahmen, konnten ihm nicht weiterhelfen. Also fanden sich die Nachbarn zusammen, um systematisch die Umgebung des Klosters und die umliegenden Felder abzusuchen. Nach zwei Stunden gab man die Suche auf. Elsbeth blieb verschwunden.

Ratlos stand man auf Techtelmanns Hof beisammen und beratschlagte.

»Tja, da wirst du wohl die Polizei rufen müssen, Heini«, sagte August Heckerhoff, der sich erschöpft auf die Hofbank sinken ließ und mit der rechten Hand seinen linken Oberarm rieb. Eine Schussverletzung, der er einige Monate vor Kriegsende die Heimkehr nach Birkendorf verdankte.

»Die Polizei?!«, kreischte Mathilde und griff sich an die Kehle. Wer wollte schon etwas mit der Polizei zu tun haben? Wie sah denn das aus?

August Heckerhoff zuckte mit den Schultern und streckte sein linkes Bein aus. »Was willste denn sonst machen?«

»Ja …«, Mathilde hatte nicht wirklich eine Idee, versuchte es aber. »Wir sollten noch warten. Vielleicht taucht sie ja wieder auf.«

Mathilde verfluchte ihre Schwägerin innerlich. Was dachte die sich, ihnen so viel Ärger zu machen!

»Aber wenn sie heute noch keiner gesehen hat, dann weiß man ja nicht, wie lange sie schon weg ist«, sagte August.

»Ist ja alles Quatsch«, sagte Heini und steckte sich eine Zigarette an. »Vielleicht ist sie ja zu Friedrich nach Dörrhausen gefahren.«

»Und wie ist sie da hingekommen?«, wollte Hinnerk wissen. »Von uns hat sie keiner hingebracht. Glaubst du, dass die sich 'n Taxi gerufen hat?«

»Nee«, Heini schüttelte den Kopf. »Elsbeth hat doch Angst vorm Telefonieren.«

»Also, dann bleibt nur die Polizei.« August erhob sich und legte die Hand auf seinen Steiß.

Mathilde wollte sich noch nicht geschlagen geben. »Das … das ist doch sicher nicht nötig, August …« Dabei stieß sie ihrem Mann unsanft den Ellbogen in die Seite. Der nahm einen tiefen Zug von seiner HB, blies den Rauch in die warme Spätnachmittagsluft und sah seine Frau an.

»Was sollen wir denn sonst machen?«

Mathilde schluckte. »Ja … dann …« Dabei zog sie mit beiden Händen den Kragen ihrer Kittelschütze hoch.

Heini warf seine Zigarette weg und ging zum Telefon.

Der dickliche Beamte im Hermannsheider Polizeirevier nahm in aller Gemütsruhe die Vermisstenanzeige auf, stellte Fragen und hämmerte Heinis Antworten in die Schreibmaschine. Dann legte er ihm den Zettel zur Unterschrift vor.

»Wir werden einen Spürhund anfordern. Suchen Sie schon mal nach einem Kleidungsstück Ihrer Schwester, möglichst ungewaschen.«

Heini unterschrieb den Zettel und nickte stumm. Langsam wurde ihm das Ganze unheimlich. Er hatte seinen Bruder Friedrich in Dörrhausen angerufen, aber der hatte Elsbeth seit Monaten nicht gesehen. Heini konnte sich das alles nicht erklären.

Als am Abend die Birkendorfer zu Bett gingen, war Elsbeth immer noch verschwunden. Die Nachbarn hatten sich nachmittags ratlos angeschaut, und waren dann, wie immer, an die Arbeit gegangen. Die Kühe wollten gemolken und, ebenso wie die Schweine, gefüttert werden. Aber so mancher Bewohner legte sein Haupt mit schweren Gedanken aufs Kissen.

Mit der Elsbeth war das ja immer so eine Sache gewesen. Die hatte jedem seine Sünden unter die Nase gerieben – auch wenn er mal nur einen Kirchgang ausgelassen hatte – und sich immer in Sachen eingemischt, die sie nichts angingen. Und dass die jetzt einfach verschwunden war, das hatte hoffentlich nichts Schlimmes zu bedeuten.

Heinrich Techtelmann war vollkommen überwältigt von dem Anblick, der sich ihm am nächsten Morgen an der sonst stillen Olsterwiese vom Nachbarhof bot. Zwei Streifenwagen mit blinkendem Blaulicht versperrten den Feldweg, mehrere uniformierte Polizisten waren dabei, die Weide großzügig mit Flatterband abzugrenzen. Ein Gefährt, das entfernt an einen Krankenwagen erinnerte, stand mit hinten geöffneten Türen auf der Wiese. Ein halbes Dutzend Halbwüchsige aus dem Kloster und alles, was sonst in Birkendorf auf zwei Beinen ging, reckte neugierig die Hälse, als Heini mit drei Beamten durch die Absperrung ging. Ein Mann mit Fotoapparat, gefolgt von einem mit Arzttasche und drei weiteren mit behandschuhten Fingern und Plastiktüten, verließ gerade die Hütte auf der Olsterwiese, als ein bulliger Mann mit Glatze Heinis Ellbogen umfasste und ihn zur Seite zog.

»Wie sieht's aus?«, fragte er den Letzten der drei, die hinausgegangen waren.

»Da drin und hier am Eingang sind wir vorerst fertig. Fehlt nur noch die Wiese und der Weg«, erwiderte der mit einem mürrischen Blick auf die langsam wachsende Menge der Schaulustigen, die sich jenseits des Weges auf der benachbarten Wiese aufhielten. »Möchte wissen, wo die in dieser gottverlassenen Gegend herkommen«, murrte er im Weitergehen.

»Wahrscheinlich vom Kloster, das ist gleichzeitig ein Heim für Schwererziehbare, hab ich mir sagen lassen«, meinte der Dicke mit der Glatze, ein Hauptkommissar Kuhlmann von der Kripo. »Lasst euch die Personalien geben und schickt sie nach Hause. Und wenn wir so weit sind, möchte ich, dass das Stroh aus der Hütte gesammelt und ins Labor gebracht wird.«

»Immer noch besser, als im Mist rumzuwühlen«, erwiderte der Mann. »Können die Leute hier nicht im Bett sterben, wie es sich gehört?«

Der Kommissar, der sich noch gut an den spektakulären Todesfall auf dem Misthaufen des Nachbarhofes erinnern konnte, blickte seinem Mitarbeiter missmutig hinterher. Dann führte er Heini zu dem Schuppen, und der warf einen Blick ins Innere.

Da, auf dem strohbedeckten Boden lag sie, seine Schwester Elsbeth. Halb auf dem Bauch, das linke Bein angewinkelt über dem ausgestreckten rechten, der linke Arm umrahmte in einem fast rechten Winkel ihren Kopf. Das Gesicht war im Stroh verborgen und bedeckte die rechte Hand. Sie sah aus wie zum Schlafen zurechtgelegt und bot einen ganz friedlichen Anblick. Wäre da nicht das Blut gewesen, das aus einer klaffenden Wunde an ihrem Hinterkopf geflossen war.

Heini wurde es schwindelig. Er wankte aus der Hütte, gefolgt vom Kommissar, der ihn genau beobachtete.

»Die Hütte gehört Ihrem Nachbarn?«, fragte der Kommissar.

Heini nickte schweigend.

»Der Weg hier an der Hütte führt direkt zum St.-Vinzenz-Kloster und wird von den Bewohnern der Heidekampstraße als Kirchweg benutzt. Ist das richtig?«

»Nicht nur von denen, hier gehen öfter mal Leute spazieren. Und die Jungs vom Kloster treiben sich auch immer hier rum, machen Party und schnüffeln Leim. Vielleicht hat die Elsbeth ein paar von denen hier erwischt.« Heini reckte wütend das Kinn. »Wir haben unserem Nachbarn schon oft gesagt, er soll die Hütte abreißen, aber der kommt ja nicht so weit, und jetzt haben wir den Salat!«

Der Kommissar kniff sich sachte in die Nasenspitze.

»Sie glauben also, dass es was mit den Jugendlichen vom Kloster zu tun hat?«

»Natürlich, was denn sonst? Die haben doch sowieso alle Dreck am Stecken. Wahrscheinlich hat Elsbeth gesehen, dass hier was los war und sich eingemischt.« Heini schwieg einen Moment und fügte dann leise hinzu. »Meine Schwester hat sich immer in alles eingemischt. Und dann muss sie ja wohl hingefallen sein.«

Der Kommissar sah sich grübelnd um. »Wir werden das überprüfen.«

Im Laufe des Vormittags war die Olsterwiese mitsamt der Hütte bereits zu zweifelhaftem Ruhm gelangt. Kinder waren direkt nach Schulschluss auf ihren Fahrrädern oder zu Fuß herbeigeeilt, Bäuerinnen hatten keine Zeit gefunden, ihre Schürzen abzulegen, alte Männer standen – die Pfeife oder Zigarre im Mundwinkel – debattierend und kopfschüttelnd hinter der Absperrung, an der es kaum noch freie Plätze gab. Mehrere Jungen aus dem Kloster und einige der Mönche hatten sich eingefunden, um staunend und tief beeindruckt diese unglaubliche Aktion zu verfolgen.

Es war fast so schön wie beim Tod des alten Heckerhoff. Nur, dass man da nicht so gut gucken konnte. Das war ja schließlich auf dem Hof passiert. Da war das hier schon besser. Auf der Wiese gab es mehr gute Plätze. Wenn bloß nicht so viele Leute rumstehen würden und die Polizei nicht so kleinlich mit ihren Sicherheitsvorkehrungen wäre. Die Wiese mit dem Stall war abgesperrt, zwei Uniformierte standen Wache, während mehrere Polizisten das Gelände absuchten. Sogar Hunde kamen zum Einsatz, und hin und wieder war zu beobachten, wie der ein oder andere Beamte einen Fund in einem Plastikbeutel versenkte.

Hinnerk, der kurz nach Heini ebenfalls von einem Polizeiauto zur Hütte chauffiert worden war, konnte kaum glauben, was er sah. Als der Uniformierte ihn zur Hütte führte, wäre er beinahe mit zwei Beamten in weißen Anzügen zusammengestoßen, die gerade herauskamen. Am Eingang blieben sie stehen. Der Kommissar, der sich mit einem schlanken Mann in den Vierzigern unterhalten hatte, blickte auf und musterte ihn.

»Sie sind der Eigentümer der Hütte?«, fragte er.

»Nee, Eigentümer ist meine Schwiegermutter«, antwortete Hinnerk. »Ich arbeite nur hier.« Dabei grinste er schief.

Der Kommissar nahm diese Aussage mit verhalten zuckenden Mundwinkeln zur Kenntnis.

»Sehen Sie sich genau um. Ist hier irgendetwas anders als sonst?«, fragte er dann.

Hinnerk warf einen kurzen Blick auf die tote Elsbeth und

schluckte. Dann wanderten seine Augen durch die Hütte, und er zog ratlos die Schultern hoch.

»Nee, was soll hier anders sein? Holzwände und Stroh, wie immer.«

»Haben Sie sonst noch irgendeine Aussage zu machen? Können Sie sich vorstellen, was sich hier zugetragen hat?«

»Beim besten Willen nicht!«, sagte Hinnerk inbrünstig.

»Sie haben also keine Erklärung dafür, was die Frau hier in Ihrer Hütte zu suchen hatte?«

»Das würd ich auch gern wissen.«

Der Kommissar musterte Hinnerk eine Weile nachdenklich. »Gut, mein Kollege wird Sie dann wieder nach Hause fahren, wenn Sie mir nur noch sagen können, wo Sie sich vorgestern Abend aufgehalten haben.«

Hinnerk starrte den Kommissar ungläubig an.

»Fragen Sie mich jetzt etwa nach meinem Alibi? Ist denn die Elsbeth …«

»Das wissen wir noch nicht. Ist reine Routine, das fragen wir immer«, unterbrach ihn der Kommissar.

Hinnerk öffnete den Mund und fuhr sich mit der Hand durch die Haare.

»So was muss *mir* passieren!«

»Also?« Kommissar Kuhlmann wartete.

»Moment«, meinte Hinnerk und kratzte sich am Kopf, »da muss ich nachdenken. Vorgestern war Schützenfest. Ich war auf dem Schützenfest, und vorher um sechs war Schützenmesse, da war ich auch. Und von dort hat uns meine Frau direkt zum Schützenplatz gefahren. Tja, und da war ich dann die ganze Zeit im Zelt, ich glaube, zuerst mit Brautmüllers und irgendwann dann mit Heini und August, aber wann, das weiß ich nicht mehr genau. Wenn Schützenfest ist, gucken wir hier nicht auf die Uhr.«

Der Kommissar gab dem Uniformierten ein Zeichen und der führte Hinnerk wieder zum Wagen zurück.

8

Marie saß im Seminarraum im Fachbereich Geisteswissenschaften und brütete über einer Mediävistik-Klausur. Sie hatte den Sonntagabend mit ein paar anderen Studenten in der »Tuba« verbracht. Als sie sich gerade auf den Heimweg hatte machen wollen, hatte Mark die Kneipe betreten. Allein. Er war an die Bar gegangen und hatte etwas bestellt. Die weibliche Bedienung hatte ihn schmachtend angesehen, was Marie wütend gemacht hatte. Aber er hatte das ignoriert. Dann hatte er sich umgesehen und sie, Marie, erblickt. Sein Lächeln war ihr sofort zu Kopf gestiegen und hatte ihre Wangen zum Glühen gebracht. Marie hasste das, aber ihm schien es zu gefallen. Er hatte sein Bier in Empfang genommen und war – ganz unbritisch – einfach an ihren Tisch gekommen. Sie hatten sich eine Weile unterhalten.

Wenn er ihren Namen sagte, rollte er das R, und es hörte sich ein bisschen wie »Mary« an. Marie fand das unheimlich sexy. Einmal hatte er ihre Haare hinters Ohr gestrichen und leicht über ihre Wange gestreichelt. Marie wäre ihm beinahe um den Hals gefallen, aber sie hatte sich beherrscht. Eine Frau fiel einem Mann nicht um den Hals, hatte ihre Mutter ihr immer gepredigt. Eine Frau ließ sich erobern und zierte sich.

Leider hatte Marie wegen ihrer Klausur nur wenig Zeit für ihn gehabt. Wenn sie unausgeschlafen war, konnte sie nämlich nicht denken, und wenn sie verliebt war, auch nicht, wie sich bald herausstellen sollte.

Immerhin wusste sie jetzt, dass er achtundzwanzig Jahre alt war, gerade sein Medizinstudium beendet hatte und als Arzt bei der britischen Rheinarmee beschäftigt war. Marie hatte noch nie einen Mann wie ihn kennengelernt. Er war völlig natürlich und unaufgeregt, und wenn Marie ihm in die Augen sah, glaubte sie, dass er ein ehrlicher Mensch war. Er spielte kein Theater, auch nicht, wenn er eine Frau erobern wollte. Und Marie hatte durchaus das Gefühl, dass er sie erobern wollte, was ihm ja längst gelungen war. Wahrscheinlich wusste er das sogar.

Marie war sich jedenfalls im Klaren darüber, dass dieser Mann ihr mehr bedeutete, als vielleicht gut für sie war. Schließlich war er Engländer, und sie hatte keine Ahnung von seinem Leben und seinen Plänen und ob sie überhaupt da hineinpasste. Und außerdem würde sie wahrscheinlich ihre Klausur versägen, wenn sie sich diesen Typen nicht wenigstens für die nächste Stunde aus dem Kopf schlug.

Seufzend wandte sie sich ihrem Text zu, aber sie konnte sich einfach nicht auf die mittelhochdeutschen Verse der »Tierbispel« konzentrieren, die sie übersetzen sollte. Sie fragte sich sowieso, weshalb man einen Fabeltext aus dem dreizehnten Jahrhundert verstehen sollte. Ganz davon abgesehen fragte sie sich, wie ihre Eltern reagieren würden, wenn sie mit einem Angehörigen der britischen Streitkräfte auflief.

Sie konnte sich das leidende Gesicht ihrer Mutter lebhaft vorstellen: Jetzt hat das Mädchen endlich mal einen, den sie mag, und was bringt sie an? Einen Tommy. Was sollen denn die Leute denken?

Die britischen Soldaten waren doch alle mit nackten Frauen tätowiert, ungebildet und undiszipliniert. Man fragte sich sowieso, wie die eigentlich den Krieg gewonnen hatten. Und erst die Frauen! Die liefen doch immer wie Nutten herum. Superkurze Röcke, dazu Seidenstrümpfe – auch bei zehn Grad Frost – und meterhohe Pfennigabsätze.

Immerhin war er Arzt, aber trotzdem. Kannte man die Leute? Wo kam der her, aus welcher Familie? Da konnte einem ja sonst was untergejubelt werden, wenn man nicht aufpasste. Sie sollte sich doch lieber einen hiesigen Jungen suchen. Das war zwar auch nicht immer das Gelbe vom Ei, aber man wusste wenigstens, woher er kam. Dabei fragte sich Marie, welchen Vorteil das haben sollte, wenn man die Väter, Großväter oder Mütter seiner Auserwählten kannte. Da hatte man dann seinen Prinzen in Alt vor der Nase. Wer wollte das schon?

Aber Marie wusste, dass ihre Mutter das anders sah und einen britischen Schwiegersohn – Marie dachte vorausschauend – nur unter Protest akzeptieren würde. Ihre Großmutter würde bestimmt den protestantischen Einfluss ihres Vaters für dieses Desaster verantwortlich machen. Und der … Marie hatte keine Ahnung, was ihr Vater zu einem britischen Schwiegersohn sagen würde. Sie hatte keine Ahnung, was er überhaupt zu einem Schwiegersohn sagen würde. Im Gegensatz zu ihrer Mutter war ihr Vater nämlich gar nicht so erpicht darauf, dass seine Tochter heiratete.

Marie lächelte. Irgendwie passte ihr Vater nicht nach Birkendorf, das hatte sie schon immer gewusst. Und wie er dorthin geraten war, das wusste er wahrscheinlich selbst nicht mehr so genau. Hinnerk hatte damals auf einer Hochzeit Schifferklavier, oder Quetschkommode, wie die Birkendorfer sagten, gespielt und sich in ihre Mutter verliebt. Den Krieg hatte ihr Vater in einer Bielefelder Werkstatt als Schlosser zugebracht. Er war untauglich gewesen für den Dienst an der Waffe, wobei er nie verriet, wie er das hingekriegt hatte, denn – außer einer ausgeprägten Gemütlichkeit – konnte man keine Gebrechen an ihm feststellen.

Oma Minna und Opa Anton hatten ebenso heftig wie erfolglos gegen die Wahl ihrer Tochter protestiert. Hinnerk Großenjohann war nämlich erstens ein Arbeiterkind ohne Vermögen und stammte außerdem aus einer protestantischen Bielefelder Familie, und wer wollte sich schon einen Lutherschen aufhalsen? Ihre Großeltern väterlicherseits waren von der guten Partie ihres Sohnes ziemlich angetan gewesen, wenn man Oma Minna glauben wollte. Natürlich, wie kam man leichter an ein Vermögen als durch Heirat?

Leider hatte Marie ihre Großeltern aus Bielefeld nie kennengelernt, weil sie beide kurz nach der Hochzeit ihres einzigen Sohnes bei einem Bootsunglück in der Weser ertrunken waren. Jedenfalls hatte ihre Mutter ihren Vater trotz aller Widerstände geheiratet. Und nun lebte Hinnerk auf dem Hof seiner Schwiegermutter, ging gemächlich seiner Arbeit nach, gönnte sich hin und wieder eine Kutschfahrt mit seinen Ponys und erfreute sich an der guten Landluft. Sonntags nach dem anstrengenden Frühschoppen und dem noch anstrengenderen Sonntagsessen im Kreis der Familie zog er sich ins Wohnzimmer zurück, hörte auf seinem alten Plattenspieler Mozart oder las in seinen Shakespeare-Übersetzungen.

Shakespeare in Birkendorf! Marie konnte sich noch gut an einen nachbarlichen Kaffeeklatsch erinnern, als eine der Bäuerinnen sich damit gerühmt hatte, in ihrem ganzen Leben noch kein einziges Buch gelesen zu haben. So eine Zeitverschwendung! Auch Marie hatte sich als Kind vor ihrer Oma versteckt, wenn sie lesen wollte. »Was machst du denn da, Kind?«, hatte die zu ihr gesagt, als sie eines Nachmittags zu Marie ins Zimmer gekommen war. »Eine Schande ist das, deine Mutter ist draußen auf dem Feld und zieht Rüben, und du sitzt hier rum und liest.«

Marie hatte damals ihr Buch zugeklappt und war zu ihrer Mutter aufs Feld gegangen, um ihr zu helfen. Für Kultur hatten die Birkendörfer eben einfach keine Zeit. Was brachte es auch ein, wenn man las? Davon konnte man keine Rechnungen bezahlen.

Ihre Mutter hatte bis heute nicht verstanden, was Marie denn eigentlich mit einem Germanistikstudium anfangen wollte. Aber ihr Vater hatte sie von Anfang an darin bestärkt. Vielleicht hatte das was mit dem protestantischen Ehrgeiz und der daraus resultierenden Arbeitsmoral zu tun, deren prototypischer Vertreter ihr Vater allerdings nicht gerade war.

Marie seufzte und sah auf die Uhr. Eine halbe Stunde war vergangen, und sie hatte noch nicht mal angefangen. Also, »… vor einem stadele da man drasch, da gienc ein hane durch genasch …«, wenigstens reimte es sich. Marie hatte für lyrische Ungereimtheiten à la Ingeborg Bachmann nicht viel übrig. Gedichte mussten sich reimen, wie sollte man sie sonst auswendig lernen?

Die Fabel aus der »Tierbispel« hatte vierzig Verse. Marie quälte sich vor bis zum zweiunddreißigsten und hoffte, dass es ausreichen würde. Sie brauchte nur diese eine Klausur in Mittelhochdeutsch zu bestehen, wollte sie hinter sich bringen, egal wie, und das sprachliche Mittelalter dann für immer vergessen. Sie gab ihre Klausur ab und hoffte innig, das Thema Mediävistik damit erledigt zu haben.

Eigentlich hatte sie vorgehabt, danach noch mit Steffi und Brigitte, ihren beiden Leidensgenossinnen, in der Mensa Essen zu gehen, aber jetzt wollte sie nach Hause. Sie wollte wissen, ob Elsbeth wieder aufgetaucht war. Wenn sie an den Aufruhr von gestern dachte, musste sie grinsen. Was für eine Aufregung! Aber Marie fragte sich schon, was mit der Alten passiert sein konnte. Wieso verschwand die einfach?

Als sie fünf Minuten später in ihrem hellblauen Käfer saß und den Zündschlüssel drehte, passierte gar nichts. Marie legte für einen Moment den Kopf auf das Lenkrad. Wieso sprang dieses Vehikel nicht an, wenn es mal ein paar Stunden in der Sonne gestanden hatte? Marie stieg aus und ließ den Blick über den Parkplatz schweifen. Mehrere Studenten strebten dem Eingang bei der Cafeteria zu. Die Uni – ein Gebäudekomplex aus Glas und Beton – war eine noch junge Campus-Uni, deren Fakultäten nicht über die ganze Stadt verteilt waren, sondern weitgehend in den hier liegenden Gebäuden. Das hatte den Vorteil, dass man sich ständig über den Weg lief und schnell Kontakte knüpfen konnte. Auch jetzt erwies sich diese Tatsache wieder als Vorteil. Im Nu hatte Marie drei Studenten aufgetrieben, die sie aus der Parklücke schoben.

Glücklicherweise lag der Parkplatz etwas abschüssig, sodass der Wagen von allein sachte bergab rollte. Marie ließ langsam die Kupplung kommen, und in der nächsten Sekunde gab der Motor sein vertrautes Knattern von sich. Sie winkte ihren Helfern, die ihr lachend hinterhersahen, zu und steuerte wenig später die Warburger Straße hinunter. Irgendwas musste sie sich mit dieser Karre einfallen lassen.

Einer von diesen oberschlauen Automechanikern hatte ihr erklärt, sie solle in solchen Fällen unter dem Wagen mit dem Hammer gegen irgendein Relais hauen, dann würde der Anlasser wieder funktionieren. Wie stellte der sich das vor? Ganz zu schweigen davon, dass sie keine Ahnung hatte, wo dieses Relais genau saß. Sie wusste nicht mal, was ein Relais war. Außerdem … mit einem Hammer dagegenhauen! Sie war schon froh, wenn ihr Gefährt auch ohne Gehämmere nicht unter ihr wegbröselte.

Als sie nach fünfundzwanzig Minuten Birkendorf erreichte und die Heidekampstraße, an der die Höfe wie Perlen eines Rosenkranzes aneinandergereiht waren, entlangfuhr – kam ihr etwas seltsam vor. Sie wusste nicht genau, was es war, aber als sie in die Auffahrt zum elterlichen Hof bog, war ihr alles klar.

Sie hatte entlang der Heidekampstraße keinen Menschen gesehen, nicht auf den Höfen und nicht auf den Weiden, die auf der anderen Straßenseite lagen. Kein Trecker ratterte mit dem Wender über die Wiese, um das Heu zu bewegen, obwohl doch die Sonne schien und es wunderbar trocknete, und niemand stand prüfend am Straßenrand, den Blick nach Westen gerichtet, um zu sehen, ob Regen im Anzug war – nicht mal der alte Meierkamp. Sie alle hatten sich auf dem Großenjohannschen Hof versammelt und tragische Gesichter aufgesetzt.

Marie parkte unter der Kastanie, da war wenigstens Schatten. Ihre Mutter kam ihr aufgeregt entgegen, während Techtelmanns und Heckerhoffs beieinanderstanden und hin und wieder kopfschüttelnd ein paar Worte wechselten. Ein roter Opel Ascona, den Marie nicht kannte, parkte vor der Scheune. Ihren Vater konnte sie nirgends entdecken.

Marie hatte gerade den Motor abgestellt, als ihre Mutter bereits die Fahrertür aufriss.

»Kind«, sie legte beide Hände an die Wangen, »stell dir vor, sie haben die Elsbeth gefunden. Tot! Und weißt du, wo? Auf der Olsterwiese, und zwar in *unserer* Hütte!«, sagte sie mit erstickter Stimme.

Marie riss die Augen auf. »In der Hütte? Wieso denn das?«

»Tja«, sagte Hannelore und breitete in komischer Verzweiflung die Arme aus. »Das fragen wir uns alle.«

In diesem Moment kam Leben in die Versammlung auf dem Hof. Ein Polizeiauto fuhr langsam den Feldweg Richtung Hof entlang.

»Da bringen sie deinen Vater wieder«, greinte Hannelore.

»Papa? Wieso denn Papa? Was hat der denn damit zu tun?« Marie kam aus dem Staunen nicht heraus.

»Ja, das frag ich mich ja auch die ganze Zeit!« Hannelore legte die Hände vor der Nase zusammen und sah gebannt dem holpernden Polizeiwagen entgegen. »Mein Gott, dass ich so was erleben muss. Oma wird …«

Ihre Mutter vollendete den Satz nicht, aber das war auch nicht nötig, denn Marie konnte sich vorstellen, was Oma zu dem Ganzen zu sagen haben würde. Wahrscheinlich rieb sie sich triumphierend die faltigen Hände und sonnte sich in dem Bewusstsein, ihren Schwiegersohn immer richtig eingeschätzt zu haben. War ja klar, dass der irgendwann in einem Polizeiauto landen würde.

Der Wagen hielt vor der Deelentür, und Hinnerk stieg aus. Marie erschrak. So blass hatte sie ihren Vater noch nie gesehen, den Moment, nachdem er den toten Friedrich Heckerhoff gesehen hatte, mal ausgenommen.

»Kann mir vielleicht mal jemand erklären, was hier eigentlich los ist?«, sagte Marie und warf ungehalten die Autotür zu.

Aber ihre Mutter stürmte bereits auf ihren Vater zu, der mit gesenktem Kopf beide Hände in den Hosentaschen vergrub, während ein dicklicher Mann mit Glatze und eine junge Frau mit kurzen schwarzen Haaren ebenfalls aus dem Polizeiauto stiegen.

Weitere zehn Minuten später war die ganze Hofgesellschaft – mit Ausnahme von Oma Minna, die sich der Aufregung nicht gewachsen fühlte und sich hingelegt hatte – in der Großenjohannschen Küche versammelt. Marie half ihrer Mutter beim Kaffeekochen, während der Polizist, der den Polizeiwagen gefahren hatte, vor der Tür zur Deele stand, als wolle er darauf achten, dass sich niemand aus dem Staub machte. Der Dicke mit Glatze hatte sich als Hauptkommissar Kuhlmann von der Kripo vorgestellt und die junge schwarzhaarige Frau als Kommissarin Pfeiffer. Der Mann an der Tür hieß Hövel.

Der Hauptkommissar kam Marie vage bekannt vor. Wahrscheinlich hatte er auch die Nachforschungen auf dem Hof der Heckerhoffs geleitet. Da waren nicht alle Nachbarn befragt worden. Ihr Vater, ja, und natürlich die Familie. Nicht mal sie selbst war wichtig genug gewesen, obwohl Marie fest damit gerechnet, ja sich sogar darauf gefreut hatte, mal auf einem Polizeirevier zu sitzen und vernommen zu werden. Genau wie bei Agatha Christie.

Mathilde und Heini Techtelmann und die beiden Heckerhoffs saßen wie schuldbewusste Schüler mit hängenden Schultern auf der Küchenbank, während Hinnerk auf den Stuhl vor dem Sprossenfenster gesunken war und gedankenverloren hinausstarrte, zu den hängenden Zweigen der Trauerweide, die ihren Schatten auf das Küchenfenster warf. Der Hauptkommissar verzog sich mit der Schwarzhaarigen und Heini Techtelmann ins Großenjohannsche Wohnzimmer.

»Wenn wir schon mal alle beisammenhaben, erledigen wir das doch gleich hier vor Ort, nicht wahr?«, hatte er gesagt und einen nach dem anderen mit ins Wohnzimmer genommen, während die anderen in der Küche warteten und schwiegen, denn der Polizist an der Küchentür spitzte die Ohren.

Auch Marie wurde befragt, was sie durchaus aufregend fand. Leider hatte sie absolut nichts zu sagen. Den Streit zwischen Gerhard und Elsbeth erwähnte sie nicht. Schließlich hatte sich die Elsbeth ständig mit jedem gestritten, auch mit ihrer Oma, was sie auch nicht erwähnte. Und über die Hütte – eigentlich war es ja ein Stall, aber in den letzten Jahren hatten dort keine Rinder mehr gestanden – wusste sie ebenfalls nur das, was alle wussten.

Die Jungs vom Kloster machten dort manchmal Party, aber Marie hatte die Aufregung der Nachbarn darüber nie verstanden. Die störten doch da niemanden. Ja, einmal hatten sie wohl das Stroh in Brand gesetzt, und die Balken waren seitdem etwas verkohlt, aber sonst war doch da nie irgendwas vorgefallen. Und was die alte Elsbeth dadrin zu suchen gehabt hatte, konnte sie sich, ebenso wie alle anderen, überhaupt nicht erklären.

Nach der Befragung war sie genau so schlau wie vorher. Was war passiert? Und wieso wurden die Nachbarn befragt? Was stimmte hier nicht? Alle diese Fragen brannten ihr auf der Zunge, aber sie hatte sich nicht getraut, sie zu stellen. Außerdem war sie davon überzeugt, dass der Kommissar sich nicht in die Karten gucken und die Menschen nur so viel wissen ließ, wie er für nützlich hielt.

Am Abend gegen halb sieben waren Polizei und Nachbarschaft wieder abgezogen. Marie stand mit ihren Eltern in der Küche, ihr Vater starrte immer noch aus dem Fenster. Dann öffnete er den Küchenschrank.

»Ich brauch jetzt erst mal 'nen Schnaps«, sagte er, und ausnahmsweise stimmte Hannelore ihm zu.

»Ich auch«, sagte sie.

Hinnerk goss zwei Wacholder ein, und ihre Eltern kippten in seltener Einmütigkeit den Inhalt hinunter, Hannelore mit spitzen Lippen und krauser Nase.

»Ich versteh das nicht«, sagte Hinnerk dann. »Was hatte die bloß in dem Schuppen zu suchen?«

Hannelore zuckte mit den Schultern und klopfte mit dem Schnapsglas auf den Tisch. »Vielleicht wollte sie nachsehen, ob irgendwelche Jungs drin sind? Und dann ist sie hingefallen und hat sich den Kopf angeschlagen.«

Hinnerk kaute auf seiner Unterlippe.

»Kann sein«, sagte er leise.

Marie blickte von einem zum andern und fragte sich, wieso keiner auf den naheliegenden Gedanken kam, dass mit Elsbeths Tod irgendwas nicht stimmte.

Aber vielleicht wussten sie es ja und ignorierten es nur.

»Eins ist klar«, sagte sie dann leise, »wenn das Ganze ein Unglücksfall war, dann verhalten die Polizeibeamten sich merkwürdig.« Sie sah ihren Vater an. »Du meinst, sie ist gestürzt?«

Hinnerk nickte und griff noch mal zur Wacholderflasche. »Sie lag im Stroh. Machte eigentlich einen ganz friedlichen Eindruck.« Hinnerk konnte sich ein Grinsen nicht verkneifen und hob das Pinneken. »So kannte man sie gar nicht.«

»Hinnerk«, sagte Hannelore vorwurfsvoll und griff nach der Flasche. »Mach keine Witze. Stell dir vor, sie hat womöglich die ganze Nacht da gelegen.«

»Wenn, dann hat sie nicht viel davon gemerkt – bei dem Loch im Kopf.«

Hannelore schüttelte sich, stand auf und stellte die Wacholderflasche wieder in den Schrank.

Marie musterte ihren Vater, der wieder aus dem Fenster starrte. Irgendwas verschwieg er ihnen.

»Was hast du gesehen?«, drängte sie.

»Die Frage ist eine ganz andere«, sagte Hinnerk, ohne den Blick zu wenden, »nämlich die, was ich *nicht* gesehen habe. Und eines steht fest«, fügte er nach kurzem Zögern hinzu. »Die Elsbeth war auf keinen Fall allein in der Hütte, als sie starb. Und die Polizei sieht das ja wohl auch so. Wenn die das Ganze für einen Unfall halten würden, dann würden sie nicht so ein Tamtam veranstalten.«

»Hinnerk«, flüsterte Hannelore, »was sagst du da?«

»Die Wahrheit, nichts als die Wahrheit«, antwortete Hinnerk und stand auf. »Ich geh noch ein bisschen Luft schnappen.«

In diesem Moment ging die Tür auf, und Andreas betrat in seiner Motorradkluft nichts ahnend die Küche. Er hatte den ganzen Tag pflichtbewusst in der Werkstatt, wo er als Radio- und Fernsehtechniker arbeitete, an kaputten Geräten geschraubt.

Marie kicherte, als ihr Bruder erstaunt auf das Schnapsglas schaute, das seine Mutter in der Hand hielt.

»Ist irgendwas?«, fragte er und legte seinen Helm auf den Tisch, was seine Mutter immer zur Weißglut brachte.

Aber heute hatte sie anscheinend andere Sorgen. Marie überließ es ihr, Andreas aufzuklären, und zog sich in ihr Zimmer zurück.

Im Hause Techtelmann war es still. Heini, Mathilde und die beiden jüngeren Kinder Johannes und Anna saßen sich schweigend am Küchentisch gegenüber, während Josef, der Hoferbe, sich in den Kuhstall zum Melken zurückgezogen hatte.

Mathilde schüttelte immer wieder den Kopf und nippte an ihrem Pfefferminztee, und Heini trommelte mit seinen dicken Fingern wortlos auf die Tischplatte. Die Beamten hatten das Zimmer der Toten durchsucht und die gesamten Papiere beschlagnahmt.

Kommissar Kuhlmann war nicht dabei gewesen, und so machten die Kinder nacheinander ihre Aussagen bei seinen Mitarbeitern, den Kommissaren Pfeiffer und Hövel. Niemand hatte etwas Weltbewegendes zu sagen.

Anna hatte den Samstagabend und – zu Mathildes heftigem Missfallen – auch die Nacht bei ihrem Freund in Osterkotten verbracht. Und sowohl Josef als auch Johannes hatten angegeben, während der ganzen Zeit auf dem Schützenplatz gewesen zu sein. Zeugen konnten sie aber für jede einzelne Minute nun wirklich nicht beibringen, weil sie nicht auf die Uhr gesehen hatten und daher nicht wussten, wann sie mit wem zusammen gewesen waren. Man habe sich halt an der Theke vergnügt, und da laufe alle paar Minuten irgendein Bekannter oder Nachbar vorbei. Wie sollte man sich die alle merken? Natürlich fehlte es nicht an Namen, aber man wolle doch hoffen, dass die Polizei nun nicht hinter jedem Einzelnen herrennen würde, um ihr Alibi zu überprüfen!

Die Beamten hatten milde gelächelt und dann das Unterste zuoberst gekehrt, waren wie die Fliegen durch das Haus geschwirrt, hatten Fingerabdrücke genommen und immer wieder Fragen zu Elsbeths Alltag gestellt, der sich, das machten die Antworten von Mathilde und Heini mehr als deutlich, als ziemlich eintönig erwies.

Den größten Teil des Tages hatte Elsbeth strickend neben dem Ofen in der Küche verbracht. Auf die Frage, was die alte Dame denn da gestrickt habe, konnte Heini keine Antwort geben und Mathilde nur seufzend erklären, dass sie meistens irgendwas für die Kinder gemacht habe, manchmal dicke Socken für die Stiefel, aber auch Pullover oder Schals, die über kurz oder lang in irgendeiner Kleidersammlung landeten. Darüber hatte Tante Elsbeth sich ebenso oft wie ausgiebig beschwert. Ihre Arbeit würde in diesem Hause nicht gewürdigt, und sie quäle sich ganz umsonst. Allerdings ignorierte sie dabei die Tatsache, dass keiner sie um diese »Quälerei« gebeten hatte und sie trotz aller Undankbarkeit keineswegs damit aufhörte, die Familie mit ihren Werken zu beglücken. Ihr gesellschaftliches Leben hatte sich auf die fast täglichen Kirchgänge und auf nachbarliche Feierlichkeiten und manchmal Besuche im Altenkreis in Hermannsheide beschränkt.

»Hatte sie keine Freundin oder jemanden, mit dem sie sich ab und zu traf?«, hatte einer der Beamten gefragt, woraufhin die beiden Eheleute verwundert festgestellt hatten, dass da außer der Familie ihres Bruders Heini und der des jüngeren Bruders Friedrich, der mit seiner Frau und einem Sohn seinen Hof in Dörrhausen bewirtschaftete, tatsächlich niemand gewesen war.

Mathilde hatte Mühe gehabt, ihren Zorn zurückzuhalten, als sie einen der Beamten etwas über ein »erbärmliches Leben« hatte raunen hören.

Nun waren alle gegangen, und Elsbeth, die ihnen so lange ein Dorn im Auge gewesen war, würde nie mehr neben dem Ofen sitzen und ihre endlosen Tiraden über die Familienmitglieder ergießen.

Anna brach das Schweigen als Erste.

»Meine Güte, wer hätte sich denn jemals so was vorstellen können! Tante Elsbeth treibt sich abends mit Gott weiß wem in Nachbars Hütte rum! Kannst du dir vorstellen, was sie da wollte, Mama? Und wieso ist sie denn überhaupt zur Schützenmesse gegangen, sonst hat sie sich doch immer über das schreckliche Gedränge in der Kirche beklagt.«

»Ach was«, murrte ihr Vater, »sie ist doch jedes Jahr zur Schützenmesse gegangen, und auch sonst samstags zur Vorabendmesse ist sie meistens mitgefahren. Dann ist die Kirche immer voller als sonst.« Er warf seiner Tochter einen missbilligenden Blick zu. »Wenn du ab und zu mal mitgehen würdest in die Messe, anstatt andauernd durch die Gegend zu juchtern, dann wüsstest du das.«

Anna verdrehte die Augen.

»Genau«, mischte ihre Mutter sich ein, die bis jetzt ernst vor sich hin gestarrt hatte, »und über Nacht warst du auch nicht zu Hause. Man darf das gar keinem erzählen, dass du dich nachts mit Männern rumtreibst. Verheiratet bist du nicht, und zur Kirche gehst du auch nicht mehr!«

»Mama! Ich bin fast zwanzig, und wir leben nicht mehr im Mittelalter!«

»Ja, ja, das sagt ihr immer! Aber die Leute denken ganz anders, und ihr werdet es schon noch merken, dass ein guter Ruf mehr wert ist wie viel Geld! Und …«, fügte sie leise hinzu, »der Josef wird das auch noch zu spüren bekommen. Bringt uns ein fremdes Kind auf den Hof!« Mathilde brach in Tränen aus. »Und jetzt muss uns so was passieren! Die Elsbeth hat uns ihr Leben lang nur Ärger gemacht und im Tode auch noch!«

»Dann seid doch froh, dass ihr's hinter euch habt!«, meldete Johannes sich zu Wort, der gelangweilt auf seinem Stuhl hin und her wippte.

»Johannes! Wie redest du denn? Versündige dich nicht!«

»Blödsinn«, erwiderte ihr Sohn, »ihr konntet sie alle nicht leiden, und jetzt, wo sie tot ist, macht ihr so 'n Heidentheater. Heuchelei ist das.«

Mathilde Techtelmann schluchzte laut.

»Ja, konnte sie denn nicht wenigstens sterben wie anständige Leute?«

Darauf antwortete niemand.

»Ist euch eigentlich klar«, sagte Anna plötzlich in die Stille hinein, »dass die glauben, irgendwer hätte Tante Elsbeth umgebracht?«

Eisiges Schweigen folgte dieser Feststellung.

»Habt ihr denn gar keine Angst bei dem Gedanken, dass hier womöglich einer rumläuft, der alte Frauen erschlägt?«

»Da haben die sich bestimmt vertan. Das muss ein Unfall gewesen sein«, sagte Heini Techtelmann nach einer Weile heiser.

»Und wenn nicht?«, insistierte Anna.

»Kind! Nun hör doch endlich auf damit!« Mathilde schrie fast. »Das wird sich alles als böser Irrtum herausstellen. Die Elsbeth ist gefallen und hat sich den Kopf aufgeschlagen. Fertig. Schließlich konnte sie sich ja nicht so bewegen wie alle anderen. Da passiert so was schon mal! Alles andere ist doch bloß weit hergeholt.« Sie wischte sich mit ihrem weißen Spitzentaschentuch die Tränen ab und schnäuzte sich.

»Und wieso geht sie dazu in Großenjohanns Hütte?«, konnte Anna sich nicht verkneifen zu fragen.

»Das weiß *ich* doch nicht! Die Elsbeth war eben schrecklich neugierig. Bestimmt waren irgendwelche von den Jungs drin und haben Dummheiten angestellt oder sonst was. Da hat sie eben nachgeguckt!«

»Und dann haben die Jungs sie einfach umgelaufen! Ja, so könnte es passiert sein. Womöglich haben die wieder Leim geschnüffelt, waren *high* und wollten sich nicht erwischen lassen.«

»Ganz genau!«, sagte Mathilde, die nur zu gern daran glauben wollte, dass sich einfach alles als böser Irrtum herausstellen oder sonst wie in Luft auflösen würde. Sie steckte energisch ihr Taschentuch in die Kitteltasche.

»Und jetzt müssen wir uns um die Beerdigung kümmern«, verkündete sie und stand auf, um die Sache in Angriff zu nehmen.

9

Kommissar Kuhlmann war ein besonnener Mann. Das war einer der Gründe, weshalb seine Frau ihn vor vier Jahren verlassen hatte. Nur hatte sie es nicht Besonnenheit genannt, sondern Desinteresse an ihrer Person. Sie war nach Detmold gezogen und hatte sich dort mit einem pensionierten Steuerberater zusammengetan. Seine beiden Söhne lebten irgendwo an der Nordseeküste mit ihren Familien. Kuhlmann hatte wenig Kontakt zu seinen Kindern und gar keinen mehr zu seiner Exfrau. Er hatte seinen Beruf bei der Kripo geliebt und konnte auf eine erfolgreiche Laufbahn zurückblicken. Zwar haderte er mit der Tatsache, dass ihm so kurz vor der Pensionierung dieser Fall seine hervorragende Aufklärungsbilanz zu vermiesen drohte, aber er war nicht gewillt, sich von den sturen Dörflern aus der Ruhe bringen zu lassen.

Er war heute etwas später in sein Büro gekommen, um sich an seinem Frühstückstisch in seiner kleinen Wohnung an der Warburger Straße, die er allein bewohnte, in Ruhe ein paar Gedanken über diesen merkwürdigen Todesfall zu machen. Seine Mitarbeiter, die Kommissare Gerda Pfeiffer und Berthold Hövel, hatten sich jetzt vor seinem Schreibtisch aufgebaut und warteten darauf, dass ihr Chef die Aufgaben für den Tag verteilte.

Berthold Hövel drängte sich dabei etwas vor seine jüngere Kollegin, die ihm ein Dorn im Auge war, woran die Tatsache, dass sie seine einhundertfünfundsiebzig Zentimeter Körpergröße um etwa fünf Zentimeter überbot, wohl nicht unschuldig war.

Kuhlmann hatte die Ellbogen auf den Schreibtisch gestützt und stöhnte.

»Wieso muss mir kurz vor der Pensionierung so was passieren? Diese Dörfler sind glitschig wie Schmierseife und verschwiegen wie Stechmücken. Keiner weiß irgendwas, und wenn einer was weiß, sagt er nix. Alle haben keine Ahnung, waren auf dem Schützenfest, wofür sie die Nachbarn als Zeugen anführen. Gleichzeitig haben alle Angst, dass einer sie anschwärzen könnte.«

Kommissar Hövel stellte sich auf die Zehenspitzen und seufzte Zustimmung.

»Tja, da wünscht man sich direkt mal die Inquisition zurück, was? Keiner schweigt oder lügt, wenn er über glühende Kohlen läuft oder ein heißes Eisen anfasst.«

Gerda Pfeiffer blickte ihren Kollegen säuerlich an. »Klar, die sagen alles, was du hören willst, ob's stimmt oder nicht.«

»Vielleicht war's ja doch ein Unfall?«, lenkte Hövel von der Inquisition ab. »Wer sollte denn so eine alte Frau umbringen?«

»Und wie soll das vor sich gegangen sein?«, murrte Kuhlmann. »Wenn man auf einen Strohhaufen fällt, hat man davon kein Loch im Kopf, oder?«

Dazu fiel Hövel keine Erwiderung ein. »Ich mein ja nur …«

»Die Theorie von den Jungs, die sie da erwischt hat, ist doch gar nicht so abwegig«, mischte die Kommissarin sich ein. »Ich hab diesen Pater Jonas darauf angesprochen, er hat sich ein bisschen schwergetan, wollte nicht zugeben, dass die Jungs da Partys feiern – und dass sie Leim schnüffeln, schon gar nicht. Hat was von Vorurteilen der Dorfbewohner geredet, dass die Leute den Jungs zu misstrauisch begegnen …«

»Na, das sind ja wohl auch keine Waisenknaben dort, der eine soll seine Mutter verprügelt haben – hat mir einer ausm Dorf erzählt«, sagte Hövel.

»Ich war noch nicht fertig«, sagte Gerda Pfeiffer, »das ist es, was dieser Pater Jonas gesagt hat. Keiner von den Jungs ist unerlaubt abwesend gewesen, und die Jungs sagen natürlich dasselbe. Waren alle in ihren Unterkünften, und die, die Ausgang hatten, waren auf dem Schützenfest, natürlich gemeinsam und den ganzen Abend. Und laut diesem Pater müssen sie alle um spätestens elf wieder im Haus sein, was sie natürlich auch waren, brav, wie sie sind.«

»Hm«, meinte Kuhlmann, »ich glaube kaum, dass der Pater lügt. Aber dass er über alles Bescheid weiß, was da in seinem Haus vor sich geht, das glaube ich auch nicht. Gut möglich, dass einige von den Kerlen sich nachts da vergnügen.«

»Das glaube ich auch«, schleimte Hövel, »und die Alte muss ja eine ziemliche Zicke gewesen sein … wie so alte Jungfern eben drauf sind«, fügte er mit süffisantem Grinsen hinzu.

Kommissarin Pfeiffer warf ihrem Kollegen einen wütenden Blick zu. »Das eine hat mit dem anderen ja wohl nichts zu tun …«

Hauptkommissar Kuhlmann beendete die Diskussion mit einer Handbewegung. »Die Frage ist doch: Wo ist die Mordwaffe? Habt ihr da inzwischen eine Idee?«

Die beiden Kommissare schüttelten in seltenem Einvernehmen die Köpfe.

»Also, ich verstehe das nicht, Wiechers sagt, es muss ein ziemlich großer, spitzer Gegenstand gewesen sein, so was will man doch so schnell wie möglich loswerden.«

»Also auf der Wiese haben wir nichts dergleichen gefunden«, sagte Hövel.

»Und was ist mit den Reifenspuren auf dem Feldweg?«

»Da gibt's unterschiedliche«, sagte Pfeiffer, »und die Bauern sagen, dass sie ab und zu, wenn es eilt, schon mal mit dem Auto da langfahren, um nach den Rindern zu sehen, die auf den anderen Wiesen den ganzen Sommer über stehen. Da müsste man schon mal gucken, ob die noch alle da sind, weil die auch gerne mal ausbüxen würden. Was ein richtiger Bulle ist, der würde sich auch von einem Stacheldraht nicht aufhalten lassen, wenn er rauswollte. Und es wäre jedes Mal ein Riesentheater, sie wieder einzufangen.« Pfeiffer lächelte versonnen.

»Was ist so lustig?«, wollte Kuhlmann wissen.

»Nichts weiter«, entgegnete Pfeiffer, »ich hab mir nur gerade vorgestellt, wie ein frei laufender Bulle die Dorfbewohner aufmischt.«

Kuhlmann räusperte sich, wohl weil er sich ein Lachen verkneifen wollte. Dann stand er auf, griff nach der Kaffeekanne und nahm eine Tasse von dem dickflüssigen Gebräu, das schon seit einiger Zeit auf der Warmhalteplatte vor sich hin schmorte. Er nahm einen Schluck, verzog keine Miene und setzte sich wieder an seinen Schreibtisch.

»Findet ihr es nicht auch ein bisschen auffällig, dass in einem Ort wie Birkendorf innerhalb so kurzer Zeit zwei so … merkwürdige Todesfälle vorkommen?«

Hövel und Pfeiffer sahen sich an.

»Ja, aber das andere, dieser Tote auf dem Misthaufen, das war doch eindeutig ein Unfall«, sagte Hövel dann und wippte auf den Zehenspitzen.

Der Hauptkommissar trommelte gedankenverloren mit Zeige- und Mittelfinger auf seiner mit Notizzetteln gespickten Schreibtischunterlage herum.

»Ja«, antwortete er kurz, »und trotzdem kommt mir das alles komisch vor. Da passiert jahrzehntelang gar nichts, und plötzlich sterben kurz nacheinander zwei alte und obendrein ziemlich unbeliebte Leutchen. Der Mann fällt in eine Misthacke, und die Frau wird in einem Viehunterstand erschlagen. Was, wenn beim ersten Todesfall auch schon einer nachgeholfen hat?«

»Darauf gibt es aber laut Akten keinerlei Hinweis«, wandte Pfeiffer ein, »und dass der Kerl ausgerutscht ist, war ja auch eindeutig, bei den Spuren in der Kuh…kacke. Und sonst hat die Spurensicherung nichts Verdächtiges entdecken können. Jedenfalls, soweit ich mich erinnere.«

»Dass sie nichts gefunden haben, heißt noch lange nicht, dass es nichts zu finden gibt«, murmelte der Hauptkommissar.

»Richtig«, stimmte Hövel nickend zu.

Kuhlmann starrte eine Weile missmutig vor sich hin und schwieg. Die beiden Kommissare blickten sich unsicher an. Pfeiffer räusperte sich.

»Also, Herrschaften«, sagte Kuhlmann, »im Moment können wir nicht viel mehr tun, als auf die Ergebnisse der Obduktion und aus dem Labor zu warten. Wenn ihr mit den Befragungen der Dorfbewohner fertig seid, habt ihr ja sicher mit den Protokollen noch genug zu tun. Ich werde mir noch mal diese Akte zu dem Todesfall auf dem Misthaufen zu Gemüte führen.« Damit griff er nach einem Aktenordner und entließ seine Mitarbeiter.

In der Großenjohannschen Küche saß Erna Fortmüller bei Hannelore und Marie am Tisch. Oma Minna pflückte im Garten die ersten Stachelbeeren, und Hinnerk war mit seiner Pfeife auf den Hof gegangen, um die ganze schreckliche Geschichte draußen unter den Eichen auf der Hofbank noch mal in Ruhe zu überdenken.

Marie saß auf dem Platz ihres Vaters und war dabei, ihre neue Jeans zu kürzen. Sie hätte sich auch ein paar neue Schuhe mit höheren Plateausohlen kaufen können, aber sie konnte in diesen Dingern einfach nicht laufen. Das letzte Mal, als sie es versucht hatte, war sie im großen Hörsaal lang hingeschlagen und hatte damit ziemliches Aufsehen erregt. Das sollte ihr nicht wieder passieren.

Sie musterte die beiden Frauen, die am anderen Ende des Tisches saßen. Erna Fortmüller war eine üppige Blondine mit Blumenkohlfrisur, rosigen Wangen und Doppelkinn. Unter der wohlgeformten Nase schimmerte zart ein heller Schnurrbart. Der sandfarbene Kittel spannte über ihrem ausladenden Busen. Die nackten Arme waren, wie bei Maries Mutter, braun gebrannt von der Arbeit in der Sonne.

»Mein Gott, mein Gott«, sagte Hannelore gerade, »das ist doch wirklich eine schreckliche Sache. Erst kommt der alte Friedrich so furchtbar zu Tode, und nun das mit der Elsbeth. Und dann in unserer Hütte, aber ich hab schon so oft zu Hinnerk gesagt, er soll doch die Hütte endlich abreißen. Einmal haben diese Jungs vom Kloster sogar ein Lagerfeuer dadrin gemacht! Kannst du dir das vorstellen? Und jetzt so was! Aber was soll man machen, die Kerle machen ja doch alle, was sie wollen. Er hätte sie schon längst abreißen sollen, dann wär das nicht passiert, und wir hätten nicht die Polizei im Hause!«

»Jou, das sachst du auch«, lispelte Erna Fortmüller und verteilte Spucketröpchen auf dem Tisch. »Und was dieser Kommissar alles wissen wollte. Wann wir die Elsbeth zum letzten Mal gesehen haben und wo wir am Samstagabend alle gewesen sind. Ist ja eigentlich eine Unverschämtheit, aber die haben gesagt, dass sie das alle Leute fragen. Muss ja vielleicht auch sein, aber, Herr im Himmel, was haben *wir* denn damit zu tun? Wir wohnen ja man bloß in der Nähe!«

»Ja, *wir* haben auch nichts damit zu tun!«, erwiderte Hannelore pikiert. »Was können wir dafür, dass die nun in unserer Hütte liegt? Ich möchte bloß mal wissen, was die da zu suchen gehabt hat. Und wie sie zu Tode gekommen ist. Bestimmt hat sie welche von den Jungs aus dem Kloster da erwischt und wollte sie rausschmeißen – kennst ja die alte Elsbeth.«

Erna seufzte hörbar.

»Und das ist ihr nun zum Verhängnis geworden, dass sie sich überall eingemischt hat. War ja schließlich nicht ihre Hütte. Aber die konnte ja auch den Mund nicht halten.«

»Gott ja, und nun ist sie tot, die Arme. Hat ja im Grunde auch nichts vom Leben gehabt, nicht wahr. Immer nur als alte Tante aufm Hof rumsitzen. Aber wer wollte die auch heiraten, mit ihrer kaputten Hüfte?«

»Das sachst du auch! Wenn sie dabei wenigstens noch ein freundlicher Mensch gewesen wär. Aber nee«, Erna Fortmüller rückte näher zu ihrer Nachbarin hinüber, »über jeden hat sie was gehabt, und geldgierig war sie auch. Ich möchte nicht wissen, wie viel Geld die wohl hatte. Unser Willi hat gesagt, dass der Heini mal im Suff gesagt hat, die alte Elsbeth hätte mehr Geld wie er.«

Hannelore Großenjohann schürzte die Lippen. »Ja, so was hab ich auch schon gehört. Sie muss ja wohl ordentlich Rente gekriegt haben, ja und dann hatte sie lebenslanges Wohnrecht auf dem Hof – sie war ja eigentlich Erbin und hat da auch immer gearbeitet, und der Heini hat für sie geklebt –, da soll wohl schon einiges zusammenkommen, nich wahr.«

»Na«, Erna holte tief Luft, »da kann sich der Heini ja nun freuen und die Mathilde auch, die werden ja nun noch 'n bisschen reicher.«

»Meinst du, dass der Heini das alles kriegt? Die Elsbeth hatte es doch so dicke mit dem Pater Jonas. Bestimmt hat sie der Kirche auch was vermacht.«

»Wenn sie ein Testament gemacht hat«, meinte Erna achselzuckend, aber dennoch hoffnungsvoll, »aber so alt war sie ja noch nicht, man gerade Mitte sechzig, und außer mit ihrer Hüfte ist sie doch auch nie krank gewesen, oder?«

»Nee, nur mit der Galle hatte sie, glaub ich, mal was, aber weiß man's? Diese alten Tanten sind doch alle ein bisschen seltsam.«

Marie hatte den beiden Frauen schweigend zugehört. Sie schnitt den Faden ab und kontrollierte die Nähte. Irgendwie hatte sie Mitleid mit der alten Elsbeth. Die hatte jetzt zwar nichts mehr davon, aber Marie fragte sich, wie es wohl sein musste, wenn niemand einen mochte. So, wie die Dinge lagen, war es offensichtlich, dass Elsbeths Tod die Nachbarn nicht gerade in tiefe Trauer stürzte.

»Ja, ja«, sagte Erna und wechselte das Thema. Kürzlich war nämlich der Tod des alten Erwin Wertkohl zu beklagen gewesen. Und bisher hatten die Frauen noch keine Gelegenheit gefunden, sich über die Beerdigung zu unterhalten.

»Das hat man ja kommen sehen«, meinte Erna, »dass der Erwin irgendwann umfallen würde. Hat ja lange gelebt und dabei immer noch 'n schönen Tod gehabt. Einfach so umfallen und weg. Nix gespürt, und fertig is die Laube. Kann man sich doch wirklich nur wünschen.«

»Ja, ja, manchen gibt's der Herr im Schlaf. Und das bei *dem* Lebenswandel. Aber unser Oma«, meldete sich Maries Mutter zu Wort, »hat das schon immer gesagt, dass der Erwin so eine starke Natur wäre, konnte schon immer mehr saufen als alle anderen, und geraucht hat er ja auch ganz ordentlich …«

»Und da sagen immer alle, das wäre so gefährlich«, mischte sich Erna ein, »ich sag ja auch immer für Willi, er soll doch dieses Zigarettenrauchen mal lassen, aber … ›wenn der Erwin damit sechsundachtzig werden konnte, dann kann's so schlimm nicht sein‹, krieg ich dann zu hören.« Erna öffnete die verschränkten Arme und stieß einen Seufzer aus.

»Tja, was soll man da noch sagen, nich wahr?«, erwiderte Hannelore.

»Ja, ja, da hat die Hermine, was doch dem Erwin seine Frau war, wirklich was mitgemacht«, fuhr Erna fort, »ich weiß noch, wie meine Mutter erzählt hat, dass der olle Erwin die Hermine im Suff beinah ausm Fenster geworfen hätte. Meine Güte … und das bei dem Haufen Kinder!«

Marie fragte sich gerade, ob die Anzahl der Kinder für Erna ein Kriterium dafür war, ob ein Mann seine Frau aus dem Fenster werfen durfte oder nicht und wo man da die Grenzen ziehen sollte. Bei vieren war es gerade noch vertretbar, bei fünfen nicht mehr?

»War ja wirklich 'ne schöne Beerdigung gewesen«, fuhr Erna eifrig fort, »so 'ne Masse Leute. Aber die Hälfte davon war ja wohl Verwandtschaft, nech.«

»Ja, ja, bei neun Kindern, da soll man die Kirche wohl bald vollkriegen, wenn die alle mit Mann und Maus und Kind und Kegel ankommen.«

Marie legte die Nadel weg und kniff die Nase zusammen. Das ging als Niesen durch, obwohl das Nasezusammenkneifen nur ein bewährtes Mittel gegen unangebrachte Kicheranfälle war. Diese Erkenntnis hatte ihr bei diversen Kirchbesuchen schon gute Dienste geleistet.

»'tschuldigung«, krächzte Marie, aber die beiden Frauen interessierten sich nicht für sie.

»Und«, fuhr ihre Mutter mit gespitzten Lippen fort, »der Karl, was doch der Älteste vom Erwin war, der dann nach Dortmund gezogen ist, der war ja auch nicht so ganz geplant, damals.«

»Jou«, entgegnete Erna begeistert, »das hat der Willi schon immer gesagt, dass der Karl eine von diesen Frühgeburten war, die gar keine sind.«

»Ja«, die beiden Frauen schüttelten in stummem Missfallen über die Ungeheuerlichkeiten, die sich auf dieser Welt zutrugen, die Köpfe.

»Aber …«, nun, da die Familienverhältnisse von Erwin und Hermine Wertkohl – Gott hab sie selig – endlich einmal offen zur Sprache gekommen waren, konnte man sich getrost um die fragwürdige Nachkommenschaft des Verblichenen kümmern, »… die Jüngste von dem Karl, die muss ja nun auch schon an die dreißig sein, das war doch die mit der kurzen Hose, nech?«

Erna wartete zwei Sekunden, um die Zustimmung ihrer Nachbarin entgegenzunehmen, und sprach dann aus, was alle gedacht hatten. »Also, konnte die sich denn nicht was Anständiges anziehen, zur Beerdigung?«

Dabei warf sie einen scheelen Blick auf Maries Jeans, den diese mit hochgezogener Braue quittierte. Sie erinnerte sich dunkel an eine junge Frau im schwarzen Hosenrock, die sie auf der Beerdigung von Erwin Wertkohl gesehen hatte und die mit dieser Kleidung manches Missfallen hervorgerufen hatte.

»Eine Schande ist das«, sagte ihre Mutter, »so ein kurzes Ding. Man konnte ja nicht mal erkennen, ob es Rock oder Hose war. Und dann nicht mal 'ne schwarze Strumpfhose …«

»Und das in dem Alter«, pflichtete Erna bei, »da kann man doch wohl ein bisschen Vernunft erwarten, die ist ja kein kleines Kind mehr. Also, diese jungen Leute wissen überhaupt nicht mehr, was sich gehört. Aber was soll man bei der Familie auch schon anderes erwarten?«

»Ja«, Marie musste einfach etwas sagen, »am besten, die Frauen tragen alle eine Burka, dann gibt's keine Probleme mehr.«

Erna und ihre Mutter starrten sie an.

»Was ist denn eine Burka?«, wollte Erna wissen, während Hannelore ihrer Tochter einen warnenden Blick zuwarf, aber Marie guckte nicht hin.

»Ein Nonnenkostüm mit Schleier«, erklärte sie. »Arabische Frauen tragen so was.« Dann faltete sie ihre Jeans zusammen, legte sie auf die Küchenbank und stand auf. »Muss noch lernen«, sagte sie und verließ mit dem Segen ihrer Mutter die Küche.

Es war schon fast halb zehn. Die Dämmerung war hereingebrochen, und Johannes Techtelmann, den das undankbare Schicksal des zweitgeborenen Sohnes ereilt hatte, saß auf der alten Hofbank vor der Deelentür und schaute hinauf in die Wipfel der hohen Eichen, die seine Vorfahren vor zwei Jahrhunderten angepflanzt hatten – zu einer Zeit, als die nun sandige Erde noch morastig und schwer zu bestellen war. Die Luft roch nach Wärme und Heu. Eine Eule segelte gemächlich durch die dürren Zweige und setzte sich dann geräuschlos auf den Giebel der Scheune. Eine Nachtigall trällerte, und auf der Weide wieherte Senta, die alte Stute.

Johannes stand auf, ging in die Mitte des Hofplatzes und ließ den Blick über die Felder schweifen. Ihn fröstelte plötzlich. Er schob die Hände in die Hosentaschen, holte tief Luft und ging dann schnellen Schrittes auf die Deelentür zu. Er hatte sich entschlossen, und er musste jetzt handeln.

In der Küche lag sein Vater auf der Küchenbank und las das Bauernblatt, seine Mutter nähte. Von seinen Geschwistern war niemand zu Hause.

Er setzte sich neben seine Mutter an den Tisch und begann ohne Umschweife.

»Papa, ich will nach Israel gehen und brauche jetzt mein Erbteil.«

Endlich war's raus!

Die Nähnadel verharrte in der Luft, seine Mutter starrte ihn mit offenem Mund an, sein Vater kam hoch und warf das Bauernblatt auf den Tisch.

»Wie bitte?«, brach es aus Heini Techtelmann heraus, während seine Frau trocken schluckte und die Arme sinken ließ.

»Ich habe lange darüber nachgedacht«, sagte Johannes, »ewig kann ich nicht hierbleiben, und in meinem Beruf kann ich überall arbeiten. Außerdem gibt es so viel zu sehen, und ich bin noch nie weiter als bis Recklinghausen gekommen.«

Heini Techtelmann schnappte nach Luft.

»Ja bist du denn vollkommen verrückt geworden, Junge?«

»Johannes, das ist doch nicht dein Ernst. Du hast doch hier alles. Was willst du denn in einem fremden Land? Und dann auch noch Israel. Da ist doch immerzu Krieg, Junge, das kannst du doch nicht machen! Und was sollen denn die Leute …?«

»Vielleicht gehe ich auch nach Afrika, die brauchen dort auch Mechaniker, nötiger als wir.«

Heini Techtelmann hatte es die Sprache verschlagen. Ungläubig starrte er seinen jüngsten Sohn an.

»Junge«, meinte er heiser, »ich hab dich wohl nicht richtig verstanden. Jetzt, wo deine Tante gestorben ist und wir genug Ärger am Hals haben, kommst du damit?«

Johannes nickte und knetete seine Finger. »Na ja, jetzt, wo Elsbeth tot ist, habt ihr doch Geld genug.«

Heini Techtelmann öffnete den Mund, brachte jedoch zunächst keinen Ton heraus.

»Ja, was glaubst du denn eigentlich? Deine Tante ist noch nicht mal richtig kalt, und du spekulierst schon mit ihrem Geld! Und außerdem: Wenn du ein Haus bauen willst oder dich selbstständig machen, dann kannst du dein Erbteil haben, aber doch nicht bloß, um es in der Welt zu verjubeln! Das fehlte ja noch …«

»Pssst«, versuchte Mathilde, ihren Mann zu beruhigen, während sie aufstand und das Fenster schloss.

»Wenn das die anderen auch machen wollten! Wo kämen wir

denn da hin? Meinst du denn, wir haben uns das ganze Leben lang krumm malocht, nur damit du in der Welt rumjuchtern kannst?«

»Heini!«, rief Mathilde und nahm den Arm ihres Mannes, »beruhige dich doch um Himmels Christi willen!«

»Lot mi in Rugge!« Heini schüttelte den Arm seiner Frau ab, schob unwirsch den schweren Küchentisch zurück und sprang auf.

»Und du, mein Sohn«, wetterte er drohend mit dem Zeigefinger in Johannes' Richtung, »du kannst von mir aus nach Puttkamerun wandern, wenn's dir hier nicht mehr gut genug ist, aber nicht mit deinem Erbteil. Den kannst du dir holen, wenn du wieder zur Vernunft gekommen bist!«

Damit stapfte er auf seinen kurzen stämmigen Beinen hinaus zur Deele. Schweigen erfüllte die Küche.

Dann legte Mathilde Techtelmann ihre Hand auf Johannes' Arm.

»Junge, das hast du dir doch nicht richtig überlegt. Du kannst doch nicht ganz allein in der Welt herumreisen, was kann da nicht alles passieren!«

Johannes stand auf. »Ich hab das schon lange vor. Mir fehlte bloß das Geld. Na ja und jetzt … schließlich sind wir die nächsten Verwandten von Tante Elsbeth. Die hat bestimmt alles Papa vererbt, also brauch ich auch nicht länger zu warten. Ich will endlich raus aus diesem Kaff!«

Mathilde Techtelmann gab einen seltsamen Laut von sich, während ihr Sohn bereits die Tür hinter sich schloss.

Marie saß am Küchentisch bei einer Tasse Darjeeling und las in den »Daten deutscher Dichtung«, während ihr Vater ab und zu an seiner Bierflasche nippte und in der Neuen Westfälischen blätterte. Oma Minna war bereits zu Bett gegangen, und ihre Mutter saß vor dem Fernseher und guckte Dalli Dalli. Andreas war bei seinem Motorradclub. Marie blickte von ihrem Buch auf und musterte ihren Vater. Heute fiel ihr zum ersten Mal auf, dass er nicht mehr jung war. Die Geheimratsecken wanderten unaufhörlich Richtung Oberkopf, und ein Hauch von Grau glitzerte an den Schläfen. Seine Lesebrille hing, wie immer, ganz vorn auf der Nasenspitze, und die schmalen Schultern bebten leicht, weil er über irgendetwas lachte.

»Was ist so lustig?«, fragte Marie.

Ihr Vater zeigt mit dem Finger auf einen Artikel in der Neuen Westfälischen. »Da steht ein Riesenartikel über den Tod von der Elsbeth drin.«

»Echt?«, sagte Marie erstaunt. »Über so was berichten die?«

»Natürlich«, sagte ihr Vater ohne aufzusehen.

Marie betrachtete die angehende Stirnglatze ihres Vaters und dachte, so kommst du mir nicht davon. »Wer könnte das getan haben, Papa?«

Ihr Vater warf einen besorgten Blick zur Tür.

»Tja«, erwiderte Hinnerk leise, »entweder läuft in Birkendorf ein Irrer frei herum, der alte Frauen erschlägt, warum auch immer, oder es waren tatsächlich die Jungs vom Kloster. Die Elsbeth hat sich ja immer in alles eingemischt. Kann gut sein, dass ihr das zum Verhängnis geworden ist. Andererseits …«

»Was meinst du?«, wollte Marie wissen.

»Andererseits war die Elsbeth ein ziemlicher Teufelsbraten. Die hat in Dingen herumgerührt, über die sie wohl besser geschwiegen hätte.«

Marie überlegte. »Sag mal, wäre es möglich, dass der Tod von dem alten Heckerhoff was damit zu tun hat?«

Ihr Vater blickte auf und rieb sich das Kinn.

»Wer weiß«, meinte er dann vorsichtig.

Marie hatte seit Elsbeths Tod schlecht geschlafen. Da waren so viele Dinge, die ihr merkwürdig vorkamen. Gerhards Streit mit Elsbeth, die Misthacke und dann auch das seltsame Benehmen von Josef Techtelmann auf dem Schützenfest. »Selbst schuld, die Alte«, hatte er gesagt. Da war sich Marie ziemlich sicher.

Natürlich musste das gar nichts bedeuten. Andererseits wurde sie einfach das Gefühl nicht los, dass diese Dinge irgendwie zusammenhingen. Allerdings hatte Gerhard mit Elsbeths Tod wohl nichts zu tun, denn er hatte ein Alibi. Das wusste sie von ihrer Mutter.

Marie sah ihren Vater an. »Was hältst du von der ganzen Sache?«

»Ich weiß nicht«, sagte Hinnerk und zog nachdenklich an seiner Pfeife, »könnte gut sein, dass da jemand in ein Wespennest getreten ist.«

Marie kam nicht mehr dazu, ihren Vater genauer nach dem Wespennest zu fragen, denn in diesem Moment betrat ihre Mutter die Küche, und ihr Vater schob demonstrativ seine Lesebrille höher. Ein Zeichen dafür, dass er das Thema vor seiner Frau nicht weiter erörtern wollte. Marie konnte sich schon denken, warum. Ihre Mutter verlor leicht die Nerven, und ihr Vater hatte keine Lust auf hysterische Anfälle. Themen wie Mord und Totschlag auf dem eigenen Grund und Boden vertiefte man besser nicht in Hannelores Gegenwart.

Allerdings hätte Marie zu gern gewusst, was ihr Vater mit dem Wespennest genau gemeint hatte.

Marie beschloss, noch nach Hermannsheide in den »Schlauen Ochsen« zu fahren. Das war zwar nur eine stinknormale Kneipe, aber sie hatte sich irgendwie zum Treffpunkt der Hermannsheider Jugend entwickelt. Vielleicht lag es daran, dass der Wirt ziemlich jung war und obendrein selbst sein bester Kunde. Meistens war er angenehm betrunken oder bekifft. Hin und wieder begann er dann, eines seiner selbst verfassten sozialkritischen Gedichte zu rezitieren. Marie bekam davon Gehirnkrämpfe, wie sie es nannte. Aber egal, sie musste mit jemandem reden.

Als sie den »Schlauen Ochsen« betrat, schlug ihr Zigarettenrauch und Stimmengewirr entgegen. Die fünf Tische waren voll besetzt. An zweien wurde Turmknobeln gespielt, eine Art Wetttrinken, bei dem aus verschiedenen Getränken oder sonstigen Leckereien, wie zum Beispiel einer Tafel Ritter Sport Nuss, ein Turm gebaut wurde. Unten ein Glas Bier, darauf ein Bierdeckel, auf den Bierdeckel ein Schnapsglas, Bierdeckel, Schokolade und so fort.

Normalerweise bestand ein Turm aus vier oder fünf Etagen und war eine ziemlich wacklige Angelegenheit, die bei fortgeschrittener Spieldauer immer wackliger wurde. Wenn man eine bestimmte Zahl gewürfelt hatte, musste man – oder durfte, je nach persönlicher Stimmung und Beschaffenheit des jeweiligen

Getränks – das oberste Glas austrinken. Beim Bierglas musste man dann allerdings schnell sein und das Glas leeren, bevor der Nächste eine bestimmte Augenzahl gewürfelt hatte. Schaffte man das nicht, musste man den Turm bezahlen, wenn doch, bezahlte der glücklose Würfler. Auf diese Weise konnte man sich – mit ein bisschen Glück und Übung – ziemlich billig ziemlich heftig betrinken. Dass ein Turm irgendwann einstürzte, war unumgänglich.

An der Theke saßen vier Gestalten, die Marie erwartungsvoll entgegenblickten. Eine davon war Norbert Brautmüller. Sie setzte sich auf den Barhocker neben ihn und bestellte sich eine Cola.

»Hallo«, sagte Norbert und prostete ihr zu, »ihr seid ja mittlerweile richtig berühmt.«

»Hör bloß auf«, brummte Marie, nahm ihre Cola entgegen und begann sofort, die Eiswürfel aus dem Glas zu fischen und in ein herrenloses, leeres Bierglas umzutopfen. Sie vergaß immer, das bei der Bestellung anzugeben. »Die packen nur Eis da rein, weil sie dann am Getränk sparen. Verdrängung, verstehst du?«

»Klar«, sagte Norbert und hielt ihr das Bierglas hin. »Aber nicht beim Bier.«

»Stimmt.«

Sie saßen einige Minuten schweigend nebeneinander. Ludger, der Wirt, hing mit glasigen Augen über der Theke und zog hingebungsvoll an seiner Zigarette.

»Wisst ihr schon, was da in der Hütte passiert ist?«, fragte Norbert.

»Jemand hat der Elsbeth den Kopf eingeschlagen.«

»Tatsächlich? Ich dachte, die wäre gefallen.«

»Tja, das dachten wir zuerst auch.«

Die beiden tranken schweigend. »Wer sollte denn die alte Elsbeth erschlagen?«, überlegte Norbert leise. »Ich meine, sie war ja eine alte Schrapnelle, aber das ist ja wohl kein Grund, ihr den Schädel einzuhauen, oder?«

»Ja, das ist alles ziemlich seltsam«, murmelte Marie. »Möchte wissen, was die in der Hütte gemacht hat.«

Lautes Scheppern unterbrach ihre Überlegungen. An einem

der Tische war der Turm zusammengekracht. Ludger reagierte zunächst überhaupt nicht, dann legte er in Zeitlupe seine Zigarette weg, nahm einen Lappen und ein Tablett und bewegte sich seelenruhig in Richtung Überschwemmung.

»Vielleicht hatte sie ja eine Verabredung?«, mutmaßte Norbert.

»Du machst wohl Witze. Warum sollte sie sich denn in einem Unterstand verabreden und vor allem: mit wem?«, fragte Marie, kam aber doch ein bisschen ins Grübeln.

»Im Ernst«, sagte Norbert und wischte sich Schaum vom Mund, »mal angenommen, die wollte sich tatsächlich mit irgendwem verabreden, und keiner sollte davon wissen. Wie und vor allem wo sollte sie das denn wohl bewerkstelligen?«

Marie nickte langsam. »Da ist was dran«, erwiderte sie und musste sich eingestehen, dass sie die Sache von dieser Seite noch nicht betrachtet hatte.

»Aber …«, diese Variante führte zwangsläufig zu der Frage: »Mit wem könnte sie sich dort wohl verabredet haben? Es muss ja wohl einer aus der näheren Umgebung gewesen sein …«

Auf Maries Gesicht machte sich ein Grinsen breit. »Was meinst du? Wer käme da wohl in Frage?«

Norbert hielt nach dem Wirt Ausschau, der am Unglückstisch immer noch gemächlich Scherben aufsammelte und klebrige Flüssigkeiten wegwischte. Marie fragte sich manchmal, wie der Mensch auf die Dauer überleben wollte.

Norbert klopfte ungeduldig mit dem Fuß seines Bierglases auf seinen Bierdeckel.

»Tja, wenn es heimlich sein sollte, war der Typ wohl verheiratet, was?«

Marie lachte. »Nee«, krähte sie, »das ist ja völlig daneben. Doch nicht die Elsbeth.«

Endlich tauchte Ludger mit einem Tablett voller zerbrochener Gläser wieder hinter der Theke auf, und Norbert bestellte sich noch ein Bier.

»Könnte natürlich auch ein Lediger gewesen sein«, meinte er grinsend.

»Ach, das ist doch Blödsinn«, sagte Marie.

»Wahrscheinlich.« Norbert pustete den Schaum von seinem

frischen Bier und trank. »Was ist eigentlich mit dem alten Mertens? Der ist doch völlig abgedreht, wie ich gehört habe.«

»Der Gerhard hat ein Alibi«, antwortete Marie. »Hat an dem Schützenfestabend die ganze Zeit mit Wilhelm und Gertrud zusammen ferngesehen. Irgendwas mit Volksmusik. Und vorher hätten sie zusammen Abendbrot gegessen. Der Gerhard wäre nicht aus dem Haus gegangen. Das wäre auch gar nicht möglich, der nimmt Tabletten, von denen er immer einpennt. Und wenn er nicht pennt, dann betet er oder heult. Der würde keiner Menschenseele was zuleide tun. Jedenfalls hat die Gertrud das zu meiner Mutter gesagt.«

»Ja, dann«, sagte Norbert und wechselte das Thema. »Kommst du jetzt mit nach Portugal?«

Marie leerte ihr Glas. »Ich weiß nicht«, sagte sie gedankenverloren.

Norbert, sein Freund Siegfried und dessen Freundin Karin wollten Ende August mit dem Auto nach Portugal fahren, und Marie sollte mitkommen. Sie zierte sich aber immer noch.

»Ich möchte schon …«, sagte sie unsicher, und das war ehrlich gemeint.

Sie hatte nur keine Lust auf die Auseinandersetzung mit ihrer Mutter, die unweigerlich auf sie zukam, sobald Hannelore erfuhr, dass ihre Tochter mit einem Mann in Urlaub fuhr, der noch nicht mal ihr Freund war, obwohl Norbert diesen Umstand zu gern ändern würde. Auch das ein Punkt, der sie zögern ließ.

Sie mochte Norbert. Er war klug und sah gut aus, obwohl er mit seinem Stirnband und dem langen Pferdeschwanz nicht gerade die Inkarnation ihres Traummannes war. Er sah aus wie einer dieser Berufsrevoluzzer, und Marie fand, das waren verwöhnte, weltfremde Idealisten, die ständig Lieder vom Frieden sangen, in wehenden Gewändern herumliefen und die ganze Welt lieb hatten. Das konnten in Maries Augen nur Heuchler sein.

»Ich überleg's mir«, sagte sie, bezahlte ihre Cola und machte sich auf den Heimweg.

Es gab einiges, worüber sie nachdenken musste.

10

Eine gleißende Sonne war aufgegangen und verkündete einen heißen, sommerlichen Erntetag, wie geschaffen dafür, mit dem Dreschen der Wintergerste zu beginnen. Und wenn das Wetter noch ein paar Tage hielt, konnte man auch das Stroh trocken unter Dach und Fach bringen.

Marie wusste, dass ein anstrengender Tag auf ihre Eltern und die Nachbarn wartete. Die Heu- und Kornernte war immer ein Pokerspiel mit dem Wettergott. Die Bauern hielten zusammen. Man half sich gegenseitig. Andreas, der seinen Urlaub für die Erntezeit aufsparte, war bereits früh aufgestanden und hatte den Trecker vor den schweren Erntewagen gekoppelt.

In den frühen Nachmittagsstunden würden Mähdrescher über die Felder fahren und auf dem wenig fruchtbaren Sandboden eine gewaltige Staubwolke hinter sich herziehen. Am Abend, wenn die Arbeit getan war, keines der häufigen nachmittäglichen Gewitter über das Land gezogen war und das Getreide einstweilen auf den großen Anhängern unter den Scheunendächern abgestellt war, würden die Männer verdreckt und schwitzend, die Strohhüte in den Nacken geschoben, auf der Hofbank sitzen, kühles Bier trinken und zufrieden auf einen arbeitsreichen, gelungenen Tag zurückblicken.

Marie war als junges Mädchen oft auf die Erntewagen geklettert, hatte sich in die kühlen, glatten Getreideberge gekuschelt und das Korn über ihre Haut rieseln lassen. Getreide war so anschmiegsam.

Aber das war lange her. Marie träumte davon, in der Stadt zu leben. Abends auszugehen, ins Kino oder ins Theater, ohne vor Erschöpfung einzuschlafen. Und sie träumte vom Reisen. Bisher war sie nur einmal im Ausland gewesen, nach dem Abitur hatte sie mit zwei Freundinnen eine wundervolle Woche in London und Südengland verbracht.

Diese Gedanken gingen Marie durch den Kopf, als sie aus der Deelentür trat, um sich auf den Weg zur Uni zu machen.

Etwas war anders als sonst. Ein seltsames Brummen lag in der Luft. Sie hob verwirrt den Kopf und sah ihren Vater am Paddock neben der Scheune unter den Eichen stehen. Sein Rücken in dem karierten, kurzärmligen Hemd wirkte schmal, schmaler als sonst. Die Hände hatte er tief in den Taschen seiner braunen Cordhose vergraben, Rauchschwaden umwölkten seinen Kopf. Blitz lag zu seinen Füßen.

Elvis, das frechere der beiden Ponys, das seinen Namen der schwarzen Tolle verdankte, die ihm über die dunklen Augen fiel, versuchte, seine Aufmerksamkeit zu erregen, indem es sich mit der Schnute am Torriegel zu schaffen machte. Es war ihm schon mehrmals gelungen, aus dem Paddock zu entwischen. Es wanderte dann gemächlich zu Hannelores Gemüsegarten und knabberte an Omas Möhrengrün. Herribert, so benannt nach einem gemütlichen, immer hungrigen Onkel Hinnerks, folgte Elvis überallhin und verschmähte auch Mutters Rosenblüten nicht.

Doch Hinnerk war mit seinen Gedanken woanders und blickte unverwandt in Richtung Feld. Als Marie seinem Blick folgte, wusste sie, was heute Morgen anders war. An der Olsterwiese herrschte reger Betrieb. Mehrere Polizeiwagen waren zu sehen, einer mit blinkendem Blaulicht, und männliche Stimmen riefen einander etwas zu. Die Olsterwiese lag etwa siebenhundert Meter vom Großenjohannschen Hof entfernt, hinter einem mit wenigen Fichten gesäumten Weg, der den Acker von der Wiese trennte.

Marie stellte sich neben ihren Vater und kniff die Augen zusammen.

»Was ist denn da los?«, fragte sie und wedelte den Pfeifenrauch weg.

»Das frage ich mich auch«, raunte ihr Vater, ohne die Pfeife aus dem Mund zu nehmen. »Vielleicht sollte ich mal nachsehen.«

Marie antwortete nicht. Aber ihr Vater brauchte sich nicht zu bemühen, denn durch die spärlichen Zweige der alten Fichten war zu sehen, wie sich das blinkende Blaulicht zum Feldweg hin bewegte und die Richtung zum Hof der Familie Großenjohann einschlug.

Hinnerk nahm die Pfeife aus dem Mund und blies eine gewaltige Rauchwolke in die Luft. Marie sah auf die Uhr. Sie sollte heute mit einer Kommilitonin ein Referat über geschlechtsspezifische Rhetorik halten. Das konnte sie unmöglich schwänzen. Außerdem war sie gut vorbereitet.

»Ich hab keine Zeit«, sagte sie entschlossen zu ihrem Vater und wandte dem Feld mitsamt seinem polizeilichen Fuhrpark den Rücken zu. Sie würde noch früh genug erfahren, was die Polizei da auf ihrer Wiese veranstaltete.

Um Viertel vor eins hatte Marie einen ereignisreichen Vormittag hinter sich gebracht. Ihre Freundin Sigrid war bei dem Referat vor Aufregung einfach umgekippt, woraufhin die Dozentin fassungslos aus dem Seminarraum gerannt war, um einen Krankenwagen zu rufen. Eine der Studentinnen konnte sie gerade noch davon abhalten, denn Sigrid war bereits wenige Sekunden nach ihrer Ohnmacht auf ihren Stuhl verfrachtet worden. Irgendwer hatte ihr eine Flasche Wasser gereicht, und nach einigen Minuten war die Blässe ihres Gesichts einer glühenden Röte gewichen. Immerhin ersparte ihr dieser Zwischenfall, ihren Vortrag zu Ende zu führen, und Marie musste die Sache allein regeln.

Um halb elf hatte sie einen Termin mit ihrem Professor für Didaktik, auf den sie aber fast eine Stunde lang warten musste. Danach wollte sie in der Unibibliothek drei wichtige Bücher über die Philosophie der Aufklärung ausleihen, die allesamt im Moment nicht verfügbar waren. Wahrscheinlich machten sie gerade bei den Seminarteilnehmern die Runde. Vielleicht hatte sie in der Stadtbibliothek mehr Glück. Marie machte sich auf den Weg zu ihrem Auto, das im Halteverbot an der Warburger Straße stand. Sie hatte Mühe genug gehabt, einen schattigen Parkplatz zu finden.

Sie stellte ihren Käfer auf dem Marktplatz vor dem Dom ab. Im Schatten des Domes lag das Michaelskloster, wo Marie zur Schule gegangen war. Sie beschloss, die Büchersuche in der Bibliothek zu verschieben und bei dem Sonnenschein lieber noch über die Westernstraße durch die Geschäfte zu bummeln. Sie ließ den eindrucksvollen Dom mit dem weniger eindrucksvollen Diözesanmuseum hinter sich und schlenderte durch den Schildern Richtung Westernstraße.

Als sie das alte Renaissance-Rathaus erreicht hatte, sah sie ihn. Sofort fing ihr Herz an zu hämmern. Er trug Jeans und ein weißes T-Shirt, das seine breiten Schultern und die muskulösen Arme – auf denen sie keine Tätowierung entdecken konnte – gut zur Geltung brachte. Seine Haut war ziemlich blass für die Jahreszeit, aber das war bei Engländern ja nicht ungewöhnlich. Wenigstens war sie nicht krebsrot und verbrannt, wie bei vielen anderen seiner Landsleute. Er fiel durch seine blonde Kurzhaarfrisur auf. Das war in diesen Tagen eine Seltenheit.

Die meisten jungen Männer in Maries Bekanntenkreis trugen schulterlange Haare, was nicht unbedingt ihrem Geschmack entsprach. Er sah einfach klasse aus mit der Sonnenbrille. Marie blieb stehen und fuhr sich nervös durch die Haare. Sie hätte heute Morgen Make-up auflegen sollen. Aber egal, jetzt musste es ohne gehen. Er blickte zur Seite, auf die Marienstatue, und dann sah er sie und lächelte … anfangs. Dann wurde er ernst und verlangsamte für eine Sekunde seinen Schritt. Marie schluckte. Sie konnte sich sein Benehmen nicht erklären. Vielleicht sollte sie ihn grüßen und einfach weitergehen. Doch er kam bereits auf sie zu.

»Hallo«, sagte er, nahm seine Sonnenbrille ab und verneigte sich leicht, was Marie ganz und gar anziehend fand. Mit Händeschütteln hatten es die Engländer ja nicht so.

»Hallo«, antwortete sie und versteckte ihre zitternden Hände hinter ihrem Rücken.

»Wie geht's dir?«, fragte er und sah ihr tief in die Augen.

»Mir geht's gut, wie geht's dir?«, antwortete Marie und fühlte sich im selben Moment wie ein dummes Huhn. Konnte man noch dämlicher daherreden?

»Auch gut«, sagte er und strahlte.

»Fein.«

Marie fand, sie sollte sich schnellstens verabschieden. Wenn sie noch länger hier stand und rhetorische Peinlichkeiten verzapfte, hielt er sie am Ende noch für übergeschnappt, und ihre Affäre wäre zu Ende, bevor sie richtig begonnen hatte.

Er schien ihre Unsicherheit aber nicht zu bemerken.

»Wollen wir was trinken?«, fragte er und fasste schon wieder ihre Haare an.

»Gern«, hauchte Marie.

Mark legte für einen Moment den Arm um ihre Schultern. Marie zitterten die Knie, als sie neben ihm herging, aber sie schaffte es, halbwegs würdevoll bis zur Eisdiele Favretti zu gehen, die keine zweihundert Meter entfernt war.

Sie fanden einen sonnigen Platz im Freien. Er schob ihr den Stuhl zurecht und wartete, bis sie saß.

Marie fühlte sich großartig und schrecklich unemanzipiert. Sie tranken Kaffee.

»Tee kann man in diesem Land nicht trinken«, sagte er, »der schmeckt wie Wasser mit Farbstoff.«

»Hast du eigentlich Verwandte in Deutschland?«, wollte Marie wissen und schaufelte zwei Löffel Zucker in ihren Kaffee.

»Nur noch eine Tante meiner Mutter, die in Heidelberg lebt. Meine Mutter hatte keine Geschwister, und ihre Eltern sind bei einem Bombenangriff umgekommen.«

»Wo war das?«

»Hier, meine Mutter hat mir erzählt, dass die Stadt im Krieg zu fast neunzig Prozent zerbombt war.«

Marie lächelte. Das waren englische Bomben gewesen. Sie wusste, es war Unsinn, aber sie fühlte sich ihm gegenüber jetzt irgendwie weniger schuldig.

»Kommt deine Mutter noch manchmal hierher?«

Er nahm einen Schluck von seinem Kaffee und verzog den Mund. Der Kaffee schmeckte ihm trotz der Menge an Kondensmilch, die er hineingegossen hatte, nicht.

»Nein, sie hat mit dem Teil ihres Lebens abgeschlossen, sagt sie.«

Marie starrte in seine hellen blauen Augen. »Aber du warst neugierig?«

»Genau. Ich wollte wissen, was das für ein Land ist, aus dem meine Mutter weggegangen ist.«

»Und«, fragte Marie, »was ist es für ein Land?«

Er klappte die Bügel seiner Sonnenbrille zusammen und legte

sie auf den kleinen runden Tisch, auf dem ihre zwei Kaffeegedecke kaum Platz hatten.

»Das weiß ich noch nicht genau.« Dann grinste er sie spitzbübisch an. »Aber es ist vielversprechend.« Er legte den Kopf schief. »Das kann man doch so sagen, oder?«

Marie wurde rot. »Kommt drauf an, was du meinst«, erwiderte sie und verfluchte ihre Unsicherheit. Bestimmt hatte sie wieder rote Flecken am Hals. Unwillkürlich griff sie mit ihrer Hand an ihren Ausschnitt.

Er antwortete nicht, sah sie nur an.

»Und«, sagte sie schnell, »wieso sprichst du so gut Deutsch?«

»Ich habe mit meiner Mutter immer nur Deutsch gesprochen.«

»Und was hat dein Vater dazu gesagt?«

Er lachte leise, ein gurrendes, warmes Lachen. »Mein Vater liebt die deutsche Literatur, auch, wenn er sie nur auf Englisch gelesen hat. Er hat während der Besatzungszeit hier in Deutschland zwar ein bisschen Deutsch gelernt, aber für Thomas Mann hat es wohl nicht gereicht. Den Zauberberg musste ich auch lesen.« Er blickte sie verschwörerisch an. »Ich fand es sterbenslangweilig.«

Marie stimmte amüsiert zu. Sie selbst hatte sich lange genug mit diesem Schwergewicht abgequält.

»Ein Engländer, der deutsche Literatur auf Englisch liest. Dass es so was gibt!« Dann wurde sie ernst. »Mein Vater liest Shakespeare – auf Deutsch.«

Für einen Moment sahen sich beide verdutzt an und lachten dann. Die anderen Gäste des stets gut besuchten Eiscafés blickten sie verstohlen an, einige musterten Mark nicht gerade wohlwollend. Marie entgingen diese Blicke nicht. Wenn er es ebenfalls bemerkte, ignorierte er es jedenfalls und spielte mit seiner Sonnenbrille.

»Stimmt das, was in den Zeitungen steht? Ist das eure Wiese und eure Hütte, in der sie diese Tote gefunden haben?«

Marie blickte erstaunt auf. Woher wusste er das? »Steht etwa unser Name in der Zeitung?«, fragte sie beunruhigt.

»Nein, nein«, sagte er schnell.

»Woher weißt du dann davon?«

»Von Matts Freundin. Sie hat es erzählt.«

Marie musste einen Moment überlegen. Wer war Matt? Dann fiel es ihr ein.

»Du meinst Barbara? Die Freundin von dem farbigen Soldaten.«

Er nickte. Marie kannte Barbara zwar aus der Schule, sie war zwei Jahre jünger als sie, aber Marie hatte den Kontakt zu ihren früheren Mitschülern weitgehend verloren. Aber dass Barbara wusste, dass die Wiese ihnen gehörte, das erstaunte sie doch.

»Ja«, sagte sie dann, »das stimmt.«

»Und? Wisst ihr, was da passiert ist?«

»Nein, wir haben keinen Schimmer. Die Tote war eine Nachbarin, eine ziemliche Nervensäge, nicht wirklich beliebt, aber was sie an dem Abend in unserer Hütte zu suchen hatte und was da passiert ist, wissen wir nicht.«

Er sah gedankenverloren einem älteren Passanten nach, der auf Krücken vorbeihinkte, weil ihm ein Bein fehlte. Kein seltener Anblick. Wahrscheinlich ein Kriegsversehrter.

Marie fühlte sich plötzlich unwohl. Wieso interessierte er sich so dafür? Er glaubte doch nicht etwa …

»Meine Familie hat damit nichts zu tun, falls es das war, was du wissen wolltest«, sagte sie steif.

Er sah sie verblüfft an und schüttelte dann vehement den Kopf. »Nein, was glaubst du? Das würde ich nie vermuten.«

Marie antwortete nicht und nahm ihre Tasche. »Ich muss jetzt gehen«, sagte sie und winkte dem Kellner.

Aber er legte seine Hand auf ihre. »Lass mich das machen, bitte«, bat er weich.

Marie schluckte. Na ja, konnte nicht schaden, wenn er den Kaffee bezahlte.

»Kann ich dich anrufen?«, fragte er.

Marie zögerte. »Wenn du willst«, sagte sie. »Wie ich heiße, weißt du ja.«

Dann ging sie, ohne sich noch mal umzudrehen.

Gegen halb vier bog sie in die Hofeinfahrt ein. Die ganze Fahrt über hatte sie gegrübelt, wieso Mark sie so komisch angesehen hatte, als sie von der toten Elsbeth gesprochen hatten. Ob er etwas wusste, was sie nicht wusste? Vielleicht sollte sie sich mal alle Zeitungen der Umgebung vornehmen. So viele konnten das nicht sein. Aber vielleicht hatten sie bei den Engländern ja ein eigenes Informationssystem.

Marie fühlte sich unwohl bei dem Gedanken, was die Presse sich zu dieser Geschichte alles ausgedacht haben mochte. Andererseits, so interessant konnte es doch auch wieder nicht sein, wenn eine alte Frau starb. Okay, der Ort war ein bisschen seltsam, aber die Menschen starben ja wohl nicht immer dort, wo es am logischsten war. Marie beschloss, sich über diese Sache nicht weiter den Kopf zu zerbrechen, und was die Presse druckte, wollte sie doch lieber gar nicht wissen. Sie stellte den Wagen unter der Kastanie ab und war sich plötzlich der Stille bewusst, die sie umgab.

Sie ließ den Blick über den Hof schweifen. Kein Mensch war zu sehen. Merkwürdig, wo waren denn alle? Bei diesem Wetter brummten sonst auf den Feldern die Mähdrescher, und kreischende Zugmaschinen zogen Erntewagen voller Getreide oder Stroh hinter sich her, um die Früchte vor den häufigen Gewittern, die nachmittags ihr Wasser über den Feldern ausgossen, in Sicherheit zu bringen.

Marie ging über die Deele an einem mit Gerste gefüllten Kipper vorbei zur Küche. Nichts rührte sich. Als sie die Küchentür öffnete, saßen ihre Eltern schweigend am Tisch. Ihre Mutter blickte aus großen Augen in ihre Richtung, schien sie aber nicht wirklich wahrzunehmen, sondern irgendwie durch sie hindurchzublicken. Ihr Vater saß am Fenster, die Pfeife im Mund, die Hände im Schoß gefaltet.

»Was ist hier los?«, fragte Marie und blickte von einem zum andern.

»Was hier los ist?«, kicherte ihre Mutter und hielt sich ein Taschentuch vor den Mund. »Sie haben unter der Hütte ein Skelett gefunden.«

11

Birkendorf lag in sommerlicher Stille in der Mittagshitze. Die Kühe auf den Weiden zermahlten dösend ihr Gras und schlugen träge mit dem Schwanz nach den lästigen Fliegen. Selbst die Hühner waren zu müde zum Scharren und hatten sich vor der glühenden Sonne in den Schatten der Eichen zurückgezogen. Nur die Sommerlerche und die Grillen, deren unermüdlicher Gesang aus dumpfer Ferne durch die friedliche Bläue drang, und das unvermeidliche Summen der Fliegenschwärme über dem Misthaufen zeugten von der Schönheit und Wärme dieses Sommertages.

Marie war an diesem Morgen nicht zur Uni gefahren. Das Semester war fast zu Ende, und unter den gegebenen Umständen konnte man blaumachen, fand sie. Den Blick über die Felder Richtung Wiese gerichtet, saß sie auf den Baumstämmen hinter der Scheune und beobachtete die Menschen, die sich auf der Wiese bei der Hütte herumtrieben. Undeutlich waren dunkle Figuren zu erkennen, die irgendetwas Schweres auf den Schultern trugen, wahrscheinlich Kameras. Auf dem öffentlichen Weg hatte sogar ein Funkwagen Posten bezogen.

Die Sonne stand hoch am Himmel und tauchte die Landschaft in ein weißes Flimmern. Die sonst bläulich schimmernden Berge des Teutoburger Waldes lagen verborgen im Licht. Elvis wälzte sich unter einer Staubwolke im Sand, und Herribert tat, was er immer tat: fressen. Marie legte das Kinn in die Hand und schloss die Augen.

Was widerfuhr ihnen hier? Aus ihrem Vater hatte sie am vergangenen Tag kein Wort herausbekommen, und ihre Mutter hatte einen hysterischen Anfall bekommen und schwankte für den Rest des Tages zwischen Kicher- und Heulattacken. Bis zum Morgen hatte sie sich dann endlich fürs Heulen entschieden. Oma Minna hielt sich erstaunlich gut.

Sie hatten sicherheitshalber und gegen Omas Willen Dr. Rukow, den langjährigen Hausarzt, gerufen, der ihr auch ein Beruhigungsmittel verschrieben hatte – das sie dann Hannelore verabreichten. Die beiden Frauen saßen in der Küche um den Tisch herum, Oma mit grimmiger, die Mutter mit leidender Miene.

Hinnerk war am Morgen zur Arbeit zur britischen Kaserne gefahren. Seine Tagesschicht dauert bis zum frühen Nachmittag. Auch von den Nachbarn war bisher keiner aufgetaucht, dabei wussten bestimmt alle genauestens Bescheid. Wahrscheinlich saßen sie bei Techtelmanns zusammen und überlegten, wie mit dieser Situation – und vor allem mit den Großenjohanns – umzugehen war. Schließlich war es ja ihr Grund und Boden, auf dem das Skelett gefunden worden war!

Was hatte das zu bedeuten? Was war das für ein Toter? Oder war es eine Tote? Und wie lange lag das Gerippe schon dort? Und was noch wichtiger war: Wer hatte die Leiche dort verscharrt?

Außerdem fragte sich Marie, wie die Polizei überhaupt auf die Knochen gestoßen war. Sie mussten doch dort schon eine Weile gelegen haben. Es musste etwas mit Elsbeths Tod zu tun haben. Aber was?

In diesem Moment hörte sie Motorengeräusch. Ein roter Opel Ascona kam die Auffahrt heraufgefahren. Marie stand auf. Der Wagen parkte auf dem Hof, und ein schwitzender dicker Mann mit Glatze stieg aus. Aha, dachte Marie, der Kommissar. Vielleicht erfuhr sie ja jetzt endlich etwas. An der Fahrerseite stieg ein junger Mann aus, der sie ein wenig von oben herab anlächelte. Marie ging auf den Kommissar zu und gab ihm die Hand.

»So, so«, sagte der und betrachtete sie forschend, »Ihr Name war Maria, nicht wahr?«

Marie zuckte zusammen, als sie ihren Taufnamen hörte. »Alle nennen mich Marie.«

»Sie haben Kommissar Hövel schon kennengelernt?«, fragte der Kommissar und zeigte auf seinen Kollegen, der ihr ebenfalls die Hand reichte.

Der Mann kam Marie bekannt vor, er war nicht sehr groß, hatte eine beginnende Stirnglatze und helle, stechende Augen.

Marie mochte ihn nicht, er schien sich für etwas Besonderes zu halten.

Sie schüttelte kurz seine Hand und blickte dann den Kommissar misstrauisch an.

»Sind Ihre Eltern zu Hause?«, fragte der.

»Meine Mutter und meine Großmutter«, antwortete Marie, »mein Vater kommt gegen halb drei nach Hause, er hat Tagesschicht.«

Der Hauptkommissar blickte in Richtung Wiese und beschirmte mit der Hand seine Augen.

»Meine Güte, die Hyänen sind immer noch da«, sagte er kopfschüttelnd und wandte sich wieder an Marie. »Sie wissen sicher, was auf der Wiese los ist?«, fragte er.

Marie zuckte die Achseln. »Ich weiß nur, dass dort innerhalb weniger Tage zwei Tote gefunden worden sind. Elsbeth Techtelmann und … wer auch immer.«

»Haben Sie irgendeine Vorstellung davon, wer das gewesen sein könnte, dessen Skelett wir da gefunden haben?«, fragte der Unsympathische lauernd.

»Nein«, sagte Marie ein wenig ungehalten, »ich weiß überhaupt nichts. Mir erzählt ja keiner was.«

Kuhlmann lächelte, nahm ihren Arm und führte sie Richtung Deelentür. »Wissen Sie denn was von den Partys, die anscheinend regelmäßig in Ihrer Hütte veranstaltet werden? Waren Sie vielleicht sogar schon mal dabei?«

Marie war auf der Hut. Dieser Mann lullte einen mit seiner Freundlichkeit ein, um einem dann bei Bedarf die Schlinge um den Hals zu legen.

Sie blieb stehen und verschränkte die Arme. »Wieso sollte ich wohl Partys in einer Hütte feiern, wenn ich das ein paar hundert Meter weiter viel bequemer haben kann?«

Kuhlmann klopfte ihr verschwörerisch auf die Schulter. »Na ja, Sie wissen doch auch, wie das ist, oder? Zu Hause, bei den Eltern ist das doch was anderes, da hat man doch nicht so viel … na, sagen wir Freiheit?«

Marie wusste natürlich genau, worauf er hinauswollte. Er hatte ja nicht mal unrecht. Ihre Mutter würde wahrscheinlich der Schlag treffen, wenn sie wüsste, dass ihre Tochter weder über das hohe Gut der Jungfräulichkeit noch über einen Freund verfügte. Sie hatte ihre ersten sexuellen Erfahrungen in einer ziemlich runtergekommenen Studentenbude gemacht. Das war zwar keine Offenbarung gewesen, aber in einer Hütte auf Stroh? Nein, da gingen ihre Vorstellungen von Romantik doch andere Wege.

Sie sah den Kommissar an und lächelte amüsiert. »Ich habe keine Ahnung, was sich in der Hütte abspielt, und wenn tatsächlich Leute darauf angewiesen sind, ihre Partys in einem Stall zu feiern, finde ich das echt bedauerlich.«

Kuhlmann schmunzelte. Er schien ihr zu glauben, während Hövel anzüglich grinste. Der alte Kommisar klopfte ihr wohlwollend auf den Rücken.

»Gut, gut«, sagte er, »dann wollen wir uns mal mit Ihren Eltern unterhalten.« Dabei sah er auf seine Armbanduhr. »Ihr Vater müsste ja dann in einer Viertelstunde wieder zurück sein.«

Marie ging voran zur Deelentür, die der Bernhardiner mit vollem Körpereinsatz bewachte, was bedeutete, dass er quer im Durchgang saß, die Fremden zuerst misstrauisch beäugte und sie dann leise anknurrte. Marie musste ihn zur Seite schieben, was er sich widerstrebend gefallen ließ. Die beiden Polizisten gingen vorsichtig an ihm vorbei, und der Hund nahm knurrend seinen Platz wieder ein.

In der Küche saß ihre Mutter bei einer Tasse Kaffee allein am Tisch und starrte aus dem Fenster. Oma Minna hielt ihren Mittagsschlaf. Als Marie mit den beiden Männern eintrat, sprang Hannelore entsetzt auf.

»Um Himmels willen, was ist jetzt wieder passiert?«, kreischte sie.

»Gar nichts, Mama, die Beamten möchten nur noch mal mit euch reden.«

»Ja … aber … mein Mann ist nicht da, er ist bei der Arbeit«, stotterte Hannelore und sah auf die Küchenuhr.

»Kein Problem, wir warten«, sagte Kuhlmann und setzte sich unaufgefordert auf einen Küchenstuhl. Hövel blieb an der Tür stehen. Marie setzte sich auf die Bank. Hannelore blickte hilflos von einem zum anderen und ließ sich dann wieder auf ihren Stuhl fallen.

Kuhlmann betrachtete sie einen Moment schweigend.

»Ist Ihnen vielleicht in der Zwischenzeit etwas eingefallen, das uns weiterhelfen könnte?«, fragte er dann.

Hannelore zog ein Taschentuch aus ihrer Kitteltasche und tupfte sich die Nase ab.

»Nein, ich finde das alles ganz entsetzlich. Wir können uns nicht erklären, wo dieser Tote herkommt. Und was die Elsbeth da zu suchen gehabt hat, das ist mir absolut schleierhaft«, sagte sie etwas lauter. Dann fiel ihr plötzlich etwas ein. Sie sah den Kommissar mit zusammengekniffenen Augen an. »Wie sind Sie überhaupt darauf gekommen, unter der Hütte zu graben? Dazu brauchten Sie doch sicher unsere Erlaubnis.«

Der Kommissar grinste nur, ließ die Frage aber unbeantwortet. Stattdessen nahm er den großen Kristallaschenbecher, der immer auf der Fensterbank stand, in die Hand, nahm einen von Hinnerks Pfeifenreinigern heraus und rührte in der Asche herum.

»Rauchen Sie auch?«, fragte er und blickte zuerst Hannelore, dann Marie an. Beide schüttelten den Kopf. »Aber Ihr Mann raucht?«

»Ja«, sagte Hannelore, »Pfeife.«

»Nur Pfeife? Keine Zigarren oder Zigaretten?«

»Nein«, entgegnete Hannelore und sah Marie unsicher an.

In diesem Moment öffnete sich die Tür, und Hinnerk betrat die Küche. Er blickte zuerst auf seine Frau, dann auf Marie und begrüßte dann die beiden Beamten.

»Gibt's was Neues?«, fragte er.

»Nein«, sagte Kommissar Kuhlmann, »das geht nicht so schnell. Die Knochen sind im rechtsmedizinischen Institut und werden untersucht. Das dauert eine Weile.«

»Wissen Sie wenigstens, wie alt sie sind?«

»Nein«, sagte Kuhlmann kurz angebunden. Auf seiner Stirn perlte Schweiß. »Herr Großenjohann, Sie arbeiten doch bei der britischen Armee?«

Hinnerk nickte. »Ja, ich bin Schrankenwärter am Truppen-übungsplatz.« Er zögerte einen Moment, als wüsste er nicht recht, ob er noch etwas hinzufügen sollte, was er dann aber tat. »Ist kein Traumjob, aber nicht besonders anstrengend. Und ich kann leider nur Schicht arbeiten. Wegen dem Hof. Gelernt hab ich eigentlich Schlosser.«

Kuhlmann nickte und wischte sich mit seinem Taschentuch den Schweiß von der Stirn, obwohl es in der schattigen Küche angenehm kühl war, weil ausnahmsweise kein Feuer im Ofen brannte. Hövel, der eine graue Hose mit hellblauem Jackett über einem dunkelblauen Hemd trug, stand breitbeinig vor der Tür, was ihm einen bedrohlichen Anstrich verlieh.

»Sie rauchen doch Pfeife, nicht wahr?«, fuhr Kuhlmann fort.

Hinnerk blickte misstrauisch von Kuhlmann zu Hövel.

»Ja, warum?«, fragte er vorsichtig, und auch Marie fragte sich, was der Kommissar mit dieser Frage bezweckte.

»Nicht ab und zu mal Zigaretten? Englische?«

»Nein, wie kommen Sie darauf?«

Der Kommissar zog eine Plastiktüte aus seiner Jackentasche und hielt sie Hinnerk hin. »Weil wir das auf Ihrer Wiese ganz in der Nähe der Hütte gefunden haben.«

Hinnerk, Hannelore und Marie beugten sich neugierig vor und betrachteten den Inhalt der Tüte. Es waren mehrere Kippen.

»Embassy«, sagte Kuhlmann. »Gibt nicht viele Deutsche, die diese Marke rauchen.«

Marie schluckte. Das Blut schoss ihr in den Kopf. Sie rührte sich nicht und hoffte, dass es niemand bemerken würde.

Hinnerk kicherte, während Hannelore sprachlos von einem zum anderen blickte.

»Was wollen Sie denn damit sagen? Dass ich, weil ich bei den Engländern arbeite, Embassy rauche, was ich nicht tue, ich rauche überhaupt keine Zigaretten, und dass ich deswegen die Elsbeth um die Ecke gebracht habe?« Hinnerk stopfte seine Fäuste in die Hosentaschen und wippte auf seinen Fußballen vor und zurück. »Sie sind ja nicht gescheit.«

Kuhlmann steckte die Tüte wieder ein und blickte fragend in die Runde. Marie hatte ihr Kinn in beide Hände gestützt, um ihre roten Wangen zu verbergen.

»Haben Sie in letzter Zeit in der Hütte gearbeitet?«

»Nein, ich bin ewig nicht in der Hütte gewesen, das hab ich Ihnen doch schon gesagt.«

Kuhlmann stand auf. »Ist Ihnen sonst noch was Nützliches eingefallen?«

Alle schüttelten die Köpfe.

»Das wär's dann für heute. Auf Wiedersehen«, sagte der Kommissar, und Hövel öffnete die Tür.

»Moment«, protestierte Hinnerk. »Vielleicht sagen Sie uns mal endlich, was eigentlich los ist? Wie haben Sie diese Knochen überhaupt gefunden?«

Kuhlmann drehte sich noch mal um. »Ach ja, das hätte ich fast vergessen. Haben Sie einen Spaten?«

»Wie bitte?«, sagte Hinnerk.

»Einen Spaten«, sagte Hövel ungeduldig, »so ein Ding mit dem man Erde umgräbt.«

Das fand Hinnerk lustig. »Ach, so 'n Ding. Klar, irgendwo müsste einer rumstehen. Hab keine Ahnung, wo. Vielleicht im Garten?«, sagte er und zwinkerte Hövel zu.

Der wollte Hinnerk zurechtweisen, aber Kuhlmann kam ihm zuvor.

»Können wir uns draußen mal umsehen?«

»Aber fühlen Sie sich ganz wie zu Hause und nehmen Sie sich, was Sie brauchen. Ich denke, Oma hat nichts dagegen. Sie sind ja Staatsdiener.«

Hinnerk schien die Sache langsam Spaß zu machen. Hövel nicht. Er blickte ihn finster an und verließ dann mit Kuhlmann die Küche.

Hannelore guckte ihren Mann fragend an. »Ja, willst du ihnen nicht nachgehen?«

»Nein«, sagte Hinnerk langsam, »ich glaube nicht, dass die mich dabeihaben wollen.« Er guckte einen Moment versonnen aus dem Fenster. »Wozu, zum Kuckuck, brauchen die unseren Spaten?«

Plötzlich schrie jemand. Es kam von der Deele. Marie und Hannelore sprangen auf und stürmten hinaus. Kuhlmann und Hövel standen vor der Deelentür und kamen nicht raus, das heißt, Hövel war rausgekommen, aber Blitz hatte den Saum seiner Anzugjacke im Maul und hielt den Eindringling unerbittlich fest.

»Jessas!«, rief Hannelore und warf die Hände vor den Mund.

Hinnerk rief Blitz zurück, und der machte seinem Namen alle Ehre und ließ Hövel ganz langsam los.

»Das Vieh ist gefährlich!«, schnauzte Hövel, während er seine Jacke auszog und in Augenschein nahm. »Da! Schauen Sie sich das an! Zerrissen!«

»Schicken Sie mir die Rechnung«, sagte Hinnerk grinsend, und fügte mehr zu sich selbst hinzu: »Was immer es kostet, das war's wert.«

Hövel guckte misstrauisch, und Kuhlmann schmunzelte.

Marie fand das Ganze zwar lustig, und diesem arroganten Schnösel gönnte sie das kleine Malheur von Herzen, war aber mit ihren Gedanken schon wieder woanders. Sie fragte sich, wo die englischen Kippen herkamen. Hatte Mark etwa was damit zu tun? Aber Mark rauchte doch gar nicht. Oder? Jedenfalls hatte sie ihn noch nie rauchen sehen. Glaubte sie. Seine Fragen von gestern kamen ihr wieder in den Sinn. Was hatte es damit auf sich? Was wusste er?

Außerdem war sie nicht sicher, ob dieser hochnäsige Kommissar etwas von ihrer Verstörtheit bemerkt hatte. Er hatte sie genau beobachtet und sie dann so überheblich angegrinst. Dass sie aber auch immer rot werden musste!

Marie beschloss, in die Stadt zu fahren und mit Judith zu reden.

Im Präsidium hockte Kommissar Hövel schlecht gelaunt vor seinem Schreibtisch und untersuchte sein Jackett.

Seine Kollegin Pfeiffer, die ihm gegenübersaß, beobachtete ihn amüsiert.

»Unverschämtheit so was«, raunte Hövel vor sich hin. »Dieser Großenjohann ist einfach unverschämt.«

»Verklag ihn doch«, sagte Pfeiffer.

»Pfff«, antwortete Hövel. »Was soll denn dabei rauskommen?« Er hängte seine Jacke über die Lehne. »Und diese Tochter, das ist eine ganz Ausgefuchste. Bin mir sicher, dass die was weiß. Die möchte ich mir noch mal persönlich vornehmen.«

»Das kann ich mir denken«, spottete Pfeiffer. »Vor allem, weil sie so gut aussieht und nicht auf dich fliegt.«

»Quatsch!«, schnauzte Hövel und suchte offensichtlich verzweifelt nach einer passenden Entgegnung, als sein Chef ihn aus seiner misslichen Lage befreite und die beiden Kommissare in sein Büro rief.

»So, Herrschaften«, begann Kuhlmann und warf die Akte auf seinen übervollen Schreibtisch, als seine Mitarbeiter wie zwei folgsame Schüler vor ihm standen.

»Mit irgendwem muss die alte Techtelmann sich angelegt haben, und der hatte ziemliche Kräfte. Bestimmt hat er sie an den Armen festgehalten und ihr gedroht. Anders kann man die Blutergüsse, von denen im Bericht die Rede ist, kaum erklären.«

»Also, wenn wir nach jemand Bestimmtem suchen sollen, mit dem sie sich gestritten hat, dürfte das schwierig werden. Anscheinend hat sie sich oft und mit jedem in den Haaren gelegen. Das sagt natürlich keiner deutlich, aber es gibt immer wieder solche Andeutungen, na ja, die Elsbeth, die war schon so 'n bisschen eigen, und dann dieses lose Mundwerk, also beliebt war die jedenfalls nicht«, sagte Kommissarin Pfeiffer.

Kuhlmann dachte einen Moment nach.

»Also haben jede Menge Leute ein mögliches Motiv und genauso viele kein Alibi. Was wir brauchen, sind diejenigen, auf die beides zutrifft. Dann müssen wir noch den rausfinden, der die Möglichkeit hatte, den Mord zu verüben, und wir können den Fall ad acta legen.«

»Also, wenn Sie mich fragen«, Kommissarin Pfeiffer klopfte mit dem Bleistift auf ihrem Notizblock herum, »ist das finanzielle Motiv das stärkste. Dem Techtelmann steht das Wasser bis zum Hals. Der jüngste Sohn will nach Israel und verlangt sein Erbteil. Die Tochter will bald heiraten, da ist die Aussteuer fällig, und der Bauer hat gerade eine Heutrocknung angelegt, ist ziemlich pleite. Und diese rothaarige Tochter von den Heckerhoffs, Adelheid heißt sie«, sagte Pfeiffer nach einem kurzen Blick in ihren Notizblock, »will gehört haben, wie die alte

Elsbeth Techtelmann im Schweinestall rumgeschrien hat. Und sie hätte ganz deutlich gehört, dass sie ausziehen wollte. Ihre Mutter, diese nervöse Heckerhoff, hat die Tochter zwar unter dem Tisch getreten, aber die junge Frau hat's trotzdem erzählt. Das war kurz bevor die Alte starb. Und wenn ich das richtig verstehe, hatte die ihren Daumen auf einem Haufen Geld, müssen um die zwanzigtausend sein, die ihr laut Testament zugestanden hätten. Und auf ihrem Bankkonto hatte sie auch noch mal an die dreißigtausend Mark gehortet.«

»Kein schlechtes Leben, auf so 'nem Bauernhof«, murrte der Kommissar. »Zu essen ist genug da, und ausgefallene Klamotten braucht man ja auch nicht als alte Jungfer. Da kann man ordentlich Geld scheffeln, wenn man auch noch Rente für ein Hinkebein kriegt.«

Kommissarin Pfeiffer runzelte bei dem Ausdruck ›alte Jungfer‹ ärgerlich die Stirn, verkniff sich aber einen Kommentar.

Kuhlmann sah sie an.

»Wie wär's, wenn du dich noch mal mit den Frauen unterhältst und dir den Dorfklatsch erzählen lässt. Vielleicht kommt dabei was raus.«

Pfeiffer nickte, und Kuhlmann blätterte missmutig in dem Bericht der Rechtsmedizin.

»Diese alte Techtelmann muss von dem Skelett gewusst haben und hat danach gesucht.«

»Das glaube ich auch«, stimmte Hövel eifrig zu. »Und der Mörder hat sie überrascht, wollte natürlich verhindern, dass die Knochen entdeckt werden, und hat die Alte kurzerhand erschlagen.«

Kuhlmann knurrte ungeduldig vor sich hin. »Wenn wir wenigstens wüssten, wie alt die Knochen sind, aber die Techniker wollen sich nicht festlegen. Ein Mann zwischen fünfundzwanzig und fünfundvierzig, mit auffälligen Verletzungen an seinen Füßen, der mehrere Jahre unter der Erde gelegen hat!«

Kommissarin Pfeiffer zog an ihrem Ohrläppchen. »Dass er unbekleidet war, spricht für die Theorie, dass ihn irgendwer beraubt hat«, sagte sie vorsichtig.

»Oder dass der Mörder einfach keine Spuren hinterlassen

wollte«, warf Kuhlmann ein und trommelte schweigend mit den Fingern auf seiner Schreibtischplatte herum.

»Was war im Archiv? Gibt's denn da nichts, was für uns interessant wäre? Hat niemand was gefunden, keine Vermisstenanzeige, keine besonderen Vorkommnisse …?«

»Bis jetzt nicht, aber Brockmann und Walter arbeiten noch dran.«

»Warum dauert das bloß alles so lange?«, fragte der Hauptkommissar.

»Na ja«, entschuldigte Pfeiffer die Kollegen, »die wissen ja auch nicht, wie weit sie zurückgehen müssen.«

»Seid ihr wenigstens mit der Befragung der alten Leute im Dorf fertig?«

»Ja, haben wir alle befragt. Von denen weiß aber keiner was. Wenigstens behaupten das alle. Sagen, das Skelett wär bestimmt noch ausm Krieg. Damals wären hier viele Kriegsgefangene, Flüchtlinge und Bombengeschädigte rumgelaufen. Die hätten sich doch alle gegenseitig umgebracht für 'n Butterbrot. Aus dem Dorf wär das keiner gewesen«, schnaubte Hövel. »Die Leute in der Gegend leiden sowieso alle an Mundfaulheit. Keiner will zu viel sagen und jemanden anschwärzen, und gleichzeitig haben alle Angst, von den anderen angeschwärzt zu werden.«

»Na ja«, Kommissarin Pfeiffer verschränkte die Arme und verlagerte ihr Gewicht auf das linke Bein, »könnte mir vorstellen, dass die alle ziemlich traumatisiert sind. Drei mysteriöse Leichenfunde innerhalb von ein paar Wochen. Das muss man erst mal verdauen.«

»Ach was, traumatisiert.« Kuhlmann rieb sich die Augen. »Leute vom Land sind nicht so empfindlich. Und außerdem sind wir es, die jetzt mindestens einen Mordfall, wahrscheinlich zwei, am Hals haben. Und ob dieser ominöse Misthaufenunfall wirklich ein Unfall war, ist unter diesen Umständen auch mehr als fraglich.«

Er wandte sich an Hövel. »Ich möchte, dass du zum Pastor gehst und im Kirchenregister nachschaust, vielleicht findest du da was. Und frag den alten Mann ein bisschen aus. Pastoren sind meistens gut informiert, sie wollen's nur nicht zugeben. Und wenn das alles nichts nützt«, der Kommissar stach mit dem Zeigefinger auf seinen Schreibtisch ein, »dann werden wir diese ganze Bagage noch mal ins Präsidium bitten. Jeden Einzelnen! Irgendwas ist faul in diesem Dorf, und ich werde rausfinden, was es ist. Wollen doch mal sehen, wer hier den größeren Dickkopf hat!«

12

Einen Tag lang geschah gar nichts, was die Bewohner von Birkendorf mittlerweile als Geschenk betrachteten, wenn auch der eine oder andere sich in der Vergangenheit über die Eintönigkeit des Landlebens beschwert haben mochte. Von Eintönigkeit konnte man im Augenblick jedenfalls überhaupt nicht reden.

Im Gegenteil, welches andere Dorf konnte schon von sich behaupten, innerhalb einer Woche zwei Leichen auf seinem Grund und Boden gefunden zu haben?

Aber das Leben ging weiter und forderte – ebenso wie die Moral – seinen Tribut. Es musste geheiratet werden, und zwar ohne Verzug.

Die Nachbarn hatten Holztische und Bänke zusammengetragen und saßen an diesem schwülen Julitag in der Scheune zusammen. Man feierte Polterabend, und Bauer Techtelmann hatte wegen der Vielzahl der Gäste seine Scheune zur Verfügung gestellt.

Nach heftigen Diskussionen war man übereingekommen, den Polterabend nicht abzusagen, obwohl Mathilde es ungehörig fand, aber Heini hatte sich durchgesetzt.

»Wir haben's der Annemarie versprochen, und dann halten wir's auch. Wir müssen ja nicht mitfeiern, und getanzt wird sowieso nicht.«

»Trotzdem«, hatte Mathilde gesagt, »als ob's über unsere Scheune noch nicht genug Gerede gegeben hätte, und die Elsbeth ist noch nicht lange … und wir wissen immer noch nicht, wie sie … zu Tode gekommen ist.«

»Da kann die Annemarie auch nichts für und … wo soll sie sonst poltern? Das mit unserem Vater ist jetzt ewig her. Ich hab meinen Fünfzigsten in der Scheune gefeiert, dann kann die Annemarie da auch ihren Polterabend feiern. Und verschieben können wir das ja wohl nicht.«

Mathilde hatte mit den Schultern gezuckt, sich aber geschlagen gegeben.

»Was können wir dafür, wenn die so überstürzt heiraten muss?«

Annemarie Sandmann war die Tochter eines Schreiners, der bis vor wenigen Jahren, bevor er bei einem Arbeitsunfall ums Leben gekommen war, oft auf dem Techtelmann-Hof ausgeholfen hatte. Sie war achtzehn Jahre alt und – so munkelte man – bereits im vierten Monat schwanger, weshalb die Verehelichung keinen Aufschub duldete.

August Heckerhoff traf am Abend als einer der Letzten in Techtelmanns Scheune ein. Er begann mit dem Melken später als seine Nachbarn, und heute hatte es noch ein wenig länger gedauert als sonst, was sicherlich denselben Grund hatte wie sein schwankender Gang. Franziska, seine Frau, folgte wenige Schritte hinter ihm. Seit dem schrecklichen Tod ihres Schwiegervaters war sie noch nervöser geworden. Ständig zuckte sie zusammen und knetete ein Taschentuch.

Annemarie, die als glückliche Braut nicht besonders überzeugend wirkte, lief mit geröteten Wangen zwischen den Tischen hin und her, bot Wurst- und Schinkenbrote an, räumte leere Bierflaschen beiseite und machte immer wieder die Runde mit dem Schnapsglas und der Wacholderflasche.

»Jou«, polterte Ludwig Westkämper, der Vater des Bräutigams, gerade mit einem scheelen Seitenblick auf seine Frau, »lot us mo noch som bieten Urterwater trinken.«

Sein Sohn Willi saß am anderen Ende des Tapeziertisches, der gleichzeitig als Theke diente, und schien zu schlafen. Er hatte den ganzen Tag damit verbracht, mit seinen Freunden und Nachbarn das Tannengrün für den Hochzeitskranz zusammenzusuchen und den Polterabend vorzubereiten.

Johannes hatte einen Kassettenrekorder und zwei Boxen aufgestellt, aus denen T. Rex' »Children of the Revolution« hämmerte, was von dem etwa einen Dutzend Jugendlicher, die vor der Scheunentür standen, grölend begrüßt wurde.

Auf der anderen Seite der Scheune, dort wo die Heuballen aufgeschichtet waren, saßen die Nachbarinnen beisammen.

»Und dass die immer noch nicht genau wissen, wie das mit

der Elsbeth passiert ist … man mag gar nicht drüber nachdenken«, schrie Gertrud Mertens gerade und hielt sich die Ohren zu.

Mathilde fuchtelte wild mit den Armen und gab ihrem Sohn Zeichen, die Musik abzustellen. Johannes grinste, würgte T. Rex ab und legte Status Quo ein, was seinen Vater dazu veranlasste, die Stromzufuhr zu kappen. Daraufhin zog Johannes sich beleidigt zu seinem alten englischen Wagen zurück, der in einer Ecke jenseits der Heuballen aufgebockt war, und begann liebevoll, ihn zu polieren.

Erna Fortmüller seufzte erleichtert über die wohltuende Stille und gab Gertrud Mertens recht.

»Ja, man fragt sich wirklich, was die den ganzen Tag machen. Und das bei der Elsbeth, wo das doch eigentlich allen klar ist, dass das was mit den Jungs vom Kloster zu tun haben muss. Warum sollte die denn sonst in den Unterstand gegangen sein. Aber die kommen ja keinen Schritt weiter.« Mathilde beugte sich vor. »Der Heini sagt, dass sie alle Jungs verhört haben, aber nichts rausgefunden haben.«

»Könnte natürlich auch sein«, wagte Hannelore, die bis jetzt geschwiegen hatte, einzuwerfen, »dass Elsbeths Tod was mit diesem Skelett zu tun hat.«

Mathilde warf ihr wie erwartet einen entrüsteten Blick zu. »Ja, was soll die denn mit den Knochen auf eurem Land zu tun gehabt haben? Das ist doch etliche Jahre her.«

Hannelore hob die Schultern. »Ich meine man bloß …«

In diesem Moment trat die junge Braut an den Tisch, um den Damen einen Teller mit Schinken- und Mettwurstbroten hinzustellen und ein Gläschen Wacholder anzubieten.

»Och Löit«, wehrte Gertrud Mertens ab, »bloß nich düt olle Urterwater.«

Hannelore Großenjohann legte der Braut die Hand auf den Arm. »Lass mal ruhig ein bisschen langsam gehen mit dem Schnaps, Kind, das macht doch immer nur Ärger.«

»Jou, Hannchen, da hast du vollkommen recht«, stimmte Mathilde Techtelmann zu, die bereitwillig ein Thema aufgriff, das nichts mit ihrer toten Schwägerin zu tun hatte, und warf einen

Blick auf Hinnerk Großenjohann, der gerade ihre Tochter Anna auf seinen Schoß zog.

Aus den Boxen trällerte Roy Black mit Anita »Schön ist es, auf der Welt zu sein«. Offensichtlich hatte Johannes die Verantwortung für die Musik an die Brautmutter Emilie Sandmann abgegeben, die den Polterabend ihrer Tochter in demselben schwarzen Kostüm beging, das sie auch auf der Beerdigung ihres Mannes getragen hatte.

Marie, die bis in den Abend über ihren Büchern gebrütet hatte, stand mit Adelheid Heckerhoff und Josef Techtelmann zusammen am Scheuneneingang. Josef hatte Marie ein Bier gebracht und ihr dafür gedankt, dass sie und ihre Freunde ihn am Schützenfestsamstag nach Haus gebracht hatten. Daran zumindest konnte er sich noch erinnern, wenn ihm auch sonst einige Stunden von dem Abend fehlten. Die drei amüsierten sich über Johannes, der gerade den hinteren Kotflügel seines Sammlerstückes wienerte.

Adelheid Heckerhoff war schon über dreißig und noch ledig, wofür Marie ihr fast dankbar war. Da war sie selbst mit ihren zweiundzwanzig ehelosen Jahren ja noch ein Baby dagegen. Obwohl Marie nicht so recht verstand, wieso Adelheid noch nicht verheiratet war. Sie fand ihre Nachbarin mit den langen, roten Naturlocken ausnehmend hübsch. Und nett obendrein. Aber vielleicht hatte sie einfach keine Zeit, sich einen Freund zu suchen.

Adelheid war Krankenschwester im Josefs-Krankenhaus, und wenn sie nicht arbeitete, wurde sie auf dem Hof gebraucht. Heckerhoffs waren ja nur zu dritt, wenn man mal von Franziskas Vater, dem alten Gottlieb Meierkamp, absah. Aber der war krank. Hatte einen Buckel, wie die Nachbarn das nannten. Marie wusste, dass er an Osteoporose litt, so wie ihre Oma. Aber die ging im Gegensatz zu Gottlieb Meierkamp noch ziemlich aufrecht.

»Was ist das überhaupt für ein Auto?«, wollte Adelheid wissen. »Und wieso ist das Steuer auf der falschen Seite?«

»Ein Aston Martin«, antwortete Josef. Dabei sprach er »Aston« wie »Asston« aus. »Ein Sammlerstück, sagt Hannes.«

»Aha«, sagte Marie. »Und? Fährt er überhaupt?«

»Hannes sagt, ja. Aber bei den englischen Autos wär ich da nicht so sicher.«

»Wieso nicht?«, wollte Marie wissen.

»Na, was sollen die Tommys schon für Autos bauen?« Josef verzog den Mund und nahm einen kräftigen Schluck von seinem Bier.

»Jaguar, zum Beispiel?«, erwiderte Marie spitz.

Josef runzelte die Stirn. »Ist das ein englisches Auto?«

»Ich glaube«, sagte Marie und ging in die Scheune, um ihre leere Flasche wegzustellen.

Neben dem Tapeziertisch saß Gerhard Mertens auf einem Heuballen und führte Selbstgespräche. Dabei warf er immer wieder scheue Blicke in die Dachbalken, an denen sich vor Jahren der alte Johannes Techtelmann erhängt hatte. Mit den Händen hielt er eine Malzbierflasche umklammert. Marie tat der Mann leid. Er schien vor irgendetwas Angst zu haben.

»Das ist aber auch nicht so einfach mit dem Gerhard, nech«, hörte sie Mathilde Techtelmann sagen, die den alten Gerhard mit gerunzelter Stirn beobachtete.

»Ja«, antwortete Gertrud Mertens seufzend, »und es wird immer schlimmer. Ich muss mal sehen, wo der Willem ist, der muss ihn ein bisschen im Auge behalten.«

Sie stand auf, um ihren Mann, der mit Brautmüllers Edi draußen stand, hereinzuholen. In diesem Moment sprang Gerhard Mertens plötzlich auf und stieß einen Schrei aus. Dabei hob er seine Arme vor die Brust und versteckte sein Gesicht, als wolle er einen Schlag abwehren. Heini Techtelmann, der eben hereingekommen war, versuchte, ihn zu beruhigen, und klopfte ihm auf die Schulter.

Doch das brachte den alten Gerhard erst richtig in Rage. Er drehte sich um und trommelte mit seinen knochigen Fäusten auf dessen Brust ein.

»'n Deubel bist du, 'n Deubel!«, schrie er.

Heini riss die Augen auf und versuchte, das Trommelfeuer abzuwehren, konnte aber das Gleichgewicht nicht halten und fiel nach hinten, wobei er August Heckerhoff, Gerhard, an dem er sich festhielt, und den Tapeziertisch mit zu Boden nahm.

Im Nu war die ganze Gesellschaft auf den Beinen. Heini, August und Gerhard lagen zwischen den Bänken und ein paar Strohballen auf dem Boden. Der Bräutigam hing eingeklemmt zwischen Tapeziertisch und Scheunenwand.

»Mein Gott, seid ihr denn alle verrückt?!«

Mathilde eilte ihrem Mann zu Hilfe, und der alte Wilhelm versuchte, seinen Bruder, der immer noch um sich schlug, von seinem Nachbarn zu trennen.

Hinnerk stand, seine Flasche Bier an die Brust gedrückt, neben seiner Frau und staunte.

August und Heini rappelten sich langsam wieder auf. Der Bräutigam wurde aus seiner misslichen Lage befreit und musste sich gleich darauf übergeben.

Die Braut heulte. Gerhard beruhigte sich langsam. Er hämmerte nicht mehr auf Heini ein, dafür fing er laut zu jammern an. Bruder und Schwägerin nahmen seine Arme und führten ihn hinaus.

»Hinnerk!«, zischte Hannelore und nahm ihrem Mann die Bierflasche weg, »nun hilf doch mal mit!«

Hinnerk setzte sich in Bewegung, um die alten Leute nach Hause zu bringen.

In der Scheune entspannte sich die Lage. Die Gäste standen schweigend herum und warteten auf die Fortsetzung der Tragödie. Der Tapeziertisch stand wieder, und Annemarie hatte sich mit ihrem bleichgesichtigen zukünftigen Gatten unter die alte Eiche neben der Scheune verzogen.

Hannelore ergriff als Erste das Wort.

»Heilige Mutter Gottes, was ist denn in den Gerhard gefahren? Der ist ja gemeingefährlich!«

Heini, der von seiner besorgten Frau und seiner Tochter flankiert auf einer Bank saß, schüttelte nur ungläubig den Kopf.

Johannes Techtelmann junior stand, sein Bier in der einen und einen Putzlappen in der anderen Hand, an seinen glänzenden schwarzen Aston Martin gelehnt und grinste.

»Endlich passiert hier mal was.«

Maries Augen ruhten verwundert auf Heini.

»Ich glaub, wir gehen besser ins Haus«, sagte Mathilde Techtelmann.

»Nee«, widersprach Heini, »warum denn? Der Gerhard ist eben nich mehr ganz bei sich. Das kann man doch nicht ernst nehmen.« Er rieb sich über die Glatze. »Gib mir lieber noch 'n Wacholder.«

Da die Brautleute mitsamt Anhang vor der Scheune lauthals stritten, übernahm Hannelore die Gastgeberinnenrolle und reichte Heini ein Pinneken mit Wacholder, das dieser mit zitternder Hand entgegennahm.

Kurze Zeit später tauchte auch Hinnerk wieder auf. Er klopfte dem armen Bräutigam, der hinter seiner zukünftigen Schwiegermutter und der verheulten Braut die Scheune betrat, auf die Schulter.

»Ach, Willi, lass uns mal noch einen heben. Seinen eigenen Polterabend feiert man ja nicht so oft.«

Willi wurde bei diesem Vorschlag noch bleicher, als er ohnehin schon war, entschuldigte sich hastig und verschwand wieder wankend hinaus in die Dunkelheit.

Der Rest der Gesellschaft begab sich zögernd – vielleicht ein bisschen enttäuscht über das schnelle Ende dieser kleinen Episode – wieder an ihre Plätze auf den Bänken oder den Strohballen und wandte sich dem unterbrochenen Gespräch zu.

Josef Techtelmann hatte unterdessen die Verantwortung für die Musik übernommen. Aus den Lautsprechern quietschte »Killer Queen«.

Wahrscheinlich würden die Birkendorfer niemals erfahren, was genau sich in der Nacht zum Sonntag in Techtelmanns Scheune zugetragen hatte, nachdem sie gegen zwei Uhr den Polterabend verlassen hatten und im Morgengrauen durch Feueralarm geweckt wurden.

Zunächst nahm man das Gejaule der Feuersirene nur am Rande zur Kenntnis – »bestimmt wieder nur eine Übung«. Als sich jedoch aus der Ferne nach und nach der Ruf »Feuer!« seinen Weg durch die noch müden Sinne der Bewohner bahnte, kam Leben in das Dorf. Und als wenige Minuten später die ersten Feuerwehrautos mit kreischenden Sirenen über die Heidekampstraße brausten, sprang selbst der letzte Langschläfer aus den

Federn, wurden Fenster aufgerissen, Köpfe mit gespitzten Ohren hinausgestreckt und Nasen witternd in den Wind gehalten.

Immer mehr Frauen und Männer mit hastig übergeworfener Kleidung fanden sich – nachdem man sich vergewissert hatte, dass die eigenen Stallungen und Gebäude nicht betroffen waren – am Straßenrand ein.

Von irgendwoher erscholl eine Männerstimme. »Bei Techtelmanns! Techtelmanns Scheune brennt!«

Alle machten sich sofort auf den Weg zu Techtelmanns Hof, wobei die kleine Kolonne von mehreren Autos überholt wurde, die plötzlich aus dem Nichts aufzutauchen schienen. Brandgeruch lag in der Luft, und als man endlich die Techtelmannsche Hofeinfahrt erreicht hatte, konnte man auch die Flammen sehen, die zum Wohnhaus hin aus dem Scheunengiebel schlugen.

Feuerwehrleute liefen scheinbar planlos umher und versuchten, inmitten sich rasch verlängernder Autoschlangen aus beiden Richtungen der Heidekampstraße ihre Schläuche zum nahe gelegenen Klausholtener Teich zu verlegen. Im Nu befand sich die sonst stille Heidekampstraße mitsamt ihrer Bewohner trotz der frühen Stunde in einem monströsen Verkehrschaos.

Marie, die schnell in ihre Jeans und ein T-Shirt geschlüpft war, stand an der Hofeinfahrt und blickte fassungslos auf die Autoschlange, die an ihr vorbeischlich. Voll besetzte Pkw quälten sich wie zähfließende Lava durch die rechts und links der Straße parkenden Autos am Ort des Geschehens vorbei. Gesichter, die Marie noch nie zuvor gesehen hatte, lugten mit offenen Mündern neugierig aus den Fenstern, wobei die Autoschlange immer wieder lange ins Stocken geriet, weil keiner den begehrten Platz am Ort des Geschehens – einmal ergattert – so schnell wieder aufgeben wollte. In kurzer Zeit fand sich an der Heidekampstraße in beiden Fahrtrichtungen von Techtelmanns Hof auf einer Länge von mindestens hundert Metern keine einzige Parklücke mehr.

Die Nachbarn standen inmitten einer Menge von Schaulustigen, von denen man die meisten nur vom Sehen kannte, und blickten mit starren Gesichtern auf die hohen Flammen, die aus dem Scheunendach schlugen, und auf die Bemühungen der

Feuerwehrleute, die mit einem gewaltigen Wasserstrahl versuchten, das Feuer unter Kontrolle zu bringen. Aber das Heu und Stroh brannte wie Zunder, und Sekunden später stürzte – von erschreckten Schreien begleitet – das Dach ein. Die Scheune war nicht mehr zu retten.

Ein zweiter Wasserstrahl war auf das Wohnhaus gerichtet, das kaum zwanzig Meter entfernt gegenüberlag. Die riesigen Eichen, deren ausladendes Geäst die Scheune beschirmte, standen ebenfalls in Flammen. Die Luft war erfüllt von beißendem Qualm, den aufgeregten Rufen der Feuerwehrleute und dem Brummen unzähliger Automotoren, die unablässig am Hof vorbeiströmten. Von Techtelmanns war nichts zu sehen.

Nach etwa dreißig Minuten war das Feuer so weit eingedämmt, dass keine Flammen mehr aus den Mauern schlugen. Dafür stieg noch mehr Qualm aus den schwelenden Heubergen. Zum Glück wurde in der Scheune nicht mehr viel Heu gelagert. Das meiste wurde in Ballen über dem Kuhstall gestapelt.

Jetzt kam Bauer Heini Techtelmann, gefolgt von Josef, der eine große Tasche schleppte, aus dem Haus gelaufen. Dann wurde oben ein Fenster geöffnet, und Mathilde Techtelmann schaute mit wirrem Haar ungläubig auf das Geschehen auf der Straße. Als sie die vielen Menschen sah, schlug sie die Hände vors Gesicht und zog sich wieder ins Innere des Hauses zurück. Heini Techtelmann sprach wild gestikulierend mit einem der Feuerwehrmänner, während Josef mit der Tasche in Richtung Acker lief – wohl um sie in Sicherheit zu bringen.

Das Feuer war mittlerweile unter Kontrolle, die Feuerwehrmänner konzentrierten sich jetzt darauf, kleine, immer wieder auflodernde Brandherde im Keim zu ersticken. Als sich nach geraumer Zeit der Qualm verzogen hatte, bot sich den Zuschauern ein beklemmendes Bild. Von der Scheune standen nur noch die Grundmauern. Ein paar abgebrochene verkohlte Balken des Dachstuhls und die mächtigen, jetzt kahlen schwarzen Äste der hohen Eichen ragten wie mahnende Finger in den trüben Himmel.

Immer noch standen Dutzende von Menschen umher, und immer noch bahnten sich Fahrzeuge ihren Weg am Hof vorbei.

Feuerwehrleute fanden sich in Gruppen zusammen, um zu beraten, wie man weiter vorgehen solle. Das Wohnhaus mit der großen Deele war nicht unmittelbar in Gefahr gewesen, doch die Bewohner hatten in aller Eile versucht zu retten, was zu retten war.

Mathilde Techtelmann kam in ihren besten Mantel gehüllt mit einem großen Koffer zur Haustür heraus, gefolgt von ihrer Tochter Anna und dem jüngeren Sohn Johannes, die ebenfalls große Taschen vor sich her bugsierten. Als Mathilde die niedergebrannte Scheune sah, ließ sie den Koffer fallen und brach in Tränen aus.

Hannelore Großenjohann, die bis jetzt in der ersten Reihe gestanden hatte, eilte zu ihr und redete beruhigend auf sie ein. Die Männer berieten mit den Feuerwehrleuten das weitere Vorgehen, und die ersten Schaulustigen begaben sich auf den Heimweg. Man hatte noch Kühe zu melken und Schweine zu füttern, und das Viehzeug konnte man nicht zu lange warten lassen, sonst wurde es unruhig. Es war fast halb neun und höchste Zeit, sich um die täglichen Pflichten zu kümmern. Wenigstens konnte man heute guten Gewissens auf den Kirchgang verzichten. Hannelore Großenjohann und Franziska Heckerhoff hielten sich ein Taschentuch vor Mund und Nase und gingen gedankenverloren am Straßenrand entlang. Sie fragten sich – so wie alle anderen auch –, wie es zu dem Feuer hatte kommen können.

Man mutmaßte, dass es wohl ein Gewitter gewesen sei und der Blitz in die Scheune eingeschlagen habe, aber niemand konnte sich mit dieser Theorie so recht anfreunden.

»Dann hätte man doch zumindest ein Donnern hören müssen«, hatte Hinnerk Großenjohann zu bedenken gegeben, und außerdem habe es doch gar kein Gewitter gegeben, hatte Jodokus Wilmesmeier gesagt.

Nein, nein, irgendwer musste am gestrigen Polterabend eine Kerze vergessen haben, oder irgendwo hatte vielleicht noch ein Aschenbecher herumgestanden und eine Katze oder sonst ein Tier – vielleicht auch ein Marder oder eine Maus – hatte den Aschenbecher umgeworfen, und dann hatten die Strohballen Feuer gefangen. Ja, so könnte es gewesen sein.

»Ganz bestimmt«, meinte August Heckerhoff und steckte sich eine Zigarette an.

Marie, die über die Felder gegangen war und das Getöse von der anderen Seite betrachtet hatte, ging nachdenklich heim. Sie wusste nicht, was sie von dem, was sie gesehen hatte, halten sollte. Vielleicht hatte es nichts zu bedeuten, sagte sie sich und beschloss, die Nachbarn sich selbst zu überlassen und sich wieder um ihre Bücher zu kümmern.

13

Hauptkommissar Kuhlmann und Kommissarin Pfeiffer standen schweigend auf dem Techtelmannschen Hof und betrachteten die Scheune oder vielmehr das, was davon übrig geblieben war. Die Mauern standen noch, aber das war auch alles. Vorn ragten nur ein paar verkohlte Balkenreste in den Himmel, wo sie im Verein mit den verkohlten Eichen ein trauriges Bild abgaben. Auf dem Hofplatz waren schwarze Heureste verteilt, weil man verhindern wollte, dass das von Löschwasser durchnässte Heu sich selbst entzündete. Glücklicherweise lag der Großteil des Strohs noch auf dem Acker, und das Getreide wurde auf der Kornbühne über den Ställen gelagert, sodass Bauer Techtelmann zumindest kein Stroh und Getreide kaufen musste.

»Also so was hab ich noch nie gesehen«, sagte Kommissarin Pfeiffer gerade, als Heini Techtelmann aus der Deelentür trat und mit mürrischer Miene auf die beiden Polizisten zuging.

»Dachte ich mir doch, dass ich einen Wagen gehört hatte. Warum kommen Sie nicht zur Haustür?«, fragte er ärgerlich.

»Das wollten wir ja gerade, aber das hier«, Kuhlmann machte eine weit ausholende Handbewegung, die die Scheune und den Hof umfasste, »hat uns abgelenkt.«

»Kann ich mir denken«, knurrte Heini. »Und was wollen Sie? Gibt es Neuigkeiten? Können Sie denn nun endlich mal sagen, was mit der Elsbeth passiert ist?«

»Todesursache war die Verletzung am Kopf, das sagte ich Ihnen ja schon, und wie die Dinge liegen, können wir einen Unfall mit großer Sicherheit ausschließen. In der Hütte gab es keinen Gegenstand, der hart genug wäre, um eine solche Verletzung zu verursachen.«

»Und … und wenn sie sich nun woanders gestoßen hat und ist dann zu der Hütte gegangen, um sich 'n bisschen auszuruhen?«

»Mit so einer Verletzung läuft man nicht mehr herum.«

Heini schluckte. »Dann hat sie also wirklich jemand … erschlagen?«

»Allerdings. Wir wissen nur noch nicht, womit.« Kommissar Kuhlmann brach ab und sah forschend in Heinis erschrecktes Gesicht.

»Haben Sie eine Idee?«

Heini zuckte zusammen. »Ich? Wieso denn ich, woher soll ich das wissen!«

»Nun, Sie als Landwirt wissen doch sicher genau Bescheid, was auf einem Hof so gebraucht wird, an Werkzeug, zum Beispiel. Und Höfe gibt's nun wirklich genug in der Nähe. Wonach könnten wir da suchen?«

»Joo«, erwiderte Heini und stieß hörbar die Luft aus, »das weiß ich wohl, aber … einen Menschen erschlagen kann man ja wohl mit vielen Sachen, da fällt mir im Moment wirklich nichts ein. Diese ganze Aufregung und dann noch der Brand …«

»Verstehe.« Kuhlmann schien zu überlegen. »Haben Sie übrigens einen Spaten?«, fragte er dann unvermittelt.

»Einen Spaten?«, wiederholte Heini verblüfft. »Wollen Sie damit sagen, dass die Elsbeth mit einem Spaten …«

»Ich will damit überhaupt nichts sagen«, unterbrach ihn der Kommissar. »Ich hätte mir nur gern Ihren Spaten mal angesehen, wenn Sie einen haben.«

»Natürlich haben wir einen. Soll ich ihn holen?«

»Ich bitte darum«, sagte Kuhlmann.

Heini ging, gefolgt von Kommissarin Pfeiffer, in den Schuppen, der in einigem Abstand rechtwinklig zur ehemaligen Scheune stand. Wenige Sekunden später kamen beide wieder heraus, die Kommissarin trug den glänzenden Spaten.

Kommissar Kuhlmann nahm ihn seiner Kollegin ab, warf einen kurzen Blick auf die Schaufel und gab ihn ihr zurück.

»Sie haben doch nichts dagegen, wenn wir ihn für ein paar Tage mitnehmen?«

»Was wollen Sie denn damit?«, fragte Heini verwundert. »Aber von mir aus, bitte. Ich krieg ihn ja hoffentlich wieder.«

»Natürlich«, sagte Kuhlmann, und die beiden wollten sich schon verabschieden, als dem Kommissar noch etwas einzufallen schien.

»Sagen Sie, Herr Techtelmann, hat Ihre Schwester getrunken?

Sie wissen schon«, Kuhlmann zwinkerte kumpelhaft, »ab und zu mal ein Schnäpschen, so zur Verdauung?«

Heini Techtelmann blieb wie angewurzelt stehen.

»Wie kommen Sie denn auf so was?«

»Weil sie kurz vor ihrem Tod ganz schön gebechert haben muss. Sie hatte fast ein Promille im Blut.«

»Das ist völlig unmöglich, da muss ein Fehler vorliegen. Die Elsbeth hat nie Schnaps getrunken und Bier sowieso nicht … jedenfalls hab ich das nie gesehen … und das hätten wir ja wohl auch gemerkt.«

»Wahrscheinlich. Wieso, glauben Sie, hatte sie an diesem Abend getrunken?«

Heini Techtelmann schüttelte langsam den Kopf. »Das mag der liebe Herrgott wissen!«

»Es ist Ihnen also auch nichts mehr eingefallen, was Sie vielleicht in der ersten Aufregung vergessen haben zu sagen?«

»N… nein, was denn auch?«

»Vielleicht hatte jemand Streit mit Ihrer Schwester?«

»Wie kommen Sie denn darauf?«

»Nun, wir können uns die Herkunft von ein paar blauen Flecken an ihren Oberarmen und einer Schürfwunde am Ellbogen noch nicht erklären. Es kann natürlich sein, dass sie durch den Alkoholkonsum nicht mehr ganz sicher auf den Beinen war und sich irgendwo gestoßen hat, aber die Verletzungen sehen eher so aus, als hätte sie jemand hart angefasst.«

Heini starrte den Kommissar mit offenem Mund an und schluckte trocken. »Das hätten wir Ihnen doch gesagt, Herr Kommissar, wenn wir so was gewusst hätten«, krächzte er.

Der Kommissar nickte. »Natürlich. Sagen Sie, wie ist denn das mit Ihrer Scheune passiert?«

»Weiß keiner«, murrte Heini, »vielleicht hat 'ne Katze oder sonst ein Tier einen Aschenbecher umgeworfen, aber mein Sohn hat nach dem Polterabend alles genau kontrolliert. Das machen wir immer! Womöglich war's irgendein Penner, der noch 'ne Flasche gefunden hat. Ich hab ja immer gesagt, hier treibt sich lauter Gesindel rum.«

»Ist so was schon mal vorgekommen?«

»In den letzten Jahren nicht so, aber früher, kurz nach dem Krieg, waren oft welche da.«

»Und die haben dann im Heu übernachtet?«

»Ja, einmal hatte sich einer sogar eine von unseren Pferdedecken mit ins Heu genommen. Und manchmal reißen auch welche von den Jungs im Kloster aus und verstecken sich bei uns in den Stallungen. Das ist noch gar nicht so lange her – vielleicht zwei Jahre, da hatten sich zwei oben im Heu verbuddelt. Aber die sind dann mit Hunden gekommen und haben sie gefunden.«

»So, so«, sagte der Kommissar, »aber seither ist in der Beziehung nichts mehr vorgefallen?«

»Nicht, dass ich wüsste.«

»Gut«, sagte der Kommissar. »Das wär fürs Erste alles. Wir kommen wieder.«

Die beiden Beamten stiegen in ihren Wagen und fuhren langsam vom Hof.

»Mist«, schnaubte Josef Techtelmann wütend und versetzte der Kuh einen Schlag auf die Flanke, »kannst du mit dem Scheißen nicht warten, bis ich weg bin!«

Er griff in den Strohhaufen am Trog, wo die Kuh gleichmütig ihr Kraftfutter zermahlte, und wischte sich damit notdürftig über die Stiefel. Dann stellte er die Melkmaschine unter das Euter und setzte die Saugnäpfe an. Als das rhythmische, monotone Keuchen der Maschine und ein Blick auf den Schlauch zeigte, dass die Milch reichlich floss, richtete er sich auf und starrte durch die blinden Scheiben des Stallfensters hinaus in den hellen Sommerabend.

»Josef?«, hörte er die Stimme seines Vaters von der Deele, »bist du noch nicht fertig mit der Welschen?«

»Nä!«

»Na, dann mach mal zu, du musst mir hier noch bei dem Trecker helfen.«

»Jou, jou«, antwortete Josef mehr zu sich selbst.

Dann ging er durch die Viehküche hinaus auf den Hof und steckte sich eine Zigarette an. Seine Mutter schob gerade den großen Futterwagen in den Schweinestall und füllte dann mit dem Eimer den ersten Trog mit den Essensresten vom Vinzenz-Kloster, die Techtelmanns als Schweinefutter bezogen.

Im selben Moment hub aus den Kehlen von einhundertundzwanzig Schweinen ein ohrenbetäubendes Gekreische an. Josef zog unwillkürlich die Schultern hoch, machte ein paar Schritte in Richtung Schweinehof und ging bis zu dem kleinen Kirschbaum, wo das Kreischen erträglicher war. Die Luft war immer noch von Brandgeruch erfüllt. Langsam verebbte das Geschrei der Schweine, weil alle ihr Futter hatten, und machte dem abendlichen Gezwitscher der Vögel Platz.

Josef hielt die Zigarette zwischen Daumen und Mittelfinger und inhalierte tief. Sein Blick fiel auf die verkohlten Überreste der Scheune und wanderte langsam an den schwarzen Stämmen der verbrannten Eichen empor.

»Wir müssen die Eichen bald runterholen«, hörte er die Stimme seines Vaters hinter sich.

Josef nickte, ohne sich umzudrehen.

»Und? Was hat der Kommissar gesagt? Gibt's was Neues?«, fragte er. Sein Vater stellte sich neben ihn und spuckte auf den Boden.

»Nix.«

»Und, was sagt der Sommer, wann das Geld für die Scheune kommt?«

Heini Techtelmann blickte seinen Sohn von der Seite an.

»Der sagt, das mit der Brandursache müsste erst endgültig abgeklärt sein.«

»Aha.«

Mathilde war aus dem Schweinestall getreten und gesellte sich zu ihnen. »Was wollten denn die Polizisten schon wieder? Können die nicht endlich Ruhe geben und uns die Elsbeth in Frieden beerdigen lassen?«

»Nix weiter«, murmelte Heini kurz angebunden.

Mathilde nahm ihr Kopftuch ab, das sie immer im Schweinestall trug, damit die Haare den penetranten Geruch nicht annahmen, und blickte kopfschüttelnd auf das, was von der Scheune übrig geblieben war.

»Dass uns das auch noch passieren muss«, sagte sie mit weinerlicher Stimme. »So, ein Elend, ich kann gar nicht hingucken«, schniefte sie und starrte dessen ungeachtet auf die verbrannten Dachbalken. »Und du glaubst immer noch, dass das ein Penner war?«, fragte sie ihren Mann.

Heini zuckte die Achseln. »Was soll's denn sonst gewesen sein?«

»Vielleicht hat ja doch der alte Gerhard …«

»Blödsinn«, unterbrach sie ihr Mann barsch.

»Ja, der hat doch was gegen uns. Wieso greift er dich denn immer an?«

»Weiß ich doch nicht. Der Gerhard ist schon lange nicht mehr ganz richtig im Kopf. Und das mit dem Feuer kann auch 'ne Katze gewesen sein. Hat irgendwer seine Zigarre am Polterabend nicht richtig ausgemacht, und die Katze oder sonst irgendein Vieh hat den Aschenbecher umgeworfen, und schon ist es passiert.«

»Ja, aber Johannes hat doch alles kontrolliert.«

»Dann hat er eben nicht richtig kontrolliert.«

Eine Weile blieben alle stumm. Dann nahm Mathilde den Faden auf.

»Mein Gott, mein Gott, es wird einem hier richtig unheimlich. Zuerst stirbt der Friedrich so schrecklich, hinterher die Elsbeth, dann die Knochen auf der Olsterwiese, und jetzt brennt auch noch unsere Scheune ab. Hier geht doch irgendwas vor.«

»Ja, diese Knochen, das ist schon komisch. Wo kommen die wohl her?«, fragte Josef.

Heini Techtelmann atmete schwer. »Ach, hat bestimmt noch was mit dem Krieg zu tun.«

»Mit dem Krieg?« Josef sah seinen Vater fragend an. »Der ist doch seit über dreißig Jahren vorbei. Meinst du, dass Knochen so lange halten?«

»Weiß nicht«, sagte Heini mürrisch und wandte sich zum Gehen. »Was geht uns Großenjohanns Wiese an!«

Die Leichenhalle war gut gefüllt. Viele Birkendorfer – mehr als gewöhnlich – hatten sich in der kleinen Kapelle auf dem Friedhof vor dem Kloster versammelt, um endlich das Rosenkranzgebet für die Tote zu sprechen. Marie saß zwar ziemlich weit hinten, aber der Sarg von Elsbeth Techtelmann, der, von rosa Nelken, üppigen Kränzen und Kerzen auf hohen Ständern umgeben, vorn auf dem Podium stand, zog ihren Blick magisch an. Immer wieder starrte sie an vielen schwarz gekleideten Gestalten vorbei auf das braune Monstrum aus schwerem Eichenholz.

Hannelore hatte sich geweigert, allein in die Leichenhalle zu gehen. »Gott weiß, wie das noch alles werden soll, die Mathilde guckt mich jetzt schon immer so komisch an, als ob wir was dafür könnten …«

Also hatte Marie ihre Mutter begleiten müssen, denn Hinnerk hatte Spätschicht.

Nicht alle der zahlreich erschienenen Gläubigen hatten einen Sitzplatz bekommen. Sie verteilten sich hinter den Stühlen und am Eingang und nutzten den guten Überblick, um ungeniert die Trauernden zu betrachten. Heini Techtelmann saß mit seiner Familie in der ersten Reihe und blickte wie versteinert.

Das monotone, immer wiederkehrende »Gegrüßet seist du Maria voll der Gnaden, der Herr ist mit dir …« hallte von den kahlen Wänden der kühlen Halle wider. Dorothea Wilmesmeier und Erna Fortmüller hatten das Vorbeten übernommen, »… der für uns Blut geschwitzt hat.«

Marie saß neben Adelheid Heckerhoff, die mit ihrer neuen Frisur einiges Aufsehen erregte. Sie hatte sich die Haare streichholzkurz geschnitten, was ihre Mutter ziemlich schockiert haben musste, denn Franziska Heckerhoff schaute beharrlich auf ihre Hände, durch die sie den schwarzen Rosenkranz gleiten ließ. Marie argwöhnte, dass sie ihre verdächtig roten Augen verbergen wollte.

Die arme Adelheid tat ihr leid. Sie war zwar Hoferbin und somit eine gute Partie, aber wenn sich trotzdem kein Gatte fand, mit wem sollte sie dann den Hof bearbeiten? Marie seufzte leise. Adelheid konnte nicht einfach die Koffer packen und sich aus dem Staub machen, so wie sie selbst das plante.

Wer sollte ihr Erbe antreten? Sich um ihre Eltern kümmern, wenn die alt und gebrechlich waren, so wie es schon immer Brauch gewesen war auf den Höfen in Birkendorf?

Marie schloss die Augen und zog sich in ihre Gedanken zurück.

Seit Tagen hatte sie nichts mehr von Mark gehört oder gesehen, obwohl sie sich zweimal mit Judith und Christian in der »Tuba« getroffen hatte, aber Mark war nicht aufgetaucht. Wo trieb dieser Mann sich herum? Aber vielleicht hatte er Nachtdienst oder so was. Das sollte bei Ärzten ja schon mal vorkommen.

»… der für uns das schwere Kreuz getragen hat … Gegrüßet seist du Maria voll der Gnaden, der Herr ist mir dir, du bist gebenedeit unter den Frauen …« drang es an ihr Ohr.

Gebenedeit, dachte Marie, was zum Kuckuck sollte das heißen? Irgendwo hatte sie gelesen, dass es so was wie »gesegnet« bedeutete. Aber warum sagte das Ave Maria dann nicht »gesegnet«? Hörte sich doch viel schöner an als »gebenedeit«. Marie hätte Wetten darauf abgeschlossen, dass weder Dorothea Wilmesmeier noch Erna Fortmüller, die beiden Vorbeterinnen, wussten, was sie da so gekonnt herunterleierten.

»… der für uns gekreuzigt worden ist …«

Hinter Marie wurde es unruhig. Jemand, Marie glaubte, es war der alte Mertens, fing an, leise vor sich hin zu weinen. Menschenskind, wieso nahmen sie denn den alten, verstörten Mann überall mit hin, fragte sich Marie. Aber andererseits, allein lassen konnten sie ihn auch nicht.

»Vater unser im Himmel, geheiligt werde dein Name, dein Reich komme …« Erna und Dorothea ließen sich nicht beeindrucken und beteten unverdrossen weiter.

Marie schaute sich um. Erstaunlich, dachte sie, da trauerte ja jemand ernsthaft um die alte Elsbeth. Vielleicht hatten die beiden ja wirklich was miteinander gehabt. »Was sich neckt, das liebt sich«, pflegte ihre Mutter zu sagen. Marie kniff sich die Nase zu, um nicht laut loszulachen. Was einem nicht alles durch den Kopf ging beim Rosenkranzgebet!

Aber der alte Gerhard schien das alles nicht besonders lustig zu finden, er fing laut an zu greinen. Sein Bruder Wilhelm und dessen Frau Gertrud führten ihn aus der Leichenhalle und erregten damit einiges Aufsehen. Als sich die Tür von außen schloss, kehrte langsam wieder Ruhe ein, und die Betenden konnten sich wieder auf ihren Rosenkranz konzentrieren, was einige der Gläubigen – da war Marie sicher – bestimmt innig bedauerten.

Nach einer Dreiviertelstunde war das Beten beendet, man versammelte sich vor der Leichenhalle auf einen dezenten Schwatz und die Männer auch auf eine Zigarette. Marie unterhielt sich kurz mit Adelheid.

»Tolle Frisur«, sagte sie und überlegte kurz, ob ihr selbst das auch stehen würde.

Adelheid blies die Backen auf. »Hör bloß auf, meine Mutter ist total aus dem Häuschen. Dabei ist es so praktisch. Man muss doch nicht immer mit Zöpfen rumlaufen oder?«

»Nee, muss man nicht«, antwortete Marie, »sie werden sich schon dran gewöhnen.«

»Bleibt ihnen ja auch nichts anderes übrig«, sagte Adelheid und lächelte schief. »Also bis dann, wir sehen uns ja bestimmt bei der Beerdigung.«

»Bestimmt«, meinte Marie.

Sie verabschiedete sich und ging ihre Mutter suchen.

»Das ist eine Unverschämtheit!« Heini Techtelmann schlug mit der Faust auf den Tisch, dass seine Kaffeetasse auf ihrem Teller bedenklich schepperte.

»Ich habe meine Beiträge immer pünktlich bezahlt, und jetzt wollt ihr mir meine Scheune nicht ersetzen?«

Herr Sommer, der sich in der unglücklichen Lage befand, seinem alten Schulkameraden erklären zu müssen, dass die Versicherung die abgebrannte Scheune nur zu einem Bruchteil ersetzen würde, hob beschwichtigend die Hände.

»Nu, nu, Heini, beruhige dich erst mal.«

»Beruhigen soll ich mich? Wie denn wohl, wenn ich keine Scheune habe, in der ich das Stroh für den Winter lagern kann? Dann ist der Heuwender nicht mehr zu gebrauchen und der Kartoffelsortierer auch nicht. Und jetzt kommst du daher und willst mir erzählen, dass wir nur die paar tausend Mark kriegen! Wie soll ich denn davon 'ne neue Scheune bauen und neue Maschinen kaufen?«

»Heini … mir sind die Hände gebunden! Du hast seit fünfundzwanzig Jahren keine Erhöhung der Deckungssumme mehr vorgenommen, wie kannst du erwarten, dass …«

»Ach was, ihr habt doch die Preise andauernd erhöht …«

»Das hat doch damit nichts zu tun. Ihr habt die Scheune noch vergrößert, aber den alten Versicherungswert stehen lassen …«

»Ja, aber das hat doch noch mein Vater gemacht!«

»… das spielt doch keine Rolle, na ja, und dann kommt eben noch dazu, dass die Brandursache nicht eindeutig geklärt werden konnte …«

»Blödsinn!« Heini machte eine wegwerfende Handbewegung. »Ich hab euch doch gesagt, dass wir am Abend vorher dadrin Polterabend gefeiert haben …«

»Eben«, unterbrach ihn Herr Sommer, »das ist grob fahrlässig und …«

»… und ich hab euch auch gesagt, dass das Feuer erst ein paar Stunden später ausgebrochen ist! Wahrscheinlich ist irgendein Penner reingekommen, hat sich den Rest vom Schnaps hinter die Binde gekippt und sich dann womöglich noch 'ne Zigarette oder sonst was angesteckt, und das war's dann …«

»Und wo ist dieser Penner dann hin verschwunden, bitte?«

»Das kann ich doch nicht wissen! Wird sich wohl schnellstens aus dem Staub gemacht haben. Möglichkeiten, sich zu verstecken, gibt's ja hier genug.«

»Ist ja auch jetzt ganz egal, jedenfalls hab ich hier die Zahlungsanweisung. Hat mich 'ne Menge Überzeugungskraft gekostet bei der Zentrale. Willst du das Geld nun oder nicht?«

Heini murmelte resigniert etwas, das sich wie »Verbrecherbande« anhörte und ihm von seinem Gegenüber einen scheelen Blick eintrug.

»Was bleibt mir schon übrig?«, sagte er dann.

Er stand auf, hob wortlos die Hand und verließ den Raum.

Elsbeth Techtelmanns Beerdigung war ohne große Zwischenfälle über die Bühne gegangen. Allerdings hatte einer der sechs Sargträger, der alte Brautmuller, Hinnerk, der vor ihm ging, so heftig in die Hacken getreten, dass dieser beinahe den Sarg fallen gelassen hätte, was die ganze Trägermannschaft für einen Moment erheblich ins Wanken gebracht hatte. Glücklicherweise hatte sich der leise fluchende Hinnerk schnell wieder gefangen, sodass der

Sarg wenig später ordnungsgemäß in das dafür vorgesehene Grab hinabgelassen werden konnte.

Pater Jonas wurde nicht müde, seiner Gemeinde die Gottesfürchtigkeit und das wahrlich gelebte Christentum seiner treuesten Kirchgängerin vor Augen zu führen. Nach dem Segen flanierte die Trauergemeinde am Grab vorbei, die Frauen warfen Blumen auf den Sarg und die Männer eine Schaufel voll Erde.

Bei dem anschließenden Kaffeetrinken – wo es wie immer nicht beim Kaffeetrinken blieb – konnte man sich bei belegten Brötchen und Streuselkuchen von dem schweren Gang erholen. Auch Zigaretten wurden angeboten – und später Schnaps.

Als Willi Fortmüller nach einer guten Stunde ebenso lautstark wie gut gelaunt nach einer neuen Runde Weizenkorn verlangte, hielt Mathilde es für angeraten, das Kaffeetrinken zu beenden.

Elsbeths Beerdigung gab dann auch zu keiner Beschwerde Anlass.

14

In Birkendorf wurde Hochzeit gefeiert. Endlich hatten die von Mord und Totschlag, brennenden Scheunen und Polizeiverhören heimgesuchten Dorfbewohner mal wieder einen Grund, sich legitim und reinen Gewissens betrinken zu können. Es war schließlich ein Freudenfest, auch wenn die Brautmutter beschämt den Blick senkte, als ihre in jungfräuliches Weiß gekleidete Tochter – mit der peinlichen Rundung am Bauch – ihr »Ja, ich will« in die geweihten Hallen hauchte.

Der Pastor gab sich leutselig, »der Herr verzeiht den Reumütigen«, und freute sich auf das reichhaltige Kuchenbüfett. Auch zum Abendessen würde er sich gnädig überreden lassen.

Die dreiköpfige Musikkapelle im großen Saal des Gasthauses »Zum Heidewirt« spielte gerade die »Ambosspolka«, und die ganze Gesellschaft schlug im Takt mit den Löffeln gegen die Gläser, wobei unvermeidlich das eine oder andere zu Bruch ging, denn einige der männlichen Gäste hatten nach dem Aperitif, der aus einigen Schnäpsen bestanden hatte, bereits einen Großteil ihrer Feinmotorik eingebüßt.

Dann gab es endlich Essen. Als Vorspeise wurde Rinderkraftbrühe mit Einlage gereicht, danach gab es Zunge mit gemischtem Salat, Schweine- und Rinderbraten mit verschiedenem Gemüse und Petersilienkartoffeln und außerdem Schweineschnitzel. Dazu tranken die Herren ausgiebig Bier, und die Damen nippten an süßem Weißwein. Der alte Fortmüller arbeitete sich noch durch ein zweites Schnitzel, nachdem auch eine großzügige Portion vom Braten und den Beilagen seinen Appetit nicht hatte stillen können.

Nachdem die ganze Gesellschaft das Brautpaar hatte hochleben lassen, wurde Eis mit heißen Kirschen und Schlagsahne gereicht. Eduard Brautmüller nahm sich doppelt Schlagsahne und löffelte dann geräuschvoll sein Dessert, wobei sein angestrengtes Schnaufen die Unterhaltung am Tisch übertönte.

»Edi«, murmelte Frieda, seine Frau, deren dunkle Perücke etwas zu weit in die Stirn gerutscht war, »nun ess doch langsamer!«

»Meine fuffzich Mark hab ich noch lange nich wieder drin und du deine auch nich.«

Marie, die weder Zunge noch Rinderbraten mochte und sich beim Essen zurückgehalten hatte, grinste schadenfroh. Eine Hochzeit war für die Gäste ein recht teures Vergnügen. Man beschenkte das Brautpaar nämlich mit Geld. Pro Paar wurden hundert Mark fällig, jede weitere Person kostete noch mal fünfzig. Da musste man ganz schön viel essen und trinken, um den Fünfziger wieder reinzubringen. Deswegen wurde eine Hochzeitseinladung hinter vorgehaltener Hand auch »Zahlungsbefehl« genannt.

Frieda Brautmüller stieß ihrem Mann den Ellbogen in die Rippen und stimmte Frau Fortmüller zu, dass man die Kapelle aber wirklich weiterempfehlen könne.

Nachdem die Tische abgeräumt waren, verdaute jeder auf seine Art das opulente Mahl. Die meisten unter Zuhilfenahme einer Zigarette und zwei oder drei Gläschen Korn. Die jungen Leute fanden sich an der Bar ein oder gingen ein paar Minuten vor die Tür, die Frauen drehten mit schwieligen Händen ihre Weingläser und saßen träge am Tisch und redeten.

»Na, das soll mich mal wundern, was bei dieser schrecklichen Sache rauskommt. Und dann muss uns der Gerhard noch ganz und gar durchdrehen!« Gertrud Mertens wischte sich verstohlen die Augenwinkel. »Und da soll man noch feiern!«

»Nu, nu Gertrud, was kann denn die arme Annemarie dafür? Die hat nun weiß Gott noch andere Sorgen! So jung und dann …«

»Und jetzt sitzt die Lottmanns Anna bei ihm, hoffentlich macht er keine Dummheiten! Gestern hat er versucht, aus dem Fenster zu klettern! Himmel nein, was mag in so einem Kopf bloß vorgehen?«

»Ja, das ist wirklich nicht so leicht, wenn einer ganz und gar den Verstand verliert. Aber«, Frieda Brautmüller senkte die Stimme, »das mit diesem Toten unter der Hütte, also das ist ja nun wirklich noch schlimmer!«

»Jou! Man mag gar nicht drüber nachdenken, was da wohl passiert ist. Aber es muss ja wohl schon lange her sein. Und wenn ihr mich fragt, da haben bestimmt die Jungs vom Kloster was verbrochen! Und ob man die Schuldigen heute noch kriegt? Na, da können wir lange drauf warten!«

»Es ist ja eigentlich eine Schande!«, rief Frau Brautmüller aus, »man ist ja hier seines Lebens nicht mehr sicher! Man müsste wirklich mal was gegen diese Jungs unternehmen!«

»Das sachst du auch! Ich hab auch schon zu unserm Willem gesagt, dass er mal mit Pater Jonas reden muss!«

Wilhelm Mertens hatte die ganze Zeit über schweigsam neben seiner Frau gesessen, den Blick unverwandt auf den Nebentisch gerichtet, wo sich die Techtelmann-Söhne, die sich partout nicht an die Trauerzeit für ihre Tante hatten halten wollen, und Adelheid Heckerhoff amüsierten. Er tippte seiner Frau auf die Schulter.

»Sach mal, erinnert dich die Adelheid jetzt mit der neuen Frisur nicht an jemanden?«

Gertrud folgte seinem Blick. »Ja, das hab ich dir doch schon beim Beten gesagt«, raunte sie, »und deswegen ist doch der Gerhard so durchgedreht.«

»Jou, das sachst du auch. Ich komm aber jetzt nicht drauf, wer das ist.«

In diesem Moment sank Franziska Heckerhoff vom Stuhl.

»Jessas«, schrie Gertrud und warf die Arme hoch. Adelheid eilte heran.

»Mama, was ist denn mit dir?«

»Sie ist einfach vom Stuhl gefallen«, sagte Gertrud.

Irgendwer rief nach August. Die Kapelle hörte auf zu spielen, im Nu hatte sich eine Menschentraube um die Ohnmächtige versammelt, die aber schon wieder zu sich kam.

August kam herangelaufen, schob mehrere Körper beiseite und half seiner Frau auf ihren Stuhl.

»Franziska, wat is denn mit dir?«, fragte er und klopfte ihr auf die Wange. Die wischte seine Hand weg und sah sich verwirrt um.

»Was ist denn passiert?«

»Du bist vom Stuhl gefallen«, sagte August, »hast du dir wehgetan?«

»Ich glaube nicht«, Franziska schüttelte den Kopf. »Ich glaub, ich muss nach Hause, mir ist so schwindlig.«

Fünf Minuten später war Franziska bereits auf dem Heimweg, begleitet von ihrem Mann und ihrer Tochter. Die Gäste beruhigten sich, und man erinnerte sich daran, dass man schließlich zum Feiern hier war.

»Ja, ja, wenn man den Alkohol nicht vertragen kann, sollte man die Finger davon lassen«, sagte irgendwer, und einige kicherten.

Die Kapelle brachte einen Tusch und bat das Brautpaar auf die Tanzfläche. Die meisten erhoben sich und bildeten klatschend einen Kreis um das junge Paar, das tapfer versuchte, den Walzerschritt zu meistern. Nach einigen Umdrehungen trennten sich die Brautleute voneinander, und er führte seine Schwiegermama, sie ihren Schwiegerpapa in den Kreis. Die Braut trug ein weites weißes Kleid mit aufwendiger Spitzenbüste und Spaghettiträgern, das ihren rundlichen Bauch nur unzureichend verbarg. Die meisten Frauen trugen schlichte, einfarbige lange Kleider oder Röcke mit Blusen, nur vereinzelt hatte sich ein dezentes Blumenmuster auf eine der Roben verirrt. Sie alle waren ungeschminkt und versteckten die rauen, rissigen Hände in den weiten Blusenärmeln.

Willi Fortmüller war mit Brautmüllers Edi und Hinnerk Großenjohann zur Bar gegangen.

»Da muss man wenigstens nicht so lange auf Nachschub warten, hä!«, polterte Willi lachend und schlug Edi kräftig auf die Schulter.

»Jou«, meinte der und winkte dann gleich der Bedienung.

»Stienchen, bring uns mal drei Bier und drei Korn. Wir sind ja nicht zum Vergnügen hier, haha.«

Im Saal erscholl aus vielen Kehlen: »Und wer im Januar gebo… ho…ren ist. Trink aus, trink a… haus, trink a… haus …« Dabei gingen die Geburtstagskinder des Monats in die Mitte des Kreises, um sich ihren Korn abzuholen und auf das Wohl des Brautpaares zu trinken.

Die drei Herren an der Bar hatten gerade einen weiteren Korn gekippt, als Willi, dessen Wangen bereits in bedenklichem Rot leuchteten, sich an Hinnerk wandte, der von der Theke aus die Singenden im Saal unterstützte.

»Hinnerk, hast du dir das mal überlegt mit der Wiese? Nach allem, was da jetzt passiert ist, seid ihr doch bestimmt froh, die Weide loszuwerden, oder?«

Hinnerk, der sich ungern unterbrechen ließ und über dieses ganze leidige Thema heute nicht reden wollte, winkte nur ab.

»Och, da reden wir noch mal drüber. Wenn diese Sache vorbei ist.«

Er fing an zu schunkeln und stieß dabei sein Bier auf der Theke um. Willi Fortmüller bestellte diskret noch einen Korn und ein Bier, kippte den Korn in das Bierglas und reichte es seinem Nachbarn.

»Nun komm man her, Hinnerk, trink man noch einen.«

»Jou«, rief der, ergriff das Glas, nahm einen Schluck und sang dann mit seiner wohlklingenden Stimme, die sich aber seinem Willen nicht mehr so recht unterordnen wollte: »Ro…sa… munde …«

Willi Fortmüller trank einen Schluck von seinem Bier und wartete, bis die Kapelle endlich Pause machte.

»Hinnerk«, Willi grinste, »nun sach doch mal ehrlich. Wie viele Leichen haste denn noch verbuddelt? Und was haste mit der alten Elsbeth auf der Wiese angestellt, hä? Ich sachs auch nich weiter. Harhar!«

Hinnerk knallte sein Glas auf den Tresen, wobei ein Großteil davon auf die Theke schwappte, was ein Glück war, denn der Inhalt war nicht dazu geeignet, Hinnerk für den Rest des Abends auf den Beinen zu halten.

»Wat sall dat heiten!«

»Na, man keine Aufregung, Hinnerk, sollte bloß 'n Witz sein, aber wenn du keinen Spaß mehr verstehs …«

»Ach, wat! Da will ich heute nix davon hören! Endlich gibs mal was su feiern, dann kommt eim so 'ne blöde Sache daswischen … lasst mich bloß alle damit in Ruhe! Und jetz muss ich mal fragen, ob die hier heute Abend nomal Musik machen oder ob schon Feieramd is.«

Damit ging er auf unsicheren Beinen in den Saal zurück.

Die Frauen waren unterdessen an den Tischen zusammengerückt, tranken Wasser oder Apfelsaft und beobachteten die meist jungen Leute auf der Tanzfläche. Marie, die bisher keinen Tanz ausgelassen hatte und jetzt mit dem Bräutigam einen Schneewalzer versuchte, fragte sich derweil, ob die Frauen, die gelangweilt an den Tischen zusammensaßen, wohl auch gern tanzen würden. Aber wahrscheinlich nicht, dazu waren sie wohl viel zu erschöpft, und außerdem trieben die Männer sich ausnahmslos an der Theke herum.

Einige Stunden und mehrere Flaschen Korn später hatten sich die Reihen der Hochzeitsgäste bereits gelichtet. Die Musiker packten ihre Sachen zusammen, während die wenigen noch anwesenden Frauen sich müde an der Tischkante festhielten und die Männer schwer über der Theke lehnten und auf ihre vollen Gläser stierten, bevor dem einen oder anderen die Augen zufielen und die Köpfe auf die Theke sanken.

Marie hatte sich mit Norbert Brautmüller an einen der Tische gesetzt. Ihr taten die Füße weh, und sie war müde. Norbert hatte für jeden noch ein Bier organisiert, und die beiden kamen sich langsam näher. Marie war nicht mehr ganz nüchtern, und sie mochte Norbert.

Heute Abend trug er Turnschuhe zum Anzug und ein geblümtes Hemd. Das gefiel ihr. Außerdem hatte er auf das Stirnband verzichtet, und der Pferdeschwanz sah richtig gut aus. Sie wollte sich gerade in seine Arme sinken lassen – was sollte sie auf einen englischen Arzt warten, der sich sonst wo rumtrieb? –, als sie ihren Namen hörte.

Ihr Vater und ihre Mutter standen an der Theke und stritten. Marie wusste, worum es ging. Ihre Mutter wollte nach Hause, ihr Vater nicht. Wahrscheinlich war er betrunken, dann wollte er nie nach Hause. Marie drückte Norbert einen Kuss auf den Mund.

»Ich glaub, ich muss los«, sagte sie, stand auf und ging zur Theke, wo ihr Vater bockig neben dem massigen Willi Fortmüller stand, der ihm zotige Witze erzählte.

»Komm, Hinnerk, lass uns heimgehen«, hörte sie ihre Mutter sagen.

Hinnerk drehte sich um, erblickte seine Frau und kniff die Augen zusammen.

»Lot mi doch«, murmelte er und wendete sich Willi Fortmüller zu, der sofort reagierte.

»Na, Hinnerk, einen trinken wir noch, wat meinste …?«

»Willi, wir wollten gerade gehen«, sagte Hannelore scharf.

»Ick nich«, lallte Hinnerk, »Stienchen, noch swei Korn.«

»Jou«, meinte Willi Fortmüller mit grinsendem Blick auf Hannelore. Sein rotes Pausbackengesicht mit dem kahlen Schädel erinnerte an ein gut gemästetes Schweinchen.

Marie tippte ihrem Vater auf die Schulter und warf Willi Fortmüller einen warnenden Blick zu. Sagen musste sie nichts, denn ihr Vater hatte Willi schon vergessen. Wenige Minuten später hatten alle ihre Sachen eingesammelt, und Hinnerk folgte den beiden Frauen nach draußen wie ein gehorsamer Hund.

»Was der Fortmüller bloß davon hat, wenn er deinen Vater besoffen macht!«, seufzte Hannelore und kramte ihren Schlüssel aus der Handtasche.

Kaum waren sie an der frischen Luft, fing Hinnerk an zu würgen und übergab sich in die den Eingang zierenden Rosensträucher. Marie konnte gerade noch verhindern, dass die Wucht sich über ihr langes schwarzes Kleid ergoss, aber sie konnte ihren Vater nicht davon abhalten, sich nach seiner Erleichterung ebenfalls in die Rosenbüsche zu stürzen.

15

Josef Techtelmann saß stocksteif vor dem Schreibtisch des Kommissars.

»Herr Techtelmann, wir haben eine Zeugenaussage, der zufolge Sie kurz vor dem Tod Ihrer Tante einen heftigen Streit mit ihr hatten.«

Josef riss erstaunt die Augen auf. »Wer sagt das?«

»Stimmt es nun, oder bestreiten Sie es?«

Josef stieß heftig die Luft aus.

»Ich glaube nicht, dass Sie das was angeht. Ich hab schließlich mit dem Tod meiner Tante nichts zu tun, und gestritten haben wir uns andauernd. Das ist nun wirklich nichts Neues.«

»Worum ging es denn in der besagten Auseinandersetzung?«

»Tz, meine Tante hat sich grundsätzlich in alles eingemischt, ob es sie nun was anging oder nicht!«

Der Kommissar spielte geduldig mit seinem Kugelschreiber und sah den Jungbauern unverwandt an.

»Herrgott, ich weiß nicht mehr, worum's ging. Wahrscheinlich hat wieder irgendwer für irgendwas zu viel Geld ausgegeben oder ihr nicht genug Honig ums Maul geschmiert. Wen interessiert das schon!«

Der Kommissar schoss mit dem Oberkörper nach vorn und sah sein Gegenüber drohend an.

»Wollen Sie damit sagen, es interessiert Sie nicht, wie Ihre Tante umgekommen ist?«

»Ich hab damit jedenfalls nichts zu tun!«

Kuhlmann stand auf und ging mit verschränkten Armen im Büro auf und ab. Dabei konnte er nicht mehr als drei Schritte in eine Richtung tun, was ihm einen noch wütenderen Anstrich verlieh.

»Warum hatte Ihre Tante getrunken?«

»Ph, keine Ahnung.«

»Sie wissen also, dass sie getrunken hatte. Kam das öfter vor?«

»Weiß ich nicht, ist mir auch egal! Wenn Tante Elsbeth sich besaufen wollte … sollte sie doch!«

»War sie schon angetrunken, als sie mit Ihnen stritt?«

»Wenn Sie mich so fragen – könnte sein, hat sich völlig unnötig aufgeregt.«

»Also wissen Sie doch noch, worum es ging?«

»Bitte … nein«, stotterte Josef perplex, »die hat sich immer und über alles aufgeregt.«

»Unser Zeuge hat ausgesagt, Sie hätten Ihre Tante angeschrien.«

»Ja und? Sie mich auch!«

»Ich frage Sie zum letzten Mal: Worum ging es bei der Auseinandersetzung?«

Josef fummelte an seiner Krawatte und versuchte, sie zu lockern.

»Es war nichts Besonderes, nur das Übliche … sie hatte was an meiner Freundin auszusetzen.«

»An Ihrer Freundin? Name, Adresse …?«

»Aber die hat doch mit der ganzen Sache nichts zu tun, die hat Tante Elsbeth ja nicht mal gekannt!«

»Und was gefiel ihr an Ihrer Freundin nicht?«

»Das geht Sie nun wirklich nichts an!«

»Junger Mann, es gibt in diesem Fall nichts, was uns nichts anginge!«

Josef biss sich auf die Lippen. Dann räusperte er sich.

»Meine Tante war ziemlich altmodisch, und meine Freundin hat ein Kind und keinen Vater dazu. Obendrein ist sie evangelisch … reicht Ihnen das?«

Kuhlmann verkniff sich ein Lächeln.

»Was hat Ihre Tante im Einzelnen gesagt?«

»Meine Güte, wollen Sie, dass ich das alles wörtlich wiedergebe? Da kann ich mich wirklich nicht mehr dran erinnern! Sie hat sich eben aufgeregt, dass ich die ganze Familie in Verruf bringe … und so was.«

Der Kommissar blieb stehen.

»Sie wollen mir ernsthaft erzählen, dass das alles war?« Er sah auf die Uhr. »Also, wir können auch erst mal Pause machen, so für zwei Stunden und dann weitermachen, wenn Ihnen das lieber ist.«

»Dürfen Sie das überhaupt, mich hier stundenlang festhalten? Vielleicht sollte ich mir einen Anwalt nehmen.«

»Glauben Sie, dass Sie einen brauchen?«

»Quatsch, ich will nur endlich weg. Ich hab noch 'ne Verabredung.«

»Mit Ihrer Freundin!«

»Ja, zum Teufel.«

»Also, dann machen wir's doch kurz, erzählen Sie endlich!«

Josef fluchte leise. »Sie wollte nicht, dass ein fremdes Kind – das von meiner Freundin – den Hof erbt.«

»Aha, und dann hat Sie Ihnen gedroht, nicht wahr, dass sie ausziehen würde und sich ihr Erbe auszahlen lassen wollte.«

»Woher …?«

»Und das konnten Sie natürlich nicht zulassen, denn immerhin sind Sie ja als Hoferbe eingesetzt, und das hätte Ihre Existenz gefährdet und deswegen …!«

Josef sprang auf. »Sie sind ja völlig verrückt! Ich hab damit nichts zu tun!«

»Sie haben ihr aufgelauert und sie erschlagen. Es war Schützenfest, da achtete niemand auf den anderen, und es war kein Problem, sich für eine halbe Stunde aus dem Staub zu machen …«

»Nein, das stimmt nicht! Gut, ich hab sie vielleicht ein bisschen geschüttelt, aber ich bring doch keinen um und schon gar nicht jemanden aus der Familie!«

»Womit haben Sie sie erschlagen, und was haben Sie mit der Mordwaffe angestellt? Machen Sie's sich selbst und uns nicht so schwer. Glauben Sie mir, ein Geständnis wird eine große Erleichterung für Sie sein.«

Josef sank entkräftet auf seinen Stuhl. »Ich will sofort einen Anwalt.«

Marie hatte gerade mit Blitz eine Runde über die Felder gedreht und bürstete ihm jetzt das Fell. Er lag glücklich hechelnd vor ihr auf den Steinen, froh darüber, dass sich jemand so ausgiebig mit ihm beschäftigte. August Heckerhoff saß neben ihrem Vater, der mit halb geschlossenen Augen vor sich hin döste, auf der Hofbank vor der Deelentür. Hinnerks Pfeife hing schwer in seinem Mundwinkel. Hannelore saß mit einer großen Schüssel auf dem Schoß auf einem Gartenstuhl und schnippelte Bohnen.

»Nie und nimmer hätte ich gedacht«, sagte sie entrüstet, »dass die Polizei sich so irren kann. Wie soll man denn da noch Vertrauen haben? Josef! Als ob der Junge seine Tante hätte erschlagen können! Da kann mir einer erzählen, was er will! Anstatt dass die sich mal die Jungs vom Kloster vornehmen! Nein, sie sperren einen unbescholtenen hiesigen Jungen ein, der sich noch nie irgendwas hat zuschulden kommen lassen. Am Ende muss man noch damit rechnen, dass man selber verhaftet wird!«

August hob zweifelnd einen Mundwinkel.

»Na ja, die Adelheid wollte neulich eine Flasche Steinhäger rüberbringen, weil doch der Josef uns bei der Heuernte so geholfen hat – und da hat sie gehört, dass die sich im Stall furchtbar gestritten haben, und die Mathilde wär auch dabei gewesen. Adelheid ist dann wieder gegangen, wollte nicht in den Familienstreit reinplatzen.«

»Ach«, meinte Hannelore, »und … weswegen haben sie sich gestritten?«

»Gott ja, du kennst … ich meine, du kanntest ja die Elsbeth. Die hat immer gedroht, dass sie mit ihrem Geld wegzieht.«

»Und an dem Tag … hat sie da auch gedroht?«

»Die Adelheid sagt, ja, und sie hätte gezetert, dass sie diesmal ernst macht. Die Stallfenster hätten offen gestanden, und der Josef hätte furchtbar geschrien, sie hätte beinah selbst Angst gekriegt, und die Mathilde hätt ihn zurückhalten müssen.«

»Ja … aber warum wollte die Elsbeth denn nun weg?«

»Tja, anscheinend hat der Josef 'ne Freundin, die ihr nicht in den Kram passte.«

»Aja? Und … was ist mit der Freundin?«

»Es ist diese Verkäuferin, bei Henkebrocks im Laden.«

»Was? Etwa diese … Ledige mit dem Kind?!«

»Jou.«

»Na«, meinte Hannelore mit einem Seufzer, »da kann man die Elsbeth ja fast verstehen, wer will schon ein fremdes Kind im Haus haben. Das sollte ihr wohl nicht passen.« Hannelore schüttelte den Kopf. »Wo denkt denn der Junge bloß hin? Der könnte doch nun wirklich 'ne andere Partie machen.«

»Tja, so ist das, und wie das nun weitergehen soll bei Techtelmanns, das weiß keiner. Und der Johannes, der will auswandern, hat mir der Josef selber gesagt, nach Israel!«

»Was will er denn da? Da ist doch immer Krieg«, mischte Hinnerk sich ein und stopfte mit dem Mittelfinger seine Pfeife.

»Tja, das sind diese jungen Leute, die den Krieg nicht miterlebt haben«, sagte August und blickte gedankenverloren in die Ferne.

»Wissen die nun eigentlich, womit die Elsbeth erschlagen wurde und warum ausgerechnet in unserer Hütte?«, lenkte Hannelore vom Thema Krieg ab.

»Das weiß ich auch nicht, man kommt ja mit keinem von Techtelmanns zu sprechen.«

»Vielleicht hat es ja doch nichts mit den Knochen zu tun«, überlegte Hannelore. »Gott weiß, wie lange die da schon liegen. Und Gott weiß, was diese Jungen da schon alles angestellt haben.«

»Jou«, murmelte August, »man mag gar nicht drüber nachdenken.« Er erhob sich langsam. »Dann will ich mal sehen, dass ich nach Hause komme, die Franziska nimmt das Ganze schrecklich mit. Auch … das mit meinem Vater. Die hat das immer noch nicht ganz verdaut. Ist ganz krank.«

Hannelore legte das Messer auf die Schnippelbohnen. »Ach Gott ja, das war aber auch ein Schock. So ein schrecklicher Tod.« Hannelore warf ihrem Nachbarn einen prüfenden Blick zu. »Wisst ihr denn nun ganz genau, wie's passiert ist?«

August zog die Nase hoch. Die Frage war ihm sichtlich unangenehm.

»Tja, der Vater ist wohl ausgerutscht und dann … eben ganz unglücklich gefallen.«

»Ah ja«, sagte Hannelore lauernd, »und dann so früh am Morgen.«

August zuckte mit den Schultern. »Jaa, mitm Hof, da war er kleinlich. Musste immer alles ordentlich sein.«

»Jaa, das muss wohl«, echote Hannelore und wartete.

Aber August hatte wohl keine Lust mehr, das Thema zu vertiefen. Und Marie, die die Bürste beiseitegelegt hatte und Blitz, der wie ein Schweinchen grunzte, hinterm Ohr kraulte, sah ihre Mutter vorwurfsvoll an. Musste sie immer darauf herumreiten? Sie selbst konnte Franziska nur zu gut verstehen.

Den Anblick vom toten Friedrich Heckerhoff würde sie ihr Leben lang nicht vergessen. Seit diesem Tag im Mai bekam sie Herzklopfen, wenn sie eine Heugabel sah. Und ihrem Vater ging es genauso. Jedenfalls hatte er das gesagt.

Marie sah zu ihm hinüber. Er saß da, mit geschlossenen Augen und gekräuselter Nase, und gab undefinierbare Laute von sich. Etwa so wie ein Hahn mit Kehlkopfentzündung.

»Dann seht man zu«, sagte August und zog seinen Strohhut in die Stirn. »Wir wollen mal hoffen, dass dieses ganze Theater bald vorbei ist, damit diese Reporter endlich verschwinden und man wieder normal seiner Arbeit nachgehen kann.«

»Na, wenigstens lungern sie jetzt bei Techtelmanns rum und fotografieren die Scheune und lassen uns in Ruhe«, sagte Hannelore.

»Ja, bald haben sie die ganze Nachbarschaft durch, was? Hoffentlich stehen sie nicht irgendwann wieder bei uns aufm Hof«, sagte August und machte sich dann schwerfällig auf den Heimweg.

Er hatte keine Ahnung, wie bald sich diese Befürchtung bewahrheiten sollte.

16

Die Bewohner von Techtelmanns Hof saßen hinter zugezogenen Vorhängen in der halbdunklen Küche vor ihrem Mittagessen und rührten lustlos in ihrem Essen. Hin und wieder war ein leises Poltern aus Johannes' Zimmer zu hören, der seine Stelle gekündigt hatte und dabei war, seine Sachen zu ordnen. Mathilde putzte sich immer wieder verstohlen die Nase, während Josef, den die Polizei wieder nach Hause geschickt hatte, sich mit verkniffener Miene einen Löffel Schnippelbohnensuppe in den Mund schob.

Mathilde schluchzte. »Was haben wir bloß verbrochen, dass der Herrgott uns so straft? Die Scheune brennt ab, der eine Sohn will auswandern, und der andere treibt sich mit einer ledigen Mutter herum! Was haben wir uns da bloß großgezogen! Und dann auch noch das mit Elsbeth … die Polizei im Hause … Unser eigen Fleisch und Blut wird verdächtigt …« Mathilde schnappte vor Empörung nach Luft. »Am Ende werfen sie dich noch ins Gefängnis … und das alles nur, weil du dich in aller Öffentlichkeit mit dieser Frau … und die Elsbeth wieder überall ihre Ohren hatte.«

Josef warf seiner Mutter einen vernichtenden Blick zu.

»Ja, du brauchst gar nicht so zu gucken, und dass du nicht besser überlegst, mit wem du dich einlässt! Ich hätte mehr Verstand von dir erwartet. Du kannst uns doch hier kein fremdes Kind ins Haus holen! Und außerdem – was wissen wir denn, woher die kommt?«

»*Die* heißt Renate und kommt aus Essen«, schnappte Josef.

»Das will ich gar nicht wissen!«, rief Mathilde und nestelte an ihrem Taschentuch. »Wenn du nicht so unvorsichtig wärst, dann wäre das alles vielleicht gar nicht passiert!«

Josef stierte seine Mutter an. »Was meinst du? Doch wohl nicht das mit der Elsbeth!?«

»Na wenigstens hätten wir nicht so 'n Heidentheater gehabt. Mein Gott, sie hat gerade so getan, als wenn hier alles ihr gehörte! Und dann läuft irgendwer rum und erschlägt sie!«

Heini warf zornig seinen Löffel auf den Tisch.

»Nun hör mal auf! Mit deinem Rumgejammere machst du bloß alles schlimmer!«

»Ja, aber man traut sich doch kaum noch aus dem Haus!«, rief Mathilde erbost. »Am Ende werden wir auch noch alle erschlagen!«

»Nun reg dich nicht so auf, Mama. Die werden schon herausfinden, was da los ist. Wenigstens lagen die Knochen nicht auf unserm Land rum.«

»Josef«, flüsterte Mathilde und presste ihr Taschentuch vor den Mund, »red doch nicht so daher! Wenn das jemand hört!«

»Na und?«, murmelte Josef, stand auf und wandte sich zum Gehen. »Ist doch so. Mit Großenjohanns möchte ich jedenfalls nicht tauschen!«

Mathilde seufzte und konnte nicht umhin, ihrem Sohn zuzustimmen.

»Ja, da hast du wohl recht, die sind auch genug gestraft. Meine Güte.«

Sie griff nach ihrem Löffel. »Das muss man sich mal vorstellen! Ein Skelett auf dem eigenen Grund und Boden! Was da wohl noch alles ans Licht kommt!«

Heini, der mit nachdenklicher Miene seine Suppe löffelte, nickte. »Jou, wer weiß.«

Mathilde legte ihren Löffel wieder weg und schluckte trocken.

»Man sieht auch keinen von Großenjohanns in der Kirche. Na ja, der Hinnerk geht ja sowieso nur alle paar Wochen, aber Hannchen hab ich auch auf der Beerdigung nur kurz gesehen, und zum Kaffeetrinken ist sie gar nicht gekommen.«

»Wenn man bloß wüsste, wer das war, der da gelegen hat. Kann man das denn überhaupt noch rausfinden?«

Heini Techtelmann zuckte mit den Schultern und wischte sich mit seinem Taschentuch über den Mund.

»Was weiß ich, die werden schon ihre Methoden haben.«

»Aber es ist nun schon über eine Woche her, dass sie die ... das gefunden haben. Langsam müsste man doch auch mal was hören von der Polizei, oder nicht? Rumgefragt haben sie ja nun lange genug. Aber, meine Güte, woher sollen wir denn hier in Birkendorf wissen, wer da liegt? Das muss irgendein Fremder gewesen sein. Und Gott weiß, wie lange das schon her ist. Bestimmt haben sich da im Krieg irgendwelche Soldaten oder Zigeuner oder sonst wer in die Haare gekriegt.« Mathilde kam richtig in Fahrt. »Und in der Hütte kann man ja wunderbar einen vergraben, ohne dass einen einer sieht!« Sie blickte ihren Mann herausfordernd an. »Oder glaubst du, dass die Großenjohanns da doch was damit zu tun haben?«

Ihr Mann, der sich auf der Küchenbank hingelegt hatte, antwortete nicht.

»Und dann das mit den Fingerabdrücken! Die behandeln uns wie Schwerverbrecher! Die sollten sich lieber mal um die Jungs im Kloster kümmern. Haben die von denen auch Fingerabdrücke genommen, Heini? Hast du was gehört?«

»Woher soll ich das wissen?«

»Ich meine ja immer noch, dass man sich dagegen wehren sollte! Nichts als Ärger hat man mit diesen Burschen, das können hier alle Nachbarn bestätigen!«

»Ach was«, murrte Heini und starrte an die Decke.

In diesem Moment betrat Johannes die Küche. Mathilde stand auf, stellte das Geschirr zusammen und ging, ohne ihren Sohn anzusehen, in die Spülküche.

Johannes ignorierte seine Mutter, holte sich einen Teller aus dem alten Küchenschrank und ging zum Herd, auf dem der große Topf mit dem Bohneneintopf stand. Er bediente sich, setzte sich zu seinem Vater an den Tisch und nahm schweigend einen Löffel von seinem Mittagessen.

Heini sah seinen Sohn forschend an.

»Willst du dir das nicht doch noch mal überlegen, Junge?«

Johannes zuckte mit den Schultern. »Vielleicht gefällt's mir ja nicht, dann komm ich wieder und hab immer noch Zeit genug, zu heiraten und ein Haus zu bauen.«

Heini richtete sich ächzend auf.

»Ich weiß nicht, was du dir denkst. Einfach das ganze Geld zu verlangen, weißt du eigentlich, was das hier für uns bedeutet? Wir müssen vielleicht Schulden machen. Für die Scheune bekommen wir gerade mal zehntausend Mark.«

Der Löffel verharrte in der Luft. »Zehntausend! Aber …«

»Nicht so laut! Braucht nicht jeder zu wissen.«

Johannes warf einen Blick zur Tür, legte den Löffel in seinen noch halb vollen Teller und fuhr leise fort: »Aber, wie kann denn das sein? Die Scheune war doch versichert!«

»Unterversichert, sagt dieser Halunke von Sommer. Jedenfalls kriegen wir nicht mehr. Fertig.«

»Und … was ist mit dem Erbteil von Tante Elsbeth?«

Heini machte eine wegwerfende Handbewegung.

»Ausgegeben. Oder meinst du, ich könnt's mir in diesen Zeiten erlauben, so viel Geld auf der Bank liegen zu haben? Und ein Testament haben wir noch nicht gefunden. Nicht mal die Polizei, und die haben hier doch alles auf den Kopf gestellt. Ich weiß nicht, wer die neuen Maschinen bezahlen soll. Was wir für die Milch kriegen, ist lächerlich. Wenn das so weitergeht, muss ich irgendwann arbeiten gehen. Und das mit bald sechzig. Und außerdem hat die Elsbeth mehr als einmal gesagt, dass sie alles, was sie zusammengespart hat, und ihr Erbteil der Kirche vermachen wollte. Und ein paar Tage, bevor sie gestorben ist, hat sie noch gesagt, sie wollte zu Pater Jonas gehen.« Er zögerte kurz. »Das sag ich dir, wenn die Elsbeth tatsächlich ihr Erbteil verlangt hätte und es jetzt womöglich der Kirche vermacht hat …«

Johannes schaute seinen Vater betreten an.

»Und«, fuhr der fort, »wenn du jetzt auch noch damit ankommst … und Anna ist ja auch noch da …« Er sprach nicht weiter.

Draußen wurden Stimmen laut, und die Tür zur Spülküche wurde lautstark aufgerissen. Man hörte Mathilde schreien, und dann kam Josef, auffallend blass, gefolgt von Hinnerk, in die Küche.

»Sie … sie haben den alten Gerhard gefunden. Drüben am Olsterbach, nicht weit von der Hütte. Er ist tot!«

Lahmende Stille lag über dem Dorf, dessen Bewohner sich in ihre schützenden Häuser verkrochen hatten. Man wartete darauf, dass die Polizei an der Haustür klingelte, damit jeder seine Aussage machen konnte. Inzwischen war man daran gewöhnt. Aber etwas hatte sich geändert.

Die Menschen hatten Angst. Plötzlich war etwas Unfassbares in ihr Leben getreten, hier in ihrem kleinen Bauerndorf, wo jeder seinem Tagwerk nachging und man gedacht hatte, dass sich die Gräueltaten dieser Welt nur in fernen Ländern und großen Städten abspielten. Man las darüber in der Zeitung und schüttelte ungläubig den Kopf, oder man hörte in den Nachrichten davon. Einige, meist die jüngeren Leute, lasen auch mal Kriminalromane.

Neuerdings wurden in Birkendorf abends die Türen doppelt gesichert, und die freundlichen Hofhunde, die ihren Platz sonst auf der Deele hatten, wurden jetzt nachts draußen angekettet. Die jungen Mädchen wurden von den Vätern zur Bushaltestelle begleitet, und die Frauen bewaffneten sich auf dem Feld mit Küchenmessern. Die Polizei ermittelte, stellte Fragen, nahm Fingerabdrücke, suchte nach Spuren. Die Reporter – zahlreicher denn je – witterten die Geschichte ihres Lebens und wurden von den Dorfbewohnern mittlerweile als von »Gott gesandtes Kreuz« hingenommen. Die Polizei hatte die meisten Familien bereits befragt, und man wartete geduldig auf Informationen.

Bruder Benedikt vom Kloster hatte sich auf einem seiner meditativen Spaziergänge dem Gebet gewidmet, als er den alten Gerhard Mertens, halb im Olsterbach liegend, tot aufgefunden hatte. Er war, so schnell sein fortgeschrittenes Alter und seine Kutte es zuließen, zum Kloster zurückgeeilt, und man hatte sofort die Polizei alarmiert, die nicht mal zwanzig Minuten später angerückt war, um alle Spuren zu sichern.

Die Birkendorfer waren zwar sicher, dass es sich um einen Unfall handeln musste, denn der alte Gerhard hatte in den letzten Jahren mehr und mehr »zu spinnen« angefangen. Immerzu wirres Zeug geredet vom »Jüngsten Tag«, der ganz Birkendorf »ins Höllenloch« reißen würde und, dass »unrecht Gut nicht gedeihet«. Aber angesichts der Vorkommnisse des Sommers war man unsicher geworden. Vielleicht hatte der Alte ja Dinge gewusst, die kein anderer wusste.

Wenn jedenfalls irgendein Irrer herumlief und alte Leute abmurkste, wollte man besser nicht der Nächste sein.

Mathilde Techtelmann und Hannelore Großenjohann saßen bei Gertrud und Wilhelm Mertens im dunklen Wohnzimmer.

»Tja, es war wohl nicht anders zu erwarten, dass dem armen Gerhard irgendwann so was zustoßen würde. Da konnte auch kein Mensch was dran ändern«, sagte Hannelore.

»Ach, ich weiß nicht«, seufzte der alte Wilhelm, »wir hätten vielleicht doch nicht beide in die Messe gehen sollen, dann würde der Gerhard jetzt wohl noch leben.«

»Aber nun mach dir man keine Vorwürfe, Willem«, mischte sich Mathilde Techtelmann ein, »konnte ja kein Mensch ahnen, dass er zum Bach läuft und ertrinkt, nech. Wer hätte denn überhaupt gedacht, dass er es bis dahin schaffen würde – zu Fuß.«

»Jo«, sagte Gertrud und nestelte an ihrem Taschentuch herum, »das hat der Pastor ja auch gesagt, und dass wir wirklich unsere Pflicht getan hätten.«

»Na, siehst du wohl, der Pastor ist ganz meiner Meinung«, stimmte Mathilde zu, »und Gott weiß, welchem Leid der arme Gerhard wohl aus dem Wege gegangen sein mag. Er war ja nun wirklich nicht mehr gesund.«

»Gott ja«, weinte Gertrud, »das Leid, das haben wir jetzt hier, man macht sich doch Vorwürfe!«

»Ach Gertrud, du weißt ja«, Mathilde legte mitfühlend den Kopf schräg, »wen Gott lieb hat, den züchtigt er.«

17

Die Vorlesungszeit war für dieses Semester beendet, und Marie hatte mit Steffi eine zweiwöchige Tour ins Elsass und nach Paris geplant. Aber unter den gegebenen Umständen war sie unsicher, ob sie wirklich fahren sollte. Ganz davon abgesehen, dass sie nicht wusste, ob ihr alter Käfer die Strecke überhaupt bewältigen würde. Andererseits sah es nicht so aus, als ob die Polizei irgendwas herausgefunden hätte. Den Birkendorfern jedenfalls hatten die Beamten bisher rein gar nichts erzählt, was dazu führte, dass Spekulationen und Mutmaßungen wucherten wie Quecken auf den Feldern.

Das Skelett, so waren sich alle sicher, war ein Überbleibsel aus den Kriegs- oder Nachkriegsjahren. Viele Menschen waren damals mehr oder weniger freiwillig über die Felder gestreift. Zwangsarbeiter und Kriegsgefangene aus Russland, Vertriebene aus Schlesien, Ausgebombte, die bei den Bauern einquartiert waren. Und amerikanische und britische Soldaten. Und jeder wusste, dass ein Menschenleben damals nicht viel gegolten hatte. Wer konnte schon wissen, was sich dort auf der Wiese wann auch immer abgespielt haben mochte?

Die Polizisten hatten jedes Haus im Umkreis von fünf Kilometern heimgesucht und die Bewohner befragt. Aber was sollte denn dabei herauskommen? Von den Birkendorfern hatte doch keiner von dem Skelett gewusst? Oder doch?

Marie stand am Paddock unter den Eichen und kraulte Elvis' Mähne. Herribert hatte ihr seinen dicken Hintern zugedreht und rupfte fleißig Gras. Blitz lag hechelnd vor ihren Füßen. Die Hitze machte ihm zu schaffen und eine Fliege, die penetrant vor seinem Maul herumschwirrte und seinen Schlaf störte. Die Sonne tauchte die Stoppelfelder in ein milchiges Licht. Einzelne Strohballen lagen wie Würfel auf einem Spielbrett in der staubigen Hitze. Stumme Zeugen der Wirrnis der letzten Tage. Man hatte sie einfach vergessen.

Die Luft flimmerte. Auf der Wäscheleine wehten Handtücher

sachte im lauen Wind, und Hans, der alte Ackergaul mit dem ausgeprägten Senkrücken, graste gemütlich im Schatten unter den Pflaumenbäumen auf der angrenzenden Weide. Es war still, nur die Grillen zirpten unermüdlich und unbeeindruckt von den Geschehnissen, die den Frieden dieser kleinen Welt so nachhaltig erschütterten.

Die alte Elsbeth war ermordet worden, auf ihrem Land hatte man ein Skelett gefunden, Techtelmanns Scheune war abgebrannt, und an den schrecklichen Tod von Friedrich Heckerhoff wollte Marie gar nicht denken. Und jetzt war auch noch der Gerhard Mertens ertrunken. Jedenfalls sagten das die Polizisten. Aber die Menschen hier waren misstrauisch geworden.

Was wenn der Alte auch ermordet worden war? Konnte man das überhaupt genau feststellen? Brauchte ihn ja nur einer ins Wasser geschubst oder seinen Kopf untergetaucht zu haben. Der alte Mertens war doch so kraftlos wie ein altes Huhn gewesen. Und dann seine komischen Andeutungen. War das der Anfang der Apokalypse, die er immer herbeigeredet hatte? Stand Birkendorf wirklich am Rande des Höllenlochs?

Marie seufzte. Sie hatte sich bisher immer sicher gefühlt, hier in ihrer überschaubaren kleinen Welt, wo jeder genau wusste, oder wenigstens wissen sollte, was sich gehörte und was eines Christen Pflicht war. Jeder unterwarf sich kritiklos dieser Pflicht, die hauptsächlich darin bestand, den katholischen Glaubensritualen Genüge zu tun und die Tradition zu wahren.

Das sah man schon an den Namen der Leute. In jeder Generation gab es eine Maria, Anna, Elisabeth oder einen Josef oder Johannes. Man blickte ja überhaupt nicht mehr durch. Und sie alle wurden ihren heiligen Namen mehr als gerecht. Jeder konnte den Rosenkranz herbeten und das Glaubensbekenntnis natürlich, das Vaterunser und das Gegrüßet seist du Maria. Außerdem kannte Marie ihr halbes Gesangbuch auswendig.

Dafür hatten die Nonnen in der Klosterschule gesorgt. Das war Hausaufgabe zu jeder Religionsstunde: ein bestimmtes Lied aus dem Gesangbuch auswendig lernen. Marie hatte sich immer gefragt, was die Nonnen damit bezweckten. Schließlich konnten sie doch alle lesen. Aber sie hatte die Hausaufgaben pflichtbewusst wie alle ihre Schulkameradinnen erledigt. Da hatte keine aufgemuckt.

Genauso verhielt es sich mit den sonn- und feiertäglichen Messen, wo man regelmäßig gesehen werden musste. Weihnachten und Ostern war es am schlimmsten. Wenn man Pech hatte, fiel der Heilige Abend auf einen Sonntag, das hieß dann drei Tage nacheinander Kirchbesuch. Aber wenigstens sparte sich der Pastor dann am zweiten Weihnachtstag die Predigt. Das verkürzte die Sache zwar nur unwesentlich, aber es war besser als nichts.

Und Ostern war fast noch schlimmer. Die Fastenzeit. Da kamen dann noch die wöchentlichen Kreuzwegandachten dazu. Immer am Freitagnachmittag um drei Uhr. Immer fünfundvierzig Minuten.

Wenn Marie es recht bedachte, waren diese erzwungenen Kirchbesuche die beste Methode, einem Menschen den Glauben fürs Leben zu vergällen. Sie jedenfalls war der Überzeugung, schon in so vielen Messen und Andachten gewesen zu sein, dass es für ihr Leben reichte, auch wenn sie hundert Jahre alt werden sollte.

Elvis schien genug zärtliche Zuwendung genossen zu haben, schüttelte seine Mähne und sprang zur nächsten Sandkuhle, um sich ausgiebig darin zu wälzen.

Sie sah auf ihre Uhr. Spätnachmittag. Ihre Mutter und ihre Großmutter kochten in der Küche Johannisbeermarmelade, ihr Vater und Andreas waren an ihren Arbeitsplätzen. Und sie selbst? Sie war zweiundzwanzig, hockte immer noch zu Hause, hatte zum Leidwesen ihrer Vorfahrinnen keinen Freund – nicht mal einen in Aussicht – und fühlte sich fehl am Platze.

Ihre Mutter war der Überzeugung, dass man das Elternhaus nur dann verließ, wenn man heiratete. Ansonsten war man – besonders als Frau – immer das Kind, das daheimblieb und den Eltern auf dem Hof half. Genau wie die alte Elsbeth es getan hatte. Marie kicherte und fragte sich, ob ihrer Mutter das bewusst war. Aber die hatte die Hoffnung noch nicht aufgegeben, dass ihre Tochter über kurz oder lang einsehen würde, was für eine gute Partie der Bürgermeistersohn war. Eher würde Marie ins Kloster gehen.

Marie seufzte und schloss die Augen. Es könnte alles so schön sein, wenn sie bloß in Ruhe sie selbst sein dürfte. Stattdessen wurde sie daran gemessen, wie oft sie zur Kirche ging und ob sie sich »anständig« benahm, sprich ihre Jungfräulichkeit bis vor den Traualtar rettete.

Für Marie war es sowieso schwer zu begreifen, dass Frauen deswegen die abstrusesten Maßnahmen in der Vergangenheit ertragen mussten und teilweise immer noch ertrugen. Dass man sie wegsperrte, bewachte und unter Nonnengewändern und Schleiern versteckte, war ja fast noch harmlos.

Früher, bei den Steinzeitmenschen, war das bestimmt anders gewesen. Da hatten sich die Kerle wenigstens noch gegenseitig verkloppt, wenn sie sich ein Weibchen und damit Nachkommenschaft sichern wollten. Aber irgendwann musste ein ganz Ausgefuchster darauf gekommen sein, dass es einfacher war, die Frauen zu verkloppen und zu deckeln, anstatt sich ständig mit der lüsternen Konkurrenz zu prügeln. Vor allem blieb die eigene Haut dabei heil. Und alles nur, weil die Männer solche Angst hatten. Angst vor Kuckuckskindern.

Marie wunderte sich auch darüber, dass Frauen über diese Gesetze oft viel stärker wachten als Männer. Aber wahrscheinlich war das ähnlich wie bei den kleinen Petzen in der Grundschule. Wieso darf die, was ich nicht durfte?

Bisher gehörte Marie keiner der feministischen Gruppen an der Uni an. Sie fand die Frauen dort einfach zu humorlos. Aber manchmal ging es ihr schrecklich auf die Nerven, dass kein Mensch Fragen stellte. Alle taten das, was alle taten und immer getan hatten. Dann war sie drauf und dran, doch noch zur Aktivistin zu werden.

Blitz schnappte erfolglos nach der Fliege und schnalzte unzufrieden mit der Zunge. Marie lächelte. Solche Probleme hatte der Hund nicht, der Glückliche. Er durfte ganz er selbst sein. Aber wahrscheinlich gab es für jeden, auch für die Männer, immer irgendwas, das einen hinderte, sein Leben nach dem eigenen Geschmack zu leben. Die Kunst lag eben darin, die Störenfriede so gut es ging zu ignorieren und einfach seinen Weg zu gehen.

»Tue recht und scheue niemand«, das hatte ihr Vater in ihr

Poesiealbum geschrieben, gleich nach dem gut gemeinten Rat ihrer Großmutter: »Sei wie das Veilchen im Moose, bescheiden, sittsam und rein. Nicht wie die stolze Rose, die immer bewundert will sein.«

Marie nahm sich vor, weder Veilchen noch Rose zu sein. Lieber wie Löwenzahn, der boxte sich überall durch und fand auch in der unwirtlichsten Gegend noch ein Plätzchen zum Blühen.

Heini Techtelmann hatte Herzklopfen. Immer wieder fuhr er sich mit dem Anzugärmel über die Stirn. Er stand im Polizeipräsidium in einem fensterlosen Raum vor einer Glasscheibe und drehte seinen Hut in den Händen.

»Wenn ich das gewusst hätte ...«

»Wenn Sie was gewusst hätten, Herr Techtelmann?«, sagte Kommissar Kuhlmann scharf. »Dass wir Sie bitten würden, einen Mann zu identifizieren, den Sie am Tatort gesehen haben? Und? Was hätten Sie dann gemacht? Den Mund gehalten?« Der Kommissar stieß ein heiseres Lachen aus. »Glauben Sie ja nicht, dass Sie sich dann besser fühlen würden! Im Gegenteil, Sie wären ständig auf der Hut. Und wenn dann noch was passiert wäre und Sie hätten es verhindern können, wenn Sie bloß den Mund aufgemacht hätten?« Kuhlmann schüttelte den Kopf. »Ich begreife das nicht, dass Leute sich so schwertun, die Polizei zu unterstützen.«

Heini raufte sich die Haare. »Na ja, aber ... ich will hier auch keinen Unschuldigen an den Galgen liefern.«

»Unsinn, wir sind hier auf der Suche nach zusätzlichen Zeugen, nicht nach Schuldigen«, beruhigte ihn Kuhlmann. »Nur weil sich jemand mit einem Mädchen auf der Wiese ein paar nette Stunden gemacht hat, ist er noch kein Verbrecher. Aber vielleicht kann er uns ja weiterhelfen. Also, machen Sie sich keine Gedanken. Und Sie brauchen keine Angst zu haben. Man kann Sie von der anderen Seite aus nicht sehen. Entspannen Sie sich, sie kommen jetzt rein.«

Der Kommissar setzte sich auf den Rand des Tisches, der hinter ihnen stand, und verschränkte die Arme. In dem anderen Raum öffnete sich die Tür, und sechs Männer betraten nacheinander den Raum. Sie trugen Schilder mit Ziffern vor der Brust, und alle waren schwarz. Heini kratzte sich an der Stirn und verzog schmerzvoll das Gesicht.

»Mein Gott, die sehen ja alle gleich aus! Wie soll ich denn da einen wiedererkennen?«

»Lassen Sie sich Zeit, und schauen Sie sich alle genau an. Versuchen Sie sich zu erinnern.«

»Tz, ich hab doch schon gesagt, dass die ziemlich weit weg waren und dass mich die Sonne geblendet hat.« Heini schürzte die Lippen und musterte die Männer ausgiebig.

»Ja, also, der mit der Nummer eins und der mit Nummer fünf sind, glaub ich, zu klein, … und Nummer vier ist schmaler als der auf der Wiese, der hatte ein ziemlich breites Kreuz, so wie die drei anderen, aber … also, wenn Sie mich fragen, von den dreien könnte es jeder gewesen sein.«

»Fällt Ihnen sonst noch was ein? Eine besondere Eigenart? Vielleicht eine bestimmte Geste, oder hat er was gesagt?«

»Nä, die waren ja viel zu weit weg. Das Einzige, was ich erkennen konnte, war, dass der Mann ein Schwarzer war. Wieso verhören Sie denn nicht einfach alle?«

Der Kommissar lächelte. »Sie sind sich also ziemlich sicher, dass es nur Nummer zwei, drei, oder sechs gewesen sein können?«

»Joo, so von der Statur her … joo.«

»Gut«, sagte der Kommissar, erhob sich und führte Heini aus dem Raum. »Sie haben uns sehr geholfen.«

»Dann kann ich jetzt nach Hause gehen?«

»Ja, im Moment können Sie hier nichts weiter tun.«

Damit schob der Kommissar Heini aus der Tür und begab sich zum Vernehmungsraum. Seine beiden Mitarbeiter Pfeiffer und Hövel warteten bereits.

»Na, also, dann lasst uns mal an die Arbeit gehen«, sagte er gut gelaunt. Endlich gab es etwas zu tun.

»Glauben Sie wirklich, dass der Kerl was mit diesem Mordfall zu tun hat?«, fragte Kommissar Hövel gelangweilt. »Ich meine, nur weil er gestern mit einem Mädchen auf dieser Wiese rumgelaufen ist …«

Kuhlmann schnaubte ungeduldig. »Kann sein, kann nicht sein. Auf jeden Fall müssen wir der Sache nachgehen. Immerhin haben wir die englischen Kippen gefunden. Und wenn die Jungs vom Kloster da Partys feiern, wieso sollten das die Soldaten nicht auch tun?«

Damit öffnete er die Tür und schob seine beiden Mitarbeiter in den Raum, wo bereits ein dunkelhäutiger Soldat am Tisch saß und wartete.

Marie hatte geplant, am Vormittag in die Stadt zu fahren und sich mit Judith und Christian eine Wohnung anzusehen, und vorher war sie mit Steffi verabredet, um über ihren gemeinsamen Urlaub zu sprechen. Als sie sich jedoch zu ihrer Mutter und Oma an den Frühstückstisch setzen wollte, wurde dieser Plan jäh über den Haufen geworfen.

»Nun guck dir das an, Kind«, sagte ihre Mutter. »Endlich kommen die mal weiter bei der Polizei. Da hätten sie ja auch mal eher drauf kommen können, wo sie schon diese englischen Zigaretten gefunden hatten. Und diese Tommys machen doch sowieso immer bloß Ärger.«

Marie wurde hellhörig, griff nach der Zeitung, und im selben Moment hatte sie das Gefühl, ihr Herz würde stehen bleiben. Ein dunkelhäutiger Soldat, die Mütze tief in die Stirn gezogen, schmückte das Titelblatt zusammen mit Mark, der, die Hände in den Taschen seiner Uniformhose vergraben, den Soldaten prüfend ansah. Er sah verdammt gut aus in seiner Uniform, fand Marie. Neben ihm stand dieser arrogante Kommissar und machte eine ziemlich jämmerliche Figur.

Sie schluckte und setzte sich, ohne einen Blick von dem Bild zu nehmen, auf die Bank. Ihre Mutter murmelte irgendwas, aber Marie hörte nicht, was sie sagte.

»… muss davon ausgegangen werden, dass eine Verbindung zwischen Mitgliedern der Britischen Rheinarmee und dem Tod von Erna T. (Name von der Red. geändert) vor zwei Wochen besteht. Der zuständige Ermittler der Kripo sprach von ›neuen Erkenntnissen‹, auf die er aber wegen der laufenden Ermittlungen nicht näher eingehen könne.«

Marie legte die Zeitung weg. Sie hörte ihre Mutter, die auf sie einredete und sie dann am Arm rüttelte.

»Marie, ist dir nicht gut?«

Marie riss sich zusammen. »Wieso denn?«, fragte sie ein bisschen unwirsch. »Ich hab einfach Hunger.«

Dabei wusste sie im selben Moment, dass sie keinen Bissen hinunterbringen würde. Dennoch griff sie zur Kaffeekanne, goss sich ein und nahm eine Scheibe Brot, die sie dann gedankenlos mit Erdbeermarmelade bestrich.

»Aber Kind, nimmst du denn keine Butter?«, fragte ihre Mutter.

»Nö, muss abnehmen«, antwortete Marie mit vollem Mund.

»Mein Gott, dass ihr jungen Dinger immer meint, ihr wärt zu dick. So ein Quatsch ...« Ihre Mutter redete munter weiter, während Marie abschaltete.

Was hatte das zu bedeuten? Wieso tauchte Mark im Zusammenhang mit dieser Geschichte in der Zeitung auf? Er hatte sich nicht mehr gemeldet seit ihrem letzten Treffen. Wieso nicht? Was passierte hier? Und was konnte sie unternehmen, um es herauszufinden? Sie dachte nach. Ihn fragen, das war die Lösung. Sie würde ihn einfach fragen. Aber wie, sie hatte keine Ahnung, wo er wohnte. Nicht in der Kaserne, so viel hatte er ihr gesagt, aber wo?

Marie beschloss, in der Kaserne anzurufen. Wäre doch gelacht, wenn sie hier keine Klarheit schaffen würde. Sie würgte den letzten Bissen von ihrem Marmeladenbrot hinunter, leerte ihre Tasse und machte sich auf den Weg. Sie würde von einer Telefonzelle aus bei den britischen Streitkräften anrufen und irgendwie versuchen, ihn ausfindig zu machen.

Um drei Uhr am Nachmittag war Marie wieder auf dem Weg nach Hause. Sie hatte sich mit Christian und Judith eine Vier-Zimmer-Wohnung in der Kilianstraße angeschaut. Das Kiliansviertel lag ziemlich zentral, und Kneipen gab es dort auch genug. Wie geschaffen also für eine Studenten-WG. Die Wohnung hatte ihnen gefallen, die Zimmer waren in etwa gleich groß, und zu teuer war sie auch nicht. Den vierten Mitbewohner würden sie sich noch suchen, wenn sie den Zuschlag bekamen. Mietraum war knapp in der Stadt, und es gab jede Menge Mitbewerber. Aber

Marie hoffte, dass es klappen würde. Bei dem Gedanken an das Gespräch mit ihrer Mutter, das unmittelbar bevorstand, bekam sie Herzklopfen.

Außerdem hatte sie in Sennelager bei der Army angerufen, um Marks Adresse herauszubekommen, was sich als schwieriges Unterfangen herausstellte, denn die Frau an der Rezeption des Medical Centers sprach zwar Deutsch, wenn auch nur gebrochen, aber Auskünfte über die Angehörigen der Army wollte sie nicht erteilen. Man könne Lieutenant Bertram aber gern mitteilen, dass sie angerufen habe. Sie möge doch ihre Telefonnummer hinterlassen. Er würde sich dann sicherlich baldmöglichst bei ihr melden. Das hatte Marie dann auch getan.

Jetzt konnte sie nur darauf warten, dass er anrief. Sie hasste es, zu warten, viel lieber ergriff sie selbst die Initiative. Außerdem hoffte sie, dass er nicht ihre Mutter am Telefon erwischen würde. Das hieß dann wieder Fragen beantworten, worauf Marie nicht die geringste Lust hatte. Die Situation war äußerst unbefriedigend, da half nur Ablenkung.

Gerade steuerte sie an Techtelmanns Hof vorbei, als sie bereits den Methangeruch wahrnahm. Aha, stellte sie naserümpfend fest, irgendwer war wohl dabei, die Schweineställe zu misten. Hoffentlich nicht ihr Vater, dann war er immer denkbar schlecht gelaunt, und das war kein Wunder. Der Geruch von Gülle war kaum zu ertragen, Kuhmist war im Vergleich dazu fast appetitlich.

Sie parkte den Käfer unter der Kastanie und sah ihren Vater in Gummistiefeln, umgeben von den unvermeidlichen Rauchschwaden, am Paddock stehen. Marie ging hin und stellte sich neben ihn, wobei sie das Geruchsgemisch aus Methan und Pfeifentabak tapfer ignorierte.

Blitz, der im Paddock herumlief, war heute besonders aufgekratzt und biss Herribert in die Hinterbeine. Herribert war zwar sehr gemütlich und schwer aus der Ruhe zu bringen, aber beim Fressen ließ er sich nicht gern stören. Er schlug aus und platzierte einen Treffer auf der empfindlichen Hundenase. Blitz heulte kurz auf, kroch winselnd auf allen vieren unter dem Gatter durch und stellte sich hinter Hinnerk.

»Gibt's was Neues?«, fragte Marie und streichelte den Hund.

Hinnerk nahm die Pfeife aus dem Mundwinkel und sah seine Tochter an.

»Ich mache mir so meine Gedanken«, sagte er und stopfte mit dem Daumen den Tabak fester in den Pfeifenkopf.

»Worüber?«

»Tja, eigentlich über deine Großmutter.«

»Wieso? Was ist mit Oma?«, fragte Marie ein bisschen beunruhigt.

»Nichts Schlimmes«, beeilte sich Hinnerk, ihr zu versichern, »ich frage mich bloß, wieso sie auf einmal die Olsterwiese loswerden will.«

»Na, das ist doch verständlich«, sagte Marie, »so toll ist das ja wohl nicht, wenn auf der eigenen Wiese eine Leiche rumgelegen hat.«

»Meinst du?« Ihr Vater wirkte nicht überzeugt, paffte eine Weile still vor sich hin und fuhr dann fort. »Außerdem ist mir was eingefallen. Ich frage mich, wieso sie der Polizei nichts von dem Juden erzählt hat.«

»Von welchem Juden denn?«

»Ich weiß, dass einige Bauern in Birkendorf während des Kriegs einen Juden vor den Nazis versteckt haben.«

Marie riss die Augen auf. »Tatsächlich? Die hatten hier einen Juden versteckt? Davon weiß ich ja gar nichts.«

»Wundert mich nicht. Spricht auch keiner mehr drüber. Irgendwer muss ihn damals verraten haben. Keiner weiß, was aus ihm geworden ist. Alle glauben, dass die SS ihn geholt hat.«

»Und woher weißt du davon?«

»Von Heckerhoffs August. Der kann sich noch dran erinnern.«

»Und wer hat ihn versteckt?«, fragte Marie.

»Das ist es ja, was mich so wundert. Techtelmanns und … deine Großeltern. Anscheinend haben sie sich abgewechselt.«

»Ach«, wunderte sich Marie, »davon hat Oma ja noch nie was erzählt.«

»Eben.«

Marie dachte einen Moment nach. »Weiß Mama davon?«

»Deine Mutter war damals noch ein Kind. Ich glaube nicht,

dass sie darüber Bescheid weiß. Sie hat jedenfalls noch nie davon gesprochen, und ich hab sie nicht gefragt.«

»Warum denn nicht?«

Hinnerk zuckte mit den Schultern und antwortete nicht, aber Marie verstand auch so. Wenn Oma ihrer Tochter so etwas verschwieg, dann würde sie sicher ihren Grund haben. Und ihr Vater ging jeder unfruchtbaren Diskussion lieber aus dem Weg.

Marie überlegte einen Moment. »Und du meinst, dieses … diese Leiche, das könnte dieser Jude sein?«

Hinnerk wiegte bedächtig den Kopf. »Wäre doch möglich.«

»Hast du das der Polizei gesagt?«

Ihr Vater blickte versonnen über die Felder.

»Nein«, sagte er dann leise. »Da gibt es genug andere, die mehr darüber wissen. Aber … vielleicht sollte man auch keine schlafenden Hunde wecken.«

»Meintest du das mit dem Wespennest, in das die Elsbeth gestochen hat?«

Ihr Vater schnalzte mit der Zunge, sagte aber nichts.

»Und was hat Oma damit zu tun?«, fragte Marie.

»Na ja«, antwortete Hinnerk, »mich wundert das schon, dass deine Großmutter, die sonst keine Gelegenheit auslässt, ihren Anton in den Himmel zu loben, nie darüber spricht, dass die Familien hier einen Juden versteckt haben. Das war damals nicht ungefährlich, oft mussten diejenigen, die Juden versteckt haben, selbst dran glauben. Da war der Anton schon mal ein Held, und keiner spricht drüber.«

»Stimmt«, sagte Marie, »das war ziemlich mutig von Oma und Opa.«

Hinnerk klopfte seine Pfeife an der Eiche aus, die mit ihrem weiten Geäst das Dach der Scheune beschirmte, und bewies dabei wenig Respekt vor ihren über hundert Lebensjahren.

»Irgendwas muss damals vorgefallen sein. Möglicherweise …« Er sprach nicht weiter.

»Was?«, wollte Marie wissen.

Hinnerk verzog den Mund. »Ich weiß das alles nicht so genau, ich war zu der Zeit ja noch nicht hier, aber Heini hat mir erzählt, dass seine Mutter, die alte Benedikte Techtelmann, Augusts Vater, den alten Friedrich, kurz nach dem Krieg gefragt hat, ob er denn seine braune Uniform verbrannt hätte.«

»Was hatte sie damit gemeint?«

»Natürlich die braune Uniform der Nazis, denen die Alliierten nach dem Krieg die Hölle heiß gemacht haben. Und die haben sich natürlich beeilt, alles zu vernichten, was sie verraten könnte.«

»Und der alte Heckerhoff war ein Nazi?«

»Der alte Heckerhoff muss überhaupt ein ziemlicher Armleuchter gewesen sein.«

Marie nickte langsam. »Oma hat erzählt, dass er seine Frau auf dem Hof mit der Reitgerte verprügelt hat.«

Hinnerk steckte seine Pfeife in die Hosentasche. »Ja, das war früher wohl nichts Besonderes.«

Marie schüttelte sich. Was waren das für Zeiten gewesen. Sie war froh, dass sie im Hier und Heute lebte, wo man Frauen nicht mehr ungestraft verprügeln konnte.

Und dann kam er wieder, der Gedanke, dass der alte Friedrich auch ermordet worden war. Nach allem, was in der letzten Zeit hier in Birkendorf geschehen war, hielt sie nichts mehr für ausgeschlossen.

Vielleicht hingen diese Todesfälle ja alle zusammen? Der Tote unter der Hütte, die Elsbeth in der Hütte und der alte Heckerhoff auf dem Misthaufen. Aber das hieße ja, dass in Birkendorf ein … Serienmörder herumlief! Konnte man bei drei Toten schon von einer Serie sprechen? Marie bekam Herzklopfen. Nein, das war ja paranoid. Wieso sollte denn plötzlich jemand die Bewohner des Dorfes umbringen wollen? So ein Quatsch. Sie biss sich auf die Lippen. Andererseits …

»Was meinst du?«, fragte sie dann zögernd. »Könnte der alte Heckerhoff nicht doch …«

»Die Polizei sagt, es war ein Unfall, dann wird's wohl auch einer gewesen sein. Braucht man kein Wort mehr drüber zu verlieren«, unterbrach sie Hinnerk.

»Hm«, Marie grübelte weiter, »ob Elsbeth damals etwas mit diesem Juden zu tun hatte? Mal vorausgesetzt, er ist tatsächlich der Tote unter der Hütte.«

»Keine Ahnung«, sagte Hinnerk, »war nur so 'ne Idee.«

Und nach einigem Zögern fügte er hinzu: »Findest du's nicht merkwürdig, dass die tot in einer Hütte gefunden wird, wo sie überhaupt nix zu suchen hatte, und genau dort wenig später ein Skelett zum Vorschein kommt?«

»Ja«, stimmte Marie zu, »das ist die große Frage: Was hat sie bloß in der Hütte gemacht? Aber«, sie überlegte einen Moment, »es ist doch ziemlich wahrscheinlich, dass sie dort die Jungs überrascht hat. Oder? Ich kann mir vorstellen, dass die Panik gekriegt und dann die Elsbeth niedergeschlagen haben. Ich meine … die sind ja tatsächlich öfter da drin.« Mit dieser Variante konnte Marie besser leben als mit der Serienmörder-Theorie.

»Kann sein«, sagte Hinnerk, »aber ich weiß nicht, ob die Elsbeth sich wirklich mit den Jungs angelegt hätte. Denen geht doch jeder aus dem Weg.«

Marie nickte. Das stimmte allerdings. Sie konnte sich noch gut an die ständigen Ermahnungen ihrer Mutter erinnern, sich nur ja nicht mit den Jungs vom Kloster einzulassen. Da wüsste man nie. Aber ihr war noch ein anderer Gedanke gekommen, und sie wunderte sich, dass das bis jetzt anscheinend noch niemandem eingefallen war.

»Sag mal«, meinte sie dann zögerlich, »meinst du nicht auch, dass das Ganze was mit dem alten Gerhard zu tun haben könnte?«

Hinnerk kicherte. »Jou, die beiden hatten ein Stelldichein, und der Gerhard hat die Elsbeth umgehauen, als sie nicht wollte, wie er wollte.«

Hinnerk bog sich vor Lachen.

Marie verzog den Mund. »So 'n Quatsch. Die könnten sich ja aus einem ganz anderen Grund da getroffen haben. Vielleicht wussten die beiden ja, wer dieser Tote unter der Hütte war. Ist doch komisch, dass die beide ausgerechnet auf der Olsterwiese zu Tode gekommen sind, und der Gerhard hat sich da ja auch immer rumgetrieben. Und während des Krieges hat er im Kloster gewohnt. Dann war er die ganzen Jahre in der Stadt, und kaum ist er wieder da, passieren diese merkwürdigen Dinge. Und außerdem …«, Marie runzelte die Stirn. Was hatte der Gerhard noch gebrabbelt, als er damals auf der Wiese im Heu rumgewühlt hatte? Das war doch was mit Begräbnis gewesen. Marie hatte natürlich gedacht, er spräche von seinem eigenen, aber unter diesen Umständen sah das ja wohl ganz anders aus. Vielleicht hatte er ja den Toten unter der Hütte gemeint?

»Ja«, sagte Hinnerk ernst, »was immer damals passiert ist. Der Gerhard ist damit jedenfalls nicht fertiggeworden.« Er paffte eine Weile schweigend vor sich hin. »Und wer weiß«, fuhr er dann fort, »wer da noch seine Finger mit im Spiel hatte.«

»Hinnerk!«, die Stimme von Hannelore Großenjohann hallte über den stillen Hof.

Marie und ihr Vater zuckten zusammen, wie zwei Kinder, die man beim Faulenzen erwischt hatte.

»Bist du endlich mit den Schweineställen fertig?«

»Jaaa«, murrte Hinnerk vor sich hin.

Marie drehte sich lächelnd um und ging zu ihrer Mutter, um ihr bei irgendetwas zu helfen. Auf einem Bauernhof fand sich immer Arbeit. Und wenn ihre Oma vom Altennachmittag nach Hause kam, würde sie sich mal eingehend mit ihr über die Vergangenheit unterhalten.

Marie war dabei, die Fenster zu putzen. Davon gab es im Großenjohannschen Haus eine ganze Menge. Zu allem Übel waren es Sprossenfenster, was Marie äußerst unpraktisch fand. Radfahrer aus der Stadt, die im Sommer die Landluft genossen und am Haus vorbeifuhren, stießen allerdings immer entzückte Schreie aus.

»Guck mal, Fachwerk und Sprossenfenster, wie süß!«

Marie konnte die Schwärmerei der Städter für das kuschelige Landleben nicht nachvollziehen. Sie hatte oft versucht, sich vorzustellen, wie das Leben wohl aussah, wenn man kein Vieh zu versorgen hatte, das sich nicht um Feiertage und die Vierzig-Stunden-Woche scherte, und wenn man keinen Acker zu bestellen und abzuernten hatte. Wenn man unabhängig war, vom Wetter und von den Jahreszeiten, in der Regel abends um fünf Uhr Feierabend hatte und am Freitagnachmittag ins Wochenende ging.

Sie erinnerte sich noch gut an einen Kindergeburtstag, den sie vor Jahren in der Stadt bei einer ihrer Schulfreundinnen gefeiert hatte. Davor hatte sie nur mit den Birkendorfer Kindern Namenstag gefeiert. Früher, als sie klein war, feierte man als Katholikin nämlich keinen Geburtstag – denn den hatte ja »jedes Kalb«, hatte eine der Nonnen in ihrer Klosterschule gesagt. Nein, man feierte Namenstag. Am zwölften September war Maria. In fast jedem Haus in Birkendorf gab es am zwölften September ein Namenstagskind. Maria, Marianne, Marita, Marina, Marion, Marielies und alle sonstigen Träger einer Variation des Namens der heiligen Muttergottes.

Dieser Geburtstag bei ihrer Schulfreundin jedenfalls war insofern bedeutsam gewesen, als Marie zum ersten Mal in ihrem Leben Erwachsene an einem Nachmittag zusammen hatte Karten spielen sehen und angesichts dieses frevelhaften Müßigganges am helllichten Wochentag staunend in der Tür vor einem atemberaubend großen Wohnzimmer stehen geblieben war. Nach diesem Moment hatte sie die Welt, in der sie aufgewachsen war, kritischer betrachtet.

Dass Erwachsene sich anders amüsieren konnten als auf Familienfesten, wo die Frauen zusammensaßen und über die anderen redeten und die Männer tranken und rauchten und ebenfalls über die anderen redeten, das gab es tatsächlich. Marie war immer der festen Überzeugung gewesen, dass Erwachsensein aber auch gar nichts mit Amusement zu tun hatte. Tagsüber arbeitete man, und nachts ruhte man sich von der Arbeit aus, damit man am nächsten Tag wieder arbeiten konnte. Allenfalls der Sonntagnachmittag bot Zeit für gegenseitige, seltene Verwandtenbesuche mit gemütlichen Kaffeerunden unter den Apfelbäumen im Garten und selbst gebackenem Streuselkuchen.

Und manchmal machte Marie mit ihrem Vater Kutschfahrten in die Senne, eine idyllische Heidelandschaft nicht weit von Birkendorf entfernt, die den britischen Streitkräften als Truppenübungsplatz diente. Zu Zeiten, an denen dort keine Übungen stattfanden, weder Panzer über den Sandboden rollten noch Geschosse durch die Luft flogen und die Schranken geöffnet waren, konnte man die Senne durchqueren und sich an der Schönheit der Heide erfreuen. Die beiden Shetlands Elvis und Herribert trabten dann übermütig über die Schotterwege und zogen die kleine Kutsche durch die friedliche Landschaft. Aber das kam selten vor, denn bei schönem Wetter gab es fast immer Arbeit auf dem Feld.

Wie anders war doch das Leben, wenn man nicht auf einem Bauernhof lebte. Man hatte Zeit! Für solche Dinge wie Kartenspielen oder Lesen oder Theaterbesuche. An diesem Tag hatte Marie sich gefragt, ob ihre Eltern das wohl wussten.

Und die Städter wiederum hatten wahrscheinlich nur eine naive Vorstellung davon, was es bedeutete, sich vom eigenen Acker ernähren zu müssen und ein altes zugiges Bauernhaus in Ordnung zu halten, an dem ständig etwas an- oder umgebaut werden musste, um badezimmer- und küchentechnisch auf dem neuesten Stand zu sein.

Das Haus der Großenjohanns war über zweihundert Jahre alt – zumindest Teile davon. Der heutige großzügige Wohntrakt war kurz nach dem Krieg direkt an das alte Bauernhaus mit der Deele angebaut worden. Den Hofplatz umrahmten außerdem die Stallungen mit dem Misthaufen, die Scheune und zwei große separate Schuppen, die das landwirtschaftliche Gerät beherbergten. Da gab es eine Menge instand zu halten.

Marie scheuerte gerade das Küchenfenster mit Zeitungspapier blank, als das Telefon klingelte. Augenblicklich warf sie das Papier weg und beeilte sich, ihrer Mutter, die im Wohnzimmer Gardinen aufhängte, zuvorzukommen.

»Ja!«, rief sie in den Hörer und wartete mit klopfendem Herzen.

»Hallo?«, kam es zögernd vom anderen Ende. »Bin ich da richtig bei Großenjohann?«

»Ja«, sagte Marie aufatmend, »hier spricht Marie.«

Sie hörte Mark lächeln.

»Du hast angerufen«, sagte er mit leicht rollendem R, und es klang hocherfreut.

»Allerdings«, sagte Marie knapp, »wir müssen uns treffen. Wann hast du Zeit?«

»Oh«, das klang noch erfreuter.

Marie wurde langsam wütend. Was dachte der sich? Er wusste irgendwas über ihren hauseigenen Mordfall und gab sich ahnungslos wie ein Nachhilfeschüler. Warum hatte er ihr gegenüber nichts erwähnt?

»Heute Abend?«, fragte sie, um die Sache abzuschließen.

»Okay, um acht im ›Bit am Kamp‹.«

Marie legte auf und lächelte. Ihre Mutter kam aus dem Wohnzimmer und musterte sie misstrauisch.

»Wer war das? Wieder die Polizei?«

»Nein«, antwortete Marie, »das war Steffi, wir müssen uns wegen einer Hausarbeit treffen.«

Ihre Mutter guckte vorwurfsvoll. »Bist du schon wieder unterwegs. Und dann für nichts und wieder nichts. Warum suchst du dir nicht endlich eine Lehrstelle? Damit verdient man wenigstens Geld«, sagte sie und begab sich wieder an ihre Vorhänge.

Marie hörte einfach nicht darauf, was ihre Mutter sagte. Egal, was es war, sie hatte es bestimmt vorher schon mal gehört. Sie sah auf die Uhr – kurz vor fünf. Da konnte sie vor dem Haarewaschen noch die Fenster fertig putzen.

Marie schlenderte über die Westernstraße. Es war zwei Minuten vor acht, aber sie wollte auf keinen Fall zu früh da sein. Diesmal hatte sie Make-up aufgelegt, dezent natürlich, und den Lippenstift erst im Auto, sonst wäre ihre Mutter misstrauisch geworden und hätte sie mit Fragen gelöchert, auf die sie selbst keine Antwort wusste. Sie trug Jeans und eine ärmellose weiße Bluse über tief gebräunter Haut. Außerdem hatte sie ihre Plateausandalen wieder ausgegraben. Damit ging sie zwar etwas unsicher, aber sie machten sie zehn Zentimeter größer.

Als sie um kurz nach acht das stets gut besuchte ›Bit am Kamp‹ betrat, hatte sie Mühe, sich einen Überblick zu verschaffen. Lautes Gemurmel, Gläserklirren und Musik von Bob Marley wehte ihr entgegen. Marie sah sich suchend um. Was, wenn er nicht da war? Sie sogar versetzte? Das würde ihr dann zum ersten Mal passieren – er sollte sich unterstehen!

Dann sah sie ihn. Mark saß im hinteren Teil an einem der Zweiertische an der Wand und hatte sie längst entdeckt. Er winkte sie heran, und Marie, die krampfhaft versuchte, sich ihre Freude nicht anmerken zu lassen, bahnte sich ihren Weg an vielen Körpern vorbei durch den engen Mittelgang und setzte sich auf den Barhocker, ihre kleine schwarze Handtasche stellte sie auf den Tisch.

»Was willst du trinken?«, fragte er und strahlte sie an.

Marie lächelte zurück, sie konnte nicht anders, obwohl sie sich fest vorgenommen hatte, streng zu sein.

»Eine Cola ohne Eis«, sagte sie, »muss noch fahren.«

Er ging zur Theke und kam wenige Minuten später mit einem Bier und einer Cola zurück.

»Na, dann Prost«, sagte er und rollte das R dabei leicht, »das sagt ihr doch, oder?«

»Ja«, erwiderte Marie und stieß mit ihm an.

»Hast du nicht manchmal Nachtdienst, oder so?«, fragte sie. »Ich denke, du arbeitest im Medical Center.«

»Bereitschaft, ja. Aber heute nicht.«

Marie rief sich zur Ordnung. Schluss mit diesem Geplänkel, sie durfte sich von dem Typen nicht einwickeln lassen. Schließlich hatte sie eine Mission.

Sie räusperte sich energisch und wusste dann nicht, wie sie anfangen sollte.

»Also … ich wollte dich aus einem bestimmten Grund treffen.«

»Das hoffe ich doch«, unterbrach er sie und stützte grinsend das Kinn auf die Faust.

»Nein, ehrlich«, wehrte sie ab, »ich … ich habe dein Foto in der Zeitung gesehen. Da ging es um die Tote in unserer Hütte. Was weißt du darüber?«

Er sah sie verdutzt an. »Na, ich denke doch, nicht mehr als du. Oder?«

Marie lachte laut. »Ich? Ich weiß gar nichts! Wir alle wissen gar nichts. Die Polizei fragt uns zwar Löcher in den Bauch, aber verraten tun sie nichts!«

Er schwieg einen Moment. »Nun, wahrscheinlich, weil sie auch nichts wissen.«

»Unsinn«, sagte Marie unwirsch. »Was hat es dann mit dem Zeitungsartikel auf sich?«

Er nahm einen Schluck Bier. »Darüber darf ich eigentlich gar nichts sagen. Ich war nur der Dolmetscher und unglücklicherweise …« Er sprach nicht weiter.

»Unglücklicherweise, was?«

Jetzt lächelte er wieder. »Unglücklicherweise bin ich mit einem schwarzen *Private* zusammen auf eurem Schützenfest gesehen worden. Da wollte ich nämlich unbedingt hin. Auch, wenn es etwas anders gelaufen ist als geplant. Und Matt … na ja. Er ist nicht gerade Einstein persönlich.«

Marie war rot geworden. Das ärgerte sie, aber sie war immer noch nicht schlauer als vorher.

»Rauchst du eigentlich?«, fragte sie plötzlich.

Er erwiderte ernst ihren Blick. »Nein.«

Sie sahen sich eine Weile schweigend an. »Willst du mir nicht sagen, was du weißt?«, fragte Marie dann.

Er schien zu überlegen. Dann sah er sie an. »Du musst es für dich behalten, versprichst du mir das?«

Marie schluckte. »Na ja, natürlich«, sagte sie, »wenn es die Polizei nicht weiterbringt …«

Er sah sich um und kam wohl zu dem Schluss, dass sowohl die Geräuschkulisse als auch die unschuldige Menge der Anwesenden es rechtfertigte, wenn er plauderte. Er beugte sich zu ihr hinüber.

»Matt war an dem betreffenden Abend nach dem Schützenfest noch mit seiner Freundin in eurer Hütte. Anscheinend waren sie öfter dort.«

Marie riss die Augen auf. »Aber …«

»Du ziehst die falschen Schlüsse«, sagte er, bevor sie weiterreden konnte. Er sprach leise weiter. »Matt schwört Stein und Bein – das sagt ihr doch so –, dass die Frau tot war, als die beiden in die Hütte kamen.«

Marie starrte ihr Gegenüber an. »Du … du musst der Polizei das sagen«, flüsterte sie.

Er lachte. »Das würde ich ja gerne, aber …«

»Aber was?«, fragte Marie, der das Ganze langsam unheimlich wurde.

»Erstens, ich glaube Matt. Er ist viel zu dumm zum Lügen. Außerdem … hat er auch noch was Dummes gemacht.«

»Was?«, hauchte Marie.

»Er sagt, da hätte ein Stein gelegen, auf dem Blut war, und er hatte ihn angefasst. Da hat er Panik gekriegt und den Stein in den Bach geworfen, der an der Wiese vorbeifließt. Ich hab keine Ahnung, wie ihr das nennt. Bei uns ist so was strafbar. Und wenn ich der Polizei das sage, kann Matt seinen Hut nehmen. Und die Army ist alles, was er hat.«

Marie war völlig erschöpft. Sie hatte es unbedingt wissen wollen. Jetzt wusste sie, was sie eigentlich gar nicht so genau hätte wissen müssen, und wünschte, sie hätte ihre Neugier niedergerungen. Was sollte sie damit anfangen? Es für sich behalten? Das ging doch nicht! Hätte sie das nur vorher gewusst!

»Ja, aber …«, Marie war noch nicht fertig. »Die Polizei weiß doch von Matt.«

»Nicht ganz«, antwortete Mark. »Sie wissen von einem Schwarzen. Sie haben zwar in der Zeitung nach Zeugen gesucht, aber für Europäer sehen Schwarze ja alle gleich aus.«

»Ja, aber woher wissen die denn jetzt plötzlich, dass ein Schwarzer in der Hütte war? Nur weil einer auf dem Schützenfest war?«, fragte sich Marie.

Mark nahm einen Schluck Bier und verzog den Mund. »Das wissen sie, weil Matt noch eine Dummheit gemacht hat.«

»Ach …«

»Ja, er wollte den Stein holen. Er hatte offenbar Angst, dass die Polizei ihn findet.«

»Ach«, wiederholte Marie.

»Ja, und dabei ist er von irgendwem gesehen worden, wenn derjenige ihn auch bisher noch nicht eindeutig wiedererkannt hat.«

Marie nahm ihr Glas und trank einen Schluck, aber das brachte auch keine Erleuchtung. Es war alles so verwirrend.

»Woher weiß denn die Polizei, dass der, mit dem du auf dem Schützenfest warst, und der, der dann auf der Wiese war, ein und derselbe gewesen ist?«

»Das wissen sie ja nicht. Darum hab ich Matt ja nicht verraten. Sie glauben es bloß.« Er seufzte und trank sein Bier aus. »Aber sie werden es herausfinden. Sie brauchen ja nur alle schwarzen *Privates* zu befragen. Das sind nicht viele, und außerhalb der *Rhine Army* gibt's ja hier kaum Schwarze, oder?«

Marie schüttelte sachte den Kopf. »Ich glaube nicht.«

Sie musste nachdenken und war Mark dankbar, dass er einige Minuten schwieg. Aber diese Minuten würden nicht ausreichen. Sie brauchte Zeit, um die Sache ausgiebig und in Ruhe zu überdenken, ohne seinen forschenden Blick auf ihrem Gesicht. Vor allem musste sie sich darüber klar werden, was jetzt zu tun war.

Sie musterte ihn. Er wich ihrem Blick nicht aus.

»Wieso bist du so sicher, dass dieser Matt nichts mit Elsbeths Tod zu tun hat?«

»Weil seine Freundin mir alles genauso erzählt hat wie er, und …«, er zögerte, »ich glaube nicht, dass die beiden clever genug sind, so was genau abzusprechen und dann durchzuhalten.« Nach einer Weile fügte er hinzu: »Wenn ich nicht sicher wäre, dass er unschuldig ist, würde ich nicht schweigen. Du kannst mir glauben.«

Marie spielte mit ihrem Glas. »Wirst du eigentlich auch verdächtigt?«

Die Frage schien ihm unangenehm zu sein.

»Nein«, sagte er, »ich hab ein Alibi.«

»Aha«, sagte Marie, »eins mit schwarzen Haaren und Plateausohlen.«

Er nickte und hielt ihren Blick fest.

»Ist sie deine Freundin?«

»Nein.«

Als Marie am Abend in ihre Kissen sank, war sie sich völlig im Unklaren darüber, wie sie mit diesen Informationen umgehen sollte. Einerseits war klar, dass sie zur Polizei gehen musste, andererseits … Vielleicht reichte es, wenn sie erst mal ihren Vater einweihte, aber der würde mit Sicherheit alles sofort dem Kommissar erzählen. Sie warf sich auf die andere Seite.

Die Vorhänge hatte sie offen gelassen, sodass die helle Mondsichel ins Zimmer schien. Obwohl Mitternacht längst vorbei war, war es immer noch warm. Marie schlug das schwere Daunenoberbett zur Seite.

Es war alles so unbefriedigend! Wieso war Mark nicht einfach zur Polizei gegangen? Immerhin war ein Mensch zu Tode gekommen. Das musste er doch ernst nehmen! Stattdessen hielt er wichtige Informationen zurück. Und er wusste selbst, dass er sich damit strafbar machte.

Andererseits … wenn es stimmte, was dieser Soldat sagte, dann war er tatsächlich in Schwierigkeiten. Und das Einzige, was er verbrochen hatte, war, dass er sich mit seiner Freundin einen netten Abend in ihrer Hütte hatte machen wollen. Aber wenn auf dem Stein nun Fingerabdrücke gewesen waren, hatte er Beweismittel vernichtet. Das war ja dann wohl doppelt schlimm.

Es war zum Heulen. Marie stand auf und ging zum Fenster. Sie hatte sich total in diesen Typen verknallt und machte sich jetzt zu seiner Komplizin, wenn sie schwieg. Sie blickte hinaus auf den Garten, der still und friedlich im diffusen Mondlicht ruhte.

Was war zu tun? Natürlich wusste sie genau, was zu tun war. Zur Polizei gehen, alles sagen und diesen wunderbaren Mann vergessen.

Seufzend legte sie den Kopf an den Fensterrahmen und dachte an den langen Abschiedskuss, der sie beinahe die Besinnung gekostet hatte. Er wollte sie wiedersehen, aber sie hatte das abgelehnt. Sie konnte sich nicht mit ihm treffen, solange diese Sache mit Elsbeth nicht ausgestanden war.

Tief in ihrem Innern nagte der Zahn des Zweifels. Was, wenn dieser Matt nun doch schuldig war und Mark ihn deckte? Marie verkroch sich wieder in ihr Bett. Vielleicht sah sie morgen klarer. Es war kurz nach vier, als sie endlich in einen unruhigen Schlaf fiel.

18

Das Testament tauchte unvermutet auf.

Elsbeth Techtelmann hatte es kurz vor ihrem Tod an der Pforte des St.-Vinzenz-Klosters abgegeben, weil Pater Jonas aufgrund einer Kirchenvorstandsversammlung nicht persönlich mit ihr hatte reden können.

Bruder Alwin, ein betagter, leicht debiler Mönch, hatte den nichtssagenden weißen Briefumschlag zwar mit dem Versprechen entgegengenommen, ihn weiterzugeben, es aber dann im Zuge der Aufregungen um die Leichenfunde vergessen. Der Umschlag enthielt außerdem einen mit Bleistift geschriebenen Brief, in dem die alte Elsbeth Pater Jonas als den einzigen gottesfürchtigen und deshalb vertrauenswürdigen Menschen in Birkendorf bezeichnete.

Es schien, als hätte sich Elsbeth all ihren Ärger von der Seele geschrieben.

Geehrter Pater Jonas!
Ich komme nun schon so lange in Ihre Messe und muß sagen, daß ich Ihren Predigten immer mit Freude zugehört habe. Sie haben ja so Recht! Es gibt so viele Sünder, und unser Birkendorf macht da keine Ausnahme. Ich wollte Ihnen bloß sagen, dass ich das Geld, das nach meinem Tod übrigbleibt, und auch mein Erbteil aus dem Hof meines Vaters der Kirche vermache, und deswegen sollen Sie auch mein Testament haben. Ich muß Ihnen sagen, daß es auf der Welt keine christliche Nächstenliebe mehr gibt und keine Rücksichtnahme. Von meiner Familie bin ich sehr enttäuscht, aber man muß Gottes Prüfungen eben auf sich nehmen. Nun will ich Sie gar nicht länger aufhalten, Sie haben ja sicher viel zu tun. Ich komme dann bei Gelegenheit vorbei. Ich brauche dringend Ihren Rat. Man darf ja als gute Christin nicht einfach ein Unrecht dulden.
Untertänichst, Ihre Elisabeth Techtelmann

Kommissar Kuhlmann hatte Heini den Brief vorgelegt. Der war gerade dabei, die Hiobsbotschaft zur Kenntnis zu nehmen. Der Kommissar beobachtete ihn genau. Heini legte das Testament schweigend auf den Tisch und sah den Kommissar wütend an, als trage der die Hauptschuld an dieser Misere.

»Also«, sagte Kuhlmann, »diesen Brief hat Ihre Schwester kurz vor ihrem Tod an der Pforte des Klosters abgegeben. Und da es sonst kein Testament gibt, können wir ja wohl davon ausgehen, dass das Geld von ihrem Konto – und das sind immerhin fast dreißigtausend Mark ...« Bei dieser Zahl schnappte Heini nach Luft und griff sich ans Herz.

Der Kommissar brach ab und kniff die Augen zusammen. »Wollen Sie sagen, Sie haben nicht gewusst, wie viel Geld ihre Schwester hatte?«

Heini konnte nur mit dem Kopf schütteln.

»Was heißt das? Dass Sie es nicht wussten oder dass Sie es nicht sagen wollen?«

»Dass ich es nicht wusste«, krächzte Heini.

»Und das sollen wir Ihnen glauben?« Kuhlmann warf seinen beiden Mitarbeitern, die hinter Heini standen und genau aufpassten, wie ihr Chef den neuen Verdächtigen auseinandernahm, einen kumpelhaften Blick zu.

»Ja.« Heini flüsterte nur noch.

Hövel kicherte albern.

Kuhlmann machte es sich auf seinem Stuhl gemütlich und faltete die Hände über seinem ausladenden Bauch.

»Soll ich Ihnen jetzt mal sagen, was ich wirklich glaube?«

Heini antwortete nicht.

Kuhlmanns Kopf schoss vor. »Ich glaube, dass Sie sehr genau wussten, dass Ihre Schwester einen Haufen Geld hatte, was man andererseits von Ihnen überhaupt nicht sagen kann. Im Gegenteil, Sie haben Schulden!«

Heini zuckte zusammen.

»Und es kommen einige Ausgaben auf Sie zu, nicht wahr? Sie haben noch eine Tochter und einen Sohn, die beide auf ihr Erbe warten. Und Ihr Ältester ist auch nicht gerade ein Lichtblick, mit seiner mittellosen Freundin. Stimmt's? Also,

Sie haben ein Motiv und kein Alibi. Sie haben Ihrer Schwester nach dem Kirchgang aufgelauert, sie in die Hütte gelockt und sie einfach erschlagen. Das ging ganz schnell, und gesehen hat's natürlich auch niemand. Danach sind Sie schnurstracks zum Schützenfest gefahren und haben sich unters Volk gemischt. Bloß dumm, dass Ihre Schwester ihre Drohung, ihr Geld der Kirche zu vermachen, schon wahr gemacht hatte. Sie war Ihnen zuvorgekommen.«

Heini starrte den Kommissar mit kugelrunden Augen an. Sagen konnte er nichts. Kuhlmann lächelte und sah aus, als hätte er ein zweites Kreuz-Ass im Ärmel.

»Die andere Möglichkeit ist, dass Ihrem Sohn dieses Missgeschick widerfahren ist und Sie ihn decken wollen. Welche Möglichkeit ist Ihnen lieber?«

Heini griff sich an die Kehle und sank ganz langsam vom Stuhl. Kuhlmann beugte sich verblüfft über seinen Schreibtisch. Heini röchelte.

»Verdammt, ruft endlich einen Krankenwagen, ihr Transusen!«, donnerte der Kommissar seine beiden Mitarbeiter an, die plötzlich wieder zum Leben erwachten.

Pfeiffer griff zum Telefon.

Wilhelm Mertens trat nervös von einem Fuß auf den anderen. Er war es nicht gewohnt, in einem Polizeipräsidium auf seine Vernehmung zu warten, auch wenn er freiwillig hier war.

Er wartete nun schon eine halbe Stunde darauf, dass sich endlich jemand um ihn kümmerte, aber nichts passierte. Der Beamte an der Eingangspforte hatte ihn zum Fahrstuhl geschickt und ihm genau erklärt, wo er den Kommissar, der den Fall bearbeitete, finden würde, aber er hatte die Zimmernummer vergessen, und als er eine junge Frau in Uniform nach Kommissar Kuhlmann gefragt hatte, bekam er zur Antwort, er möge einen Moment warten, der Kommissar befände sich gerade in einer wichtigen Besprechung. Er wurde langsam ungeduldig und unsicher außerdem. Vielleicht war das, was er zu sagen hatte, ja gar nicht von Bedeutung, aber Gertrud hatte darauf bestanden, dass er zur Polizei ging.

Gerade hatte er beschlossen, ein andermal wiederzukommen – so wichtig konnte das Ganze schließlich nicht sein –, als plötzlich die Hölle losbrach. Eine Tür wurde geöffnet, und dieser junge Kommissar kam auf den Flur gerannt und schrie nach einem Sanitäter, der dann auch gleich vom anderen Ende des Flurs angelaufen kam und in das Büro von Kommissar Kuhlmann stürzte.

Dann passierte ein paar Minuten lang gar nichts. Mertens hörte nur aufgeregte Stimmen und sah Uniformierte, die den Flur entlangliefen. Dann war eine Sirene zu hören, und gleich darauf hechteten zwei Rettungssanitäter mit einem rollenden Bett an ihm vorbei. Wilhelm wusste kaum, wohin er schauen sollte, als zwei Minuten später das Bett wieder an ihm vorbeirollte und niemand anderen als seinen Nachbarn Heini Techtelmann abtransportierte. Er hatte ihn sogar durch die Sauerstoffmaske auf seinem Gesicht erkennen können.

Wilhelm wusste nicht, was er tun sollte, und drehte verlegen seinen Hut in den Händen. Vielleicht sollte er besser gehen. Wer weiß, was einem hier alles passierte. In diesem Moment trat endlich der Kommissar in den Flur. Er blieb einen Moment kopfschüttelnd in der Tür stehen und rieb sich den Nacken. Wilhelm wollte sich gerade unauffällig aus dem Staub machen, als der Kommissar ihn entdeckte.

»Herr Mertens«, rief er, kam hinter ihm her und legte ihm die Hand auf die Schulter, »tut mir leid, dass es länger gedauert hat. Kommen Sie doch herein und erzählen Sie mir, was Sie auf dem Herzen haben.«

Wilhelm nickte verlegen und folgte dem Kommissar gehorsam in das enge Büro.

»Setzen Sie sich, möchten Sie vielleicht Kaffee?«

»Nee, nee, bloß keine Umstände«, sagte Wilhelm und setzte sich auf den Stuhl, von dem vor weniger als einer halben Stunde sein Nachbar gesunken war.

Er sah sich unsicher um, während der Kommissar tief durchatmete und sich dann ihm gegenüber am Schreibtisch niederließ. Am Fenster stand eine blasse Kommissarin und blickte ihn fragend an.

»Äh, das war doch eben der Heini, den Sie da rausgeschoben haben. Was ist denn hier passiert?«, wagte Wilhelm zu fragen.

»Herr Techtelmann hatte einen kleinen Herzanfall, nichts Ernstes. Sie brauchen sich keine Gedanken zu machen, Ihr Nachbar wird gut versorgt.« Der Kommissar lächelte Wilhelm an. »Nun?«, sagte er dann und legte die gefalteten Hände auf den Tisch.

Wilhelm räusperte sich. »Joo, also, das ist so ... äh, weil Sie doch einen suchen, der hier vor Jahren gelebt hat. Also, da ist der Gertrud und mir was eingefallen ...«

»Ja?«

»Ich weiß ja nicht, ob's irgendwie wichtig ist, vielleicht wissen Sie's ja auch schon, aber während des Krieges, da hatten manche Bauern Hilfsknechte, aus Russland oder Polen, und wir – also die Gertrud und ich – können uns an einen erinnern. Der soll aber gegen Kriegsende abgehauen sein. Was aus dem geworden ist ... tja, das wissen wir auch nicht.«

Kuhlmann warf Pfeiffer einen Blick zu, dann wandte er sich wieder an seinen Zeugen.

»Wissen Sie noch, wie der Mann hieß?«

Wilhelm zog den linken Mundwinkel hoch. »Nee, wir haben immer Iwan zu ihm gesagt, aber das haben wir zu allen russischen Gefangenen gesagt. Sie wissen ja, diese russischen Namen sind immer so schwer auszusprechen.«

»Natürlich«, pflichtete der Kommissar bei und dachte einen Moment nach. »Bei wem hat denn der besagte Iwan gearbeitet?«

Nun fing Wilhelm an, auf seinem Stuhl hin- und herzurucken.

»Joo, wissen Sie, das is nun so 'ne Sache. Ich will ja keinem Ärger machen. Können Sie das nich selber rausfinden? Ich hab doch nun meine Pflicht getan.«

Der Kommissar seufzte still.

»Sicher können wir das herausfinden, aber es würde die Sache doch sehr verkürzen, wenn Sie uns gleich alles sagen, was Sie wissen, Herr Mertens.«

Der Alte schluckte.

»Aber das haben Sie nicht von mir!« Er ruckte mit dem Kopf

nach vorn und flüsterte fast: »Also, der war lange Jahre bei dem alten Techtelmann auf dem Hof, und dann auf einmal haben sie gesagt, er muss wohl abgehauen sein, nach Russland – aber 'n bisschen komisch war das damals schon. Wer ist denn da freiwillig zu den Kommunisten gegangen? Die wollten eigentlich lieber hierbleiben, haben geweint, wenn sie gehen mussten.«

Wilhelm zuckte vielsagend mit den Schultern.

Der Kommissar lächelte. »Fällt Ihnen sonst noch etwas ein, Herr Mertens?«

»Nö, das war alles.«

»Wunderbar.« Kuhlmann erhob sich, ging um den Schreibtisch herum und ergriff Wilhelms Hand.

»Sie haben uns sehr geholfen, Herr Mertens.«

Er begleitete Wilhelm zur Tür und klopfte ihm anerkennend auf die Schulter.

»Sagen Sie, Herr Mertens, wieso ist Ihnen das denn nicht früher eingefallen? Wir haben Sie doch sicherlich auch nach solchen Vorkommnissen gefragt.«

Der alte Wilhelm kratzte sich am Kopf und wurde zusehends nervös.

»Herr Mertens, Sie haben doch nichts zu verbergen?!«

»Nee, nee, wir haben mit dieser ganzen Sache nix zu tun. Also wenn Sie's wissen wollen«, er flüsterte dem Kommissar ins Ohr, »eins von den Nachbarmädchen hat uns irgendwie an den Iwan erinnert. Am Anfang wussten wir gar nicht, warum die nun plötzlich so anders aussieht. Obwohl wir die ja eigentlich nie gesehen haben. Wir, die Gertrud und ich, haben uns ja im Kloster kennengelernt. Ich war da Gärtner und sie Köchin. Und dann haben wir geheiratet und sind achtundvierzig hierher in die Stadt gezogen und haben da bis vor drei Jahren auch gelebt. Aber das mit dem Gerhard wurde ja immer schlimmer. Und wo sollte der hin? In unsere Wohnung, das ging nicht, die war zu klein. Na ja, und dann ist die Benedikte, was die Mutter vom Heini war, gestorben. Und da haben wir das Altenteilerhaus gemietet.« Wilhelm betrachtete seinen Hut. »Man kommt ja doch immer gerne wieder dahin zurück, wo man jung war. Jedenfalls haben wir die Adelheid eigentlich nie so richtig zu Gesicht gekriegt, und bis vor Kurzem hatte die auch immer diese langen roten Zotteln im Gesicht hängen ...«, sagte Wilhelm etwas unwirsch. »Und dann sind wir drauf gekommen, weil der Iwan auch immer so kurze Haare hatte und so dünn war ... Aber von mir haben Sie das nich!«

Marie hatte bei Gertrud Mertens die Küche gewischt, weil die wieder das Reißen hatte, wie sie es ausdrückte. Sie hatte ihre Mutter, die ihr das aufgetragen hatte, zwar gefragt, wieso Anna, die Tochter des Techtelmannschen Haushaltes das nicht machen konnte, aber Anna ging ja arbeiten. Das hatte Marie jetzt davon.

Wenn es zu Hause nichts zu tun gab, was sowieso nie vorkam, dann konnte sie auch noch bei den Nachbarn helfen – schließlich arbeitete sie ja nicht, und dass Wilhelm, der Herr des Hauses, einen Schrubber in die Hand nahm, kam ja sowieso nicht in Frage. Die Vorstellung reizte Marie zum Lachen. Der alte Wilhelm und wischen. Der würde sich dabei wahrscheinlich die Finger brechen.

Außerdem war er gar nicht da gewesen, was Marie wunderte. Wilhelm ließ seine Gertrud sonst nicht aus den Augen, vor allem nicht, wenn sie krank war. Aber egal, Marie hatte die Sache in zwanzig Minuten erledigt, und Gertrud hatte ihr zum Dank Kekse angeboten und ihr großzügig zwei Mark in die Hand gedrückt.

Sie ging gemächlich die Straße zu ihrem Hof entlang, als sie abgelenkt wurde. Auf Techtelmanns Wiese tummelten sich drei Männer. Ihr Vater und die beiden Techtelmann-Söhne. Anscheinend war der Bulle, der ihnen früher schon Probleme bereitet hatte, wieder mal ausgebrochen und randalierte nun auf Nachbars Weide herum, während der Bernhardiner ihn aus sicherer Entfernung hingebungsvoll verbellte.

Dabei hatte ihm ihr Vater vor einigen Wochen im wahrsten Sinne des Wortes einen Klotz am Hals verpasst. Das hieß, dass ein mittelschwerer Baumstamm mit einem Seil um seinen Hals gebunden war. Und diesen Klotz musste der Bulle – ein kräftiges rotbuntes Tier und wunderschön, fand Marie – seit seinen Befreiungsversuchen im Frühling nun auf der Wiese hinter sich herschleppen. Das hatte seinem kämpferischen Freiheitsdrang einen erheblichen Dämpfer versetzt. Zumindest bis heute.

Marie beobachtete die drei Männer, die versuchten, den schnaubenden Bullen, der sich trotz Klotz am Hals und Stacheldrahtzaun nicht bändigen ließ, zurück in seine heimatliche Weide zu treiben, wobei sie gebührenden Abstand hielten. Blitz war nicht wirklich eine Hilfe, ihm schien das Ganze Spaß zu machen. Er hüpfte, so flink sein hohes Alter und sein Gewicht es zuließen, auf und ab und stieß immer wieder ein sonores »Wuff« aus. Dem Bullen gefiel das nicht. Und da der Hund außer Reichweite war, nahm er schnaubend Johannes ins Visier und trabte mit gesenktem Kopf auf ihn zu.

Johannes ergriff die Flucht und sprang über den Stacheldrahtzaun, was wahrscheinlich nicht nur ein Loch in seiner Hose zur Folge hatte, sondern auch eine passable Schramme auf seinem verlängerten Rücken. Er fasste sich mit schmerzverzerrtem Gesicht an seinen rückwärtigen Körperteil und beobachtete dann seinen Bruder und Hinnerk aus sicherer Entfernung. Dann hatte Hinnerk Marie entdeckt.

»Marie!«, rief er, »komm und stell dich mal an die andere Seite! Sonst muss ich den blöden Bullen erschießen!«

Marie tippte sich an die Stirn. »Ich denk ja nicht dran!«, rief sie zurück.

Während dieser Unterhaltung hatte der Bulle beschlossen, Hinnerk aufs Korn zunehmen.

Josef rief: »Vorsicht!«, und da stürmte der Bulle auch schon auf Hinnerk zu.

Marie hatte ihren Vater noch nie so rennen sehen. Gott sei Dank war der Bulle nicht so schnell, weil er den Klotz hinter sich herzog. Ihr Vater schaffte es gerade noch, sich ebenfalls über den Stacheldraht zu schwingen. Auf der sicheren Seite angekommen, plumpste er wie ein nasser Sack ins Gras.

Marie verkniff sich ein Grinsen und ging zu ihrem Vater, um ihm aufzuhelfen. Jetzt kam auch Blitz angelaufen. Der Bulle schnaubte unwillig.

»So ein blödes Vieh!«, fluchte Hinnerk. »Was sollen wir denn jetzt mit ihm machen?«

Josef Techtelmann hatte sich ebenfalls jenseits des Zauns in Sicherheit gebracht und kam auf sie zu.

»Ich schlage vor, wir lassen ihn, wo er ist, und verrechnen das einfach irgendwie.«

»Jou«, sagte Hinnerk erleichtert. »Das würde ich auch vorschlagen.« Er stand auf und hielt sich die Seite. »Meine Güte, das ist nix für 'n alten Mann. Kommt mal beide mit rein. Für 'n Bier habt ihr doch sicher Zeit?«

Die Nachbarjungen schüttelten die Köpfe. »Keine Zeit, Vatter ist ja noch in der Stadt.«

»Wo ist er denn?«, wollte Marie wissen.

»Bei der Polizei«, antwortete Johannes und strich sich eine blonde Strähne hinters Ohr.

»Aja?«, fragte Marie. »Was wollen die denn schon wieder?«

»Keine Ahnung«, sagte Josef schulterzuckend.

Die beiden Techtelmanns verabschiedeten sich und marschierten breitbeinig davon.

»Ich werd dann mal den Zaun noch sichern«, rief Hinnerk lustlos hinter ihnen her.

Kaum waren die beiden aus ihrem Blickfeld verschwunden, da sahen Hinnerk und Marie, wie der rote Ascona des Kommissars in den Hof bei Techtelmanns einbog.

»Nanu«, meinte Marie, »bringen die Heini zurück?«

»Keine Ahnung«, brummte ihr Vater. »Die sollten sehen, dass sie diese Geschichte endlich lösen, damit hier wieder Ruhe einkehrt.«

Damit wandte er Marie den Rücken zu und hinkte, gefolgt von dem Bernhardiner, zum nachbarlichen Zaun. Der Bulle beobachtete jeden seiner Schritte.

Wie sich später herausstellte, hatten die Polizisten Heini Techtelmann keineswegs zurückgebracht. Im Gegenteil: Sie hatten Josef auch noch mitgenommen, und Anna war später mit Mathilde ebenfalls in die Stadt gefahren.

Das jedenfalls hatte August Heckerhoff zu Hinnerk gesagt, als die beiden sich auf der Straße trafen, wo Hinnerk dabei war, den Zaun zu reparieren und August mit dem Trecker und einer leeren Kippkarre auf dem Weg zur Genossenschaft war, um ein paar Zentner Sojaschrot für die Kühe zu besorgen.

Die Großenjohannschen Frauen rätselten zwar, was da vor sich ging, trauten sich aber nicht, einfach bei Johannes nachzufragen.

19

Der nächste Morgen begrüßte die Birkendorfer wieder mit strahlendem Sonnenschein. Als Marie erwachte, hörte sie das vertraute Gurren der Tauben. Irgendwo in der Ferne kreischte eine Kreissäge.

Sie schwang die Füße aus dem Bett. Nichts und niemand würde sie heute davon abbringen, in die Stadt zu fahren und Judith zu besuchen. Die hatte sie gestern Abend noch angerufen und ihr mitgeteilt, dass sie die Wohnung an der Kilianstraße Ende September beziehen konnten. Das waren zwar noch über vier Wochen, aber sie wollte ja auch in Urlaub fahren. Diese ganze dumme Geschichte mit Elsbeth Techtelmann hatte ihre Sommerpläne völlig durcheinandergebracht.

Es wurde Zeit, sich wieder mit den wichtigen Dingen des Lebens zu befassen, zum Beispiel Urlaub, WG und vielleicht auch noch dem Engländer, wenn sich denn herausstellen sollte, dass er das war, wofür sie ihn gern halten wollte: ein gesetzestreuer Bürger. Bei diesem Gedanken erschrak Marie, die sich gerade die erste Tasse Kaffee eingoss.

Sie war auch so ein Spießer wie die Birkendorfer. Gesetzestreuer Bürger! Was hieß denn das? Im Dritten Reich waren das Leute, die Juden oder Kommunisten an die SS verrieten. Und nur deshalb, weil sie Juden oder Kommunisten oder Zigeuner oder sonstige Andersdenkende, Andersgläubige oder Andersliebende waren und nicht, weil sie irgendetwas Schlimmes getan hatten.

Marie hätte gern gewusst, wie viele Birkendorfer wohl überzeugte Nazis gewesen waren. Sie trank ihren Kaffee aus und stand auf. Ihre Mutter und Oma Minna waren zum Friedhof gefahren, um die Grabstelle ihrer Vorfahren zu pflegen. Das war wichtig. Was sollten schließlich die Leute denken, wenn da alles verlotterte und der Grabstein nicht ordentlich geputzt war? Gerade als sie aufstehen wollte, um sich auf den Weg zu machen, klopfte es an der Küchentür.

»Herein!«, rief Marie und fluchte innerlich.

Eine Sekunde später steckte Mathilde ihren Kopf zur Tür herein. Marie erschrak, als sie die Nachbarin sah. Was war aus der immer gepflegten heiligen Mathilde geworden? Ein verhutzeltes Frauchen mit struppigen Haaren, das einen schmutzigen grauen Kittel trug und rot geweinte Augen hatte.

Marie bot ihr einen Stuhl an.

»Meine Güte, setz dich erst mal, Oma und Mama sind zum Friedhof gefahren, müssten aber jede Minute zurück sein. Möchtest du einen Kaffee? Er ist noch heiß.«

Mathilde rang unschlüssig die Hände, nickte dann aber.

»Ja, einen Kaffee kann ich trinken.«

Marie stellte ihr eine Tasse hin, setzte sich dann wieder auf ihren Platz und wusste nicht, was sie sagen sollte. Aber glücklicherweise hörte sie in diesem Moment einen Wagen auf der Heidekampstraße abbremsen.

»Ach, da sind sie schon wieder«, sagte sie erleichtert, während Mathilde hörbar ausatmete und langsam ihre Tasse nahm und trank.

Marie hatte das Gefühl, es dauere Stunden, bis ihre Mutter endlich die Küchentür öffnete. Zwischenzeitlich hatte sie mit Mathilde über das Wetter geplaudert und war zu der Überzeugung gekommen, dass sie eine passable Birkendorferin abgab. Sie konnte ohne Probleme eine nichtssagende Konversation führen.

»Mathilde«, sagte Hannelore und legte den Autoschlüssel auf den Tisch. Weiter kam sie nicht, denn die Angesprochene brach in Tränen aus.

»Ja, um Himmels willen, was ist denn passiert?«, wollte Hannelore wissen.

Oma Minna legte abwartend den Kopf schief.

»Der Heini liegt im Krankenhaus, und den Josef haben sie festgenommen!«, platzte es aus Mathilde heraus.

Hannelore sank sprachlos auf einen Stuhl. Oma Minna stand immer noch in der Tür und lauerte – worauf auch immer. Und Marie fiel ebenfalls nichts ein.

»Was sagst du da? Der Heini liegt im Krankenhaus? Ja, was hat er denn bloß? Und warum haben sie den Josef verhaftet?«

Mathilde schluchzte. »Der Heini hatte einen Herzanfall, und den Josef … ich weiß auch nicht, was die von dem wollen.« Mathilde schnappte nach Luft und fingerte ein Taschentuch aus ihrer Kitteltasche. Oma Minna schloss die Küchentür und setzte sich auf die Bank. Marie fand, sie guckte für ihre Verhältnisse ziemlich mitfühlend.

»Ja, um Himmels Christi willen, was ist denn bloß los?« Hannelore fuhr sich mit der Hand durch die braunen Locken und schüttelte den Kopf. »Wie geht's denn dem Heini?«

Mathilde schnäuzte kräftig in ihr Taschentuch. »Ach, das geht wohl wieder.«

»Ja, und wie ist das passiert?«, wollte Hannelore wissen.

»Er … er sollte gestern noch mal was zu … zu diesem Engländer sagen, den er doch auf der Wiese gesehen hat, und das … das ist ihm wohl alles zu viel geworden.«

Marie hatte den Eindruck, dass Mathilde ihnen nicht alles erzählte.

»Ja, du lieber Gott«, sagte Hannelore. »Und was ist mit Josef?«

»Ach, die glauben, dass der was mit dem Tod von der Elsbeth zu tun hat! Die sind ja ganz und gar verrückt! Nur weil er sich mit ihr gestritten hat! Dabei haben sich doch mit der Elsbeth immer alle gestritten. Stimmt's nicht, Minna?«

Mathilde warf Oma Minna einen herausfordernden Blick zu, und die schien sich plötzlich von ihrem Mitleid zu erholen, und ihr strenger Knoten, aus dem sich niemals eine Strähne in ihr immer noch glattes Gesicht verirrte, verlieh ihr unnachgiebige Autorität.

»Na ja«, sagte sie und reckte sich, »die Elsbeth war ja auch 'ne ziemliche Kanaille.«

»Oma!«, wies Hannelore ihre Mutter zurecht. »Die Elsbeth ist tot, wie kannst du denn so über sie reden?«

Minna zuckte mit den Schultern. »Als ob das was ändern würde«, murmelte sie.

Niemand antwortete.

»Ja, weswegen ich eigentlich hier bin«, sagte Mathilde. »Heute Nachmittag kommen die Ziegelsteine für die neue Scheune, und nun ist ja keiner da, außer dem Johannes. Ich wollte nur fragen, ob der Hinnerk und Andreas dann mithelfen können beim Abladen?«

Hannelore sagte zu, dass die Männer sich einfinden würden, sobald sie von der Arbeit nach Hause gekommen waren, und Marie fand, es war an der Zeit, sich schleunigst aus dem Staub zu machen, bevor man noch eine Beschäftigung für sie fand. Sie stand auf und verabschiedete sich.

»Muss dringend in die Bibliothek, hab ein Buch bestellt«, sagte sie und beeilte sich, aus der Küche zu kommen.

Als Marie am späten Nachmittag nach Hause kam, war Oma Minna im Garten und pflückte die letzten schwarzen Johannisbeeren. Der Himmel hatte sich zugezogen, aber es regnete nicht. Gute Gelegenheit, ihrer Oma auf den Zahn zu fühlen, dachte Marie. Sie stellte den Wagen ab und begab sich zu den Johannisbeersträuchern. Minna guckte ihr misstrauisch entgegen, pflückte aber fleißig weiter.

Marie klaubte einige der dunklen Früchte vom Strauch und steckte sie sich in den Mund. Sie hatte sich bisher nicht dazu durchringen können, zur Polizei zu gehen und Mark zu verpetzen, und stattdessen beschlossen, genau drei Tage zu warten. Vielleicht tat sich ja bis dahin etwas, und die Polizei hatte den Mörder überführt. Wenn es tatsächlich dieser Matt war, würde sie Mark wohl vergessen müssen, aber wenn es jemand ganz anderer war und dieser Matt nichts damit zu tun hatte … Aber vielleicht hatte ihre Oma ja etwas zu erzählen, das Licht ins Dunkel bringen würde.

Sie wusste nicht recht, wie sie es anstellen sollte, ihre Oma auszufragen. Die wirkte übel gelaunt und verschlossen und blickte vorwurfsvoll zu ihr herüber.

»Du sollst die Beeren doch nicht alle hier essen, wovon sollen wir denn dann noch Marmelade einkochen?«

Marie steckte sich ungerührt noch ein paar von den sauren Beeren in den Mund, wobei sie sich eine Grimasse verkniff.

»Sag mal, Oma, wie war das eigentlich damals im Krieg mit dem Juden? Ihr habt doch einen versteckt, oder?«

Oma ließ den Zweig, den sie gerade bearbeitet hatte, los und sah ihre Enkelin ungnädig an.

»Was weißt du denn davon?«

Marie blinzelte in die Sonne, die sich gerade wieder hervorgewagt hatte, und zupfte ein paar Beeren vom Zweig. Ihre Hände waren schon ganz schwarz.

»Es stimmt also?«, beantwortete sie Minnas Frage mit einer Gegenfrage.

Oma Minna murrte. »Ja, aber irgendwann war er verschwunden. Wahrscheinlich haben sie ihn geholt.« Sie kniff die Lippen zusammen, als wäre das Thema für sie damit erledigt.

»War das nicht gefährlich, damals? Einen Juden zu verstecken?«, insistierte Marie.

Jetzt geriet Oma Minna in Schwung. »Das war ja immer mein Reden! Aber hat dein Opa auf mich gehört? Nein, es musste immer alles nach seiner Mütze gehen.«

Das bezweifelte Marie heftig. Ihr Vater hatte ihr von Opa erzählt. Er sei ein stiller, besonnener Mann gewesen und immer traurig. Im Sommer habe er abends oft allein vor der Deelentür gesessen und vor sich hin gestarrt.

»Aber die Techtelmanns haben doch auch mitgemacht? Oder nicht?«

Oma Minna winkte ab. »Ach die, da ist er nur manchmal gewesen, der Mann.« Oma richtete sich auf und starrte versonnen über die Felder. »Man musste ja immer aufpassen, der alte Heckerhoff war doch so ein Nazi. Wenn der das mitgekriegt hätte …«

Sie steckte ihre Hände in die Taschen ihrer dunklen Kittelschürze und zog ein Stofftaschentuch hervor – Papiertaschentücher lehnte sie kategorisch ab. Die zerfledderten ja in der Waschmaschine, und dass man die eigentlich nicht waschen konnte, sprach erst recht dagegen, welche zu benutzen. Da waren die alten Stofftaschentücher doch was Reelles.

Minna nahm ihre Brille ab und wischte sich über die Augen.

»Ich hab ihn kaum gesehen, den Mann. Er hat in der Kellerkammer gehaust und sich nie blicken lassen. Anton hat ihm immer das Essen gebracht.« Sie schüttelte gedankenverloren den Kopf. »Manchmal, abends im Dunkeln, wenn ihn keiner sehen konnte, ist er über die Felder gegangen.«

Minna stopfte energisch ihr Taschentuch wieder in die Tasche.

»Bodenloser Leichtsinn war das! Ich hab's immer wieder gesagt … und die Hannelore war ein junges Ding. Man musste doch aufpassen, dass die nichts ausplapperte. Aber sie hat ihn kaum zu Gesicht gekriegt und … irgendwann … das war kurz vor Kriegsende, da müssen sie ihn von Techtelmanns Acker geholt haben. Jedenfalls war er plötzlich verschwunden. War ein Wunder, dass sie nicht gleich die ganze Familie mitgenommen haben. Wahrscheinlich haben sie gedacht, der Mann wär auf der Flucht, und er muss wohl geschwiegen haben. Keiner weiß, was aus ihm geworden ist. Sie werden ihn wohl in ein KZ gebracht haben.«

Marie pflückte gedankenverloren weiter, ihre Oma schwieg.

»Hast du nie mit Mama darüber gesprochen?«

»Deine Mutter hat nie danach gefragt. Und … der Opa wollte auch nichts mehr davon hören.«

»Ja, der Opa«, überlegte Marie, »hat er denn nie versucht rauszufinden, wer den Mann verraten hat?«

Oma Minna seufzte tief.

»Dein Opa war nach dem Krieg nicht mehr derselbe. Der hat das alles nicht verkraftet.« Und nach ein paar Sekunden fügte sie mit einem Hauch von Genugtuung hinzu: »Aber der alte Techtelmann auch nicht. Der hat sich nicht umsonst aufgehängt.«

»Oma, hast du der Polizei von diesem Juden erzählt? Vielleicht ist das ja der, der unter unserer Hütte gelegen hat.«

Darauf reagierte Minna unerwartet heftig. »So ein Quatsch!«, rief sie und brach zornig einen Zweig vom Johannisbeerstrauch ab. »Den haben die Nazis geholt, und ich will da jetzt nix mehr von hören!«

Sie nahm sich den nächsten Busch vor.

Marie zog verwundert die Brauen hoch. Sie hatte noch so viele Fragen, vor allem nach den Todesumständen ihres Großvaters. Sie öffnete den Mund, um ihre Oma noch ein bisschen auszuquetschen, aber in diesem Moment kam ihre Mutter in den Garten.

»Mein Gott, das ist nicht zu glauben! Jetzt haben sie Josef laufen lassen und die Franziska abgeholt. Was wollen denn die Polizisten bloß von der Siska? Die tut doch nun wirklich keiner Fliege was zuleide, und was soll die denn schließlich wissen?«

Marie erhaschte gerade noch den wissenden Blick ihrer Oma, bevor die ihre Gedanken wieder hinter einer unbeteiligten Miene versteckte.

Heini und Josef Techtelmann waren wieder zu Hause und Franziska Heckerhoff auch. Techtelmanns haderten mit ihrem Schicksal, und Mathilde reagierte äußerst ruppig, als an diesem verregneten Vormittag Hauptkommissar Kuhlmann und sein Mitarbeiter Kommissar Hövel vor dem Hause Techtelmann darauf warteten, eingelassen zu werden. Beide Männer hatten sich eng an die Haustür gedrückt und wären beinahe wörtlich mit der Tür ins Haus gefallen, als Mathilde unwirsch öffnete.

»Was wollen Sie denn schon wieder? Reicht es nicht, dass Sie meinen Mann ins Krankenhaus gebracht haben und meinen Jungen verdächtigen und vor aller Welt zum Verbrecher stempeln?«

Dabei verschränkte sie die Arme vor der Brust und machte keine Anstalten, die beiden Männer, denen die Nässe bereits von der Nasenspitze troff, hereinzubitten.

Kommissar Hövel nahm Anlauf zu einer barschen Antwort, wurde aber von seinem Chef unterbrochen.

»Sie werden doch sicher einsehen, dass wir allen Hinweisen nachgehen müssen? Dürfen wir reinkommen, wir haben noch ein paar Fragen an Ihren Mann.«

»Was wollen Sie denn jetzt noch von Heini? Der hat Ihnen nix zu sagen«, schnaubte Mathilde. »Suchen Sie Ihre Halunken lieber da, wo Sie welche finden, oder haben Sie diesen Soldaten schon verhaftet?«

Kommissar Kuhlmann zog es vor, die Frage mit einer ultimativen Gegenfrage zu beantworten. Es regnete immer noch heftig.

»Können wir Ihren Mann hier sprechen, oder sollen wir ihm eine Vorladung schicken?«

Mathilde sah nicht so aus, als wolle sie klein beigeben, und zögerte ein paar Sekunden. Anscheinend bereitete es ihr Freude, die beiden Polizisten im Regen stehen zu lassen.

»Na ja«, sagte sie und bewegte sich langsam zur Seite. »Dann kommen Sie mal. Er ist in der Küche. Und behandeln Sie ihn anständig!«, kommandierte sie.

Die Männer betraten den dunklen Flur und schüttelten sich die Nässe aus den Kleidern, was Mathilde mit einem Naserümpfen quittierte.

Heini Techtelmann saß mit gesenkten Schultern am Küchentisch. Vor ihm stand ein Becher Kaffee, und ein unberührtes Butterbrot lag auf einem Holzbrettchen.

Kuhlmann und Hövel setzten sich an den Tisch. Heini beobachtete sie aus halb geöffneten, umschatteten Augen und rührte sich nicht.

»Herr Techtelmann«, begann der Hauptkommissar, »wieso haben Sie uns nichts von dem russischen Zwangsarbeiter erzählt, der während des Krieges auf Ihrem Hof gearbeitet hat?«

Heini zuckte zusammen, er war nervlich wohl enorm mitgenommen.

»Warum … wieso interessieren Sie sich für … Iwan?«

»Sie erinnern sich also an ihn?«

Heini schluckte.

»Was man so ›erinnern‹ nennt. Ich hab ihn nur einmal gesehen, als ich auf Urlaub war. Und das waren nur ein paar Tage, obwohl ich hier auf dem Hof genug Arbeit gehabt hätte, aber man musste sich ja in den Schützengräben verkriechen, anstatt die Felder zu bestellen.«

»Jawoll«, mischte Mathilde, die mit verschränkten Armen am Herd lehnte, sich ein, »und dann haben die Leute hinterher ein großes Wort darüber, dass man die Russen die Arbeit hat tun lassen.«

Kuhlmann hob abwehrend die Hand, denn Heini war aufgesprungen.

»Der Iwan hat es bei uns immer gut gehabt!«, rief er aufgebracht.

»Woher wissen Sie das, wenn Sie ihn nie gesehen haben?«

Heini ließ sich langsam wieder auf die Bank sinken. »Das hat mir mein Vater so erzählt … und meine Mutter auch.«

»Ihre Mutter ist vor vier Jahren gestorben?«

»Ja, sie hatte Zucker.«

Kommissar Hövel wurde ungeduldig. »Was ist nun aus diesem Iwan geworden?«

Heini senkte den Blick. »Das weiß ich nicht. Als ich aus Russland zurückkam, war er weg.«

»Und wann war das? Muss man Ihnen denn jedes Wort aus der Nase ziehen?«, murrte Kommissar Kuhlmann.

»Achtundvierzig«, sagte Heini knapp.

»Und Sie wollen keine Ahnung davon haben, was aus dem Mann geworden ist?«

»Nein, hab ich nicht.«

»Ja, was glauben Sie denn?« Mathilde kam jetzt richtig in Fahrt. »Wie der Heini aus der Gefangenschaft kam, da war er nur Haut und Knochen und hat nur Lumpen am Leib gehabt! Ins Krankenhaus musste er, und da ist er dann nach ein paar Monaten wieder zu Kräften gekommen!«

Kuhlmann musterte Heini einige Sekunden lang still.

»Sagen Sie … wo hat eigentlich Ihre Schwester die Kriegsjahre verbracht?«

Heini ruckte hoch. »Hier auf dem Hof, soweit ich weiß«, sagte er leise. »Warum fragen Sie das?«

Kommissar Kuhlmann lächelt. »Wollen Sie mir im Ernst erzählen, dass Sie das nicht wissen?«

Heini atmete schwer. »Was wollen Sie meiner Schwester da unterstellen? Auch wenn sie tot ist, können Sie jetzt nicht daherkommen und ihren guten Ruf kaputt machen. Auf solche Sachen hat sich die Elsbeth nie eingelassen. So genau hab ich sie immerhin gekannt.«

Kommissar Hövel trommelte mit den Fingern auf die hölzerne Tischplatte. An seinem kleinen Finger prangte ein Ring mit einem roten, quadratischen Stein.

Mathilde verhielt sich auffällig still. Sie guckte versonnen auf das Holzkruzifix, das an der Wand über der Bank hing, direkt neben dem kleinen Altar, der eine Madonna mit dem Jesuskind trug.

»Interessant«, sagte Kuhlmann später im Auto zu seinem Mitarbeiter, »ich bin sicher, dass der uns das Blaue vom Himmel vorlügt. Dieser Kerl weiß genau, dass der Tote unter der Hütte dieser Zwangsarbeiter sein muss. Fragt sich nur, seit wann er das weiß.«

Er dachte einen Moment nach und beobachtete die Scheibenwischer, die sich unermüdlich bemühten, die Fluten von der Windschutzscheibe zu wischen. Es regnete Bindfäden, und Hövel hatte Mühe, wegen des Geprassels auf der Scheibe, das ihm weitgehend die Sicht versperrte, nicht von der Straße abzukommen.

»Wir brauchen jemanden, der uns was über diesen Iwan erzählen kann, und wir müssen überprüfen, ob dieser Techtelmann, der sich so um den guten Ruf seiner Schwester sorgt, tatsächlich erst drei Jahre nach dem Krieg zurückgekommen ist. Das machst du. Und ich«, fügte Kuhlmann mehr für sich selbst hinzu, »werde mich noch mal mit den Ureinwohnern unterhalten.«

»Na ja, davon gibt's ja nicht mehr so viele«, murmelte Hövel, der angestrengt durch die Frontscheibe stierte.

»Ja, leider«, erwiderte Kuhlmann, »oder auch nicht, wie man's nimmt«, fügte er leise hinzu. »Jedenfalls werde ich mich mal etwas ausführlicher mit dem Ehepaar Mertens und Minna Altenbendix unterhalten. Diese alten Weiber wissen doch immer was. Und Minna scheint mir ein ziemlicher Besen zu sein. Glaube nicht, dass die ihre Nachbarin schont, wenn die sich nicht an die Regeln gehalten hat – ganz besonders an die moralischen.«

»Und was ist mit Gottlieb Meierkamp?«, wollte Hövel wissen.

»Ja, dieser Meierkamp ist auch so ein unergründliches Wesen. Man kann sich das Verhalten eigentlich nur so erklären, dass die Krankheit schon das Gehirn angegriffen hat.«

Hövel trat heftig auf die Bremse und fluchte. »Die blöden Tommys können einfach nicht Auto fahren! Ist mir ein Rätsel, wie die den Krieg gewonnen haben. Die schlafen ja auf der Straße!«

Kuhlmann suchte nach dem Gurt. Er war zwar, was das Anschnallen anbelangte, noch etwas zurückhaltend, aber von Fall zu Fall schien es ganz nützlich zu sein.

»Aber der hat doch eine Knochenkrankheit, wie soll die denn auf das Gehirn übergreifen?«, nahm Hovel das Gespräch wieder auf.

»Was weiß ich« erwiderte Kuhlmann mürrisch, »jedenfalls benimmt er sich, als wäre er nicht ganz richtig im Kopf.«

»Ist vielleicht alles nur Tarnung.«

»Ja, vielleicht. Ist auf jeden Fall sehr effektiv, bei den Befragungen kriegt man jedenfalls nichts aus ihm raus.« Kuhlmann rieb sich über die Augen. »Ein Jammer, dass wir Gerhard Mertens nicht noch mal befragen können. Der hätte uns bestimmt einiges erzählen können. Da waren wir zu vorsichtig.«

»Aber sein Tod war doch ein Unfall, steht im Bericht«, sagte Hövel und ignorierte eine rote Ampel.

»Davon können wir jedenfalls ausgehen«, antwortete Kuhlmann. »Und das ist gut so. Noch ein Mord hätte uns ganz schön ins Schwitzen gebracht.«

Kuhlmann beobachtete die Wasserfälle, die die Windschutzscheibe hinabflossen.

»Und dieser Scheunenbrand ist auch so eine Sache«, sagte er gedankenverloren. »Die Feuerwehr hat keine Brandursache gefunden. Und dann die Theorie von dem Penner ... Hat sich da mal einer drum gekümmert?«

»Ja«, Hövel nickte, »wir haben überall rumgefragt, ob jemand einen Unbekannten hat rumlungern sehen. Fehlanzeige, und im Kloster hat keiner von den Jungs unerlaubt gefehlt, sagte Pater Jonas, und dann haben wir noch mal alle befragt, die auf dem Polterabend waren, aber kein Mensch kann sich an was Bestimmtes erinnern. Sagen alle, sie hätten eben ein bisschen gefeiert und getrunken, und ein Unbekannter könnte sich erst weit nach Mitternacht eingeschlichen haben.«

Hövel schaltete einen Gang runter und setzte den Blinker. »Ich glaub nicht, dass das was mit diesen Todesfällen zu tun hat.«

Kuhlmann wiegte den Kopf, sagte aber nichts.

»Tja«, meinte Hövel, »aber wenn die nun alle nichts wissen, oder nichts sagen, wo sollen wir dann weitersuchen?«

»Das wird sich zeigen«, sagte Kuhlmann leise, »aber eins ist klar. Ich werde diesen Sumpf ausheben.«

20

Der Sommer hatte sich vorerst verabschiedet. Der altbekannte Nieselregen, der Ostwestfalen so häufig im Griff hatte, schien die Gegend wieder auf unbestimmte Zeit mit einer alles durchdringenden Feuchtigkeit überziehen zu wollen. Marie hasste solche Tage, an denen die Wolken tief und schwarz über den triefenden Wipfeln der Eichen hingen und die Sträucher traurig die Zweige hängen ließen.

Marie und Oma Minna saßen am Küchentisch und pulten Erbsen. Hin und wieder warf Marie ihrer verbissen schweigenden Großmutter einen Blick zu, aber die presste ihre Lippen fest aufeinander. Hannelore hatte sich ihr gutes Kostüm angezogen und Hinnerk zur Arbeit gebracht. Anschließend wollte sie in die Stadt fahren, zum Einkaufen.

Aber Marie wusste genau, dass es ihrer Mutter nicht ums Einkaufen ging, dazu war sie viel zu aufgeregt gewesen. Nein, sie wollte einfach mal Urlaub haben von ihrer Mutter, ihrem Mann, den Kindern, Haus und Hof und allem, was dazugehörte. Und ein Tag wie dieser, wo auf dem Feld und auch im Garten die Arbeit ruhte, war für eine Bäuerin wie geschaffen dafür, sich mal einen Tag lang um sich selbst zu kümmern.

Es hatte am Morgen Streit gegeben. Nicht den üblichen, um das ewig wiederkehrende Thema vom faulen Hinnerk, sondern Hannelore war aus der Haut gefahren, als sie durch ihren Mann endlich von dem versteckten Juden erfahren hatte, den Oma Minna aus welchen Gründen auch immer bis heute ihrer Tochter verschwiegen hatte. Hinnerk hatte seiner Frau von der Sache erzählt. Am Ende würde sie es sonst noch aus der Zeitung erfahren, und das wollte er auf keinen Fall riskieren.

Als Hannelore ihre Mutter zur Rede stellte und fragte, was sie ihr noch alles nicht erzähle, hatte Oma nur mit den Schultern gezuckt und gesagt, Hannelore müsse ja auch nicht alles wissen, woraufhin diese schweigend die Küche und dann mit ihrem Mann das Haus verlassen hatte.

Marie fand das Ganze durchaus amüsant. Allerdings verstand sie die Aufregung nicht, doch dass ihre Oma nach dem Krieg weiter über die Sache geschwiegen hatte, verstand sie auch nicht. Sie argwöhnte, dass da noch etwas war, worüber ihre Oma nicht reden wollte. Und dieses Etwas hing womöglich mit den mysteriösen Umständen von Opas Tod zusammen, über die sie auch nicht reden wollte. Was war damals geschehen? Und wieso war Opa immer so traurig gewesen? Marie hatte sich fest vorgenommen, es herauszubekommen. Sie würde keine Ruhe geben, auch wenn Oma Minnas Sturheit die eines Maulesels um Längen schlug.

Sie überlegte gerade, wie sie ihre Oma am besten überlisten konnte, als es klingelte. Die beiden Frauen sahen sich erstaunt an.

»Sind das die Zeugen Jehovas?«, fragte Oma Minna. »Dann mach bloß nicht auf!«, versuchte sie Marie aufzuhalten.

Doch ihre Enkelin hatte bereits die Erbsenschüssel beiseitegestellt und war aufgestanden, um zur Haustür zu gehen. Blitz hatte nur kurz den Kopf gehoben. Wahrscheinlich war es ihm zu anstrengend geworden, das ewige Kommen und Gehen, das die letzten Wochen im Großenjohannschen Haushalt geherrscht hatte, wie ein pflichtbewusster Hund zu kommentieren. Früher hatte er die Hausglocke und das Anklopfen der Besucher mit kurzem Bellen verstärkt. Mittlerweile zitterten nicht mal mehr seine Barthaare.

Es waren nicht die Zeugen Jehovas. Es war Kommissar Kuhlmann mit seinem arroganten Mitarbeiter, der Marie anzüglich angrinste, als sie die beiden verblüfft anstarrte.

»Meine Eltern sind nicht da«, sagte sie vorsorglich, aber das schien dem Kommissar nichts auszumachen. »Dürfen wir trotzdem reinkommen?«, fragte er freundlich.

Marie zuckte mit den Schultern und zog die Tür auf, um die beiden hereinzulassen. Sie ging voraus zur Küche, die leer war. Offensichtlich hatte Oma Minna das Weite gesucht.

Der Kommissar setzte sich auf die Küchenbank und legte seinen schwarzen Hut, der ihn wohl vor dem Regen hatte schützen sollen, neben sich auf die Bank. Sein Mitarbeiter blieb an der Tür stehen.

Marie hatte das Gefühl, dass die beiden sich in ihrer Küche schon wie zu Hause fühlten. Sie guckte etwas hilflos von einem zum anderen.

»Äh, möchten Sie einen Kaffee oder was anderes trinken?«, fragte sie, um irgendetwas zu sagen.

»Nein, danke«, murmelte der Hauptkommissar, »Feuchtigkeit haben wir im Moment genug von oben.« Dabei deutete er mit seinem Finger gegen die Decke. »Wir würden uns gerne mit Ihrer Großmutter unterhalten«, fügte er hinzu und blickte sich dabei suchend um. »Ist sie auch nicht zu Hause?«

Marie wusste nicht recht, was sie antworten sollte. Oma Minna war bestimmt nicht scharf darauf, mit den Polizisten zu reden, andererseits, was blieb ihr anderes übrig? Marie räusperte sich.

»Doch, sie ist da, ich nehme an, sie ist im Kuhstall, nach dem Kalb sehen«, log sie.

Sie hatten schon seit mehr als einem Jahr kein Kalb mehr gehabt, weil ihr Vater es ablehnte, sich weiterhin die Nächte bei einer kalbenden Kuh um die Ohren zu schlagen. Die Nachtschicht bei der Army reiche ihm.

Marie fand ihre Oma tatsächlich im leeren Kuhstall – die Rindviecher standen alle auf der Weide – wo sie mit einer Gabel halbherzig den Mist zusammenkehrte.

»Oma, die Polizisten wollen mit dir sprechen.«

Minna stützte sich auf ihre Mistgabel und sah ihre Enkelin argwöhnisch an.

»Wieso?«, knurrte sie dann. »Was wollen die denn von mir? Ich hab denen doch schon gesagt, dass ich gar nichts weiß.«

»Keine Ahnung«, antwortete Marie, »aber sie sitzen allein in der Küche und warten. Nun komm schon endlich. Wer weiß, was die da alles anstellen.«

Das schien ihrer Großmutter einzuleuchten. Sie ließ die Gabel fallen und folgte ihrer Enkeltochter mit flinken Schritten über die Deele zur Küche, wo die beiden Beamten immer noch brav auf ihren Plätzen warteten.

Oma Minna nahm sich einen Küchenstuhl und ließ sich ächzend darauffallen.

Marie fand, dass ihre Oma ein bisschen dick auftrug, aber die Polizisten schienen ihr die Gebrechlichkeit abzukaufen.

»Also, was wollen Sie?«, fragte Minna unwirsch und blickte misstrauisch von Kuhlmann zu Hövel.

Marie hatte sich auf den Stuhl am Fenster gesetzt und wartete gespannt.

»Also«, begann der Kommissar, »Frau Altenbendix, wir haben Sie schon mal danach gefragt, ob Sie sich an jemanden erinnern können, der früher, vielleicht zur Zeit des Krieges, hier in Birkendorf gelebt hat und irgendwann verschwunden ist?«

»Ja«, schnappte Minna, »Und ich hab gesagt: nein.«

»Dann haben Sie gelogen«, sagte Kuhlmann scharf, und Hövel nickte beifällig.

Marie spitzte die Ohren. Das war interessant. Woher wussten die denn jetzt von dem Juden? Jemand musste davon erzählt haben.

Oma Minna zog den Kopf ein.

»Was?«, fragte sie lauter als nötig. Aber Marie wusste, dass sie, die auch in ihrem Alter noch ein ausgezeichnetes Gehör hatte, den Kommissar genau verstanden hatte. Sie wollte wohl Zeit gewinnen.

Kuhlmann guckte sie misstrauisch an und wartete.

Oma Minna wand sich, und Marie wunderte sich. Wieso erzählte ihre Oma nichts von dem Juden?

»Nein«, sagte Minna stattdessen bestimmt. »Ich kann mich an keinen erinnern. Damals ist hier alles Mögliche an Volk rumgelaufen. Soldaten und Flüchtlinge und … was weiß ich noch alles.«

Der Kommissar schürzte die Lippen und nickte bedächtig. Marie überlegte schon, ob sie nicht einfach sagen sollte, was sie wusste, aber da ergriff der Eingebildete das Wort.

»Sie wollen also sagen, dass Sie sich nicht an einen Zwangsarbeiter erinnern, der jahrelang auf Ihrem Nachbarhof gelebt hat?«

Marie stutzte und blickte den Kommissar an. Der schien über die Art seines Mitarbeiters nicht besonders erbaut zu sein, denn er warf ihm einen wütenden Blick zu. Er hatte wohl zu viel verraten. Oma Minna allerdings war noch mehr in sich zusammengesunken und starrte wie ein störrischer Esel auf den dunklen Linoleumfußboden.

Kuhlmann kramte ein Stofftaschentuch aus seiner Hosentasche und schnäuzte sich umständlich. Marie würde nie begreifen, wie Menschen Stofftaschentücher benutzen konnten, wenn es doch Papiertaschentücher gab.

Der Kommissar knüllte seines zusammen und steckte es wieder in die Hosentasche. Dann legte er beide Arme auf den Tisch und lächelte Oma freundlich an.

»Also, Frau Altenbendix, was sagen Sie dazu?«

Marie war nicht weniger neugierig auf Oma Minnas Antwort und starrte sie an.

»Ach der«, sagte Oma dann leichthin, »ja, da war mal einer, soweit ich weiß. Aber, was hab ich denn damit zu tun?«

Kuhlmann verlor langsam die Geduld. Er stieß hart die Luft aus.

»Wissen Sie, was aus ihm geworden ist?«

»Natürlich nicht.« Minna schüttelte heftig den Kopf. »Irgendwann war er weg.«

»Wissen Sie noch, wann?«

»Nein.«

»Sind Sie sicher?«

»Natürlich!«

Marie hatte das Gefühl, dass der Kommissar knurrte.

»Haben Sie mal mit ihm gesprochen?«

»Nein«, sagte Oma Minna.

»Wirklich nicht?«, schnauzte Hövel.

Oma Minna richtete sich auf.

»Junger Mann«, sagte sie drohend, »damals war keine Frau sicher vor irgendwem. Wissen Sie, wie das ist, wenn man sich bei jeder Gelegenheit vor den Soldaten in den Büschen verstecken muss? Sie haben ja keine Ahnung! Nicht mal kleine Kinder waren da sicher!« Oma Minna knetete ihre Hände. »Seine Töchter musste man schützen und die Söhne auch.«

Die beiden Beamten schwiegen. Marie wartete gespannt.

»Wir hatten immer einen vollgepackten Leiterwagen in der Scheune stehen, falls wir Hals über Kopf Haus und Hof hätten verlassen müssen. Und vor keinem hatten wir mehr Angst als vor den Russen.« Minna stand schwerfällig auf. »Und da glauben Sie, ich hätte mich freiwillig mit einem russischen Zwangsarbeiter unterhalten? Was wusste man denn von denen? Ich hatte eine Tochter und wollte mit diesem ganzen Gesocks nichts zu tun haben.«

Nach dieser Rede ließ Minna sich wieder auf den Stuhl fallen und schwieg. Die beiden Polizisten waren einigermaßen ergriffen und schwiegen ebenfalls. Dann erhob sich der Kommissar.

»Tja, wenn Sie uns nichts über diesen Mann erzählen können …« Er vollendete den Satz nicht, schien nicht wirklich zufrieden mit dem Ergebnis des Gesprächs zu sein.

Die beiden Männer verabschiedeten sich, und Marie begleitete sie hinaus. Als sie wieder in die Küche zurückkam, saß ihre Großmutter immer noch auf ihrem Stuhl und starrte auf den Fußboden.

Marie holte schon Luft, um ihre Fragen loszuwerden. Wieso hatte Oma nie von dem Russen erzählt? Wieso hatte sie nie von dem Juden erzählt? Wieso schwieg sie über die Todesumstände von Opa Anton? Aber in diesem Moment stand Minna auf und schnaubte.

»Diese Kerle sind solche Schwatzköpfe.« Energisch schob sie den Stuhl unter den Tisch und verließ die Küche.

Marie blieb nachdenklich zurück.

Hauptkommissar Kuhlmann saß mit Kommissarin Pfeiffer und Kommissar Hövel in seinem engen Büro und versuchte, die Fakten zu ordnen.

»Also, Frau Heckerhoff hat zugegeben, dass ihre Tochter unehelich ist und der russische Zwangsarbeiter vom Techtelmannhof der Vater ist. Diese Neuigkeit – falls es denn wirklich eine ist, bei diesen Dörflern weiß man ja nie – wird in Birkendorf zwar einiges Aufsehen erregen, aber uns hilft es bei den Ermittlungen zum Mordfall Elsbeth Techtelmann nicht weiter.«

Der Hauptkommissar nahm einen Bleistift und kaute darauf herum. »Natürlich wäre das ein Mordmotiv, falls unser Mordopfer davon gewusst hat und der lieben Nachbarin damit gedroht hat, alles zu verraten.«

»Aber warum sollte sie denn dreißig Jahre damit gewartet haben?«, unterbrach ihn Kommissarin Pfeiffer, die halb auf dem Schreibtisch ihres Chefs saß. »Das hätte sie doch längst erledigen können.«

»Vielleicht hat sie es tatsächlich erst bemerkt, als das Mädchen mit dieser neuen Frisur daherkam …«

»Aber die hatte sie doch erst nach dem Tod von der Techtelmann«, warf Pfeiffer ein.

»… oder sie hat es gewusst und aus irgendeinem Grund damit hinterm Berg gehalten.«

Kommissar Hövel stieß ein schnarrendes Lachen aus. »Als ob diese Bauersfrauen mit irgendwas hinterm Berg halten würden. Die freuen sich doch, wenn sie über die Nachbarn tratschen können. Vor allem dann, wenn es um so was wie uneheliche Kinder geht.«

»Da sei mal nicht so sicher«, antwortete Kuhlmann leise, »womöglich haben die ja alle was zu verbergen, und dann kannst du dir die Haare ausreißen, die werden dichthalten.«

»Na, wenigstens können wir davon ausgehen, dass dieser Tote mit den kaputten Füßen unter der Hütte der Russe war, wenn das stimmt, dass die Nazis ihm die Füße gebrochen haben …«, Pfeiffer schüttelte sich, »… meine Güte, was die sich alles haben einfallen lassen, um die Leute zu quälen.«

»Ha«, mischte Hövel sich ein, »da könnte ich dir noch ein paar andere Geschichten erzählen …«

Kommissarin Pfeiffer hob abwehrend beide Hände. »Bloß nicht, das will ich gar nicht wissen. Mir reichen die gegenwärtigen Scheußlichkeiten, die Menschen sich antun.«

Kuhlmann warf seinen Bleistift auf den Tisch. Sein Mundwinkel war schwarz vom Grafit.

»Jetzt bleibt mal bei der Sache, Leute. Wichtig ist doch die Frage: Hat der Tod von dieser Elsbeth Techtelmann was mit dem Skelett zu tun? Hat sie von dem Toten gewusst? Wer hat sonst noch von dem Toten gewusst? Wer hat in der Hütte angefangen zu graben? Warum erst jetzt und nicht in den vergangenen dreißig Jahren? Was hat dieser Engländer mit der Sache zu tun? Hat er überhaupt was damit zu tun? Haben womöglich doch die Jungs vom Kloster was damit zu tun? Und wo, zum Teufel, ist die Mordwaffe?«

Kommissar Kuhlmann war noch nicht fertig, musste aber nach Luft schnappen. »Oder«, fuhr er dann etwas außer Atem fort, »hat die eine Bauersfrau die andere umgebracht, weil die sie erpresst hat?«

Kuhlmann hielt plötzlich inne.

»Das wäre übrigens auch eine Möglichkeit. Die Tote hat die Heckerhoff all die Jahre erpresst, und jetzt hatte die einfach die Nase voll und wollte nicht mehr zahlen. Vielleicht hatte die deshalb so viel Geld.«

Kommissarin Pfeiffer rümpfte die Nase. »Also, … das glaube ich einfach nicht«, sagte sie bestimmt, »wenn diese Heckerhoff was damit zu tun hat – und im Moment hält ihr Mann ihr ja noch die Stange – dann kann das nur ein Unfall gewesen sein. Die Frau erschlägt doch niemanden. Würde sie gar nicht hinkriegen. Und außerdem, wo soll die Techtelmann denn das Geld gelassen haben? Auf dem Konto gibt's jedenfalls keine außergewöhnlichen Bewegungen. Alles nachprüfbar.«

»Vielleicht ging es ja gar nicht um Geld«, sagte Kuhlmann, während Kommissar Hövel verstohlen auf seine Armbanduhr schaute.

Dazu fiel Kommissarin Pfeiffer erst mal nichts ein.

»Worum soll es denn sonst gegangen sein?«, fragte sie dann.

»Um Macht«, antwortete Kuhlmann. »Und wenn ich's mir recht überlege, würde das haargenau zum Charakter unserer Toten passen. Sie hat doch gern die Leute schikaniert. Darin zumindest sind die Dörfler sich einig.«

Die drei Beamten ließen sich diese Möglichkeit einen Moment durch den Kopf gehen.

»Hm«, sagte Pfeiffer dann, »möglich wär's.«

»Was mich noch interessieren würde«, sinnierte Kuhlmann, »ob diese Elsbeth damals auch was mit dem Russen gehabt hat. Immerhin waren sie beide behindert, das verbindet irgendwie. Und dann erfährt diese Frau jetzt, nach dreißig Jahren, dass ihre große Liebe gar nicht abgehauen ist, sondern von irgendwem um die Ecke gebracht wurde … womöglich …«

Kuhlmann sprach nicht weiter. Hövel sah erneut auf seine Uhr. Diesmal etwas weniger verstohlen. Dann knurrte ein Magen.

»Und diese Oma Altenbendix ist auch so ein Fall für sich. Die ist ziemlich durchtrieben und sagt garantiert nicht alles, was sie weiß.«

»Den Eindruck habe ich auch«, stimmte Hövel zu. »Die ganze Familie kommt mir komisch vor. Und dann sind beide Leichen auf ihrem Grund und Boden gefunden worden. Das können wir auch nicht einfach ignorieren.«

Kuhlmann nickte gedankenverloren. »Tun wir auch nicht, aber ich habe das Gefühl, dass wir noch ein bisschen in der Vergangenheit graben müssen. Und damit fangen wir sofort an. Du«, er zeigte auf Pfeiffer, »sprichst noch mal mit dem Pfarrer und den Mönchen vom Kloster. Lass dir einfach aus der Vergangenheit erzählen, und wir beide«, damit war Hövel gemeint, »sprechen noch mal mit dem alten Meierkamp. Wollen doch mal sehen, ob der wirklich nichts von dem Verhältnis seiner Tochter mit diesem Russen gewusst hat.«

»Kann ich erst mal was essen?«, fragte Hövel missgelaunt.

»Wir holen uns eine Currywurst bei Broer.«

Damit war Hövel offensichtlich einverstanden, denn seine Züge glätteten sich.

»Gute Idee«, raunte er, zog seine Anzugjacke über sein weißes Hemd und folgte seinem Chef hinaus auf den Flur.

Gegen drei Uhr am Nachmittag hielt der rote Ascona, der in der Birkendorfer Siedlung mittlerweile so bekannt war wie der Katechismus, auf dem nassen Hofplatz des Heckerhoffschen Anwesens. Die beiden Kommissare stiegen aus. Gottlieb Meierkamp hatte die Regenpause dazu genutzt, sich trotz des düsteren Himmels auf seinem angestammten Platz auf der Hofbank eine Zigarette zu gönnen. Die beiden Polizisten gingen auf ihn zu, Kuhlmann umrundete eine große Pfütze, die Hövel elegant überspringen wollte, was ihm nicht recht gelang. Er landete mit einem Fuß im Regenwasser und fluchte. Der alte Meierkamp, dessen von schwerer Osteoporose gebeugter Rücken sich beim Anblick der beiden Polizisten noch mehr zu beugen schien, blickte den Männern mit gesenktem Kopf entgegen. Er sah aus wie ein lauernder Wolf.

Kuhlmann setzte sich ohne viele Umstände neben den alten Mann, sodass für Hövel kein Platz mehr war, und der sich mit einer Hand lässig an der roten Backsteinwand abstützte und dabei seinen nassen Fuß schüttelte, wie eine Katze, die durch Schnee ging.

Meierkamp ignorierte die beiden und nahm vorsichtig einen Zug aus seiner Zigarette. Kuhlmann lehnte sich zurück und seufzte tief.

»Ach, schön haben Sie's hier«, sagte er und ließ seinen Blick über den etwas verwilderten Vorgarten gleiten. Spärlich blühende gelbe Strauchrosen und üppig wuchernde Rhododendren teilten sich einen schmalen Grünstreifen, der die schwere Haustür aus dunkler Eiche flankierte. »Bei Sonnenschein sicher noch schöner«, fügte Kuhlmann hinzu, aber der alte Meierkamp sagte noch immer nichts.

Der Hauptkommissar schwieg einige Sekunden, dann schlug er sich auf die Oberschenkel.

»Herr Meierkamp, wir sind auf Ihre Hilfe angewiesen«, sagte er und stupste den alten Mann dabei kumpelhaft an die Schulter. »Können Sie sich an einen russischen Zwangsarbeiter erinnern, der während des Krieges hier im Ort gelebt hat?«

Gottlieb Meierkamp sank noch mehr in sich zusammen und nahm mit zitternder Hand einen tiefen Zug aus seiner Zigarette. Die Glut brannte bis auf den Filter ab, was einen beißenden Geruch verursachte. Meierkamp warf die Kippe in eine Pfütze, wo sie zischend verlosch. Er blies den Rauch Richtung Boden und schwieg beharrlich.

Kuhlmann sah ihn wartend an. Dann stand er auf.

»Ich darf Sie dann bitten, mit ins Präsidium zu kommen.«

Das zeigte Wirkung.

»Wieso Präsidium?«, fragte der Alte heiser. »Ich kann hier nicht weg, es ist keiner zu Hause.«

»Das macht gar nichts«, mischte Hövel sich zum ersten Mal ein, und grinsend fügte er hinzu: »Sie schließen einfach die Tür ab.«

Meierkamp blickte Hövel schräg von unten an. »Das Pferd kann jede Minute fohlen, einer muss hier aufpassen. Oder wollen Sie das bezahlen, wenn was schiefgeht?«

Kuhlmann hob die Brauen und wunderte sich über die plötzliche Redseligkeit des alten Mannes. »Wir können uns natürlich auch hier unterhalten, aber dann müssten Sie uns ein bisschen was erzählen. Liegt ganz bei Ihnen.«

Meierkamp kniff die Augen zusammen und friemelte eine Packung Ernte 23 und Streichhölzer aus seiner Brusttasche. Als er den ersten Zug nahm, hustete er.

»Was wollen Sie denn bloß von mir? Ich hab nix mit Elsbeths Tod zu tun. Und diesen Russen hab ich kaum gekannt.« Er schwieg und rauchte. »War ja selber nichts Besseres. Musste genau wie der für andere Leute schuften.«

»Wissen Sie, wann der Mann verschwand und warum?«

Meierkamp lachte röchelnd und hustete wieder. »Irgendwann gegen Kriegsende. Ist lange her.«

»Können Sie das ein bisschen genauer sagen?«

»Nee.«

Kuhlmann sah Hövel an. Der sah aus, als wolle er den halsstarrigen alten Mann schnurstracks verhaften.

Kommissar Kuhlmann musterte den alten Mann schweigend.

»Sagen Sie, Herr Meierkamp«, begann er dann vorsichtig, »hatten Sie einen Grund, diesen Russen nicht zu mögen?«

Meierkamp antwortete nicht sofort. Dann sah er Kuhlmann geringschätzig an.

»Ich versteh Sie nicht«, sagte er dann. »Was fragen Sie so dumm? Ich hab Ihnen doch gesagt, ich hab ihn kaum gekannt.«

Kuhlmann räusperte sich. »Sie wollen also behaupten, dass Sie nicht wussten, dass Ihre Tochter ein Verhältnis mit ihm gehabt hat.«

Einen Moment schien die Zeit stillzustehen. Dann streckte der alte Mann seinen Rücken, so gut es ging, und funkelte den Kommissar an.

»Was fällt Ihnen ein? Meine Tochter hatte kein Verhältnis mit irgendwem! Sie ist Frau August Heckerhoff, seit über dreißig Jahren. Sie macht ihre Arbeit, sorgt für ihren Vater und ihren Mann, hat das Kind zu einem gottesfürchtigen Menschen erzogen, geht zur Kirche und tut auch sonst nur, was sich gehört!«

Kommissar Kuhlmann nahm diese Antwort bewegungslos zur Kenntnis. Sein Mitarbeiter Hövel verdrehte die Augen und begann, um die Pfützen auf dem Hof herumzuwandern. Dabei vermied er es, dem Wasser zu nahe zu kommen.

Der alte Mann erhob sich mühsam und baute sich vor Kuhlmann auf. Sein Körper beschrieb dabei einen Winkel von etwa hundertzwanzig Grad.

»Und wenn Sie sich auf den Kopf stellen. Meine Tochter hat hier auf Heckerhoffs Hof immer in Frieden gelebt. Und jetzt kommen Sie und wollen hier Lügen verbreiten.« Er warf seine Zigarette in hohem Bogen fort. »Machen Sie, dass Sie wegkommen!«

Damit trippelte er mit kleinen Schritten über den Hof Richtung Stall. Seine Arme schlenkerten dabei bis zu seinen Knien.

Kommissar Hövel war wütend. Das merkte man daran, dass er das Gaspedal unverhältnismäßig heftig bediente.

»Wieso haben Sie dem alten Knacker nicht die Wahrheit gesagt? Dann wäre er bestimmt weich geworden«, murrte er und warf unwirsch den vierten Gang rein.

Kuhlmann antwortete nicht. Etwas schien ihn zu beschäftigen.

Hövel blickte ihn an. »Chef, was ist jetzt?«

Kuhlmann brummte und schnallte sich an.

»Quatsch«, sagte er dann, »der und weich werden. Gar nichts wird der uns verraten. Was wir eben gehört haben, ist alles, was wir von dem Alten zu hören kriegen werden. Selbst wenn wir ihn damit konfrontieren, dass seine Tochter ein uneheliches Kind hat, das nicht von ihrem Ehemann ist – wenn er das nicht schon weiß –, werden wir keine Information aus dem rauskriegen. Und wenn er was gewusst hat und mit dem Tod des Russen oder mit dem von Elsbeth Techtelmann was zu tun hatte … Wie sollen wir ihm das jemals beweisen?«

»Immerhin hat er kein Alibi.«

Kuhlmann gluckste leise. »Als ob da irgendeiner ein Alibi

hätte. Jeder war auf dem Schützenfest und hat jeden gesehen, aber festlegen tut sich keiner. Ist irgendwie mal eine neue Variante«, fügte er gedankenverloren hinzu, »keiner von der ganzen Bagage hat ein felsenfestes Alibi, also bleiben alle im Spiel.«

»Aber er hat ja zugegeben, nicht auf dem Schützenfest gewesen zu sein«, wagte Hövel einzuwenden.

Kuhlmann seufzte. »Mach dich nicht lächerlich, glaubst du wirklich, dass dieser Mann, der mir gerade bis zum Bauchnabel reicht, die Frau erschlagen haben kann?«

»Vielleicht simuliert er ja?«

Kuhlmann starrte Hövel ungläubig an. »Du glaubst, er mimt den Glöckner von Notre-Dame, und der Buckel ist nur ausgestopft?«

»Ist ja schon gut«, murrte Hövel, »aber so groß war die Techtelmann ja auch nicht. Gerade mal einszweiundsechzig.«

»Trotzdem«, sagte Kuhlmann und öffnete den obersten Hemdknopf, »das passt einfach nicht. Wenn überhaupt, dann würde ich ihm den Mord an dem Russen zutrauen. Vielleicht hat er doch von dessen Verhältnis zu seiner Tochter gewusst und wollte lieber, dass seine Tochter einen reichen Bauern heiratet statt einen russischen Hungerleider, was sie ja nun auch getan hat. Und da hat er den Störenfried einfach erwürgt. Damals galt ja ein Menschenleben nicht viel. Und das von einem Russen schon gar nicht. Auf jeden Fall hat der Alte sich dadurch einen gemütlichen Lebensabend gesichert.«

Hövel drückte auf die Hupe. »Mensch, du blöder Tommy, hier ist achtzig.«

Nach einem riskanten Überholmanöver auf der belebten Bundesstraße, das Hövel mit wütend geballter Faust in Richtung des verdatterten Mini-Fahrers begleitete, wären sie beinahe auf den vor ihnen fahrenden Käfer aufgefahren.

Kuhlmann ergriff erschrocken seinen Gurt.

»Ruhig Blut, Hövel«, mahnte er seinen heißblütigen Mitarbeiter, »bring mich nicht unter die Erde, bevor ich weiß, wer der Mörder ist.«

Hövel fand das nicht witzig. »Ach, Verkehrshindernisse«, murrte er. »Aber, um auf den Meierkamp zurückzukommen, ich finde, er ist unser Hauptverdächtiger, zumindest, was den Tod dieses Russen betrifft. Wir müssen ihm das nur irgendwie beweisen.«

»Du sagst es«, stimmte Kuhlmann zu, »und da liegt der Hase im Pfeffer.«

21

Marie knatterte in ihrem Käfer auf der Bundesstraße Richtung
Stadt. Sie war am Morgen aus der Küche geflohen. Die Stim-
mung war angespannt gewesen. Zumindest zwischen ihrer
Mutter und ihrer Großmutter. Ihr Vater hatte sich ruhig in seine
Zeitung vertieft, aber Marie hatte das Gefühl gehabt, dass er
triumphierte.

Hannelore hatte Minna vorgeworfen, sie behandle sie wie ein
Kind, und Minna hatte geantwortet, das sei kein Wunder, sie sei
ja auch ein Kind, woraufhin Hannelore festgestellt hatte, dann
brauche sie ja auch nicht mehr zu arbeiten. Oma Minna hatte nur
gelächelt und gesagt, dass sie das von ihrem Mann lernen könne.
Daraufhin hatte Hannelore ihrem Mann die Zeitung weggerissen
und ihn angeschrien, er könne schließlich auch mal was sagen.
Doch Hinnerk hatte nur mit offenem Mund die Hände ausgebreitet und seine Frau fragend angeguckt. Die hatte dann die Küche
verlassen und heftig die Tür hinter sich zugeknallt.

Oma Minna und Hinnerk hatten sich einen missgünstigen
Blick zugeworfen. Und zum ersten Mal hatte Marie das Gefühl
gehabt, dass ihre Großmutter und ihr Vater diese Streitereien
genossen, sie als willkommene Würze in ihrem sonst eintönigen
Leben betrachteten. Sie fragte sich nur, wie sie das ihrer Mutter
begreiflich machen sollte.

An der ersten Telefonzelle am Weg hielt sie an und rief beim
Medical Center an. Mark war gerade in einer Besprechung, aber
die Frau am Telefon versicherte ihr auf Englisch, dass er in etwa
einer halben Stunde wieder zu sprechen sei. Marie dankte ihr und
verabschiedete sich.

Sie fuhr zum Liboriberg und parkte den Wagen. Da dunkle
Wolken am Himmel aufzogen, brauchte sie nicht nach einem
schattigen Plätzchen zu suchen.

Sie ging die Rosenstraße hinab Richtung Westernstraße und
bummelte durch die Geschäfte, bevor sie erneut das nächste Telefon ansteuerte.

Diesmal erreichte sie Mark, er hatte noch bis halb zwölf zu tun, um zwölf wollten sie sich in der Stadtschänke am Marienplatz treffen. Jetzt war es kurz vor elf. Sie überlegte, was sie so lange machen sollte. Zum Einkaufen hatte sie keine Lust. Sie beschloss, im Paderquellgebiet spazieren zu gehen, einem kleinen Park, unterhalb des Domes gelegen und nur wenige hundert Meter vom Marienplatz entfernt. Sie hatte sich gerade auf den Weg gemacht, als sie Manfred Hecker mit einem langhaarigen Typen auf sich zukommen sah.

»Mist«, sagte sie zu sich selbst, konnte sich aber nicht mehr rechtzeitig abwenden.

»Hey, Maria«, sagte Manfred, und Marie hasste ihn dafür umso mehr. Der Typ neben ihm guckte genauso dämlich aus der Wäsche wie Manfred, fand Marie.

»Hallo«, grüßte sie zurück und wollte einfach an den beiden vorbeigehen, als Manfred sie am Arm fasste und festhielt.

»Wie sieht's mit den Leichen bei euch aus?«, fragte er, und die beiden kicherten blöde.

Marie verdrehte die Augen und versuchte, ihren Arm zu befreien.

»Ist ja gut«, beschwichtigte Manfred sie. »Das ist übrigens Wilfried«, stellte er seinen pickligen Kumpel vor.

Marie lächelte, schließlich konnte der Knabe nichts für sein Aussehen, und gab ihm die Hand. Der Junge errötete und wirkte wie ein Neuntklässler, obwohl er schon über achtzehn sein musste.

»Wollen wir was trinken gehen?«, fragte Manfred. Marie wollte schon ablehnen, als er fortfuhr. »Haben deine Tommys denn mittlerweile gestanden?«

Marie schnappte nach Luft. »Wieso? Was gestanden?«, brachte sie mühsam hervor.

»Na, den Mord an Elsbeth natürlich, was denn sonst?«

Manfred grinste hämisch, Wilfried leicht entrückt, als hätte er nicht zugehört.

Marie wechselte das Standbein. »Wieso sollten die das gestehen?«, fragte sie und tat gelangweilt, was ihr nicht gerade leichtfiel.

»Na, hör mal«, sagte Manfred. »Jeder in Birkendorf weiß doch, dass dieser Schwarze das gewesen sein muss. Stand doch groß und breit in der Zeitung. Und …«, die Häme war immer noch in seinem Gesicht zu sehen, »dass die Typen auf dem Schützenfest waren, wissen wir ja. Hab ich sogar ausgesagt. Und nicht nur ich.« Manfred lächelte so hinterhältig, dass Marie ihm am liebsten eine ins Zifferblatt gehauen hätte.

»Ach ja«, sagte sie und schob ihre braunen Locken hinters Ohr, »haben sie sie schon verhaftet?«

Dabei schaute sie von einem zum anderen. Wilfried hatte die Hände tief in seine Jeanshosentaschen gesteckt und strahlte sie aus seinem Pickelgesicht an. Marie strahlte zurück. Man konnte nie wissen.

Manfred zuckte mit einer Schulter. »Ja, haben sie, die Bullen sind ja Gott sei Dank nicht völlig daneben.«

»Na, dann ist ja alles geklärt, oder?« Marie schlug das Herz bis zum Hals, aber sie ließ sich nichts anmerken und zwinkerte Wilfried zu, um Manfred zu ärgern, der ihr auch prompt den Gefallen tat.

»Jedenfalls«, sagte er und reckte das Kinn, »weiß man ja, was man von den Tommys zu halten hat. So eine alte Frau zusammenzuschlagen … eine Schande.« Manfred hörte sich schon an wie sein Vater, der Bürgermeister.

»Und weiß man schon, warum sie die Elsbeth zusammengeschlagen haben?«, wollte Marie wissen.

Manfred verschränkte die Arme und wippte auf seinen Fußballen vor und zurück. Marie hatte den Eindruck, dass er sich so größer fühlte.

»Na, warum wohl?« Manfred kam ihrem Gesicht sehr nahe. »Weil die Alte sie bei einem Schäferstündchen in der Hütte gestört hat und der Tommy die Nerven verloren hat, ist doch klar.«

»Tatsächlich?«, sagte Marie und versuchte, sich ihre Aufregung nicht anmerken zu lassen. Was wusste dieser Blödmann, das sie nicht wusste?

»Und das steht in der Zeitung?«, fragte sie dann. »In welcher? Ich hab gar nichts darüber gelesen.«

»Na ja«, sagte Manfred und schnalzte mit der Zunge, »nicht

in der Zeitung, das sind vertrauliche Informationen aus … politischen Kreisen.«

Meine Güte, dachte Marie, wo hatte der Kerl bloß plötzlich dieses Vokabular her.

»Musst du nicht arbeiten?«, lenkte sie von den politischen Kreisen ab.

Manfred stand unversehens wieder auf dem schmutzigen Erdboden.

»Urlaub steht einem ja wohl auch mal zu«, sagte er knapp.

»Natürlich«, erwiderte Marie und legte Wilfried die Hand auf den Arm. »Schönen Tag noch«, sagte sie, lächelte dem pickligen Jüngling wohlwollend zu und marschierte davon.

Als sie wenige Minuten später die Parkanlage des Paderquellgebietes unterhalb des Domes betrat, konnte sie die Idylle nicht recht genießen. Sie umrundete das größte der fünf Quellbecken, in denen sich das Wasser der Paderquellen sammelte, ohne auch nur einen Blick für die Schönheit des kleinen Parks zu erübrigen. Sie war wütend, fühlte sich betrogen. Am liebsten würde sie diese unselige Verabredung einfach ignorieren, aber dazu war sie zu neugierig.

Was war da geschehen? Und woher wusste Manfred davon? Nicht dass es sie überraschte, dass dieser Matt offensichtlich doch der Täter war, aber Mark hatte sie belogen. Das fühlte sich schrecklich an. Ihre Augen wurden feucht, und sie blinzelte. Bloß jetzt nicht heulen!

Sie sah auf die Uhr, fünf vor zwölf. Sie wollte sich auf den Weg machen, aber auch auf keinen Fall vor Mark eintreffen und in der Kneipe auf ihn warten. Also nahm sie eine neue Runde in Angriff. Vielleicht ganz gut, wenn sie sich noch ein bisschen bewegte, sie sollte sich beruhigen, dachte sie, durfte ihm nicht zeigen, wie viel ihr an ihm lag. Das gäbe ihm Macht über sie.

Als hätte er die nicht schon längst. Und kam es darauf an? Sollte sie vielleicht ihre Gefühle zeigen? Ihn anschreien, dass er ein mieser Lügner sei? Marie verlangsamte ihren Schritt. Aber vielleicht hatte er sie gar nicht belogen. Vielleicht hatte Matt auch ihn belogen? Vielleicht fühlte er sich genauso betrogen wie sie?

Marie nahm sich vor, die Sache einstweilen von dieser Seite zu betrachten, drehte sich auf dem Absatz um und erklomm schnellen Schrittes die Treppe vor der Abdinghoff-Kirche, einer der wenigen evangelischen Kirchen in der Gegend.

Pünktlich um fünf nach zwölf betrat sie die recht schmucklose Stadtschänke, in der sie früher oft mit ihren Freundinnen nach der Schule noch etwas getrunken hatte, und sah sich um. Er war nicht da. Sie setzte sich an einen der Tische und bestellte eine Cola. Ich geb ihm fünf Minuten, sagte sie sich und wusste doch, dass sie ihm weitaus mehr geben würde.

Aber das war nicht nötig, denn in diesem Moment betrat Mark die Schänke und sah sich suchend um. Er trug ein weißes, langärmeliges Hemd und eine dunkle Stoffhose. Ein ungewöhnlicher Anblick, der Marie gefiel. Als er sie sah, lächelte er verhalten. Er kam an den Tisch, küsste sie leicht auf die Wange und setzte sich neben sie. Marie hätte fast vergessen, dass sie eigentlich wütend auf ihn war. Sie zwang sich, ihn vorwurfsvoll anzusehen.

»Sie haben Matt verhaftet?«

Sein Lächeln erstarb.

»Ja.«

»Also hat er gelogen«, sagte Marie.

In diesem Moment kam die Kellnerin und stellte die Cola auf den Tisch. Mark bestellte einen Kaffee.

Als sie wieder allein waren, legte er den Arm auf die Lehne. Marie schloss die Augen. Er roch so angenehm kunstlos nach Seife.

»Das glaube ich nicht«, sagte er. »Aber Matts Freundin hat die Nerven verloren und es ihrem Vater gesagt, und der hat dann wohl gleich die Polizei angerufen. Daraufhin haben sie Matt abgeholt. Ich war bei der Vernehmung dabei. Er hat ihnen genau das erzählt, was er auch mir erzählt hat, aber …«

»Sie glauben ihm nicht?«, vollendete Marie den Satz.

»Nein«, sagte Mark und nahm das kleine Kaffeetablett entgegen, das die Kellnerin gerade an den Tisch brachte.

»Und was jetzt?«

Er löffelte Zucker in seinen Kaffee und goss Milch dazu.

»Ich weiß nicht«, sagte er, nahm einen Schluck und verzog den Mund.

Marie lächelte. »Mit etwas weniger Zucker schmeckt er besser«, sagte sie.

»Tut er nicht«, antwortete er und strich ihre Haare zurück.

Marie nahm einen Schluck von ihrer Cola. »Und, was ist jetzt mit dir? Bist du auch verhaftet, als Mitwisser oder wegen Unterschlagung von Beweismitteln oder wie man das nennt?«

»Bis jetzt nicht«, antwortete er ernst, »aber ich hoffe, dass Matt das für sich behält, dass er mir das schon vor Wochen gesagt hat.«

Marie schluckte. »Und wenn er's nicht tut?«, fragte sie, ohne ihn anzusehen.

»Dann weiß ich auch nicht«, sagte er.

Einen Moment lang sagte keiner etwas. Dann legte Marie den Kopf schräg.

»Lass uns doch mal davon ausgehen, dass dein Matt die Wahrheit sagt«, begann sie, »dann ist er immerhin ein wichtiger Zeuge, genau wie Barbara, oder?«

»Ja«, stimmte Mark zu.

Marie drehte gedankenverloren ihr Colaglas. »Und wenn Barbara seine Aussage in allen Teilen bestätigt, können sie ihn – und auch Barbara – doch eigentlich nicht festhalten.«

»Ich denke nicht«, antwortete Mark, »zumindest bei uns in England ist das so. Mit der deutschen Justiz kenne ich mich nicht so aus.«

»Wir haben ein paar Fortschritte gemacht seit dem Krieg«, meinte Marie, und Mark grinste breit.

Plötzlich fasste Marie einen Entschluss.

»Weißt du was«, sagte sie, »wir sollten uns mal eingehend mit Barbara unterhalten.«

Mark schob sein Kaffeegedeck mit der noch vollen Tasse zur Seite.

»Ja, das könnten wir natürlich, aber was soll dabei rauskommen? Die Polizei hat sie doch sicher schon intensiv verhört. Und was soll Barbara erzählen, das Matt nicht schon erzählt hat?«

Marie zuckte mit den Schultern. »Das weiß ich noch nicht.

Aber irgendwie hab ich das Gefühl, dass wir was tun müssen. Und das ist das Einzige, was mir einfällt.«

»Wenn du meinst«, flüsterte er ihr ins Ohr und küsste dann sanft ihren Nacken. Marie schauderte. In ihrem Bauch tobten tausend Fledermäuse.

Hauptkommissar Kuhlmann war schlecht gelaunt. Er fuhrwerkte durch die Gänge der Polizeidirektion wie eine abgehende Lawine in den Alpen. An seinem Büro angekommen, riss er die Tür auf und stürmte an seinen Platz, Hövel und Wecker von der Spurensicherung folgten mit gesenkten Köpfen und bauten sich wie zwei unartige Schüler vor Kuhlmanns Schreibtisch auf.

»Es ist nicht zu fassen, wie man das übersehen konnte!«, rief er in Richtung Wecker, der den Kopf einzog. »Wie lange sind Sie eigentlich schon bei der Polizei? Fünfzehn Jahre? Zwanzig? Und dann passiert Ihnen so was?«

Wecker hob den rechten Zeigefinger, um sich zu rechtfertigen, wurde aber von Kuhlmann niedergeredet.

»Was immer auf diesem Stein noch zu finden ist, kriegen Sie es raus!«, donnerte er. »Wenn Sie und Ihre Mitarbeiter dumm genug waren, ihn zu übersehen, dann sollten Sie jetzt mal auf Touren kommen! Klar!«

»Ich glaube nicht …«, begann Wecker vorsichtig und wurde sofort unterbrochen.

»Was Sie nicht glauben, ist mir ganz egal.« Kuhlmann fasste sich an die Stirn. »Es ist unfassbar«, murmelte er erschöpft.

»Aber da hätten wir gar nichts gefunden, auch nicht, wenn wir den Stein sofort als Mordwaffe identifiziert hätten. Die Strömung im Bach ist an dieser Stelle ziemlich stark. Das Wasser hätte schon nach wenigen Stunden alle Spuren verwischt. Außerdem …«, fügte Wecker ein bisschen bockig hinzu, »wenn wir da alle Steine hätten einsammeln wollen …«

»Aach«, knurrte Kuhlmann und winkte ab. Er lehnte sich zurück und atmete tief durch. Eine Weile starrte er schweigend auf den Papierberg, der sich mittlerweile auf seinem Schreibtisch angesammelt hatte, dann schüttelte er müde den Kopf.

»Am liebsten würde ich den Kerl verprügeln. Wenn ich bedenke, wie schnell wir den Fall womöglich hätten lösen können, wenn der Dämlack die Mordwaffe nicht weggeworfen hätte.«

»Na ja«, Wecker reckte das Kinn, »Verprügeln wär dem wahrscheinlich sogar lieber als die Anzeige, die er jetzt am Hals hat.«

»Gut möglich«, antwortete Kuhlmann, »aber den Gefallen tu ich ihm nicht.«

Dann wandte er sich an Hövel, der sich unauffällig an die Tür zurückgezogen hatte, wahrscheinlich in dem Bemühen, sich unsichtbar zu machen und dem Sturm zu entgehen. »Wo ist Kommissarin Pfeiffer?«, fragte er unwirsch.

»Immer noch bei den Befragungen«, entgegnete Hövel devot, denn er war an dem Schlamassel mit dem Stein nicht ganz unschuldig. Der hatte sich nämlich in dem Sektor befunden, den er damals abgesucht hatte.

In diesem Moment betrat Kommissarin Pfeiffer das Büro, und Wecker verließ es. Sie schien die Spannung in der Luft zu spüren, denn sie sah Hövel fragend an, aber der zuckte nur mit den Schultern, während Kuhlmann in seinem Drehstuhl Halbkreise beschrieb.

»Also«, fragte er, »hast du wenigstens irgendwas rausgefunden, womit wir weitermachen können?«

Pfeiffer schürzte die Lippen. »Tut mir echt leid, aber kein Mensch konnte mir irgendwas Aufschlussreiches sagen. Die meisten können sich gar nicht mehr dran erinnern, dass da mal ein Zwangsarbeiter in der Siedlung gelebt hat, und in den Archiven der Zeitungen aus der Zeit von etwa einem Jahr vor Adelheid Heckerhoffs Geburt steht überhaupt nichts. Wir sind allerdings noch nicht ganz damit durch. Zwei Leute sind bestimmt noch bis heute Abend damit beschäftigt.«

Kuhlmann lag mehr auf dem Schreibtisch, als dass er davor saß. Der rechte Ellbogen war aufgestützt, die Wange hing in der rechten Faust.

»Warum muss mir das so kurz vor der Pensionierung passieren?«, murmelte er halblaut.

Dann schloss er die Augen und rührte sich für fast eine Minute überhaupt nicht.

Der Chef war doch nicht etwa eingeschlafen?

Pfeiffer räusperte sich, und Kuhlmann warf ihr einen skeptischen Blick zu.

»Ich schlafe nicht, falls du das meinst«, sagte er unwirsch, »ich denke. Und wollt ihr wissen, was ich denke?«

Die beiden nickten betreten.

»Ich denke, ihr solltet das auch tun. Setzt euch an eure Schreibtische und geht die Vernehmungsprotokolle noch mal durch. Irgendwas stimmt hier nicht, und wir haben es übersehen. Und morgen früh um neun kommt ihr her und teilt mir das Ergebnis eurer Denkarbeit mit. Und jetzt verschwindet.«

Pfeiffer und Hövel sahen sich unschlüssig an. Keiner rührte sich.

»Na, was?«, schnauzte Kuhlmann, und die beiden verdatterten Polizisten begaben sich widerstrebend an ihre Schreibtische.

Marie und Mark waren um kurz nach zwei aufgebrochen und noch ein bisschen über die Westernstraße gebummelt. Um halb drei hatte Mark sich mit einem Kuss verabschiedet, er müsse noch arbeiten, leider, hatte er gesagt, und war zu seinem Auto gegangen, das er auf dem Kamp geparkt hatte. Marie war zurückgegangen zum Liboriberg, wo ihr Käfer widerwillig ansprang, und nun war sie auf dem Heimweg.

Um halb acht wollte Mark sie zu Hause abholen, und dann wollten sie gemeinsam bei Barbara vorbeifahren. Marie war sich zwar nicht sicher, wie ihre Eltern reagieren würden, wenn ein Tommy sie abholte, aber sie hatte keine Lust, darauf Rücksicht zu nehmen. Es gab wichtigere Dinge. Anfangs hatten sie überlegt, ob Marie das allein übernehmen solle, aber sie war dagegen gewesen. Dazu kannte sie Barbara einfach nicht gut genug. Wenn Mark dabei war, würde Barbara bestimmt mehr erzählen, falls sie denn etwas zu erzählen hatte.

Um kurz nach halb vier betrat sie die Küche, wo Mathilde Techtelmann bei ihrer Mutter und Oma am Tisch saß. Oma Minna schlug mit einer Gabel Eischnee in einem Teller steif, was die Unterhaltung der beiden jüngeren Frauen nicht unwesentlich störte. Marie fragte sich zum x-ten Mal, wieso ihre Oma sich nicht an den Handmixer gewöhnen konnte. Aber wahrscheinlich wollte sie das gar nicht, schließlich konnte das nicht jede, mit einer Gabel Eiweiß steif schlagen. Marie jedenfalls hatte es aus Neugier einmal versucht, aber es war ihr nicht gelungen. Bei ihr bildete sich allenfalls etwas Schaum auf dem hartnäckig flüssigen Eiweiß.

Marie grüßte höflich, setzte sich an den Tisch und goss sich Kaffee aus der Warmhaltekanne ein. Sie wollte wissen, was ihre Mutter und Mathilde sich zu erzählen hatten.

»Man hat das ja kommen sehen«, sagte Mathilde gerade, »dass das irgendwas mit den Tommys zu tun haben würde, aber unseren Sohn zu verdächtigen, die eigene Tante erschlagen zu haben … das war ja nun wirklich ein starkes Stück.«

»Jou …«, pflichtete Hannelore ihr bei und warf Oma Minna einen missbilligenden Blick zu, aber die ließ sich nicht erweichen und schlug unverdrossen weiter ihren Eischnee, »… obwohl man ja anfangs auch gedacht hatte, es wären die Jungs vom Kloster gewesen.«

»Na ja, das hätte ja genauso gut sein können, aber bei diesen ganzen Untersuchungen ist ja nun nix rausgekommen. Und …«, Mathilde rückte ein bisschen näher an Hannelore heran, »… weiß man denn nun eigentlich schon, wie das Ganze vonstattengegangen ist?«

»Tja«, sagte Hannelore, »wie der Hinnerk vorhin von der Arbeit kam, hat er gesagt, dass dieser schwarze Soldat Beweismittel vernichtet haben soll – oder wie die das nennen –, und deswegen wird er auch verdächtigt. Aber ob er nun wirklich was mit Elsbeths Tod zu tun haben soll, das wissen sie immer noch nicht oder können ihm das nicht nachweisen.« Sie faltete die Hände und legte sie auf den Tisch.

Mathilde richtete ihre Frisur, die heute wieder tadellos saß. Den grauen Kittel von ihrem letzten Besuch hatte sie gegen einen makellos weißen eingetauscht. Heini und Josef waren rehabilitiert. Stattdessen hatten sie den Engländer eingebuchtet. Das passte weitaus besser in ihr Weltbild. Sie konnte den Kopf wieder oben halten und Oma Minna, deren Eischnee sich mittlerweile zu einer Art Wellenbrecher auftürmte, einen ärgerlichen Blick zuwerfen.

»Ja, und was um Himmels Christi willen hatte der Kerl in der Hütte zu suchen?«, fragte sie dann an Hannelore gewandt.

Die wiegte vielsagend mit dem Kopf.

»Tja, er war auf dem Schützenfest mit einem Mädchen zusammen gewesen. Da kannst du dir ja denken, was die da vorhatten.«

»Meine Güte«, Mathilde konnte es nicht glauben, »was denken sich denn die Mädchen bloß? Von Männern hat man ja nichts anderes zu erwarten, aber eine Frau …«

Marie hörte zu und trank ihren Kaffee. Er war wie immer stark und bitter, sodass sie ihn mit viel fettiger Kondensmilch verdünnen musste, was ihm eine unvergleichlich cremige Konsistenz verlieh. Glücklicherweise neigte weder ihre Familie noch sie selbst zur Fettleibigkeit, sodass sie diesem Genuss bedenkenlos frönen konnte.

Oma Minna war mittlerweile hinausgegangen, kam aber gleich wieder zurück. Der Pudding musste wohl noch warten, bis sie ihre Neugier befriedigt hatte.

»Tatsächlich?«, sagte Mathilde gerade mit glänzenden Augen. »Die Barbara Kohlmüller? Aber die kann doch gerade mal sechzehn sein.«

»Nee, ein bisschen älter ist sie wohl, sonst müsste man den Eltern ja wirklich noch Vorwürfe machen. Aber, wenn man die Kinder nicht richtig erzieht, dann werden sie unvernünftig«, sagte Hannelore mit einem Seitenblick auf ihre Tochter.

Marie wusste nicht recht, was ihre Mutter ihr damit sagen wollte, verstand es aber als Warnung, sich nicht auf solche Abenteuer einzulassen.

»Jou«, sagte Mathilde mit Leidensmiene, »man versteht die Welt nicht mehr.«

»Ja«, stimmte Hannelore zu, »da hast du wohl recht.«

Mathilde starrte einen kurzen Moment auf den Tisch. Marie hatte den Eindruck, dass sie irgendwas sagen wollte, aber nicht recht wusste, wie.

»Ja«, begann sie dann und wand sich ein bisschen, »und dass dieser Tote da unter der Hütte der Zwangsarbeiter von damals gewesen sein soll … Man fragt sich ja wirklich, was sich da wohl abgespielt hat … damals.« Sie blickte Hannelore lauernd an.

Die senkte unmerklich den Kopf und blickte ebenso lauernd zurück.

»Tja, vielleicht hatte der ja da auch ein Schäferstündchen gehabt.«

Mathilde zuckte nur leicht zusammen. »Ja, mit wem denn wohl?«

»Wer weiß?«, sagte Hannelore und trank einen Schluck Kaffee.

Mathilde wandte sich nun an Minna, die bisher eisern geschwiegen hatte.

»Minna, weißt du denn gar nicht mehr, was da los war?«

»Ich weiß von gar nichts«, sagte Minna. »Aber vielleicht wusste die Elsbeth was.«

»Wie meinst du das?« Mathilde richtete sich erschrocken auf.

»Na, irgendeinen Grund muss sie ja gehabt haben, in unseren Schuppen zu gehen«, brauste Minna auf.

»Ja … das wissen wir doch! Sie hat da diesen Schwarzen mit seiner Freundin überrascht.«

Marie hütete sich, den Damen Marks Version zu erzählen. Das würde unweigerlich zu der Frage führen, woher Marie ihre Informationen hatte, und das wollte Marie nicht verraten.

»Und was hat der Soldat mit dem Skelett zu tun?«, fragte Minna nun.

Hannelore und Mathilde starrten Minna an.

»Na, das wissen wir doch nicht!«

Marie blickte staunend von einer zur anderen. Die Unterhaltung entwickelte sich spannender als erwartet. Aber Oma schien keine Lust mehr zu haben. Sie stand auf und wollte die Küche verlassen.

»Vielleicht wusste die Elsbeth ja wirklich von dem Skelett«, sagte Marie dann und griff Oma Minnas Argument wieder auf.

»Ja, was soll denn die Elsbeth mit dem Tod von diesem Russen zu tun gehabt haben?«, fragte Mathilde pikiert.

»Gar nichts«, beteuerte Hannelore eilig. »Die war ja damals eine junge Frau und hat sich um solche Leute nicht gekümmert«

»Eben«, sagte Mathilde mit unwilligem Blick auf Marie. »Da muss man schon aufpassen, bevor man solche Gerüchte in die Welt setzt!«

Marie antwortete nicht. Sie musste ihrer Oma recht geben. Es war gut möglich, dass die alte Elsbeth ein Verhältnis mit diesem Russen gehabt hatte, und wenn man diesen Gedanken zu Ende dachte … Sie erhob sich, verabschiedete sich und verließ, ebenso wie ihre Oma, die Küche.

Mathilde schickte ihr einen bösen Blick hinterher.

22

Pünktlich um halb acht bog ein dunkelroter BMW in die Einfahrt von Großenjohanns Hof ein. Marie lag zwar hinter ihrem Fenster auf der Lauer, wartete aber trotzdem, bis es klingelte. Dann lief sie die Treppe hinunter, öffnete die Tür und bat Mark, schon mal einzusteigen. Sie musste sich noch von ihren Eltern verabschieden, die vor dem Fernseher saßen.

Oma Minna stand wahrscheinlich an ihrem Zimmerfenster und rätselte, wer ihre Enkelin da abholte, und Marie wusste auch, dass ihre Mutter es Oma Minna gleichtun würde, kaum dass sie das Haus verlassen hatte.

Aber das war ihr egal. Sie hatte keine Lust auf lange Erklärungen, sie hoffte nur, dass niemand das englische Nummernschild erkannte, denn dann würden die beiden Frauen sie später löchern.

Barbara Kohlmüller lebte mit ihren fünf Geschwistern in einem kleinen Einfamilienhaus in Osterkotten, einer Siedlung, die kaum zwei Kilometer von Birkendorf entfernt war. Normalerweise hätte Marie diesen Weg zu Fuß bewältigt, aber dann hätte sie wie auf einem Laufsteg an den Nachbarhäusern vorbeigehen müssen, und das mit einem Mann, den man in Birkendorf noch nie gesehen hatte. Seine kurzen Haare würden ihn wahrscheinlich sogar als Tommy entlarven, das wäre dann in der Tat eine Sensation.

Nicht dass ein unbekanntes Auto mit dem Steuer auf der rechten Seite und der Nachbarstochter auf der linken weniger Aufsehen erregen würde, aber wenigstens waren sie damit schneller unterwegs.

Mathilde Techtelmann, die gerade mit einem Bündel Petersilie aus ihrem Garten jenseits der Straße kam, machte große Augen, als Marie ihr aus einem Auto mit englischem Nummernschild zulächelte. Bestimmt würde sie heute Abend noch einen Vorwand finden, um Hannelore anzurufen.

Wenige Minuten später waren sie am Ziel. Das Haus der Kohlmüllers hatte wie die Häuser der Nachbarn ein spitzes Dach, der dunkelgraue Putz bröckelte, und die Fensterrahmen benötigten dringend einen frischen Anstrich. Dichte Stores hingen vor den Fenstern. Mark parkte auf dem Bürgersteig. Kein Mensch war zu sehen, wahrscheinlich saßen alle Osterkottener vor dem Fernseher.

Sie stiegen aus, öffneten ein wackliges Holztor und gingen über unebene Steinfliesen durch einen kleinen Vorgarten, den ein einzelner Rhododendronbusch zierte, zur Haustür. Marie sah, dass sich eine Gardine bewegte.

Sie klingelte. Sie warteten, aber nichts tat sich. Mark wollte schon aufgeben, als sich endlich langsam die Tür öffnete und ein finster dreinblickender dürrer Mann mit Glatze Mark misstrauisch musterte.

»Guten Abend«, sagte Marie, »könnten wir kurz mit Barbara sprechen?«

Herr Kohlmüller verschränkte die Arme und warf einen Blick auf das Auto.

»Von den Tommys kommt mir hier keiner ins Haus«, raunte er Marie zu, »mit denen hatten wir genug Ärger.« Er warf Mark einen Seitenblick zu, war wohl der Meinung, dass der ihn nicht verstand.

Mark verzog keine Miene.

»Wir fahren dann nach Hermannsheide«, erwiderte Marie steif. »Könnten Sie Barbara bitte sagen, dass ich mit ihr sprechen möchte.«

Kohlmüller trat langsam wieder zurück ins Haus und warf die Tür zu. Marie errötete und starrte Mark an. Der grinste nur.

»Was passiert jetzt?«, fragte er.

»Keine Ahnung«, sagte Marie, »aber wenn sich nichts tut, klingele ich noch mal.«

Doch das schien nicht nötig zu sein, denn im Innern war lautes Gepolter zu hören.

»Wieso sagst du mir nichts?«, rief eine Frauenstimme, und eine Sekunde später wurde die Tür aufgerissen, und eine verheulte Barbara blickte ihnen aufatmend entgegen.

»Gott sei Dank«, seufzte sie und fiel Mark um den Hals, »endlich jemand, mit dem ich reden kann.«

Marie räusperte sich. »Äh, wollen wir in den ›Schlauen Ochsen‹ fahren? Da können wir reden.«

Barbara nahm Marie erst jetzt wahr. Sie lächelte sie an, ihre dunkelblonden langen Haare hingen ihr wirr ins Gesicht.

»Okay«, sagte sie, »aber ich hab jetzt kein Geld dabei.«

»Kein Problem«, sagte Mark und führte die beiden Frauen zum Wagen.

Zwanzig Minuten betraten sie den »Schlauen Ochsen«. Ludger, der Wirt, stand hinter der Theke und schaute in die Ferne. Marie bemerkte, dass Mark ihn prüfend ansah.

»Keine Sorge«, sagte sie, »der sieht immer so aus.«

Sie setzten sich an den einzigen freien Tisch. Marie grüßte Norbert Brautmüller, der mit einem Bier am Flipperautomaten auf einem Barhocker saß und fragend zu ihr hinüberblickte.

Oje, dachte sie, hoffentlich kommt er nicht rüber. Aber im Moment schien er vollauf mit seinem Automaten beschäftigt zu sein.

Marie ging zur Theke und bestellte zwei Cola, eine ohne Eis, und ein Bier. Ludger nickte, ohne den Blick aus der Ferne zu nehmen.

Sie setzte sich neben Mark und hoffte, dass Norbert die Botschaft verstand. Zwei Minuten später – die Barbara dazu nutzte, sich die Nase zu putzen und die verheulten Augen hinter ihrem Pony zu verbergen – kam Ludger gemessenen Schrittes mit ihren Getränken an den Tisch. Marie wunderte sich immer wieder, dass er trotz seiner offensichtlichen Entrücktheit die Bestellungen immer tadellos erledigte.

Barbara nahm ihr Glas und trank es zur Hälfte aus. Dann leckte sie sich die Lippen.

»Leute«, begann sie und seufzte, »ihr könnt euch nicht vorstellen, was ich durchgemacht habe.«

»Dann erzähl mal«, sagte Marie, »was ist an dem Abend genau passiert?«

Barbara streckte die Füße unter dem Tisch aus und schloss die Augen.

»Meine Güte«, stöhnte sie dann, »ich weiß nicht, wie oft ich

das jetzt schon erzählt habe, aber ich bin froh, dass es raus ist.«
Sie sah Mark an. »Was passiert jetzt mit Matt?«

»Keine Ahnung«, sagte der. »Aber ich befürchte, sie werden ihn anzeigen.«

Barbaras Augen füllten sich mit Tränen.

»Es ist alles meine Schuld. Wir wollten eigentlich gar nicht zu eurer Hütte. Matt wollte unbedingt in den ›Scotch Club‹, aber ich hatte keine Lust, da hinzufahren … und Sekt und Bier hatte ich auch gekauft … Na ja, jedenfalls sind wir dann doch zur Hütte, es war ja noch nicht so spät, und …«, sie schluckte und starrte auf ihr Glas, »… ich hab den Wagen am Weg geparkt, … und dann wollten wir da ein bisschen picknicken …«

Sie nahm ihre Cola, trank sie aus und starrte dann eine Weile vor sich hin.

Mark und Marie warteten gespannt.

»Wie ging's weiter?«, fragte Marie ungeduldig, als Barbara keine Anstalten machte weiterzureden.

Barbara zog die Schultern hoch.

»Ja, dann … sind wir rein … Es war ja schon fast dunkel … und …«, sie wischte sich mit dem Handballen eine Träne von der Wange. »Dann bin ich über die Elsbeth gefallen, direkt auf diesen blöden Stein … und da hat Matt einfach Panik gekriegt!«

Sie war laut geworden, sodass die Gespräche an der Theke verstummten und Norbert ihnen einen neugierigen Blick zuwarf. Wenigstens ließ er sie in Ruhe, dachte Marie und war ihm dankbar dafür.

Mark ergriff Barbaras Hand und drückte sie.

»Und dann hat er den Stein weggeworfen.«

Barbara nickte stumm. »Ja, ich hätte ihn ja davon abhalten müssen, aber ich war so geschockt von dem ganzen Blut … und Matt hat gesagt, wenn meine Fingerabdrücke dadrauf sind, dann würden sie uns beschuldigen, die Elsbeth mit dem Stein erschlagen zu haben. Das wäre doch für die Polizei das Einfachste, und glauben würde das auch jeder, weil sowieso immer die Tommys an allem schuld sind.«

»Was für ein Quatsch!«, platzte Marie heraus. »Wieso hätte Matt denn die Elsbeth umbringen sollen?«

»Na, sie hätte uns doch dort erwischt haben können«, sagte Barbara.

Marie ließ sich das eine Weile durch den Kopf gehen.

»Hast du eine Idee, was die Elsbeth in unserer Hütte gemacht hat?«

»Keine Ahnung, wirklich. Allerdings … da lag noch irgendwas rum, könnte eine Harke oder Gabel gewesen sein, ich bin nämlich auf einen Stiel getreten.«

Die drei überlegten eine Weile, und Mark bestellte noch eine Runde Getränke.

»Seltsam«, sagte Marie, »womöglich werden wir nie erfahren, was sich da abgespielt hat.«

»Also, wenn du mich fragst«, sagte Barbara, »ich glaube, die hat was von diesem Skelett gewusst. Vielleicht wollte sie … nachschauen.« Barbara musterte Marie eine Weile, dann räusperte sie sich. »Äh, jetzt mal wirklich. Das ist ja auch echt ein Hammer. Weißt du irgendwas darüber?«

»Nein«, sagte Marie, ohne Mark anzusehen, »was sollte ich darüber wissen? Wir sind von dieser Sache genauso geschockt wie alle anderen.«

»Schade«, seufzte Barbara und nahm einen großen Schluck Cola. »Wenn man nicht irgendwie in der Sache drinhängen würde, wäre es direkt spannend, was?« Sie sah Mark bewundernd an. »Und du warst sogar in der Zeitung!«

»Ja, leider«, brummte Mark.

Sie tranken schweigend und hingen ihren Gedanken nach.

Auf dem Weg zum Auto legte Barbara ihre Hand auf Maries Arm. »Übrigens, bestell deiner Oma schöne Grüße … Und danke, dass sie uns nicht verraten hat.«

Marie dachte zuerst, sich verhört zu haben. Sie blieb stehen und starrte Barbara an.

»Wie bitte?«, fragte sie heiser.

Mark war bereits dabei, den Wagen aufzuschließen. Barbara zögerte einen Moment.

»Deine Oma ist uns auf dem Feldweg entgegengekommen, wahrscheinlich hat sie die Autolichter gesehen. Ich hab kurz angehalten und ihr gesagt, wir hätten meinen Onkel, Bruder Benedikt, im Kloster besucht. War zwar schon ein bisschen spät, aber was hätte ich denn sonst sagen sollen, warum ich um zehn Uhr abends auf dem Feldweg unterwegs bin.«

Marie stutzte. Ja, sie kannte Bruder Benedikt, alle kannten ihn, er war einer der wenigen Mönche, die noch im Kloster lebten. Irgendwie fühlte sich plötzlich alles taub an. Mark, der ihr die Wagentür öffnete, bewegte sich wie in Zeitlupe. Sie bemerkte noch, dass er sie merkwürdig ansah, als sie wie in Trance an ihm vorbeischwebte und sich ins Auto setzte.

Später rüttelte jemand an ihrer Schulter und sie hörte von fern, wie jemand ihren Namen rief.

»Marie! Hörst du mich?!«

Sie riss sich zusammen und blickte Mark voll an. »Warum schreist du denn so? Ich bin doch nicht taub.«

Er berührte mit den Fingern ihre Stirn und kniff misstrauisch die Augen zusammen.

»Geht's dir gut?«

»Natürlich«, antwortete sie schroffer als beabsichtigt, »wieso denn nicht?«

Er sagte nichts, sah sie nur nachdenklich an. Dann startete er den Wagen und fuhr los.

Während der Fahrt schwieg Marie. Barbara redete unablässig über ihre und Matts Zukunftspläne. Wenn sie ihre Lehre als Verkäuferin beendet haben würde, wollten sie heiraten. Mark hörte zu, stellte höflich Fragen und warf Marie ab und zu einen Blick zu.

Wenige Minuten, nachdem sie Barbara zu Hause abgesetzt hatten, stoppte Mark seinen BMW vor der Großenjohannschen Haustür. Er stellte den Motor ab und wandte sich Marie zu.

»Was ist los?«, fragte er.

Sie wollte nicht mit ihm darüber reden. Was hätte sie auch sagen sollen? Dass sie sich fragte, was ihre Oma über Elsbeths Tod wusste, denn dass sie etwas wissen musste, stand für Marie fest. Sonst hätte sie doch von dem Wagen erzählt, den sie gesehen hatte. Oder wurde ihre Oma langsam debil?

Er streichelte sachte über ihre Wange. Sie schluckte und schloss die Augen. Wie gern hätte sie ihn jetzt mit hineingenommen, ihren Eltern vorgestellt. Sie hätten sich zwar gewundert, wären ihm aber höflich begegnet. Ihre Bedenken, dass sie sich mit einem Engländer einließ, würden sie ihr dann am nächsten Morgen zum Frühstück serviert haben, und zwar mit vereinten Kräften. Aber da musste sie sowieso irgendwann durch, wenn sich aus dieser Sache etwas entwickeln sollte.

Mark legte den Arm um sie und küsste sie auf den Mund. Sie schob ihn sachte zurück.

»Ich … muss jetzt gehen, sonst kommt mein Vater gleich raus.«

Mark verzog den Mund. Marie öffnete die Tür, aber dann überlegte sie es sich anders. Sie drehte sich noch mal um, umfing mit beiden Armen seinen Hals und küsste ihn leidenschaftlich. Warum sollte sie sich das nicht gönnen, wenn sie ihn doch womöglich nie wiedersah? Wer wollte schon etwas mit einer Familie zu tun haben, die Leichen auf ihrem Grundstück hortete?

Dann stieg sie aus, schlug die Wagentür zu und ging, ohne sich noch mal umzudrehen, zur Haustür.

23

»Wir haben den Spaten.« Hövel und Kampmann von der Spusi, der das Corpus Delicti gefunden hatte, standen strahlend vor Kuhlmanns Schreibtisch. Hövel hatte Kampmann den Spaten abgenommen und war triumphierend damit in das Büro seines Chefs gelaufen. Kampmann blieb ihm dicht auf den Fersen.

Der Hauptkommissar blickte überrascht auf.

»Na endlich! Wo?«

»Auf einer Weide, die zum Techtelmann-Hof gehört«, sagte Kampmann.

Der Kommissar wurde wütend. »Ach, und wieso hat das so lange gedauert?«

»Weil die Weide den Höfen gegenüberliegt, auf der anderen Straßenseite. Zwischen dem Tatort und dem Fundort liegen die Äcker, die Höfe und die Straße. Dann hätten wir gleich ganz Birkendorf durchsuchen können. Außerdem …«

Kuhlmann winkte unwirsch ab.

»Haben Techtelmanns den Spaten als ihren identifiziert?«

»Nicht eindeutig, sagten aber, sie hätten einen, der genauso aussieht wie der, den wir gefunden haben. Die Bauern kaufen solche Gerätschaften bei der dortigen Genossenschaft ein. Sind alle ziemlich identisch.«

»Vielleicht hatten sie ja zwei?«

»Das wussten die beiden nicht genau.«

»Habt ihr Spuren gefunden?«

»Ja, die Erde, die an der Schaufel war, ist schon im Labor.«

Kommissar Kuhlmann lehnte sich zurück und legte die Fingerspitzen aneinander.

»Was ist mit Fingerabdrücken?«

»Jede Menge, aber das dauert, die auszuwerten.«

»Natürlich«, sagte Kuhlmann.

»Aber«, Hövel sah aus wie einer, der gerade im Lotto gewonnen hatte, »der Spaten gehört mit an Sicherheit grenzender Wahrscheinlichkeit den Großenjohanns.« Hövel hielt seinem

Chef den Spatengriff unter die Nase. »Hier, auf dem Griff, das sind Brandspuren. Und wir hatten ja bei denen auch keinen gefunden.«

Kuhlmann, der seine erste Tasse Kaffee schlürfte, blickte Hövel misstrauisch an.

»Ach«, sagte er und stellte seine dampfende Kaffeetasse auf seine Schreibtischunterlage, wobei er wie immer nach einer Lücke zwischen den Papieren, die sich dort türmten, suchen musste. Er rückte seine Brille zurecht und untersuchte den Spatengriff, dessen Querbalken tatsächlich kleine Brandlöcher aufwies.

»Der Großenjohann klopft doch immer und überall seine Pfeife aus. Da kann schon mal das eine oder andere Brandloch entstehen.«

»Jaaa«, sagte Kuhlmann gedehnt, »aber das beweist gar nichts. Brandlöcher können auch entstehen, wenn Zigaretten – oder Zigarrenasche – irgendwo drauffällt.«

»Ja, aber Asche fällt doch nicht immer auf dieselbe Stelle. Und außerdem kann man auch die kleinen Dellen sehen, die der Pfeifenkopf hinterlassen hat.«

»Hm.« Kuhlmann gab Hövel den Spaten zurück und griff nach seiner Tasse. »Hast du den Großenjohann schon dazu befragt?«

»Äh, nein.«

Kuhlmann lächelte seinen Untergebenen wohlwollend an. Seine Laune hatte sich merklich gebessert. Er trank in kleinen Schlucken seinen Kaffee und leckte sich die Lippen.

»Dann werden wir Herrn Großenjohann mal um eine Identifizierung bitten.«

Marie war an diesem Morgen spät aufgestanden, teils, weil sie schlecht geschlafen hatte, teils, weil sie sich scheute, die Aufgabe, die auf sie wartete, anzugehen. Sie musste ihre Oma fragen, ob Barbara die Wahrheit gesagt hatte.

Aber warum hätte Barbara lügen sollen? Nein, nein, es würde schon stimmen, und sie hatte es auch nicht geträumt. Ihre Oma hatte ihnen allen verschwiegen, dass sie an dem Abend, an dem Elsbeth gestorben war, ein Auto auf dem Feld gesehen hatte. Warum nur?

Marie hatte geduscht und sich in die Küche gesetzt, wo die Familie mit Ausnahme von Andreas, der schon früh zur Arbeit gefahren war, zusammensaß. Oma und ihre Eltern – ihr Vater hatte Nachmittagsschicht – hatten sich zum zweiten Frühstück um den Tisch versammelt und teilten sich wie immer das West-fälische Volksblatt, das aber seit mehreren Tagen keine Berichte mehr zu dem ominösen Kriminalfall auf der Olsterwiese gebracht hatte.

Anscheinend kam die Polizei mit ihren Ermittlungen keinen Schritt weiter. Es war halb zehn. Marie nahm sich Kaffee und setzte sich an den Tisch. Essen konnte sie nichts, und die Do-senmilch vergaß sie auch. Alle lasen konzentriert die Zeitung. Nur Oma Minna blickte ab und zu über den Zeitungsrand und musterte ihre Enkelin missbilligend.

Marie war das alles vollkommen egal. Sie wusste nicht, wie sie ihre Oma fragen sollte. Hier vor den Eltern? Vielleicht würde sie sich dann stur stellen. Marie beschloss, ihre Neugier noch eine Weile zu bezähmen, bis sie Oma Minna allein erwischte, und griff nach dem überregionalen Teil des Volksblattes, der niemanden zu interessieren schien.

Dann konnte Hannelore sich nicht mehr beherrschen.

»Sag mal, wer war denn das, mit dem du da gestern weggefah-ren bist?«

Marie war nicht in Plauderstimmung. »Warum willst du das wissen?«, fragte sie schroff. »Ich schlafe nicht mit ihm, falls du das meinst.«

Ihre Oma duckte sich, und ihre Mutter schnappte nach Luft. Nur ihr Vater schmunzelte.

»Ja … das will ich doch hoffen«, schnaufte Hannelore, »an-scheinend ist er ja Engländer, aber du musst ja wissen, was du tust.«

Aha, Mathilde hatte also angerufen. Marie überlegte noch, ob sie fragen sollte, was Mathilde sonst noch gesagt hatte, aber sie hatte jetzt wirklich andere Sorgen.

Unversehens wurde sie der Pflicht einer Antwort enthoben, denn es klingelte. Sie sprang auf. Alles war besser, als hier auf heißen Kohlen zu sitzen. Marie ging zur Tür. Es waren dieser

Kommissar und sein unsympathischer Mitarbeiter. Wenn der ihr jetzt dumm kam …

Kommissar Kuhlmann lächelte höflich. »Guten Morgen, könnten wir bitte mit Ihrem Vater sprechen? Ist er zu Hause?«

Marie bat die beiden herein. Wenige Minuten später verließ ihr Vater mit den beiden Beamten den Hof. Ihre Mutter jammerte. Oma war verschwunden.

Im Befragungsraum des Polizeipräsidiums saß ein schnaubender Hinnerk den beiden Beamten gegenüber.

Kuhlmann blätterte in aller Ruhe seine Akten durch, während Hövel demonstrativ Däumchen drehte.

»Herr Großenjohann«, sagte der Kommissar dann, »wir wollen uns noch mal genau über den Abend unterhalten, als Ihre Nachbarin starb.«

Hinnerk sah Kuhlmann schräg an. »Ich weiß ja nicht, was Sie sich jetzt wieder ausgedacht haben, aber ich hab mit dieser ganzen Sache überhaupt nichts zu tun!«

»Dann erklären Sie uns noch mal ganz genau, was Sie an dem besagten Abend getan haben.«

»Das hab ich Ihnen doch schon gesagt. Außerdem ist das schon so lange her.«

»Es wäre besser für Sie, zu kooperieren …«

»Ach was, kooperieren, wobei denn? Sagen Sie mir endlich, warum ich hier bin. Ich hab nichts verbrochen!«

Kuhlmann gab Hövel ein Zeichen, dieser verließ den Raum, kam bald darauf wieder zurück und legte den Spaten auf den Tisch.

»Ist das Ihrer?«

Hinnerk stutzte, betrachtete den Spaten und brach in Gelächter aus.

»Das weiß ich doch nicht! Spaten sehen doch alle gleich aus, aber … wir haben bestimmt auch so einen. Wenn Sie ihn bei uns gefunden haben, wird es wohl unserer sein.«

»Sehen Sie sich mal den Griff an«, wies ihn Kuhlmann an. »Kann es sein, dass Sie gerne Ihre Pfeife darauf ausklopfen?«

Hinnerk warf einen Blick auf den Griff und nickte dann. »Ja, sieht aus wie unserer.«

Kuhlmann beugte sich vor und sah Hinnerk fest an.

»Wie erklären Sie sich, dass wir auf Ihrem Spaten Spuren der gleichen Erde wie in Ihrer Hütte gefunden haben?«

»Ja und?«, meinte Hinnerk. »Was wollen Sie damit sagen?«

»Na, denken Sie mal scharf nach!«, rief der Kommissar.

Hinnerk zog die Schultern hoch. »Was weiß ich denn, warum auf unserem Spaten Spuren von der Hüttenerde ...« Hinnerk schwieg.

Langsam dämmerte es ihm, warum er hier war. Er starrte den Kommissar an. »Sie wollen also sagen, dass ich in der Hütte rumgegraben habe. Ja, und? Das kann ich ja irgendwann gemacht haben, wenn ich's denn wirklich getan haben sollte, was nicht stimmt.«

Hinnerk schwieg wieder und dachte nach.

»Aach, so ist das, irgendwer wollte in der Hütte was ausgraben ... vielleicht das Skelett?« Hinnerk sah Kuhlmann provozierend an. »Und weil der Spaten unserer ist, verdächtigen Sie mich.« Wieder Schweigen. Dann brach Hinnerk in Gelächter aus. »Mein Gott, den kann sich doch jeder genommen haben ... oder sogar die Elsbeth ...«, er sprach nicht weiter und blickte versonnen ins Nichts.

»Oder glauben Sie, dass ich mich mit Elsbeth um den Spaten geprügelt habe?« Der Gedanke schien ihn zu amüsieren.

Kuhlmann runzelte die Stirn und warf Hinnerk einen warnenden Blick zu.

»Herr Großenjohann, ich glaube, Sie haben noch nicht realisiert, dass Sie in Schwierigkeiten sind.«

»Wieso denn das? Was werfen Sie mir vor? Dass irgendwer mit unserem Spaten in unserer Hütte Leichen ausgraben will?«

»Es liegt nahe, dass Sie dieser Jemand sind. Immerhin haben wir die Tote auf Ihrem Grund und Boden gefunden, und ein handfestes Alibi für die Todeszeit haben Sie auch nicht.«

Hinnerk blickte von Kuhlmann zu Hövel und wieder zurück.

»Sie müssen ja ziemlich verzweifelt sein, wenn Sie keinen anderen möglichen Täter haben als mich«, raunte er. »Dann sagen Sie mir doch mal, welchen Grund ich haben sollte, die Elsbeth um die Ecke zu bringen.«

»Das möchten wir von Ihnen wissen, aber vielleicht …«, Kuhlmann wurde jetzt kumpelhaft, »vielleicht war's ja auch ein Unfall. Wir wissen ja, dass diese Frau in der Nachbarschaft nicht besonders beliebt war. Da kann man dann schon mal aus der Haut fahren, wenn sie einem auf die Nerven geht. Stimmt's? Erzählen Sie mal, womit hat sie Sie geärgert?«

Hinnerk schwieg für ein paar Sekunden, und dann lachte er aus vollem Halse. »Ha, mir ist ja selten ein Mensch so egal gewesen wie die alte Elsbeth, und außerdem war ich auf dem Schützenfest. Ich bin seit ewigen Zeiten nicht mehr in dem Stall gewesen.«

Kuhlmann spielte mit seinem Bleistift. »Vielleicht war's ja auch Ihre Frau. Oder Ihr Sohn? Oder sonst wer aus der Familie?«

Hinnerk war blass geworden.

»Völliger Blödsinn«, blaffte er.

»Tja«, sagte der Kommissar, »das ist alles sehr rätselhaft. Ist mir in meiner Laufbahn noch nicht untergekommen, so ein Fall. Und wissen Sie was? Es ist total ärgerlich!«

Kommissar Kuhlmann sprang auf und verließ den Raum. Hinnerk und Hövel blieben verdutzt zurück.

Als Hövel wenig später leise Kuhlmanns Büro betrat, brütete dieser dumpf über seinem Schreibtisch.

»Hast du ihn gehen lassen?«, fragte er.

»Noch nicht«, sagte Hövel, »soll ich?«

»Ja klar!«, donnerte Kuhlmann zurück, und Pfeiffer, die in diesem Moment das Büro betrat, machte auf dem Absatz kehrt und verschwand wieder.

Marie ließ ihre Mutter in der Küche jammern. Sie konnte ihr nicht helfen. Stattdessen machte sie sich auf die Suche nach Oma Minna, die sich bestimmt in den Garten verzogen hatte. Es versprach, ein warmer Tag zu werden, und es empfahl sich, die Früchte im Garten zu ernten, solange die Sonne noch nicht allzu hoch am Himmel stand.

Ihre Oma machte sich an den Stangenbohnen zu schaffen, und Marie gesellte sich zu ihr.

»Oma«, begann sie ohne Umschweife und zupfte eine Bohne von der Ranke, »du hast an dem Abend, an dem die Elsbeth starb, ein Auto den Weg an der Olsterwiese entlangfahren sehen. Du brauchst es gar nicht zu leugnen«, wehrte sie ab, noch bevor ihre Großmutter protestieren konnte. »Entweder sagst du mir jetzt, was du weißt, oder ich geh zur Polizei.«

Das schien Eindruck zu machen, denn Oma Minna hielt im Pflücken inne.

»Kind, das war doch nur dieses Mädchen aus Osterkotten. Sollte ich das denn wirklich der Polizei sagen?«

»Oma«, sagte Marie ungehalten, »du bist doch sonst nicht so verständnisvoll. Ich will jetzt endlich wissen, was da los ist.«

Oma Minna hörte auf zu pflücken und sog tief die Luft ein.

»Ach Kind«, sagte sie dann, und Marie wunderte sich über die Sanftheit in ihrer Stimme. »Man soll die Vergangenheit ruhen lassen. Reden ist Silber«, sagte sie mit erhobenem Zeigefinger, »und Schweigen ist Gold.«

Marie stampfte mit dem Fuß auf. »Nein, Oma, es kann auch genau umgekehrt richtig sein. Und jetzt ist es wirklich Zeit, zu reden.« Sie lächelte ihre Oma liebevoll an.

Die wich ihrem Blick aus und blickte zu Boden.

»Löit, ich weiß doch gar nichts«, sagte sie dann leise. »Und was ich weiß, willst du nicht wissen.«

Damit wandte sie sich wieder den Stangenbohnen zu. Aber so leicht gab Marie nicht auf.

»Warum hat Opa sich umgebracht?«

Minna zuckte zusammen, sah aber ihre Enkelin nicht an.

»Ach«, sagte sie unwirsch, »das ist doch alles dummes Gerede, »dein Großvater hatte einen schrecklichen Unfall. Und das war's.«

Marie konnte es nicht fassen. Wie konnte ein Mensch so stur sein?

»Oma«, sagte sie drohend, »willst du wirklich, dass ich zur Polizei gehe?«

Minna schwieg einen Moment. »Tu das nicht, Kind. Es wird uns alle nur unglücklich machen.«

Marie wusste nicht weiter. Aber sie konnte sich einfach nicht damit abfinden, dass ihre Oma ihr Geheimnis womöglich mit ins Grab nehmen würde.

»Oma«, fuhr sie geduldig fort, »Opa hatte einen tödlichen Unfall, sein Nachbar und Freund erhängt sich in seiner Scheune. Alles innerhalb von nicht mal zwei Jahren. Das ist doch kein Zufall. Irgendwas ist da passiert, und ich glaube, es hat etwas mit dem Skelett zu tun.« Marie trat näher an Oma Minna heran, die verbissen weiter Bohnen pflückte.

»Und weißt du, was ich noch glaube? Die Elsbeth hat gewusst, was es war, und deshalb musste sie sterben.«

Minna hörte auf zu pflücken und schüttelte sachte den Kopf.

In diesem Moment kam ihre Mutter in den Garten gelaufen.

»Wo seid ihr denn bloß alle?«, jammerte sie. »Marie, willst du denn nicht mal bei der Polizei anrufen und fragen, was da los ist?«

Marie brummte verärgert. »Mama, du glaubst doch nicht, dass ich da irgendwas erfahre.«

»Das weißt du doch gar nicht«, lamentierte ihre Mutter, »du kannst es doch wenigstens mal versuchen.«

»Mama, warum rufst du nicht selber an?«

Marie erschrak fast, als sie das sagte. So hatte sie noch nie mit ihrer Mutter gesprochen.

Hannelore erschrak ebenfalls und starrte Marie an. »Aber … was ist denn mit dir los …?«

»Nichts«, sagte Marie und sah ihre Oma an. »Aber vielleicht ist es wirklich besser, wenn ich das mache.«

Jetzt kam langsam Leben in die alte Minna. Sie stellte die kleine Schüssel mit Bohnen auf die Erde und nahm ein Taschentuch aus ihrer Kitteltasche.

»Sprich mal mit Franziska, die kann dir bestimmt was erzählen.«

Marie nahm diese Information schweigend zur Kenntnis. Hannelore blickte verdattert von ihrer Mutter zu ihrer Tochter.

»Wieso soll denn Marie mit Franziska reden?«, fragte sie erstaunt.

Minna guckte ihre Tochter wütend an. »Weil die sich auch mit Ausländern eingelassen hat.« Damit nahm Minna ihre Schüssel wieder auf und ging zum Haus.

Marie überlegte. Was wollte ihre Oma damit wieder sagen? Hannelore schien das auch zu interessieren. »Was ist denn mit

Oma los? Sie benimmt sich so merkwürdig in letzter Zeit. Ich glaube, sie verkalkt langsam.«

In diesem Moment ertönte aus der offenen Haustür das schwache Klingeln des Telefons. Marie machte sich auf den Weg, aber das Klingeln verstummte, und wenige Sekunden später stand ihre Oma in der Haustür.

»Dein nichtsnutziger Vater möchte von der Polizei abgeholt werden«, sagte sie, drehte sich um und verschwand im Haus.

Fünf Minuten später machte Hannelore sich auf den Weg, um Hinnerk vom Polizeipräsidium abzuholen, und Marie hatte einen Entschluss gefasst. Sie würde jetzt zu Heckerhoffs rübergehen und einfach mit Franziska reden. Sie erinnerte sich auch wieder daran, dass Franziska vor Kurzem ebenfalls im Präsidium befragt worden war, und seitdem hatte man von Heckerhoffs nicht mehr viel gesehen. Sie verließen kaum noch das Haus.

Ja, dachte Marie, vielleicht hatte Franziska ja wirklich was zu erzählen.

24

Es war zwar schon halb zwölf, aber Marie hoffte, dass Franziska in Zeiten wie diesen ihr Mittagessen ein bisschen warten lassen würde. Vielleicht konnte sie bei der Gelegenheit auch ein paar Fragen an August richten. Der musste damals doch einiges mitbekommen haben. Schließlich war er ein paar Jahre älter als Heini und Hannelore.

Marie ging die etwa zweihundert Meter, die das Haus der Heckerhoffs von dem der Großenjohanns trennten, über die Heidekampstraße. Nichts rührte sich hier. Fast wäre sie wieder umgekehrt. Diese Stille war unheimlich. Ob niemand zu Hause war? Adelheid war sicherlich zur Arbeit gefahren, denn sie konnte ihren grünen Opel Kadett nirgends entdecken. Und August würde wohl auf dem Feld sein. Der schrille Klingelton schmerzte fast, und Marie merkte, wie sie sich verkrampfte.

Sie wartete eine ganze Weile und wollte schon wieder gehen, als die Tür ganz langsam geöffnet wurde. Franziska blickte Marie mit merkwürdigem Lächeln an, ihr Haar kräuselte sich wirr um ihre Stirn, der Kittel mit den grün-blauen Streifen war zerknautscht.

»Äh, guten Morgen«, stotterte Marie, »könnte ich kurz mit dir reden?«

Franziskas Lächeln veränderte sich nicht, aber sie nickte und ging voraus. Ihre Bewegungen wirkten seltsam monoton.

Die Küche der Heckerhoffs lag am Ende des Flurs und war ebenso wie die von Großenjohanns eher eine Wohnküche. Ein großer Eichentisch vor den Sprossenfenstern, umrahmt von einer Holzeckbank und mehreren Stühlen, bildete den Mittelpunkt des Raumes. An der Wand stand ein Küchenschrank aus dunkler Eiche. Innen, vor den beiden mittleren Schranktüren, spannten sich weiße Stores. Ein alter Bauernherd, der noch von Hand befeuert wurde, spendete in der kalten Jahreszeit Wärme und diente als Warmhalteplatte für das Mittagessen. Gekocht wurde hauptsächlich in einem kleinen angrenzenden Raum, dort gab es eine moderne Küchenzeile.

Marie sah sich um. Die Küche war unaufgeräumt, auf dem Tisch standen gebrauchte Kaffeetassen, und auf einem Brettchen lag ein angebissenes Leberwurstbrot. Es war offenbar schon älter, denn die Leberwurst sah vertrocknet aus. Franziska hatte noch keine Vorbereitungen für das Mittagessen getroffen, alles wirkte unberührt und kalt, obwohl draußen die Sonne aus einem wolkenlosen Himmel brannte.

Franziska setzte sich auf einen Stuhl am Fenster und sah hinaus. August war nirgends zu sehen und der alte Gottlieb auch nicht.

Marie stand etwas hilflos in der Küchentür, aber Franziska schien sie bereits vergessen zu haben. Marie griff sich einen der Stühle und setzte sich. Franziska starrte immer noch wortlos hinaus.

Marie wusste nicht recht, wie sie anfangen sollte, aber sie war wild entschlossen, hier nur mit einem Ergebnis wegzugehen.

»Franziska, ich weiß nicht, warum, aber Oma Minna meinte, du könntest mir etwas über den Mann erzählen, der unter der Hütte begraben war.«

Franziska wandte ihr langsam das Gesicht zu. Sie lächelte immer noch. Langsam machte Marie sich Sorgen. War die Nachbarin etwa am Durchdrehen?

»Es ist alles vorbei«, sagte die Bäuerin tonlos. »August ist weg, und wir werden wohl alle ausziehen müssen.«

Marie schluckte. »Was meinst du damit, wir alle?«

»Mein Tochter und ich und mein Vater.«

Marie sperrte den Mund auf. »Ach«, sagte sie, »... aber wieso denn nur?«

Franziska musterte Marie eine Weile schweigend. »Du bist ein schönes Mädchen, genau wie Adelheid, nur dass Adelheid ... unehelich ist.«

Es hatte ein paar Sekunden gedauert, bis Franziska den Mut gefunden hatte, das Wort in Bezug auf ihre Tochter auszusprechen: unehelich.

Marie schwieg eine Weile und dachte nach. Ihre Gedanken wanderten, gingen verschlungene Wege und kamen dann auf eine lichte Ebene.

»Und der russische Kriegsgefangene, der unter unserer Hütte lag, war der Vater, stimmt's?«

»Ja«, hauchte Franziska.

Also war das Kind nicht nur unehelich, sondern auch noch *außerehelich*. Das, so viel wusste Marie, bedeutete für jede Frau hier das gesellschaftliche Aus. So eine Frau konnte den Kopf nicht mehr stolz auf ihren Schultern tragen und war dem Gespött aller Kleingeister ausgeliefert. Marie konnte sich das hämische Grinsen der Nachbarschaft lebhaft vorstellen, wenn das bekannt wurde. Und anscheinend war das unausweichlich.

»Was ist damals passiert? Weißt du etwas darüber?«, fragte sie sanft.

Franziska schüttelte den Kopf. »Sie haben gesagt, er wäre abgehauen, und dann habe ich eben mit dem August, der wollte mich ja schon immer haben. Und … dann haben wir geheiratet.«

»Wer sind sie?«

»Alle.« Franziska presste die Lippen zusammen. Sie war wohl entschlossen, nichts weiter zu sagen.

Marie stand auf und verabschiedete sich. An der Küchentür drehte sie sich noch mal um. »Wusste die Elsbeth darüber Bescheid?«

Franziska wandte langsam den Kopf. »Ich weiß nicht, was die Elsbeth wusste.«

Marie schwirrte der Kopf. Sie ging nicht zur Straße, sondern über den stillen Hof zu den Feldern. Sie musste allein sein und nachdenken. Sie stapfte über den vom Regen matschigen Feldweg, vorbei an Stoppelfeldern, schnurgeraden Kartoffelreihen und im Wind leise raschelnden Maisstangen.

War es das, was alle in den Tod getrieben hatte? Ihren Großvater, den alten Techtelmann und vielleicht sogar Gerhard Mertens? Marie blieb stehen, steckte die Hände in ihre Jeanstaschen und blinzelte in Richtung Olsterwiese. Dann schritt sie emsig drauflos. Sie würde sich ein bisschen in der Hütte umschauen.

Die Gedanken kamen und gingen. Was, wenn der alte Gottlieb Meierkamp, Franziskas Vater, davon gewusst hatte? Wäre das ein Motiv? Aber wie sollte dieser alte, kranke Mann … Moment, sagte sie sich, damals war er weder alt noch krank, damals war er ein junger und wahrscheinlich sehr starker Mann gewesen. Trotzdem, das wollte sie einfach nicht glauben. Außerdem erklärte es nicht, wieso die Leiche in *ihrer* Hütte gelegen hatte. Hatte am Ende ihr Großvater …?

Marie blieb erneut stehen. War es das, was Oma gemeint hatte? Dass es sie alle unglücklich machen würde, wenn sie zur Polizei ging? Hing ihr Opa da mit drin? Marie schluckte, durchquerte die breite Hecke, die die nachbarlichen Äcker trennte. In der Mitte durchzog ein Trampelpfad die Hecke, über den im Sommer die Kühe zu den Wiesen am Bach getrieben wurden.

Die Hütte lag jetzt still und verlassen da. Das rot-weiße Absperrband der Polizei flatterte einsam im lauen Sommerwind. Marie zögerte, bevor sie die Hütte betrat.

Das Stroh war entfernt worden, und fast der gesamte Boden war ausgehoben worden. Es gab nichts mehr zu sehen, außer schwarzer Erde, unterbrochen von Lichtstreifen, die durch die Bretterwand fielen. Marie fröstelte. Die Hütte erzählte ihr nichts. Sie trat hinaus ins Warme. Hinter der schmalen Hecke, die die Weide begrenzte, plätscherte leise der Olsterbach.

Als sie nach Hause kam, war ihr Vater bereits wieder zur Arbeit gefahren, und ihre Mutter hängte Wäsche auf.

»Wo kommst du denn jetzt her?«, rief sie Marie zu, als sie ihre Tochter vom Feld kommen sah.

»Wollte mir die Hütte mal ansehen, aber da ist nichts weiter als ein großes Loch.«

Hannelore schlug die Hand vor den Mund, als ob das für sie eine schreckliche Neuigkeit wäre.

»Meine Güte, wenn man über alles nachdenkt …«, sagte sie, als Marie zu ihr kam und ein nasses Handtuch aus der Wanne zog.

»Ja, ganz furchtbar«, sagte Marie und griff nach den Wäscheklammern.

»Was wollten die von Papa?«

»Ja, stell dir vor«, jetzt kam Hannelore in Fahrt, »sie haben einen Spaten gefunden und wollten wissen, ob es unserer ist. Da fragt man sich doch, ob die noch ganz gescheit sind. Dafür holen

sie den Hinnerk ins Präsidium, anstatt den Spaten hierherzu-
bringen. Da denken die Leute doch Gott weiß was!«, empörte
sie sich. »Und außerdem, was hat denn ein Spaten mit der ganzen
Sache zu tun, mein Gott. Also, wenn ich das alles so höre, was
die da machen, dann glaube ich nicht, dass die diese ganze Sache
aufklären.«

»Das könnte passieren«, sagte Marie und hängte eines von
Hinnerks Unterhemden auf die Leine.

Als sie fertig waren, merkte Marie, dass sie Hunger hatte. »Was
gibt's zu Mittag?«

»Große Bohnen von gestern mit Speck, Kartoffeln sind auch
noch da. Dein Vater hatte keinen Hunger.«

Marie verdrehte die Augen. Große Bohnen war so ungefähr
das Einzige, was sie überhaupt nicht mochte. Dummerweise aß
ihr Vater sie gern, und deswegen baute ihre Mutter sie im Garten
an. Und da im Sommer gegessen wurde, was der Garten gerade
hergab, gab es während der Saison zweimal in der Woche große
Bohnen.

Sie ging in die Küche, schmierte sich ein Brot mit frischer Johannisbeermarmelade und ging damit auf ihr Zimmer. Sie musste
zu einem Entschluss kommen, wie es weitergehen sollte.

Eine Stunde später sprang sie in ihrem hellgrünen Sommerkleid
die Treppe hinunter.

»Ich fahr in die Stadt, bin mit Judith verabredet!«, rief sie in
Richtung Küche, wo sie ihre Mutter vermutete.

Sie setzte sich hinters Steuer ihrer Rostlaube und betete, dass
sie ansprang. Der Käfer tat ihr den Gefallen. Sie fuhr vom Hof
und nahm Kurs auf Sennelager. Sie hatte beschlossen, dass der
einzige Mensch, mit dem sie über das alles reden konnte, Mark
war. Alle anderen waren entweder beteiligt oder würden sofort
zur Polizei gehen.

Und Marie war sich derzeit nicht sicher, ob sie das wirklich
wollte. Sie hatte ja keine Ahnung, in welches Wespennest sie da
getreten war. Nein, nein, lieber keine schlafenden Hunde wecken.
Mark würde sie verstehen und, was besonders wichtig war, er
konnte schweigen, das hatte er bewiesen.

Mark wohnte in Sennelager in einem dreistöckigen Bau in einer kleinen Sackgasse quer zur Bundesstraße, nicht weit von den *Barracks* entfernt. In dieser Woche hatte er bis vier Uhr Dienst, so viel wusste sie. Jetzt war es kurz nach halb vier. Sie würde einfach vor seiner Wohnungstür auf ihn warten.

Marie parkte den Wagen und bummelte noch ein wenig an den Geschäften der Hauptstraße entlang. Dann ging sie in die Sackgasse und wanderte bis fast halb fünf vor seiner Haustür auf und ab. Endlich kam er. Marie stockte der Atem, er war nicht allein. Eine Frau war bei ihm. Groß, schlank, mit hellem Haar. Älter als Marie. Sie gingen zügig auf das Haus zu, unterhielten sich angeregt und lachten über irgendwas, das er gesagt hatte.

Marie stand auf der gegenüberliegenden Seite an der Hauswand und wünschte sich eine Nische herbei, in der sie sich verstecken konnte. Aber die gab es nicht. Sie würden sie unweigerlich entdecken und sie selbst sich entsetzlich blamieren. Wieso war sie nur auf diese blödsinnige Idee gekommen, hierherzufahren?

In diesem Moment sah er sie, doch der Schock, den sie befürchtet hatte, blieb aus. Er strahlte sie an.

»Marie!«, rief er. »Was machst du hier?«

Sie zwang sich zu einem Lächeln.

»Hallo«, sagte sie, »ich war auf dem Weg in die Stadt …«, mein Gott, was redest du für einen Blödsinn, dachte sie und kam sich wie eine Idiotin vor.

Mark kam auf sie zu und küsste sie auf den Mund. Die Frau war auf der anderen Straßenseite stehen geblieben und schaute neugierig zu ihnen herüber. Marie wusste nicht, was sie sagen sollte. Sie starrte nur die Frau an.

Er folgte ihrem Blick und grinste. »Das ist übrigens Jacky. Sie wollte bei mir etwas abholen.« Er blickte sie amüsiert an. »Wollen wir nicht raufgehen?«, fragte er und nahm ihren Arm.

Marie ließ sich führen wie ein willenloses Schaf.

»*This is Marie*«, stellte er sie vor, und die andere lächelte wissend. »Jacky«, sagte er zu Marie.

Sie reichte Jacky die Hand, und die ergriff sie zurückhaltend.

Sie gingen hinauf in den zweiten Stock, wo Mark seine Wohnung aufschloss und ein kleines Paket aus der Diele holte, das er Jacky gab.

Sie nickte Marie freundlich zu, sagte »Bye« zu Mark und ging die Treppe wieder hinunter.

Mark bat Marie herein. Sie betrat eine großblumig tapezierte Diele mit einer kleinen Garderobe und einem Schuhschrank, vor dem sich Sport- und schwarze Straßenschuhe stapelten. Er warf den Schlüssel auf die Garderobe und führte sie in ein geräumiges, spärlich möbliertes Wohnzimmer. Quer zum Fenster stand eine große braune Ledercouch, davor ein Glastisch, und an der gegenüberliegenden Seite befand sich die obligatorische Schrankwand mit Fernseher.

Es gab weder Blumen noch Gardinen vor den Fenstern, die auf Bahngeleise und eine Wiese zeigten. Der Raum war geräumig und hell, wirkte zwar etwas kahl, aber nicht unfreundlich, fand Marie, denn die Tapeten hatten ein dezentes blassgrünes Girlandenmuster.

»Setz dich doch«, sagte er, »möchtest du was trinken?«

Sie wollte sich gern setzen, aber vorher wollte sie wissen, wer Jacky war. Mark schien ihre Neugier zu spüren.

»Jacky ist die Frau meines Freundes Alan. Du wirst ihn bestimmt noch kennenlernen«, sagte er.

Marie lächelte und setzte sich. Das Leder war angenehm kühl.

»Coke?«, fragte er.

Sie nickte. Mark verschwand und kam nach einer Minute mit zwei Dosen Cola zurück, die er auf eine Zeitschrift stellte, die aufgeschlagen auf dem Tisch lag. Marie erkannte die Abbildung eines Gehirns.

Er nahm einen Schluck von seiner Cola und ließ sich neben sie auf das Sofa plumpsen.

»Schön, dich zu sehen«, sagte er. »Geht's dir gut?«

Marie wusste nicht recht, wie sie diese Frage zu deuten hatte. Sie griff nach der Coladose, trank aber nicht.

»Ich weiß nicht«, sagte sie und sah ihn an.

Seine Haut war mittlerweile leicht gebräunt, was ausnehmend gut aussah zu seinen großen, hellen Augen und dem blonden Haar.

»Was ist los?«, fragte er.

Sie begann zu erzählen. Von ihrer Oma, ihrem Opa, von Franziska und ihrer unehelichen Tochter, deren Vater der tote russische Zwangsarbeiter aus ihrer Hütte war. Auch die Verzweiflung ihrer Nachbarin, deren Familie jetzt auseinanderzubrechen drohte, ließ sie nicht aus. Ein bisschen fühlte sie sich wie eine Verräterin.

Er sah sie unverwandt an und hörte aufmerksam zu. Als sie geendet hatte, schwieg er eine Weile.

»Weiß die Polizei davon?«, fragte er dann.

»Nein«, antwortete Marie, »ich habe Angst vor dem, was herauskommen könnte, wenn die Polizei da nachforscht.«

»Was willst du also tun?«

»Das weiß ich nicht. Was soll ich tun?«

Er spielte mit seiner Coladose und blickte sie fragend an. »Du weißt, was du tun musst, oder?«

Marie schwieg.

Er legte die Hand auf ihren Arm. »Gibt es denn niemanden mehr, den du fragen kannst?«

Marie zuckte mit den Schultern. »Ich könnte natürlich noch mit Franziskas Vater reden. Der ist der Einzige, der noch was wissen könnte, aber der ist ein Eigenbrötler, der wird mir garantiert nichts erzählen.«

»Du könntest es trotzdem versuchen.«

Mark hatte recht. Sie konnte es wenigstens versuchen, und wenn das nichts brachte, konnte sie immer noch zur Polizei gehen. Sie hatte im Grunde auch keine andere Antwort von ihm erwartet, wäre sogar enttäuscht gewesen, wenn er ihr nicht dazu geraten hätte. Er saß da, die Brust ihr zugewandt, sah sie an und war wohl entschlossen, sich wie ein Gentleman zu verhalten. Dabei wollte sie, dass er sie küsste, jetzt sofort, und was dann kam …

Aber er hielt Abstand.

Marie musste an ihre Mutter denken, die Frauen mit solchen Gedanken als Flittchen bezeichnen würde. Also war sie wohl auch ein Flittchen. Aber irgendwie war ihr das schnuppe.

»Was ist?«, fragte er. »Warum lächelst du?«

»Ach, nichts Besonderes«, sagte sie und stand auf. »Ich muss jetzt gehen.«

Sie musste hier raus, und zwar schnell, dachte sie. Wahrscheinlich hatte er gar kein Interesse mehr an ihr, während sie hier saß und am liebsten über ihn herfallen würde. Er sprang auf.

»Wirklich?«, sagte er, und Marie fand, es klang ein bisschen enttäuscht.

Mark folgte ihr zur Wohnungstür und nahm seine Schlüssel von der Garderobe. »Ich komme mit, wenn du zu diesem Eigenbrötler gehst. Ich habe keine Lust, dich am Ende auch irgendwo ausgraben zu müssen.«

Marie sah ihn erstaunt an. Natürlich, daran hatte sie gar nicht gedacht. Es hatte schon mehrere Tote gegeben. Und wer wusste schon, in welchem Morast sie da herumwühlte, welche dunklen Geheimnisse sie im Begriff war, ans Licht zu befördern. Aber dass der alte, verkrüppelte Gottlieb ihr etwas tun würde, daran wollte sie nicht wirklich glauben. Als die beiden auf die Straße traten, sah sie auf die Uhr.

»Hm«, es ist kurz vor sechs, da sind alle im Stall beschäftigt. Lass uns ein bisschen gehen.«

Und das taten sie. Schlenderten Hand in Hand die Hauptstraße entlang, blieben an den Auslagen der Geschäfte stehen und gingen dann in eine Bäckerei, wo sie an einem Stehtisch Kaffee tranken und gedeckten Apfelkuchen aßen.

Marie genoss diese halbe Stunde mit Mark und wünschte sich nichts sehnlicher, als dass diese ganze üble Geschichte sich in Luft auflösen würde. Aber dieser Wunsch würde wohl nicht in Erfüllung gehen.

Um halb sieben schloss das Café, und sie fuhren in Marks Auto nach Birkendorf.

25

Mark parkte auf dem Hof. Alles war still. Maries Herz fing unwillkürlich an zu klopfen, als ob es sie warnen wolle. Sie klingelten an der Haustür, aber niemand öffnete.

»Vielleicht ist er noch im Stall«, mutmaßte Marie, und sie gingen quer über den Hof an einem Wagenschuppen, der den Trecker beherbergte, und am Misthaufen vorbei.

»Die Kühe sind noch im Stall«, sagte Marie und stellte fest, dass sie noch an ihrem Kraftfutter kauten. »Er muss hier irgendwo sein. Im Sommer werden die Tiere abends nach dem Melken nämlich wieder auf die Weide getrieben.«

Die beiden gingen über den Hof, aber es war niemand zu sehen.

Mark blieb neugierig am Misthaufen stehen und rümpfte die Nase. Marie ging in die Viehküche, vielleicht war Gottlieb ja noch dabei, die Melkwerkzeuge zu spülen. Aber dort war auch niemand. Die Melkmaschine und alle Schläuche hingen tropfnass an der Wand. Sie trat wieder auf den Hof. Mark untersuchte gerade den Heuwender von der Unterseite und tauchte gleich darauf mit einem Kätzchen im Arm wieder auf, das er liebevoll streichelte.

Er wirkte wie ein Junge, der endlich sein Lieblingsgeschenk bekommen hatte. Marie fragte sich, ob dieser Mann jemals in seinem Leben einen Bauernhof betreten hatte.

Die Scheunentür stand offen.

»Wenn er da nicht drin ist, geh ich ins Haus, egal ob Franziska da ist«, sagte sie. Allerdings wollte sie die Nachbarsfrau lieber nicht dabeihaben. Wer wusste schon, was bei diesem Gespräch herauskam?

Marie betrat, gefolgt von Mark, der immer noch das Kätzchen im Arm hielt, die Scheune und sah sich um. In der einen Ecke stand noch der Erntewagen mit dem Roggen, daneben der Kartoffelsortierer, auf dem mehrere leere Kartoffelsäcke lagen. Auf der anderen Seite stapelten sich die Heuballen bis zum Scheunendach, und neben dem Heustapel lehnte eine große Holzleiter und oben auf der Holzleiter … Gottlieb Meierkamp. Bucklig und still stand er da und blickte zu ihnen herab. Er sah aus wie ein Gnom.

Marie war verblüfft.

»Herr Meierkamp«, sagte sie, und es kam ihr komisch vor. Niemand redete sich hier mit dem Nachnamen an. Aber sie traute sich nicht, den alten Mann einfach zu duzen und beim Vornamen zu nennen. Sie konnte sich auch nicht erinnern, überhaupt schon mal mit ihm gesprochen zu haben.

»Können wir uns kurz unterhalten?«

Sie sah, wie Mark langsam das Kätzchen absetzte.

Meierkamp guckte finster und rührte sich nicht.

»Worüber denn?«, fragte er so leise, dass Marie Mühe hatte, ihn zu verstehen. Und er machte keine Anstalten, von der Leiter runterzusteigen.

»Äh«, Marie wusste nicht recht, wie sie es anstellen sollte, sie fand die Situation ziemlich absurd. Sollten sie sich jetzt quer durch die Scheune unterhalten, oder was?

»Über das Skelett in der Hütte«, sagte sie schließlich.

Der alte Mann antwortete nicht, und dann sah Marie, was hier los war. Die Situation war nicht absurd, sondern gefährlich. Meierkamp hatte einen Strick um den Hals, der an dem Dachbalken schräg über ihm befestigt war. Er brauchte nur seitlich von der Leiter zu springen, dann würde er an der Decke baumeln.

Marie schnappte nach Luft und blickte hilfesuchend zu Mark, der an der Scheunentür stand und gebannt zu Gottlieb hinaufstarrte.

»Siehst du, Löit«, sagte Gottlieb und rückte den Knoten an seinem Hals zurecht, »irgendwann ist alles mal zu Ende, und über diese alten Geschichten müssen wir wirklich nicht mehr reden. Die sind tot und begraben.«

»Herr Meierkamp«, rief Marie, und ihre Stimme zitterte, »tun Sie das nicht! Denken Sie doch an Franziska und Adelheid!«, rief sie verzweifelt, während Mark langsam auf die Leiter zuging.

»Bleibt, wo ihr seid, sonst spring ich sofort!«, schrie Meierkamp hysterisch und griff sich an den Hals.

Mark blieb stehen.

»Wer ist das überhaupt?« Meierkamp blickte misstrauisch auf Mark.

»Ein Freund«, sagte Marie und schöpfte Hoffnung. Vielleicht ging ja alles gut. Gottlieb war noch neugierig. Außerdem schien er Angst zu haben. Und wenn man mit dem Leben abgeschlossen hatte, dann hatte man doch keine Angst mehr, oder? Dann sprang man doch gleich, ohne Warnung! Gottlieb sah das offenbar anders. »Bleibt bloß da stehen, wo ich euch sehen kann!«, schrie er, und die Leiter wackelte bedenklich.

Sie überlegte fieberhaft, Mark bewegte sich ein wenig von der Leiter weg, steckte lässig die Hände in die Hosentaschen, ließ Meierkamp aber nicht aus den Augen. Marie wusste, dass er, sobald sich eine Gelegenheit bot, handeln würde. Bis dahin musste sie Zeit gewinnen und hoffen, dass der alte Mann es sich anders überlegte.

»Herr Meierkamp«, Marie zwang sich, ruhig zu sprechen, »warum erzählen Sie denn nicht einfach alles. Umbringen können Sie sich ja dann immer noch«, oh Gott, was redete sie denn da …, »ich meine …«, fuhr sie nervös fort.

Meierkamp lächelte. Jedenfalls glaubte Marie das, so genau konnte sie das von hier unten nicht beurteilen, auch wenn die oberen Flügeltüren der Scheunentür weit geöffnet waren und draußen immer noch die Sonne schien.

»Lass man, Löit, du hast schon recht«, sagte Meierkamp. »Das kann ich immer noch machen. Aber diese alten Geschichten ausgraben? Wem soll das noch was nützen? Davon werden nur alle unglücklich.«

»Wem das nützen soll?«, fragte Marie jetzt ärgerlich. »Adelheid zum Beispiel. Die wird sich doch ihr Leben lang Gedanken machen, was da passiert ist, und … wenn Sie sich mit diesem Russen damals gestritten haben, und dann ist er – wie auch immer – zu Tode gekommen. Das kann doch sowieso keiner mehr richtig nachprüfen. Aber Adelheid wird es bestimmt wissen wollen.«

Wo waren hier eigentlich alle? Verdammt! Was taten Adelheid und Franziska? Wieso kamen die nicht? Ihr fiel hier langsam nichts mehr ein.

Meierkamp hielt sich an der Leiter fest und schien zu überlegen.

»Jo«, sagte er nach einer Weile, »da könntest du wohl recht haben, Löit. Das muss die Adelheid wissen, dass ich ihren Vater nich umgebracht habe!«

»Wer war's dann?«, fragte Marie gespannt.

Gottlieb nestelte an seinem Strick. »Eigentlich wollten wir ihn bloß warnen, ihm vielleicht einen kleinen Denkzettel verpassen. Er sollte die Finger von der Franziska lassen. Man musste doch die Frauen schützen, und die Franziska wollte ihn auch noch heiraten, das dumme Mädchen. Da mussten wir doch eingreifen! Wir haben ihn spät am Abend in die Hütte geschickt, zum Viehfüttern.«

»Wer ist wir?«, unterbrach ihn Marie.

»Na, alle, Johannes Techtelmann, der alte Heckerhoff, Gerhard Mertens, ich und dein Großvater Anton.«

Marie fasste sich an die Stirn. Ihr wurde flau. Sie warf Mark, der eisern schwieg und sich wieder langsam auf die Leiter zubewegte, einen Blick zu. Aber der hatte nur Augen für Meierkamp.

Der Alte wollte jetzt wohl die ganze Geschichte loswerden.

»Aber der alte Heckerhoff war ja so ein verdammter Nazi, hatte einen Hass auf die Russen. Und der hat angefangen, auf den Iwan einzudreschen wie ein Verrückter … Wir waren alle so verdattert, dass wir zuerst gar nicht eingegriffen haben, na ja, und der Iwan war ja nich besonders gut zu Fuß, wegrennen konnte der nich. Und der wollte nun meine Tochter heiraten!« Jetzt wurde Gottlieb laut. »Wie sollte das denn gehen? Die hatten doch beide nix! Und der hatte zwei kaputte Füße! Und so ein Leben, wie ich es hatte, wollte ich meiner Tochter ersparen. Arbeiten für nix und wieder nix …«

Eine Träne lief seine faltige Wange hinab.

Marie schluckte.

Gottlieb schwieg und hatte die Szene wohl wieder vor Augen. »Und wie wir dann gesehen haben, dass der Iwan hinüber war …«

»… da wusstet ihr nicht, was ihr machen solltet, habt ihn an Ort und Stelle vergraben und rumerzählt, er wäre abgehauen«, vollendete Marie. Sie musste den Mann ablenken. Sie hatte keine

Lust auf den Anblick eines Gottlieb Meierkamp, der unterm Scheunendach baumelte.

Gottlieb schniefte. »Was hätten wir denn auch machen sollen?«, versuchte er sich zu verteidigen. »Wenn die Russen dahintergekommen wären, dann hätten die doch Gott weiß was mit uns angestellt. Die hätten nich lange gefragt, wer das denn nun genau gewesen is, der ihn erschlagen hat. Na, und als der Krieg ein paar Wochen später dann endlich zu Ende war und die Alliierten auf Nazijagd gingen ... Die hätten uns doch auch alle eingesperrt. Da haben wir gedacht, den Iwan macht keiner mehr lebendig, und haben ihn in Frieden ruhen lassen.« Meierkamp zog geräuschvoll die Nase hoch. »Und ich hab dann dafür gesorgt, dass der August meine Franziska heiratet. Der war ja schon vor Kriegsende wieder zu Hause, weil ihm die Engländer den Arm zerschossen hatten. Der hatte sie immer haben wollen und war glücklich, als sie sich mit ihm einließ. Und dann mussten die beiden eben schnell heiraten. Das Kind kam Gott sei Dank ein bisschen spät, und schwer war die Adelheid ja auch nicht. Die konnte gerade noch so als Frühgeburt durchgehen. Und der August hat schon immer alles geglaubt, was man ihm erzählt hat. Das ist ein Guter, wie seine Mutter.«

In der Scheune war es still. Marie stand bewegungslos an ihrem Platz. Was für eine abenteuerliche Geschichte. Sie fragte sich, ob Heini wohl über diese Sache Bescheid wusste. Immerhin hatte sein Vater sich auch erhängt. Mit Sicherheit aus demselben Grund, weshalb ihr Opa sich unter den Zug geworfen hatte. Sie waren mit ihrer Schuld nicht fertig geworden.

»Wenn ich das bloß eher gewusst hätte, dass die Siska sich in den verguckt hatte ...«, sagte Gottlieb.

»Was dann?«, insistierte Marie.

»Dann hätte ich sie nach Strich und Faden verdroschen!«, rief Meierkamp und hustete.

»So, so«, antwortete Marie und fragte sich, wieso manche Menschen glaubten, dass man andere nur zu verdreschen brauchte, um deren Gefühle zu ändern. Aber es ging ja gar nicht um Gefühle. Es ging um Gehorsam.

Sie räusperte sich. »War die Elsbeth damals in der Hütte dabei?«

Meierkamp guckte einen Moment verwirrt, schüttelte aber dann den Kopf. »Nee, dabei war sie nicht. Aber jetzt, wo du's sagst, könnte gut sein, dass die damals was mitgekriegt hat. Die ist dem Iwan ziemlich hinterhergelaufen. Hat wohl gedacht, sie hätte Chancen bei dem, der lahmte ja auch.«

»Was wissen Sie von dem Juden? Was ist mit dem passiert?«, fragte sie, um Gottlieb am Reden zu halten.

»Junge, bleib da stehen, wo ich dich sehen kann«, schrie Gottlieb plötzlich aufgeregt und hustete. Er hatte wohl Marks Bemühungen, sich unbemerkt der Leiter zu nähern, durchschaut. »Ich bin kein Idiot, und ich hab nix zu verlieren. Noch einen Schritt, und ich springe«, röchelte er.

Mark hob die Hände. »Okay, okay«, sagte er und entfernte sich wieder von der Leiter, die bedenklich wackelte.

Für eine Weile sagte Meierkamp gar nichts und schöpfte rasselnd Atem. Dann redete er.

»Ja, der Aaron. Aaron Steinwald hat er geheißen. Das war ein feiner Mensch gewesen. Der hat oft abends im Stall bei mir gesessen. Hat mir Bücher und so was gebracht. Der hat immer den ganzen Tag gelesen, und nachts ist er über die Felder gegangen. Durfte sich ja am Tag nicht blicken lassen, hat sich bei euch vor den Nazis versteckt und manchmal auch bei Techtelmanns. Wir hatten alle gedacht, dass er den Krieg überleben würde, aber er hat's nicht geschafft, weil dieser Schweinehund von Heckerhoff ihn zum Schluss noch um die Ecke gebracht hat. Damit hat er sowieso immer gedroht.«

Marie verstand das nicht. »Und wieso hat er's dann nicht vorher schon getan? Er hätte ihn doch einfach nur ausliefern müssen? Die Nazis hätten ihm das bestimmt abgenommen. Hätte er sich doch gar nicht bemühen müssen.«

»Löit«, sagte Meierkamp unwirsch, »die Nazis hätten doch jeden abgemurkst, der einem Juden hilft, dann wären alle dran gewesen. Eure Familie und Techtelmanns auch. Aber an deine Oma hat der Heckerhoff sich nicht rangetraut, der Feigling. Der hatte sich nämlich in sie verguckt. Schon immer. Und die hätte ihm womöglich was abgeschnitten, wenn er was verraten hätte.«

Meierkamp kicherte jetzt und hantierte mit seinem Seil herum. Marie und Mark rührten sich nicht vom Fleck.

»Und wieso hat er ihn dann doch umgebracht?«

»Na, weil der doch alles mitgekriegt hatte!«, schrie Meierkamp. »Hab doch gesagt, dass der immer im Dunkeln über die Felder gegangen ist, na und da hatte der Heckerhoff ja endlich einen Grund, und deine Oma hat brav die Klappe gehalten, weil ja ihr hochheiliger Anton mit drinhing in der Sache.«

Ein heftiger Hustenanfall unterbrach Gottliebs Geschichte. Die Leiter wackelte so, dass Marie befürchtete, sie würde umkippen. Aber nach einer Weile erholte sich der alte Mann, zog mit einem Pfeifen die Luft ein und lehnte sich erschöpft an die Sprossen. Mark stand mittlerweile am Fuß der Leiter. So wie Gottlieb da oben röchelte, würde er sich nicht mehr lange festhalten können.

»Geh von der Leiter weg, Mann!«, keuchte er dann Mark an, der zwei Schritte zurückging. Gottlieb rang nach Luft. »Und«, fuhr er nach einer Weile atemlos fort, »der Krieg war ja zu der Zeit sowieso verloren. Das war allen klar. Also haben wir alle das Maul gehalten.«

Jetzt wusste Marie endlich, weshalb ihre Oma so eisern schwieg und warum ihr Opa nicht mehr hatte weiterleben wollen. Und Johannes Techtelmann und Gerhard Mertens.

»Was hat der Heckerhoff mit dem Aaron gemacht?«, fragte sie.

Meierkamp starrte nach unten. »Er hat ihn in die Jauchegrube gestoßen!«

Schweigen.

»Aha«, sagte Marie, »und der alte Heckerhoff ist auf dem Misthaufen zu Tode gekommen.«

»Jou!«

Marie war sich nicht sicher, ob sie weiter fragen sollte. Eigentlich war die Sache klar, aber was sie jetzt nicht erfuhr, würde sie bestimmt nie erfahren.

»Gottlieb, hast du was mit dem Tod vom alten Friedrich zu tun?«

Meierkamp antwortete nicht sofort.

»Wen interessiert das noch?«, sagte er und zerrte an dem Seil, als wolle er seine Krawatte lockern.

»Aber warum denn erst jetzt?«, rief Marie verzweifelt.

Mark setzte den Fuß auf die erste Sprosse.

»Einen Schritt weiter und ich springe!«, rief Meierkamp. Sein linkes Bein hing in der Luft.

Mark blieb, wo er war.

»Warum denn erst jetzt?«, wiederholte Marie. »Warum hast du so lange gewartet, wenn du's ihm heimzahlen wolltest?«

Meierkamp fing an zu kichern. Er musste komplett den Verstand verloren haben.

»Warum ich so lange gewartet habe? Weil dieses Schwein den Hof an seinen zweiten Sohn vererben wollte! Weil meine Enkelin als Erbin nicht gut genug war!«

»Und das hat er dir gesagt?«

»Ja, natürlich. Dieses Schwein hat mich und meine Tochter schon immer drangsaliert. Bloß weil ich wusste, was er auf dem Kerbholz hatte, und weil er Angst vor den Nazijägern hatte, hat er zugelassen, dass der August die Franziska heiratet, und hat die ganzen Jahre nix gesagt. Aber dann, als er endlich den Hof überschreiben sollte an den August, hat er sich wieder rausgetraut ausm Mauseloch, der feige Hund. Wegen dem Juden könnte ihm heute keiner mehr was nachweisen, hat er gesagt. Von dem wär nix mehr übrig in der Jauchegrube, nach über dreißig Jahren. Außerdem wären wir dann alle dran, wegen dem Iwan. Na, und da hab ich ihm mal gezeigt, wie ich darüber denke.«

Marie schluckte. Ja, da hatte der alte Meierkamp seinen Hass wirklich unmissverständlich zum Ausdruck gebracht. Sie hatte wieder das Bild vom alten Friedrich Heckerhoff auf dem Misthaufen vor Augen und versuchte, es abzuschütteln.

»Ja ...« Was sollte sie sagen?

»Aber«, Meierkamp schien sich gar nicht dafür zu interessieren, was oder ob sie etwas zu sagen hatte. Er zog an dem Strick, als wolle er die Reißfestigkeit prüfen. »Aber ist sowieso egal. Ich bin krank, hab Lungenkrebs. Weiß keiner, aber muss auch keiner wissen. Besser, wenn ich das hier erledige.«

Und dann sprang er.

»Nicht!«, schrie Marie, als Mark bereits die Leiter umstellte, sodass Gottlieb mit den Füßen einen Halt fand.

Dann stürmte er die Sprossen hinauf, umschlang Gottliebs Beine und hob ihn an.

»Ein Messer!«, schrie er. »Hol ein Messer!«

Marie wirbelte herum. Wo sollte sie so schnell ein Messer finden?

Sie rannte aus der Scheune über den Hof in die Viehküche und rief dabei laut um Hilfe.

Himmel, Herrgott, wieso war kein Mensch da? Jeden Fluch aus dem Nachbarhaus bekamen die Leute mit, aber wenn einer um Hilfe schrie, waren plötzlich alle taub. Hastig suchte sie in der Viehküche nach einem scharfen Gegenstand. Sie fand ein altes Besteckmesser, das am Waschbecken lag. Es war nicht besonders scharf, aber besser als nichts. Sie rannte damit zurück in die Scheune und stieg die Leiter hinauf, an deren Spitze Mark stand. Gottlieb Meierkamp hing mit dem Oberköper über seiner Schulter. Er schien bewusstlos zu sein

»Schnell!«, schrie Mark. »Die Leiter bricht!«

Marie stand eingeengt auf den engen Sprossen neben Mark und säbelte wie verrückt. Das Seil war dick, und das Messer stumpf wie ein Backenzahn.

Mark stöhnte. Meierkamp wimmerte. Die Leiter knackte.

»Runter!«, schrie Mark. »Gib mir das Ding und such was anderes!«

Marie gehorchte und beeilte sich, von der Leiter zu kommen. Wieder rannte sie auf den Hof und schrie. Sie drehte sich im Kreis. Wohin? In die Küche! Schere!, fuhr es ihr durch den Kopf.

Sie rannte auf die Deele, wo an der Wand eine Säge hing. Ein Fuchsschwanz. Marie zerrte ihn von der Wand und raste zurück. Hoffentlich hielt die Leiter!

Sie stand noch. Mark war immer noch oben, den alten Meierkamp auf der Schulter, und säbelte, allerdings langsam. Die Kraft drohte ihn zu verlassen.

Marie zerrte ein paar Heuballen unter die Leiter und stieg mit der Säge hinauf.

»Pass auf!«, schrie Mark, als er sie mit der Säge den wackligen

Heuberg hinaufklettern sah, aber da war sie schon oben, reckte sich, griff nach dem Seil, sägte.

Mark warf das Messer weg und versuchte mit einer Hand, Meierkamp die Schlinge über den Kopf zu ziehen, was aber nicht funktionierte. Die Leiter knirschte. Marie sägte schneller, und dann krachte die Leiter zusammen. Beide Männer landeten im Heuhaufen. Das Seil war gerissen.

Marie warf die Säge weg und rutschte hinunter. Mark, der unter Gottlieb lag, arbeitete sich langsam an die Oberfläche, während Meierkamp, der wieder zu sich gekommen war, heulend mit den Fäusten um sich schlug. Mark versuchte, dem Getrommel auszuweichen, bekam aber trotzdem eine Faust aufs Auge. Er umfasste Gottliebs Handgelenke und schrie ihn an: »Beruhigen Sie sich!« Und dann zu Marie: »Ruf einen Krankenwagen!«

»Neiiin!«, schrie Meierkamp und wollte aufstehen.

Als das nicht klappte, weil ihn wieder ein Hustenanfall heimsuchte, versuchte er davonzukriechen. Marie war unschlüssig. Mark hechtete ihm nach.

»Okay! Nur, wenn Sie sich beruhigen!«

Das schien zu wirken. Meierkamp hielt an, legte sich hin und heulte und hustete zum Steinerweichen.

Mark setzte sich auf den Scheunenboden und legte die Unterarme auf die Knie, um einen Moment zu verschnaufen. Marie ließ sich auf die Heuballen fallen. Sie zitterte und war ebenfalls kurz davor loszuheulen. Aber sie riss sich zusammen. Mark sollte sie nicht für eine Memme halten. Er stand auf und beugte sich zu dem am Boden liegenden, schluchzenden Meierkamp hinunter und entfernte die Schlinge, die immer noch um dessen Hals hing.

»Haben Sie Schmerzen?«, rief er.

Als Antwort schlug Meierkamp mit einer Hand in Marks Richtung. Marie musste kichern. Mark kam zu ihr und drückte ihr seinen Autoschlüssel in die Hand.

»Hol meine Tasche aus dem Auto, auf dem Rücksitz. Ich bleibe besser hier.«

Gut. Eine Aufgabe, dachte Marie und stand auf. Ihre Knie zitterten. Mark musterte sie.

»Bist du okay?«

Sie nickte und taumelte davon, während er sich wieder um den alten Mann kümmerte. Sie brachte ihm die Tasche. Meierkamp schluchzte immer noch.

Dabei schimpfte er: »Wieso haben Sie das gemacht? Wieso?« Mark ignorierte ihn, schob Gottliebs Hemdsärmel hoch und suchte die Vene, dann kramte er in seiner Tasche herum, bereitete eine Spritze vor, umwickelte den Oberarm des alten Mannes mit einem gürtelähnlichen Teil und setzte die Spritze an. Meierkamp ließ alles über sich ergehen.

Marie betrachtete den alten Mann. Seinen von Altersflecken übersäten kahlen Schädel, die buschigen Augenbrauen über hellen, glanzlosen Augen. Die Haut war faltig. Haare wuchsen aus seinen Nüstern. Über der Oberlippe wucherte ein Schnauzbart, der den Mund fast komplett verdeckte. Marie ging neben Meierkamp in die Knie, nahm seine Hand und streichelte sie. Er schluchzte nur trocken.

In diesem Moment hörten sie Motorengeräusche. Marie ging auf den Hof. Adelheid und ein Mann stiegen gerade aus dem Wagen. Adelheid sah Marie verblüfft an, und die stemmte die Hände in die Hüften.

»Meine Güte, wo seid ihr denn bloß alle?«

»Wieso?«, fragte Adelheid beunruhigt. »Ist denn keiner hier?«

Marie schüttelte den Kopf. »Nein«, sagte sie schwach, »deinem Opa ... geht's nicht so gut. Er ist in der Scheune.«

»Was?«, fragte Adelheid und eilte an Marie vorbei in die Scheune.

Der Mann nickte ihr zu und folgte Adelheid. Marie rannte hinterher.

In der Scheune hatte sich Meierkamp mit Marks Hilfe aufgesetzt. Als Adelheid hereinkam und ihren Opa auf dem Steinboden vor einem Unbekannten sitzen sah, erschrak sie.

»Was ist hier los? Wer sind Sie?«

Marie war bereits zur Stelle und erklärte die Situation.

»Ich hab ihm ein leichtes Beruhigungsmittel gegeben«, sagte Mark, »aber eigentlich müsste er in ein Krankenhaus zum Röntgen. Womöglich hat er sich den ein oder anderen Knochen gebrochen.«

»Wenn ihr mich ins Krankenhaus bringt, spring ich aus dem Fenster«, sagte Meierkamp ruhig, und keiner zweifelte daran, dass er das ernst meinte.

Adelheid bedankte sich bei Mark, ging zu ihrem Großvater und nahm seine Hand.

»Opa, was um Himmels willen soll denn das?«, fragte sie sanft. »Du kommst jetzt mit ins Haus.« Sie sah sich um. »Wo ist eigentlich meine Mutter?«, fragte sie.

»Keine Ahnung«, sagte Marie. »Ich glaube nicht, dass sie da ist. Sie hat sich jedenfalls nicht blicken lassen, und ich habe ziemlich laut um Hilfe gerufen.«

»Das ist seltsam«, sagte Adelheid und sah den Mann an, der sich als Reiner Kobel vorgestellt hatte und die ganze Aktion schweigend bestaunt hatte. Er musste etwa Mitte dreißig sein, war schlank und hatte dunkle Haare und Augen. Er trug Jeans und eine dunkelblaue Anzugjacke.

»Kommt doch bitte mit rein. Dann können wir in Ruhe reden. Aber ich muss nachsehen, wo meine Mutter ist.«

Die beiden hievten den stöhnenden Gottlieb in die Höhe und schleppten ihn über den Hof zur Deele. Marie, die eigentlich gar keine Lust hatte, mit reinzugehen, sah Mark missmutig an. Er zuckte mit den Schultern, und sie folgten dem Trio.

Sie setzten sich in die Küche, die immer noch genauso unaufgeräumt war wie am Vormittag. Von Franziska keine Spur. Plötzlich hörten sie Adelheid schreien, und jemand polterte die Treppe hinunter. Die beiden sprangen auf, und im nächsten Moment wurde die Tür aufgerissen.

»Sie … sind doch Arzt«, keuchte sie. »Kommen Sie schnell, meine Mutter ist …« Sie vollendete den Satz nicht.

Mark war schon unterwegs und folgte Adelheid die Treppe hinauf ins Elternschlafzimmer. Marie lief hinterher.

Franziska lag in ihrem Kittel, den sie schon am Vormittag getragen hatte, auf dem Bett, bleich wie der Tod. Mark schob Adelheid zur Seite und ging zum Bett.

»Frau Heckerhoff!«, rief er sie an und legte die Finger an die Halsschlagader.

Dann schlug er ihr ein paarmal sacht gegen die Wangen.

Franziska gab einen seltsamen Laut von sich, öffnete für zwei Sekunden die Lider und schloss sie gleich wieder. Mark beugte sich über sie und schnüffelte.

»Die Frau ist betrunken«, sagte er und hielt Marie bittend die Autoschlüssel hin. »Könntest du …?«

Marie wusste Bescheid. Er hatte seine Tasche wieder ins Auto gestellt.

»Okay, ich hol sie«, sagte sie und trottete los, während Adelheid sich mit ungläubigem Blick ans Bett zu ihrer Mutter setzte.

Sah so etwa das Leben einer Arztfrau aus, fragte sich Marie auf dem Weg zum Auto, ständig dem Mann die Tasche hinterhertragen?

Wenige Minuten später war Mark dabei, Franziskas Blutdruck zu messen und die Herztöne abzuhören, wobei Franziska hin und wieder leise stöhnte.

»Der Blutdruck ist etwas niedrig, aber das ist ja wohl keine Überraschung«, sagte Mark ein bisschen amüsiert, »die Herztöne sind normal. Ich denke, morgen wird sie einen ziemlichen Kater haben.« Er packte sein Stethoskop wieder ein. »Wenn ihr eine Alkoholvergiftung sicher ausschließen wollt, muss sie ins Krankenhaus.«

Franziska schnarchte.

Adelheid, die unterdessen nach ihrem Großvater gesehen hatte, der im unteren Geschoss sein Zimmer hatte, stand jetzt in der Tür.

»Das wird nicht nötig sein«, sagte sie. »So viel Alkohol kriegt Mutter gar nicht runter. Könntest du noch mal nach Opa sehen? Nur zur Sicherheit.«

Alle folgten Mark ins untere Stockwerk. Vor Gottliebs Tür blieb er stehen und sah seine Gefolgschaft an.

»Ihr könnt mal Tee kochen. Das hier schaff ich allein«, sagte er grinsend.

Marie stellte staunend fest, dass er ein Veilchen hatte.

26

Fünfzehn Minuten später saßen alle zusammen in der Küche. Mark und dieser Reiner sprachen über Cornwall. Offensichtlich war Adelheids Freund ein England-Fan. Marie räumte derweil den Tisch ab und setzte Wasser auf. Tee konnte sie allerdings nicht finden. Das würde sie Adelheid überlassen. Die kam dann auch in die Küche. Sie hatte noch mal nach ihrem Großvater gesehen. Gottlieb ging es besser. Jedenfalls wollte er nicht mehr aus dem Fenster springen oder sich irgendwo aufknüpfen.

Das ließ hoffen.

Adelheid übernahm das Teekochen und deckte den Tisch mit allerlei Köstlichkeiten: Käse, harter Mettwurst, eingelegten Gurken, Tomaten aus dem Garten und selbst geräuchertem Schinken. Der schmeckte besser als alles, was ein Bauernhof sonst so aufbieten konnte, und das war nicht wenig.

Marie merkte erst jetzt, wie hungrig sie war. Alle griffen herzhaft zu.

»Wo ist eigentlich dein Vater?«, fragte Marie Adelheid, die Tee in die Tassen goss. Der Duft, den Marie wahrnahm, ließ sie schmunzeln.

»Mein Vater ist bei Onkel Friedrich«, sagte Adelheid und setzte sich auf die Bank neben ihren Freund. »Ich hab ihm gesagt, dass niemand anderer als er jemals mein Vater sein wird. Er kommt morgen nach Hause.«

»Das ist schön«, sagte Marie und beobachtete, wie Mark seine Tasse ansetzte und trank.

Alles, was recht war, er hielt sich wie ein Gentleman, war nur einen Moment wie gelähmt, als er runterschluckte. Was er trank, war Hagebuttentee.

Auf der Fahrt zurück nach Sennelager hingen beide ihren Gedanken nach. Als sie ausstiegen und zu Maries Käfer gingen, schwiegen sie immer noch. Es war still um sie herum, niemand war unterwegs. Marie schloss den Wagen auf und drehte sich zu ihm um. Er stand direkt vor ihr, und sie musste den Kopf heben, um ihm in die Augen blicken zu können, von denen eins in allen möglichen Farben schimmerte.

Mark nahm ihr Gesicht in beide Hände und küsste sie. Marie ließ ihre Tasche fallen und schlang die Arme um seinen Hals. Wenige Augenblicke später legte sie seufzend die Stirn an seine Brust. Er küsste ihr Haar.

»Kommst du noch mit rauf?«

Kommst du noch mit rauf? Diese Frage hatte sie schon oft gehört, und meistens hatte sie abgelehnt. Aber heute nicht. Arm in Arm gingen sie die schmale Treppe hinauf, hielten immer wieder an, um sich zu küssen. Als er die Tür geöffnet hatte, stolperten sie in die Wohnung. Er trug sie ins Schlafzimmer und legte sie aufs Bett. Sie zog ihn zu sich heran und öffnete mit zitternden Händen seinen Gürtel.

Als sie später erschöpft in seinen Armen lag, fragte sie sich, was in sie gefahren war. Und was ihre Mutter wohl dazu sagen würde, wenn sie wüsste, dass sie sich einem Mann quasi an den Hals geworfen hatte – wie Hannelore es nennen würde. Natürlich hätte sie damit nicht ganz unrecht, aber was machte das schon? Noch nie hatte ein Mann solche Gefühle in ihr ausgelöst. Sie wollte Mark. Mehr als alles andere. Und genau so hatte sie ihn genommen, ohne Kompromisse. In diesem Akt hatte er ganz und gar ihr gehört. Und sie wusste, dass er es genossen hatte.

Sie lagen still, und Marie musste aufpassen, dass sie nicht einschlief.

Dann erhob er sich und beugte sich über sie. »Darf ich jetzt aufstehen?«

»Natürlich«, sagte sie.

Er streichelte ihre Wange. »In dir steckt ein kleiner Teufel.«

»War's so schlimm?«, fragte sie.

»Nein, es war … unglaublich«, sagte er und lächelte. Dann umfasste er ihre Handgelenke und sah ihr streng in die Augen. »Das nächste Mal machen wir's andersherum«, flüsterte er, küsste sie zart auf den Mund und ließ sie los.

Marie schluckte. Wenn sie nicht sofort aus diesem Bett aufstand, würde sie hier nicht mehr wegkommen. Außerdem hatte er vom nächsten Mal gesprochen. Das war doch eine Perspektive.

Am nächsten Morgen, gegen halb zehn, kam ihre Mutter ins Zimmer. Marie war todmüde und zog die Decke über ihren Kopf.

»Marie, was ist hier eigentlich los?«, fragte Hannelore, ohne Rücksicht auf das Schlafbedürfnis ihrer Tochter. »Was hast du gestern bei Heckerhoffs verloren gehabt? Was ist da überhaupt passiert, und was war das für ein Mann, der auch da war?«

Marie kniff die Augen zusammen und fragte sich, woher ihre Mutter das schon wieder alles wusste.

»Wovon redest du?«, murmelte sie ausweichend.

»Du brauchst es gar nicht zu leugnen. Mathilde hat gestern Abend bei Heckerhoffs angerufen, und Adelheid hat ihr alles erzählt.«

»Wunderbar, dann weißt du doch Bescheid und kannst mich schlafen lassen«, grummelte Marie in die Kissen.

»Was war das für ein Engländer?«

»Du meinst wahrscheinlich den Arzt.«

»Arzt? Welcher Arzt?«, insistierte ihre Mutter.

Marie warf die Decke weg und stand auf. Es hatte ja doch keinen Zweck.

Aber ihre Mutter gab nicht auf.

»Mathilde hat mich gefragt, ob du denn jetzt mit diesem Engländer zusammen bist, mit dem sie dich neulich hat wegfahren sehen.« Hannelore hob die Hände zur Decke. »Kind, du bist so hübsch, du kannst doch alle haben. Muss es denn ausgerechnet ein Tommy sein?«

Marie zog ihren Morgenrock an. »Mama, ich sag es jetzt zum letzten Mal. Das war der Arzt. Und ich muss mal.«

Mit diesen Worten ließ sie ihre Mutter, die erstaunt die Augen aufriss, stehen.

»Moment mal«, Hannelore folgte Marie die Treppe hinunter. »Was denn nun, Tommy oder Arzt?«, fragte sie.

Marie drehte sich um. »Beides, Mama, beides.«

Das brachte Hannelore für einen Moment zum Schweigen. Marie nutzte den Moment, um im Badezimmer zu verschwinden.

Als sie eine halbe Stunde später mit frisch gewaschenen Haaren in T-Shirt und Jeans in der Küche erschien, war die Familie bereits zur Inquisition versammelt.

Marie nahm sich Kaffee und setzte sich.

»So, und nun erzählst du endlich mal, was da gestern bei Heckerhoffs los war und was du damit zu tun hast«, sagte ihr Vater.

»Ich denke, Adelheid hat Mathilde schon alles erzählt«, sagte Marie mit einem Seitenblick auf ihre Mutter.

Hannelore wand sich. »Na ja, Adelheid hat gesagt, Gottlieb hätte einen Herzanfall gehabt.«

»Genau«, erwiderte Marie.

»Und was ist das für ein Arzt?«, wollte jetzt ihr Vater wissen.

»Ein Bekannter von mir. Arbeitet im Medical Center bei den Tommys, und ...« Marie klemmte sich eine lange Locke hinters Ohr, »wenn ich das richtig sehe, hat der Typ Gottlieb das Leben gerettet.«

»Tatsächlich?«, ihre Mutter schien beeindruckt.

Hinnerk wusste wohl nicht recht, was er von der Sache zu halten hatte, und Oma Minna äußerte sich nicht.

In diesem Moment klopfte es, und auf Hannelores »Herein«, betrat Mathilde die Küche.

Na klar, dachte Marie, die Buschtrommeln brauchen Futter.

»Mathilde«, sagte Hannelore, mehr höflich als begeistert, »setz dich doch. Marie hat gerade erzählt, dass Gottlieb einen Herzanfall hatte.«

Mathilde lächelte milde. »Ja, woher wusstest du das denn?«, wollte sie wissen.

Aber Marie hatte nicht die Absicht, hier den Informanten zu spielen, und stand auf. »Ich muss unbedingt noch meine Hausarbeit zu Ende schreiben.«

Sie nickte Mathilde zu und bekam im Hinausgehen noch mit, dass August wieder zu Hause war. Na immerhin. Woher die Mathilde so was wohl immer wusste?

Marie saß in ihrem Zimmer am Schreibtisch. Sie hätte sich durchaus mit ihrer Hausarbeit beschäftigen können, die sie Ende September abgeben sollte, aber sie hatte noch nicht mal das Thema vernünftig formuliert, und wahrscheinlich würde sie die Arbeit in diesen Ferien überhaupt nicht zu Ende bringen, aber war das ein Wunder? Eigentlich hatte sie sofort mit ihrer Oma reden wollen, doch die würde sich jetzt, wo Mathilde da war, erst mal nicht vom Küchentisch wegbewegen. Andererseits war Marie sicher, dass Mathilde nicht so lange bleiben würde, wenn sie nichts weiter erfuhr.

Ein bisschen ein schlechtes Gewissen hatte Marie schon, dass sie ihre Familie belog, aber … schließlich hatte Oma sie auch alle beschwindelt. Sie stellte ihre Tasse auf dem Schreibtisch ab, der vor dem Fenster stand, und blickte hinaus auf den Garten. Da sah sie Oma Minna mit einer Schüssel in der Hand aus der Haustür treten.

Na wunderbar, dachte sie, Minna wollte wissen, was wirklich geschehen war, und Marie würde sie gern mit der ganzen Wahrheit konfrontieren.

Sie folgte ihr in den Garten und gesellte sich zu ihr, als sie bei den Stangenbohnen haltmachte. Zunächst sagten sie gar nichts. Die beiden Frauen belauerten sich.

»Tja, Oma, ich könnte dir eine Menge erzählen, aber ich habe keine Ahnung, ob ich dir das zumuten kann.«

»Was heißt hier zumuten«, blaffte Oma Minna, »als ob mich noch was überraschen könnte.«

»Na«, meinte Marie, »es interessiert dich also nicht, wer den Russen umgebracht hat?«

Oma Minna ließ vor Schreck ihre Schüssel fallen.

»Kind«, flüsterte sie, »sei doch um Gottes willen leise.«

»Oma, wenn ich eines garantiert nicht sein werde, dann leise. Und ich will jetzt alles über den Abend wissen, an dem die Elsbeth starb.«

Minna zitterte leicht. Das hatte Marie noch nie an ihr gesehen, und es beunruhigte sie.

»Oma, erzähl doch einfach«, sagte sie schlicht.

Minna drehte sich um und begann, Bohnen zu pflücken. Marie wartete.

Minna schwieg noch. Dann brach es aus ihr heraus.

»Ein Unfall, es war einfach ein Unfall.« Sie weinte leise in sich hinein.

Marie ging zu ihr, nahm sie in den Arm. »Erzähl es mir.«

Und Minna erzählte die ganze Geschichte.

»Dein Großvater … hat sich vor den Zug geworfen.« Minna kniff die Augen zusammen, als würde sie eine Explosion erwarten.

»Ich weiß«, sagte Marie.

»Er … er fing irgendwann an, von einem Toten zu reden, der unter der Hütte liegen würde, und dass sie ihn irgendwann finden würden. Er hat mir immer wieder gesagt, ich müsste auf die Wiese aufpassen. Aber ich hab gedacht, der ist ja verrückt. Und irgendwann, ist schon ein paar Monate her, hat der Gerhard auch so was gesagt, und da bin ich stutzig geworden. Vielleicht hatte Anton ja recht, und da lag wirklich einer.« Oma drehte sich missmutig um. »Ich hab deinem Vater immer wieder gesagt, er soll die Hütte abreißen und die Wiese umpflügen, dann hätten wir schon rausgefunden, ob da was vergraben war. Aber nein, was macht dein Vater? Er will die Wiese verpachten! Da musste ich doch was machen!«

»Da hast du am Schützenfestabend, wo alle unterwegs waren, einen Spaten genommen, bist zur Hütte gegangen und hast ein bisschen gegraben«, sagte Marie.

Minna nickte.

»Und?«, wollte Marie wissen, »was hat die Elsbeth mit der ganzen Sache zu tun?«

Jetzt wurde Minna wütend. »Diese Kanaille hat immer solche Andeutungen gemacht. Ich glaube, dass die irgendwas wusste, wenn auch nicht genau. Jedenfalls … hat sie an dem Abend gesehen, dass ich zur Wiese gegangen bin, und ist mir nach. Und als ich dann ein bisschen gegraben hab, stand sie plötzlich da und wollte wissen, was ich da suche.«

Minna knetete nervös die Hände. »Es war wirklich alles ganz harmlos …«

»Natürlich«, sagte Marie ruhig, »erzähl weiter.«

»Na, ich hab ihr gesagt, dass sie das gar nix angeht. Und da hat sie angefangen, von dem Spaten zu lamentieren, dass das ihrer wäre und der Hinnerk sich den ausgeliehen und nie zurückgebracht hätte … Und na ja, dann hab ich ihr gesagt, sie soll ihr

Schandmaul halten, und da …« Minna legte die Hände auf die Lippen, »… da ist sie auf mich zugekommen, und … sie hatte ja diese blöde Hüfte … ist in das Loch getreten und hingefallen.«

Marie sah ihre Oma verblüfft an. Und das sollte alles gewesen sein?

»Wie hingefallen?«, fragte sie.

»Na hingefallen eben, auf den Boden. Den Stein hab ich doch gar nicht gesehen!«

»Und, was weiter?«

»Ja, ich hab gedacht, geschieht ihr recht, und … hab sie da liegen gelassen und … bin gegangen.«

Marie knipste eine Bohne vom Strauch. »Und warum bist du zurück?«

»Na, ich wusste doch immer noch nicht, ob da nun wirklich einer lag, hab ein bisschen gewartet, bis die Elsbeth weg war, hab mir eine Schüppe genommen – den Spaten hatte ich ja in der Hütte gelassen – und bin noch mal hingegangen. Und dann sind mir diese beiden jungen Leute im Auto entgegengekommen. Aber die haben gesagt, dass sie beim Kloster gewesen waren. Ich bin dann noch mal in die Hütte gegangen, und da lag die Elsbeth da immer noch …«, Minna legte die Hände vors Gesicht, »und überall war Blut. Das hatte ich ja gar nicht gesehen, vorher!«

»Also, die Elsbeth war tot«, sagte Marie. »Was war dann?«

»Dann hab ich den Spaten genommen und hab ihn irgendwo bei Techtelmanns Wiese über den Zaun geworfen. Irgendwer würde ihn da schon finden.«

»Und dann?«

»Dann … bin ich ins Bett gegangen und hab einen Rosenkranz für die Elsbeth gebetet.«

»Aha«, sagte Marie. Das war ja alles ziemlich dumm gelaufen.

»Und wenn dieser blöde Engländer den Stein nicht weggeworfen hätte, dann wäre das alles nicht so weit gekommen!«, fügte ihre Oma dann hinzu. »Dann hätten alle gleich gewusst, dass die Elsbeth da draufgefallen ist, dass das eben bloß ein Unfall war.«

Ja klar, dachte Marie, die Tommys waren an allem schuld.

»Und, warum hast du nie über Aaron Steinwald gesprochen?«, fragte sie.

Minna griff sich an die Kehle. »Um Himmels willen, Kind, wer immer den auf dem Gewissen hatte, den hätten die Alliierten doch aufgehängt! Und Gott weiß, was der vorher noch alles ausgeplaudert hätte.«

Marie schwieg.

Oma guckte ein wenig misstrauisch. »Und wer hat dir das alles erzählt?«

»Gottlieb Meierkamp.«

»Guck mal an, wer hätte das gedacht.«

»Oma, wusstest du eigentlich, dass die Adelheid das Kind von diesem Iwan war?«

»Natürlich. Das wussten alle. Aber ... eigentlich kann der August froh sein, dass er die Adelheid hat. Danach ist die Franziska nicht mehr schwanger geworden.«

Marie nahm ihre Oma fest in die Arme und drückte ihr einen Kuss auf die Stirn. »Ja, da hast du recht, er kann froh sein, dass er sie hat.«

Dann ging sie zurück in die Küche, wo Mathilde, wie sie gehofft hatte, mittlerweile das Feld geräumt hatte. Sie setzte sich zu ihren Eltern an den Tisch und erzählte ihnen die ganze schreckliche Geschichte.

Die beiden sahen sie abwechselnd ungläubig und betroffen an. Als sie geendet hatte, schwiegen sie.

Marie blickte von einem zum anderen. »Jetzt wisst ihr alles, und jetzt müsst ihr Oma dazu bringen, das Richtige zu tun. Und vielleicht auch den alten Gottlieb, aber dem geht's wohl nicht so gut. Er hat gesagt, er sei krank. Lungenkrebs. Er wird nicht mehr lange leben.«

Marie spielte mit einem Küchenmesser. »Aber wie auch immer«, sagte sie, »was damals geschehen ist, kann kein Mensch mehr beweisen. Und die Geschichte mit dem alten Friedrich ... ich hab keine Ahnung, ob man das noch beweisen kann, es sei denn, Gottlieb gesteht es der Polizei.«

Hinnerk nickte. »Ja, das ist wohl wahr«, sagte er und zündete sich eine Pfeife an.

Hannelore war ziemlich fassungslos. Sie hatte sich immer gefragt, warum ihr Vater ein so trauriger Mensch geworden war und warum sich die ehemaligen Freunde so auseinandergelebt hatten. Jetzt wusste sie es.

»Übrigens, Mama«, Marie nutzte die allgemeine Aufklärungsstimmung für eine weitere Bekanntmachung, »werde ich im Oktober ausziehen. Judith, Christian und ich haben eine nette Wohnung in der Stadt gefunden, die wollen wir uns teilen.«

Hannelore sperrte den Mund auf. »Du willst ausziehen? Aber warum denn? Warte doch, bis du verheiratet bist.«

Marie schüttelte den Kopf. »Mama, willst du denn wirklich, dass ich so ende wie die Elsbeth? Vielleicht heirate ich ja nie.«

Hannelore schnappte nach Luft. Hinnerk lächelte still und paffte an seiner Pfeife.

»Kind«, hauchte Hannelore, »das meinst du doch nicht ernst!«

»Nein«, sagte sie, »ich habe einen Mann kennengelernt, der als euer Schwiegersohn in Frage kommt. Und er ist Engländer.«

»Einen Soldaten?«, hauchte Hannelore.

»Er ist bei der Army. Es ist der Arzt, der gestern Gottlieb gerettet hat.«

»Oh«, sagte Hannelore noch nicht ganz überzeugt, »die haben da englische Ärzte?«

»Warum nicht?«, antwortete Marie.

Hannelore dachte nach, und dann lächelte sie. »Ein Arzt. Das wird Mathilde nicht gefallen. Wann lernen wir ihn kennen?«

»Bald«, sagte Marie und verschwieg dabei etwas.

Mark hatte sie nämlich gestern beim Abschied gefragt, ob sie Lust habe, mit ihm für zwei Wochen nach England zu reisen.

Und ob sie die hatte, aber das würden ihre Eltern noch früh genug erfahren.

Anhang

Oma Minnas Westfälischer Pickert

1 Würfel Hefe
500 g Weizenmehl
1/2 l warme Milch
1 Prise Zucker
4 Eier
2 Pfund Kartoffeln (gerieben)
1 TL Salz

Aus der Hefe, etwas Mehl, warmer Milch und dem Zucker einen
Vorteig herstellen und gehen lassen.
Eier, Mehl und die restliche Milch zu den geriebenen Kartof-
feln geben und alles mit dem Vorteig verrühren. Achtung, der
Kartoffelteig darf nicht zu kalt sein! Das Salz erst zum Schluss
dazugeben. Den Teig an einem warmen Ort gehen lassen, bis er
sich verdoppelt hat.
In reichlich Öl kleine Pfannkuchen backen.
Pur oder dick mit Butter bestrichen zum Nachmittagskaffee
genießen. Wer mag, kann dem Teig auch Rosinen hinzufügen.

Buchweizenpfannkuchen mit Speck

500 g Buchweizenmehl
3/4 l Milch (oder Wasser)
4 Eier
etwas Salz
durchwachsener Speck (oder Blut- oder Leberwurst)
Schmalz zum Braten

Aus Mehl, Milch, Eiern und Salz einen Teig herstellen und mehrere Stunden quellen lassen.
Je nach Geschmack 2 bis 4 Speckstreifen in Schmalz kurz anbraten, dann eine Portion Teig darübergeben und den Pfannkuchen auf beiden Seiten knusprig braten.
Statt Speck kann man auch Blutwurst oder Leberwurst verwenden.
Die Pfannkuchen schmecken als Hauptgericht mit grünem Salat, aber auch lecker zu Eintopfgerichten.

Steckrüben durcheinander
(geht auch mit Möhren)

1 Steckrübe
800 g Kartoffeln
300 ml Milch (nach Bedarf auch mehr)
1 Scheibe Bauchspeck (ca. 1 cm dick)
1–2 EL Butter
Pfeffer und Salz

Die Steckrübe schälen und in Stifte schneiden. Kartoffeln schälen und würfeln. Kartoffeln mit den Steckrüben in einen großen Topf geben, alles mit Salzwasser bedecken und in 20–30 Minuten weich kochen.
Das Wasser abgießen.
Die Milch erhitzen, zu dem Steckrüben-Kartoffelgemisch geben und mit einem Kartoffelstampfer zu einem halbfesten Brei verarbeiten.
Den Bauchspeck in Würfel schneiden und auslassen (nicht zu kross). Zu dem Steckrüben-Kartoffel-Stampf geben.
Nach Geschmack die Butter unterrühren und alles kräftig mit Pfeffer und Salz abschmecken.
Dazu schmecken Mettbällchen oder gebratene Blut- und Leberwurstscheiben.

Der Mähdrescher ist an allem schuld ...

Ein Bauer hat drei Söhne. Fragt ihn der Älteste: »Kannst du mir ein Moped kaufen?«
Antwortet der Bauer: »Wenn der Mähdrescher bezahlt ist.«
Einige Zeit später kommt der zweite Sohn. »Kann ich ein neues Fahrrad haben?«
Der Bauer schüttelt den Kopf. »Zuerst muss ich den Mähdrescher bezahlen.«
Kurz danach kommt der jüngste Sohn. »Papa, kaufst du mir ein Dreirad?«
»Junge«, sagt der Bauer, »solange der Mähdrescher nicht bezahlt ist, musst du laufen.«
Zerknirscht geht der Junge auf den Hof und sieht, wie der Hahn gerade eine Henne besteigt. Wütend versetzt er dem Hahn einen Tritt und sagt: »Solange der Mähdrescher nicht bezahlt ist, gehst du auch zu Fuß!«

***

Der Bauer zu seinem Nachbarn: »Jupp, dein Hahn taugt nichts mehr.«
»Woher willst du das denn wissen?«
»Ich hab ihn gerade mit dem Trecker überfahren.«

***

Sitzen zwei Bauern am Stammtisch. Sagt der eine. »Ich hab gerade eine Hagelversicherung abgeschlossen.«
»Wieso das denn?«, sagt der andere. »Feuerversicherung kann ich ja noch verstehen, aber wie macht man denn Hagel?«

Alle Bücher von Marion Griffiths-Karger:

Auch als eBook erhältlich

Tod am Maschteich
ISBN 978-3-89705-711-1

Das Grab in der Eilenriede
ISBN 978-3-89705-797-5

Der Teufel von Herrenhausen
ISBN 978-3-89705-923-8

Die Tote am Kröpcke
ISBN 978-3-95451-147-1

Rathausmord
ISBN 978-3-95451-683-4

Maschsee-Mord
ISBN 978-3-7408-0057-4

Inspector Bradford trinkt Friesentee
ISBN 978-3-95451-551-6

Inspector Bradford sucht das Weite
ISBN 978-3-95451-973-6

Inspector Bradford und der fiese Friese
ISBN 978-3-7408-0269-1

www.emons-verlag.de